目　录

王国维文学美学论著集

王国维 著
周锡山 评校

上海三联书店

一、论文

《红楼梦》评论

（本篇刊于1904年4月—7月上海《教育世界》76、77、78、80、81，号收入《静安文集》）

第一章　人生及美术之概观

《老子》曰："人之大患，在我有身。"[1]《庄子》曰："大块载我以形，劳我以生。"[2]忧患与劳苦之与生相对待也久矣。夫生者，人人之所欲；忧患与劳苦者，人人之所恶也。然则讵[3]不人人欲其所恶，而恶其所欲欤？将[4]其所恶者，固不能不欲，而其所欲者，终非可欲之物欤？人有生矣，则思所以奉其生。饥而欲食，渴而欲饮，寒而欲衣，露处[5]而欲宫室：此皆所以维持一人之生活者也。然一人之生，少则数十年，多则百年而止耳。而吾人欲生之心，必以是为不足。于是于数十年百年之生活外，更进而图永远之生活。时则有牝牡之欲[6]，家室之累；进而育子女矣，则有保抱扶持[7]饮食教诲之责，婚嫁之务。百年之间，早作而夕思，穷老而不知所终。问有出于此保存自己及种姓之生活之外者乎？无有也。百年之后，观吾人之成绩，其有逾于此保存自己及种姓之生活之外者乎？无有也。又人人知侵害自己及种姓之生活者之非一端也，于是相集而成一群，相约束而立一国，择其贤且智者以为之君，为之立法律以治之，建学校以教之，为之警察以防内奸，为之陆海军以御外患，使人人各遂[8]其生活之欲而不相侵害：凡此皆欲生之心之所为也。夫人之于生活也，欲之如此其切也，用力如此其勤也，设计如此其周且至也，固亦有其真可欲者存欤？吾人之忧患劳苦，固亦有所以偿之者欤？则吾人不得不就生活之本质，熟思而审考之也。

生活之本质何？欲而已矣。欲之为性无厌[9]，而其原[10]生于不足。不足之状态，苦痛是也。既偿一欲，则此欲以终。然欲之被偿者一，而不偿者什伯[11]。一欲既终，他欲随之。故究竟[12]之慰藉，终不可得也。即使吾人之欲悉偿，而更无所欲之对象，倦厌之情，即起而乘[13]之。于是吾人自己之生活，若负[14]之而不胜其重。故人生者，如钟表之摆，实往复于苦痛与倦厌之间者也。夫倦厌固可视为苦痛之一种，有能除去此二者，吾人谓之曰"快乐"。然当其求快乐也，吾人于固有之苦痛外，又不得不加以努力，而努力亦苦痛之一也。且快乐之后，其感苦痛也弥深。故苦痛而无回复之快乐者有之矣，未有快乐而不先之或继之以苦痛者也。又此苦痛与世界之文化俱增，而不由之而减。何则？文化愈进，其知识弥广，其所欲弥多，又其感苦痛亦弥甚故也。然则人生之所欲，既无以逾于生活，而生活之性质，又不外乎苦痛。故欲与生活与苦痛，三者一而已矣。

吾人生活之性质，既如斯矣，故吾人之知识，遂无往而不与生活之欲相关系，即与吾人之利害相关系。就其实而言之，则知识者，固生于此欲，而示此欲以我与外界之关系，使之趋利而避害者也。常人之知识，止知我与物之关系，易言以明之，止知物之与我相关系者；而于此物中，又不过知其与我相关系之部分而已。及人知[15]

渐进，于是始知欲知此物与我之关系，不可不研究此物与彼物之关系。知愈大者，其研究逾远焉。自是[16]而生各种之科学。如欲知空间之一部之与我相关系者，不可不知空间全体之关系，于是几何学兴焉（按西洋几何学 Geometry 之本义，系量地之意，可知古代视为应用之科学，而不视为纯粹之科学也）。欲知力之一部之与我相关系者，不可不知力之全体之关系，于是力学兴焉。吾人既知一物之全体之关系，又知此物与彼物之全体之关系，而立一法则焉，以应用之。于是物之现于吾前者，其与我之关系及其与他物之关系，粲然陈于目前而无所遁[17]。夫然后吾人得以利用此物，有其利而无其害，以使吾人生活之欲，增进于无穷。此科学之功效也。故科学上之成功，虽若层楼[18]杰观，高严巨丽，然其基址则筑乎生活之欲之上，与政治上之系统立于生活之欲之上无以异。然则吾人理论与实际之二方面，皆此生活之欲之结果也。

由是观之，吾人之知识与实践之二方面，无往而不与生活之欲相关系，即与苦痛相关系。兹有一物焉，使吾人超然于利害之外，而忘物与我之关系。此时也，吾人之心无希望，无恐怖，非复欲之我，而但知之我也。此犹积阴弥月[19]，而旭日杲杲[20]也；犹覆舟大海之中，浮沉上下，而飘著于故乡之海岸也；犹阵云惨淡，而插翅之天使，赍[21]平和之福音而来者也；犹鱼之脱于罾[22]网，鸟之自樊笼出，而游于山林江海也。然物之能使吾人超然于利害之外者，必其物之于吾人无利害之关系而后可。易言以明之，必其物非实物而后可。然则，非美术（指艺术，下同）何足以当之乎？夫自然界之物，无不与吾人有利害之关系；纵非直接，亦必间接相关系者也。苟吾人而能忘物与我之关系而观物，则夫自然界之山明水媚，鸟飞花落，固无往而非华胥之国[23]，极乐之土也。岂独自然界而已？人类之言语动作，悲欢啼笑，孰非美之对象乎？然此物既与吾人有利害之关系，而吾人欲强离其关系而观之，自非天才[24]，岂易及此？于是天才者出，以其所观于自然人生中者，复现之于美术中，而使中智以下之人，亦因其物之与己无关系，而超然于利害之外。是故观物无方[25]，因人而变。濠上之鱼，庄、惠之所乐也[26]，而渔父袭之以网罟[27]；舞雩之木，孔、曾之所憩也[28]，而樵者继之以斤[29]斧。若物非有形，心无所住[30]，则虽殉财之夫[31]，贵私之子[32]，宁有对曹霸、韩干之马[33]，而计驰骋之乐；见毕宏、韦偃之松[34]，而思栋梁之用；求好逑于雅典之偶[35]，思税驾于金字之塔者哉[36]！故美术之为物，欲者不观，观者不欲。而艺术之美，所以优于自然之美者，全存于使人易忘物我之关系也。

而美之为物有二种：一曰优美，一曰壮美。苟一物焉，与吾人无利害之关系，而吾人之观之也，不观其关系，而但观其物；或吾人之心中，无丝毫生活之欲存，而其观物也，不视为与我有关系之物，而但视为外物，则今之所观者，非昔之所观者也。此时吾心宁静之状态，名之曰优美之情，而谓此物曰优美。若此物大不利于吾人，而吾人生活之意志，为之破裂，因之意志遁去，而知力[37]得为独立之作用，以深观其物，吾人谓此物曰壮美，而谓其感情曰壮美之情。普通之美，皆属前种。至于地狱变相之图[38]，决斗垂死之像[39]，庐江小吏之诗[40]，雁门尚书之曲[41]，其人故氓庶[42]之所共怜，其遇虽戾夫[43]为之流涕，讵有子颓乐祸之心[44]，宁无尼父反袂之戚[45]？而吾人观之，不厌千复[46]。格代（今译歌德）之诗曰：

What in life doth only grieve us.

That in art we gladly see.

（凡人生中足以使人悲者，于美术中则吾人乐而观之。）

此之谓也。此即所谓壮美之情；而其快乐存于使人忘物我之关系，则固与优美无以异也。

至美术中之与二者相反者，名之曰眩惑。夫优美与壮美，皆使吾人离生活之欲，而入于纯粹之知识者。若美术中而有眩惑之原质乎[47]，则又使吾人自纯粹之知识出，而复归于生活之欲。如粔妆蜜饵[48]，《招魂》《启》《发》之所陈[49]；玉体横陈，周昉、仇英之所绘[50]；《西厢记》之《酬柬》[51]，《牡丹亭》之《惊梦》[52]，伶元之传《飞燕》[53]，杨慎之赝《秘辛》[54]，徒讽一而劝百[55]，欲止沸而益薪[56]。所以子云有"靡靡"之诮[57]，法秀有"绮语"之诃[58]。虽则梦幻泡影[59]，可作如是观，而拔舌地狱[60]，专为斯人设者矣。故眩惑之于美，如甘之于辛，火之于水，不相并立者也。吾人欲以眩惑之快乐，医人世之苦痛，是犹欲航断港而至海[61]，入幽谷[62]而求明，岂徒无益，而又增之。则岂不以其不能使人忘生活之欲及此欲与物之关系，而反鼓舞[63]之也哉！眩惑之与优美及壮美相反对，其故实存于此。

今既述人生与美术之概略如左，吾人且持此标准以观我国之美术，而美术中以诗歌戏曲小说为其顶点，以其目的在描写人生，故吾人于是得一绝大著作曰《红楼梦》。

【注释】

[1] 语出老子《道德经》第十三章。老子（约前 571—前 471），姓李名耳，字伯阳，谥曰聃，楚国苦县（今河南鹿邑县）人。曾任周朝的守藏史。春秋时期思想家，道家学派创始人。著有道家经典《老子》，又名《道德经》。

[2] 大块：天地，大自然。语出《庄子·大宗师》。庄子（约前 369—前 286），名周，楚国（今河南商丘）人。战国时期哲学家，与老子并列为道家宗师，

合称“老庄”。著有道家经典《庄子》(后世又称为《南华经》)。载我以形:赋予形体来使我有所寄托。载:承受,寄托。劳我以生:赋予生命来使我辛劳。

[3] 讵:反诘副词,岂。

[4] 将:连词,表选择,意为“还是”。

[5] 露处:露天住宿。

[6] 牝牡之欲:指男女性欲。牝,雌;牡,雄。

[7] 保抱:抱在怀中。扶持:搀扶。

[8] 遂:如愿,满足欲望。

[9] 厌:满足。

[10] 原:本原。

[11] 什伯:超过十倍、百倍。什,音 shí,通“十”;伯,音 bǎi,通“佰”。

[12] 究竟:至极,终极。

[13] 乘:追逐。

[14] 负:承受,担负。

[15] 人知:即人智。“知”同“智”。下“知力”,即智力。

[16] 自是:自此,由此。

[17] 此句意为:明白、清楚地显示、呈现而无所隐遁、隐藏。

[18] 层楼:高楼。

[19] 积阴弥月:持续了很长时间的阴天。

[20] 杲杲:明亮的样子。

[21] 赍(jī):持,带。

[22] 罾(zēng):用竿支架的鱼网。

[23] 华胥之国:传说中的国名。典出《列子·黄帝》:“(黄帝)昼寝而梦,游于华胥氏之国。华胥氏之国在弇州之西,台州之北,不知斯齐国几千万里。盖非舟车足力之所及,神游而已。其国无帅长,自然而已;其民无嗜欲,自

然而已。不知乐生，不知恶死，故无夭殇。不知亲己，不知疏物，故无爱憎。不知背逆，不知向顺，故无利害。都无所爱惜，都无所畏忌。入水不溺，入火不热。斫挞无伤痛，指擿无痟痒。乘空如履实，寝虚若处床。云雾不（硋）其视，雷霆不乱其所，美恶不滑其心，山谷不踬其步，神行而已。黄帝既寤，怡然自得。”后用以指理想的安乐和平之境，或作梦境的代称。

[24] 自非：若非，倘若不是。

[25] 无方：无常、无固定的方式。

[26] 濠上之鱼：《庄子·外篇·秋水》第十七："庄子与惠子游于濠梁之上。庄子曰：'鯈鱼出游从容，是鱼之乐也。'惠子曰：'子非鱼，安知鱼之乐？'庄子曰：'子非我，安知我不知鱼之乐？'惠子曰：'我非子，固不知子矣；子固非鱼也，子之不知鱼之乐，全矣！'庄子曰：'请循其本。子曰"汝安知鱼乐"云者，既已知吾知之而问我。我知之濠上也。'"濠：水名，在今安徽凤阳县北（此地有庄子坟墓）；梁：拦河堰。惠施（约前 370—前 310），战国时期宋国人，哲学家，名家代表人物。做过魏相，庄子好友，博学善辩，两人经常争辩切磋。《汉书·艺文志》载有《惠子》一篇，已佚，其言行散见于《庄子》《韩非子》和《吕氏春秋》等书中。庄子以在濠梁上游而感到鱼在濠水里游的快乐，来表达"返其真"的境界。

[27] 罟（gǔ）：网的总名。

[28] 舞雩（yú）之木：鲁国城南沂水边祭天求雨之处的树木。雩，古代为求雨而举行的祭祀，称为"雩祭"。因有乐舞，故又叫"舞雩"。《论语·先进》："子曰：'何伤乎，亦各言其志也。'曰：'莫春者，春服既成，冠者五六人，童子六七人，浴乎沂，风乎舞雩，咏而归。'夫子喟然叹曰：'吾与点也。'"郑玄注："沂水出沂山，在鲁城南，雩坛在其上。"朱熹《四书集注》："舞雩，祭天祷雨之处，有坛墠树木。"孔、曾：孔子和他的学生曾皙。曾皙，字点，孔子之徒，曾参之父。

[29] 斤：斫木之斧。《说文·斤部》：“斧也。”段玉裁注：“凡用斫物者皆曰斧，斫木之斧则谓之斤。”

[30] 住：住著，执著。

[31] 殉财：为财而死。《庄子·杂篇·盗跖》第二十九：“小人殉财，君子殉名。”殉财之夫，即为财而死的人。

[32] 贵私：以私人占有为第一要义。贵私之子：即把私人占有视为第一的人。

[33] 宁：难道。曹霸（约 704—约 770）、韩干（？—780）：皆为唐代以画马著称的画家。

[34] 毕宏、韦偃：唐代两位以画松、石而著称的画家。

[35] 好逑：好的配偶。《诗经·周南·关雎》：“窈窕淑女，君子好逑。”雅典，希腊古代文明发源地，多艺术古迹。雅典之偶，指维纳斯雕像。或以为指古希腊神话中的雅典娜女神，俞晓红认为：疑误。按雅典娜为智慧女神，维纳斯为爱和美之神，后者更宜“好逑”之称；“偶”亦非配偶之偶，系指偶像之偶，即“像”是也。“偶”之本义系指以土或木制成的偶像。且维纳斯雕像为一可视可触之实体，恰与下句“金字之塔”对举匹配。（《王国维红楼梦评论笺说》第 25—26 页）

[36] 税驾：解驾，停车；此谓休息或归宿。金字之塔：指埃及金字塔，是古埃及法老的陵墓，康德《判断力批判》视为艺术壮观（崇高、宏壮）之代表。

[37] 知力：即智力，指才智能力。

[38] 地狱变相之图：地狱，为佛家所言六道之一。变相，以绘画形式表现佛教教义、宣教辅教的作品。

[39] 决斗垂死之像：俞晓红认为当指南宋初画家萧照（1130—1160）所画长卷《中兴瑞应图》。图按曹勋赞词绘制，共十二幅，第六幅画磁州郡民

击杀赵构副使王云之像：一庙在左，朱碧辉丽，高宗冠袍升立廊上，从臣十六，廊朱辇一，马一，廊上下人十四，右横一桥，立者三人，桥外攒集二十四人，共执一人，庙门内外骑者凡二十三人。林木青葱，郁然满目。高宗赵构出使金国，王云副之，至磁州，忽郡民数万同声请谒崔庙。高宗翌旦至庙，升自东廊，见庭中一老人，青巾秀异，厉声曰："王云不得邀上北去！"时云从高宗，即有势人持云下，寻为民所杀。高宗令捕杀云者甚峻，显应勿遣厅子马，以所乘小朱漆辇令高宗乘归。是日非民杀云，则云邀高宗北去矣。存疑。（《王国维红楼梦评论笺说》第32—33页）

[40] 庐江小吏之诗：指汉乐府《孔雀东南飞》，原名《焦仲卿妻》，诗前小序有"汉末建安中，庐江府小吏焦仲卿妻刘氏，为仲卿母所遣"之语，因男主人公焦仲卿是庐江府小吏，故云。

[41] 雁门尚书之曲：清吴伟业古风《雁门尚书行》，诗序曰："雁门尚书行，为大司马白谷孙公作也。"白谷孙公，即明末兵部侍郎孙传庭，字伯雅，一字白谷。在镇压农民起义时死于柿园之战。

[42] 氓庶：百姓。

[43] 戾夫：凶狠暴戾之人。

[44] 子颓：春秋时期周庄王之子。乐祸：以祸为乐。《左传·庄公二十年》："哀乐失时，殃咎必至，今王子颓歌舞不倦，乐祸也。"子颓图谋夺取周惠王之王位，后在卫、燕之师帮助下进入王都成周，郑庄公调解未成，子颓为讨好诸侯五大夫，"乐及遍舞"（谓奏乐及于所有舞乐也），违反制度，郑庄公以为乐祸。

[45] 尼父：孔子的尊称。孔子（前551—前479），名丘，字仲尼。反袂（mèi）：扬起袖子（袂），掩面拭涕，形容哭泣。戚，伤悲。《公羊传·哀公十四年》："有以告者曰：'有麇而舟者。'孔子曰：'孰为来哉！孰为来哉！'反袂拭面，涕沾袍。颜渊死，子曰：'噫！天丧予。'子路死，子曰：'噫！天

祝予。’西狩获麟，孔子曰：‘吾道穷矣。’”

[46] 不厌千复：反复（观之）千遍也不满足。厌，满足。复，重复，反复，回环。

[47] 原质：元素。乎：表停顿。

[48] 粔妆蜜饵：应为“粔敉（jù nǚ）蜜饵”，是古代的一种食品。《楚辞·招魂》：“粔敉蜜饵。”王逸注：“言以蜜和面，熬煎作粔敉。”

[49]《招魂》：《楚辞》中的一篇，王逸认为是宋玉所作，明以后有些学者据《史记·屈原贾生列传》赞语，认为是屈原所作。《启》《发》：《七启》《七发》，西汉辞赋家枚乘（？—前 140）所作赋的篇名。这些作品都有讽劝的意味。

[50] 玉体横陈：美人横卧。周昉（fǎng）：字景玄，京兆（今陕西西安）人，唐代著名画家。先后官越州、宣州长史。好属文，能书，善画道释、人物，尤工仕女画，多写贵族妇女，优游闲适，体态丰肥，色彩柔丽，影响深远。仇英（约 1498—约 1552）：字实父，号十洲，太仓（今属江苏）人，寓居苏州。明代著名画家，擅人物，尤工仕女。其仕女画有“周昉复起，亦未能过”之声誉。

[51]《西厢记》第四本第一折《酬柬》，写崔莺莺主动赴约，与张生私下结合。中间有一组曲子描写到崔张鱼水之欢的全过程。

[52]《牡丹亭》：明汤显祖所作传奇名作《临川四梦》（又称《玉茗堂四梦》）之一。《惊梦》为其中第十出，演杜丽娘游园后，梦与柳梦梅相遇私合之事。

[53] 伶元之传《飞燕》：伶元，伶玄，字子予，潞水（今山西长冶）人。《顾氏文房小说》本《飞燕外传》自序，称其与扬雄同时，历官至淮南相、河东都尉。《飞燕》：指旧题为汉代伶元作历史小说《飞燕外传》，又作《赵后别传》《赵飞燕外传》等，记述西汉成帝时皇后赵飞燕、昭仪赵合德姊妹的宫中荒淫生活。一般认为是伪托，明代胡应麟称之为“传奇之首”。

[54] 杨慎之赝《秘辛》：杨慎（1488—1559），字用修，号升庵，新都（今属四川）人。明代著名学者、诗文家。《秘辛》即《杂事秘辛》，又作《汉杂事秘辛》，一卷，旧题汉佚名氏撰，有杨慎题词。明沈德符认为此书是杨慎伪作，所以称之“赝”。

[55] 讽一而劝百：《史记·司马相如传》：“相如虽多虚词滥说，然其要归，引之节俭，此与诗之风谏何异？扬雄以为靡丽之赋，劝百风（讽）一，犹驰骋郑卫之声，曲终而奏雅，不已亏乎？”后遂以“讽一劝百”形容规讽正道的言辞的效果远远及不上劝诱奢靡的言辞，也即：使人警戒，但效果却适得其反。

[56] 止沸益薪：谓本欲止水沸腾，却反而在锅下添柴。喻所做与本来愿望相反。

[57] 子云：扬雄（前 53—后 18），一作杨雄，字子云，蜀郡成都（今属四川）人。西汉文学家、哲学家、语言学家。成帝时为给事黄门郎，王莽时，校书天禄阁，官为大夫。“靡靡”之诮，见 [55]“讽一而劝百”注。《汉书·扬雄传》：“雄以为赋者，将以风也，必推类而言，极丽靡之辞，闳侈钜衍，竞于使人不能加也。”

[58] 法秀：法云秀，关西人。北宋时东京法云寺僧人，号圆通禅师，生平参见宋普济《五灯会元》卷第十六（中华书局 1984 年版第 1037—1039 页）。与黄庭坚交往，宋人胡仔《苕溪渔隐丛话》载，他讥称黄庭坚的词是“艳歌小曲”。又《扪虱新话》载：黄鲁直初好作艳歌小词，道人法秀，谓以笔墨诲淫，号我法当堕泥犁之狱，鲁直自是不作。绮语，佛家语，佛家所说“十恶”中，有四种为“口业”，“绮语”即其之一。绮：平纹起花的丝织品，引申为华美、艳丽。后主要指邪僻不正和涉及艳情的花言巧语，艳词淫曲之类也被包括其中。

[59] 梦幻泡影：谓人生无常，世事虚幻而不可捉摸。本菩提流支译《金

刚经》中著名的“六如偈”：“一切有为法，如梦幻泡影，如露亦如电，应作如是观。”“六如”指梦幻泡影露电。“梦幻泡影”比喻“一切有为法”，即世间所有可以感知的事物，有形有相，有声有色。佛教认为，“有为法”无不虚妄。“梦”喻梦中所见本无，“幻”喻幻术所化不实，“泡”喻易生易灭，“影”喻从缘而现。

[60] 拔舌地狱：佛教语，谓人生前毁谤佛法，死后将堕入受拔舌酷刑的地狱。唐释道世《法苑珠林》卷八七：“今身言无慈爱，谗谤毁辱，恶口杂乱，死即当堕拔舌、烊铜、犁耕地狱。”

[61] 航断港而至海：航行于隔断的小河汊却想到达大海。断，阻断，隔绝。港，小河。断港，与别的水流不相通的河汊。

[62] 幽谷：幽深的山谷。

[63] 鼓舞：激发，激励。

【解读】

25年前，我在《博大精深，学贯中西——王国维先生评传》中指出：

> 王国维自1904年起致力于文学的研究。是年发表的《红楼梦评论》是我国文学批评史上第一篇运用西方文艺理论和近代科学方法来评论文学名著的论文，并把《红楼梦》与歌德的巨著《浮士德》对照，是我国第一篇运用比较文学的方法研究作品的论著；在红学史上它又是第一篇比较系统的研究专论，具有划时代的意义。(《光明日报》1985年1月29日)

其划时代的意义，即此文是告别旧红学、开创新红学的第一篇巨著。

此文给《红楼梦》以最高也是最正确的评价：《红楼梦》是优美

与壮美相结合、壮美大于优美的天才之作，是悲剧中之悲剧，宇宙大著述。（拙文《王国维小说理论评述》，《华东师大学报》1991 年第 2 期，中国人民大学资料中心《中国古代近代文学研究》1991 年第 11 期）

但是王国维的这个评价，很少有人知道，还长期遭到否认。

与王国维所取得的重大成就相比，胡适、鲁迅都大大地倒退了。胡适认为《红楼梦》是贾宝玉的自传，认为《红楼梦》的写作水平不高。鲁迅说：

高尔基很惊服巴尔扎克小说里写对话的巧妙，以为并不描写人物的模样，却能使读者看了对话，便好像目睹了说话的那些人。

中国还没有那样好手段的小说家，但《水浒传》和《红楼梦》的有些地方，是能使读者由说话看出人来的。其实，这也并非什么奇特的事情，在上海的弄堂里，租一间小房子住着的人，就时时可以体验到。他和周围的住户，是不一定见过面的，但只隔一层薄板壁，所以有些人家的眷属和客人的谈话，尤其是高声的谈话，都大略可以听到，久而久之，就知道那里有那些人，而且仿佛觉得那些人是怎样的人了。

如果删除了不必要之点，只摘出各人的有特色的谈话来，我想，就可以使别人从谈话里推见每个说话的人物。但我并不是说，这就成了中国的巴尔扎克。（《花边文学·看书琐记》）

鲁迅依从高尔基给巴尔扎克的评价，当然是正确的，但他竟然将《水浒传》和《红楼梦》的对话水平比拟为小市民的日常语言，未免贬抑太甚。鲁迅的这个观点是五四新文化运动中崇洋媚外的错误倾向的典型表现，并因此而造成重大的理论失误。

实际上，《水浒传》和《红楼梦》的对话描写艺术成就高于西方小说。

于此反观王国维本文从审美角度对《红楼梦》的评价，指出《红楼梦》是“彻头彻尾之悲剧”，“大背于吾国人之精神”，充分肯定这部名著的首创精神和叛逆精神。他又举此书为“宇宙之大著述”，举作者为旷世而不一遇的“天才”，在我国鄙视小说的空气长期笼罩的文坛上纯属难得之高论。（周锡山《博大精深，学贯中西——王国维先生评传》，《光明日报》1985年1月29日）尤其是将《红楼梦》在中国和世界文化史上的地位，定位为“宇宙之大著述”，是何其崇高和准确。

第一章谈人生及美术（艺术）之概观，即基本观念。

此文之首，王国维引用中国最伟大的两位哲学家老子和庄子的名言，从宇宙学的角度概括人生的本质就是痛苦，分析人生痛苦的根源，痛苦的内容和痛苦的不可避免。接着分析生活的本质，就是欲（望）。欲望永远不会得到满足，因此欲（望）与生活与痛苦，三者是结合成不可分割的一体的。知识、科学和政治系统的建立以及一切实践，都是生活之欲望推动的结果。

但有一件事物，与欲望没有关系，这就是艺术（文学是艺术的一种）。艺术能使人忘却物与我之关系，能使人超然于利害之外，只有天才才能将他所观察的自然人生，在艺术中复现（再现）。欣赏艺术美的第一个前提是“观物无方，因人而变”；第二个前提是：“故美术（艺术）之为物，欲者不观，观者不欲。而艺术之美，所以优于自然者，全存于使人易忘物我之关系也。”

艺术之美有两种，即优美和壮美。优美是观物时因此物与吾人无利害之关系，吾人心中无丝毫生活之欲存，此时吾心宁静之状态为优美之情。壮美是此物大不利于吾人，吾人生活之意志，为之破裂，因之意志遁去，而智力得为独力之作用，以深观其物；吾人谓此物为壮美，而谓其感情为壮美之情。

与优美和壮美相反的是眩惑。眩惑是迷惑、惑乱人心、挑起欲望的艺术作品，它们“使吾人自纯粹之知识出，复归于生活之欲”。

最后，王国维指出：美术（艺术）中以诗歌、戏曲、小说为其顶点，以其目的在描写人生故。《红楼梦》就是这样的一部绝大著作。

西方美学家公认，悲剧是艺术的最高之作。王国维的见解，修正了西方这个观点，但并不否认这个观点。

第二章 《红楼梦》之精神

哀伽尔[1]之诗曰：

“Ye wise men, highly, deeply learned,
Who think it out and know,
How, when and where do all things pair?
Why do they kiss and love?
Ye men of lofty wisdom say
What happened to me then,
Search out and tell me where, how, when,
And why it happened thus.”

嗟汝哲人[2]，靡所不知，靡所不学，既深且跻[3]。粲粲生物[4]，罔不匹俦[5]。各齧厥唇[6]，而相厥攸[7]。匪汝哲人，孰知其故？自何时始，来自何处？嗟汝哲人，渊渊[8]其知。相彼百昌[9]，奚而熙熙[10]？愿言[11]哲人，诏余其故。自何时始，来自何处？（译文）

哀伽尔之问题，人人所有之问题，而人人未解决之大问题也。人有恒言[12]，曰：“饮食男女，人之大欲存焉。”[13]然人七日不食即死，一日不再食则饥。若男女之欲，则于一人之生活上，宁[14]有害无利者也，而吾人之欲之也如此，何哉？吾人自少壮以后，其过半之光阴，过半之事业，所计画、所勤动者为何事？汉之成、哀，曷为而丧其生[15]？殷辛、周幽[16]，曷为而亡其国？励精如唐元宗[17]，英武如后唐庄宗[18]，曷为而不善其终？且人生苟为数十年之生活计，则其维持此生活，亦易易耳，曷为而其忧劳之度，倍蓰[19]而未有已？《记》曰："人不婚宦，情欲失半。"[20]人苟能解此问题，则于人生之知识，思过半矣[21]。而蚩蚩者乃日用而不知[22]，岂不可哀也欤？其自哲学上解此问题者，则二千年间，仅有叔本华之《男女之爱之形而上学》耳[23]。诗歌小说之描写此事者，通古今东西，殆不能悉数，然能解决之者鲜矣。《红楼梦》一书非徒提出此问题，又解决之者也。彼于开卷即下男女之爱之神话的解释。其叙此书之主人公贾宝玉之来历曰：

却说女娲氏[24]炼石补天之时，于大荒山无稽崖，炼成高十二丈见方二十四丈大的顽石三万六千五百零一块。那娲皇只用了三万六千五百块，单单剩下一块未用，弃在青埂峰下。谁知此石自经锻炼之后，灵性已通，自去自来，可大可小。因见众石俱得补天，独自己无材，不得入选，遂自怨自艾，日夜悲哀。（第一回）

此可知生活之欲之先人生而存在，而人生不过此欲之发现也。此可知吾人之堕落，由吾人之所欲，而意志自由之罪恶也。夫顽钝者，既不幸而为此石矣，又幸而不见用，则何不游于广莫之野，无何有之乡[25]，以自适其适，而必欲入此忧患劳苦之世界，不可谓非此石之大误也。由此一念之误，而遂造出十九年之历史，与百二十回之事实，与茫茫大士、渺渺真人何与[26]？又于第百十七回中，述宝玉与和尚之谈论曰：

"弟子请问师父，可是从'太虚幻境'而来？"那和尚道："什么幻境！不过是来处来，去处去罢了。我是送还你的玉来的。我且问你，那玉是从那里来的？”宝玉一时对答不来。那和尚笑道：“你的来路还不知，便来问我！”宝玉本来颖悟，又经点化，早把红尘看破，只是自己的底里未知，一闻那僧问起玉来，好像当头一棒，便说：“你也不用银子了，我把那玉还你罢。”那僧笑道：“早该还我了。”

所谓“自己的底里未知”者，未知其生活乃自己之一念之误，而此念之所自造也。及一闻和尚之言，始知此不幸之生活，由自己之所欲，而其拒绝之也，亦不得由自己，是以有还玉之言。所谓玉者，不过生活之欲之代表而已矣。故携入红尘者，非彼二人之所为，顽石自己而已；引登彼岸[27]者，亦非二人之力，顽石自己而已。此岂独宝玉一人然哉？人类之堕落与解脱[28]，亦视其意志而已。而此生活之意志，其于永远之生活，比个人之生活为尤切。易言以明之，则男女之欲，尤强于饮食之欲。何则？前者无尽的，后者有限的也；前者形而上的，后者形而下的也。又如上章所说生活之于痛苦，二者一而非二，而苦痛之度，与主张生活之欲之度为比例。是故前者之苦痛，尤倍蓰于后者之痛。而《红楼梦》一书，实示此生活此苦痛之由于自造，又示其解脱之道，不可不由自己求之者也。

而解脱之道，存于出世，而不存于自杀。出世者，拒绝一切生活之欲者也。彼知生活之无所逃于苦痛，而求入于无生之域。当其终也，恒干虽存[29]，固已形如槁木，而心如死灰矣[30]。若生活之欲如故，但不满于现在之生活，而求主张之于异日，则死于此者，固不得不复生于彼，而苦海[31]之流，又将与生活之欲而无穷。故金钏之堕井也，司棋之触墙也，尤三姐、潘又安之自刎也[32]，非解脱也，求偿其欲而不得者也。彼等之所不欲者，其特别之生活，而对生活之为物，则固欲之而不疑也。故此书中真正之解脱，仅贾宝玉、惜春、紫鹃三人耳。而柳湘莲之入道，有似潘又安；芳官之出家[33]，略同于金钏。故苟有生活之欲存乎，则虽出世而无与[34]于解脱；苟无此欲，则自杀亦未始非解脱之一者也。如鸳鸯之死[35]，彼故有不得已之境遇在；不然，则惜春、紫鹃之事，固亦其所优为[36]者也。

而解脱之中，又自有二种之别：一存于观他人之苦痛，一存于觉自己之苦痛。然前者之解脱，唯非常之人为能，其高百倍于后者，而其难亦百倍，但由其成功观之，则二者一也。通常之人，其解脱由于苦痛之阅历，而不由于苦痛之知识。唯非常之人，由非常之知力[37]，而洞观宇宙人生之本质，始知生活与苦痛之不能相离，由是求绝其生活之欲，而得解脱之道。然于解脱之途中，彼之生活之欲，犹时时起而与之相抗，而生种种之幻影。所谓恶魔[38]者，不过此等幻影之人物化而已矣。故通常之解脱，存于自己之苦痛，彼之生活之欲，因不得其满足而愈烈，又因愈烈，而愈不得其满足。如此循环，而陷于失望之境遇，遂悟宇宙人生之真相，遽而求其息肩之所[39]。彼全变其气质，而超出乎苦乐之外，举昔之所执著[40]者，一旦而舍之。彼以生活为炉，苦痛为炭，而铸其解脱之鼎。彼以疲于生活之欲故，故其生活之欲，不能复起而为之幻影，此通常之人解脱之状态也。前者之解脱，如惜春紫鹃；后者之解脱，如宝玉。前者之解脱，超自然的也，神明的也；后者之解脱，自然的也，人类的也。前者之解脱，宗教的；后者美术的也。前者平和的也；后者悲感的也，壮美的也，故文学的也，诗歌的也，小说的也。此《红楼梦》之主人公，所以非惜春、紫鹃而为贾宝玉者也。

呜呼！宇宙一生活之欲而已！而此生活之欲之罪过，即以生活之苦痛罚之，此即宇宙之永远的正义也。自犯罪，自加罚，自忏悔，自解脱。美术之务，在描写人生之苦痛于其解脱之道，而使吾侪冯生[41]

之徒，于此桎梏之世界中，离此生活之欲之争斗，而得其暂时之平和。此一切美术之目的也。夫欧洲近世之文学中，所以推格代（今译歌德）之《法斯德》（今译《浮士德》）为第一者，以其描写博士法斯德之苦痛[42]，及其解脱之途径，最为精切故也。若《红楼梦》之写宝玉，又岂有以异于彼乎？彼于缠陷最深之中，而已伏解脱之种子，故听《寄生草》[43]之曲，而悟"立足之境"[44]；读《胠箧》[45]之篇，而作"焚花散麝"[46]之想，所以未能者，则以黛玉尚在耳。至黛玉死而其志渐决。然尚屡失于宝钗，几败于五儿[47]，屡蹶屡振，而终获最后之胜利。读者观自九十八回以至百二十回之事实，其解脱之行程，精进[48]之历史，明了精切何如哉！且法斯德之苦痛，天才之苦痛；宝玉之苦痛，人人所有之苦痛也。其存于人之根柢者为独深，而其希救济也为尤切。作者一一掇拾[49]而发挥之，我辈之读此书者，宜如何表满足感谢之意哉！而吾人于作者之姓名，尚有未确实之知识，岂徒吾侪寡学之羞，亦足以见二百余年来吾人之祖先，对此宇宙之大著述，如何冷淡遇之也。谁使此大著述之作者，不敢自署其名？此可知此书之精神，大背于吾国人之性质，及吾人之沉溺于生活之欲，而乏美术之知识，有如此也。然则予之为此论，亦自知有罪也夫[50]。

【注释】

[1] 裒伽尔（1747—1794）：今译伯格，或比格尔，德国诗人。狂飙运动的重要代表，德国民间歌谣诗的奠基人。

[2] 哲人：才能识见超越寻常的人，智慧卓越的人。

[3] 跻（jī）：高。

[4] 粲粲：鲜活茂盛的样子。生物，泛指自然界中一切有生命的物体。

[5] 匹俦：匹配，成双成对。

[6] 各齧（niè）厥唇：咬他们的嘴唇；亲吻，喻相爱。齧，啮的异体字，咬，啃。

[7] 相厥攸：考察选择其住所，喻嫁娶。攸，所，住所。《诗经·大雅·韩奕》："靡国不到，为韩姞相攸。"意谓替韩姞选择嫁所。

[8] 渊渊：水深的样子，这里比喻知识渊博。

[9] 百昌：指世上万物。《庄子·外篇·在宥》第十一："今夫百昌皆生于土而反于土。"昌，泛指有生之物。

[10] 熙熙：和乐的样子。《老子》："众人熙熙，如享太牢，如登春台。"《逸周书·太子晋》："万物熙熙，非舜而谁能？"孔晁注："熙熙，和盛。"

[11] 愿言：希望。言，语气助词。

[12] 恒言：常言，俗语。

[13] 饮食男女，人之大欲存焉：谓食欲与性欲，是人类最大的欲望。语出《礼记·礼运》第九："饮食男女，人之大欲存焉。死亡贫苦，人之大恶存焉。"

[14] 宁：乃。

[15] 汉之成、哀：汉成帝刘骜，年号建始，前 32—前 28 年在位；汉哀帝刘欣，年号建平、太初、元将、元寿，前 6—前 1 年在位。曷为：为何，为什么。汉成帝因宠爱赵飞燕、赵合德姊妹，荒淫无度而致死。汉哀帝因男宠董贤，又以董妹为昭仪，居处号椒风，宠爱至极，朝政日乱，患痿痹之症，在位不足七年而死。

[16] 殷辛：即商纣王，亦称帝辛，宠爱妲己，沉湎酒色，奢侈荒淫，周武王率诸侯攻商，纣因奴隶阵前倒戈，兵败自焚而商灭。周幽：周幽王，姬宫涅（？—前 771，前 781—前 771 年在位），任用虢石父执政，残生扰民；因宠爱褒姒，废太子宜臼和其母申后。前 771 年，申后父申侯联合犬戎等攻周，杀幽王于骊山下，西周灭亡。

[17] 唐元宗：即唐玄宗李隆基（685—762，712—756 年在位），英武有才

略，开元年间（713—741）用姚崇、宋璟为相，励精图治。后因独宠杨贵妃，用奸佞杨国忠为相，又宠信安禄山，天宝十四年（755）遂发生安史之乱，唐朝从此衰落，他也于平乱后郁闷而死。因避康熙“玄烨”名讳，这里改称元宗。

[18] 后唐庄宗：即李存勖（885—926，923—926 年在位），沙陀部人。起初英武有为，于 923 年击败、消灭后梁，称帝，建都洛阳，国号唐，史称后唐。后宠信伶人，多用伶人为官，时与伶人共戏于庭，荒淫误国，引起兵乱，庄宗中流矢而死，国灭。

[19] 倍蓰：数倍。倍，一倍；蓰，五倍。

[20] 婚宦：结婚和做官。《列子·杨朱》：“故语有之曰：人不婚宦，情欲失半；人不衣食，君臣道息。”

[21] 思过半：谓已领悟大半。《易·系辞下》：“知者观其彖辞，则思过半矣。”孔颖达疏：“思虑有益，以过半矣。”

[22] 蚩蚩者：指敦厚、无知的平民百姓，芸芸众生。日用而不知：语出《易·系辞上》：“百姓日用而不知，故君子之道鲜矣。”孔颖达疏：“言万方百姓恒日日赖用此道而得生，而不知道之功力也。”

[23] 见叔本华著、石冲白译《作为意志和表象的世界》卷 3 第 336 页，商务印书馆 1982 年版。

[24] 女娲氏：中国神话传说中人类的始祖，传说她曾炼石补天。

[25] 广莫之野，无何有之乡：是《庄子》常用的哲学术语，指无边无际、无始无终、空无所有的至道境界。

[26] 茫茫大士、渺渺真人：《红楼梦》中两个来自仙界的人物，即一僧一道的称号。大士为佛家名称，真人为道家名称；茫茫渺渺，渺茫虚幻。何与，何干。

[27] 彼岸：佛教语，梵语“波罗”的意译。佛教以有生有死的境界，譬曰此岸；烦恼苦难，譬曰中流；超脱生死，即涅槃的境地，譬曰彼岸。

[28] 解脱：佛教名词，从烦恼业障的束缚中脱却出来，达到自由自在的境地。这是佛教的终极理想，又称涅槃。此指摆脱世俗任何束缚，在精神上获得彻底的自由。

[29] 恒干：指躯体。《楚辞·招魂》："魂兮归来，去君之恒干，何为乎四方些？"王逸注："恒，常也；干，体也。"

[30] 形如槁木，而心如死灰：语出《庄子·内篇·齐物论》第二："形固可使如槁木，而心固可使如死灰乎？"郭象注："死灰槁木，取其寂莫（寞）无情耳。"比喻毫无生气或心情极端消沉。

[31] 苦海：佛教术语，指无边无尽的烦苦世界，即俗世。后喻无穷苦境。此指俗世。

[32] 分别见《红楼梦》第三十二回、第六十六回、第九十二回。

[33] 柳湘莲入道：事见《红楼梦》第六十六回。芳官之出家：事见《红楼梦》第七十七回。

[34] 无与：无关，无涉，不相干。

[35] 鸳鸯之死：事见《红楼梦》第一百零一回。

[36] 优为：特别的做法。或优先去做。

[37] 知力：同智力。

[38] 恶魔：佛教语，指破坏佛法的魔王与魔众，破坏佛法的恶神的总称。

[39] 遽而：复合虚词，匆忙，赶紧。息肩：卸去负担，肩头得到休息。此喻祛除生活之欲带来的痛苦。

[40] 执著（zhuó）：佛教名词。又作"执着"。谓一心注意于世间的事物而不能超脱。后也用来指固执不化，或对某种事物追求锲而不舍。

[41] 冯生：恃矜其生，贪生。《史记·伯夷列传》："贾子曰：贪夫徇财，烈士徇名，夸者死权，众庶冯生。"司马贞索隐："冯者，恃也，音凭。言众庶之情，盖恃矜其生也。"王国维于撰此文前一年（1903）作《冯生》诗，

本书也已收入，可参看。

[42]《教育世界》所刊本文原作“少女额垒亨”,次年收入《静庵文集》时，改作“博士法斯德”。下面“法斯德”之苦痛一句,原也作额垒亨。按额垒亨，即 Margaret，今译作“玛甘泪”。“额垒亨”当据其昵称 Gretchen 译，是浮士德所爱的平民少女，后因与浮士德幽会而致母兄意外死亡，迫于舆论压力又亲手溺死与浮士德所生的孩子，终陷入囹圄，浮士德探救她时，她已精神失常。

[43] 寄生草:《红楼梦》第二十二回“听曲文宝玉悟禅机，制灯谜贾政悲谶语”中,宝钗生日点戏,点了一出《鲁智深醉闹五台山》(即昆剧《山门》《醉打山门》)，并向宝玉着重推荐《北点绛唇》之《寄生草》曲:“漫揾英雄泪，相离处士家。谢慈悲剃度在莲台下，没缘法转眼分离乍。赤条条来去无牵挂,那里讨烟蓑雨笠卷单行？一任俺芒鞋破钵随缘化！”贾宝玉听后喜极。《山门》是康熙时邱圆传奇《虎囊弹》之一出，王国维《曲录》中记载其剧作九种，内有《虎囊弹》。贾宝玉后与林黛玉发生口角，烦恼之余仿写了《寄生草》曲:“无我原非你，从他不解伊。肆行无碍凭来去。茫茫着甚悲愁喜，纷纷说甚亲疏密。从前碌碌却因何,到如今回头试想真无趣！”(新校本《红楼梦》第 294、298 页，人民文学出版社 1996 年版)

[44] 立足之境:《红楼梦》第二十二回描写贾宝玉试图调解林黛玉与史湘云的口角闲气,结果自己反而两头受气,遭到两人的痛责后,无法排解气闷,回房后写下一偈:“你证我证，心证意证。是无有证，斯可云证。无可云证，是立足境。”林黛玉和史湘云闻知，欲破其惑，找上门去，“一进来，黛玉便笑道:‘宝玉，我问你：至贵者是宝，至坚者是玉。尔有何贵？尔有何坚？’宝玉竟不能答。三人拍手笑道:‘这样钝愚，还参禅呢。’黛玉又道:‘你那偈末云：无可云证，是立足境。固然好了，只是据我看，还未尽善。我再续两句在后。’因念云:‘无立足境，是方干净。’”(同上第 297、299 页)

[45] 胠箧：《庄子·外篇》中的篇章。《红楼梦》第二十一回“贤袭人娇嗔箴宝玉，俏平儿软语救贾琏”中，贾宝玉因恼恨袭人之劝谏，读《庄子》以解闷，中引一段如下：“故绝圣弃知，大盗乃止；擿玉毁珠，小盗不起；焚符破玺，而民朴鄙；掊斗折衡，而民不争；殚残天下之圣法，而民始可与论议。擢乱六律，铄绝竽瑟，塞瞽旷之耳，而天下始人含其聪矣；灭文章，散五采，胶离朱之目，而天下始人含其明矣；毁钩绳而弃规矩，攦工倕之指，而天下始人有其巧矣。”（同上第283页）

[46] 焚花散麝：花指花袭人，麝指麝月。第二十一回写贾宝玉读《庄子》，“看至此，意趣洋洋，趁着酒兴，不禁提笔续曰：焚花散麝，而闺阁始人含其劝矣；戕宝钗之仙姿，灰黛玉之灵窍，丧减情意，而闺阁之美恶始相类矣。彼含其劝，则无参商之虞矣，戕其仙姿，无恋爱之心矣；灰其灵窍，无才思之情矣。彼钗、玉、花、麝者，皆张其罗而穴其隧，所以迷眩缠陷天下者也”。（同上第284页）

[47] 几败于五儿：此据程伟元和高鹗修改和续写后的一百二十回本。庚辰本第七十七回“俏丫鬟抱屈夭风流，美优伶斩情归水月”中写道：“王夫人笑道：‘你还强嘴。我且问你，前年我们往皇陵上去，是谁调唆宝玉要柳家的丫头五儿了？幸而那丫头短命死了，不然进来了，你们又连伙聚党遭害这园子呢。”（同上第1080页）可知柳五儿在前八十回中已因茯苓霜事件得病致死。程高本八十回后写王熙凤做主令五儿补晴雯的缺，进了怡红院，并删去第七十七回中王夫人的话。第一百十九回“候芳魂五儿承错爱，还孽债迎女返真元”，写贾宝玉将柳五儿当作晴雯影子，情极暧昧；而五儿之妩媚令贾宝玉几乎不能自持。（同上第1468—1471页）

[48] 精进：原义为精心一志，努力上进。《汉书·叙传上》：“乃召属县长吏，选精进掾史。”后又作佛教语，为“六度（波罗蜜）”之一，谓坚持修善法，断恶法，毫不懈怠。慈恩《上生经疏》：“精，谓精纯无恶杂也；进，谓升进

不懈怠故。”

[49] 掇拾：拾取，引申为摘取、选编。

[50] 自知有罪也夫：《教育世界》《静庵文集》本俱作“矣”。王国维逝世后，罗振玉编《海宁王忠悫公遗书》和赵万里编《王国维遗书》皆改作“夫”。按，戴家祥先生于 1981 年告诉我，王国维逝世后，罗振玉编《遗书》时，因他感到王国维文章的有些文字不够精当，精练和文采都尚有不足，修改了原文的一些文字。戴家祥先生作为王国维的嫡系弟子参加了两个遗书本的编校，所以知道这个情况。

【解读】

本章谈《红楼梦》之精神。

开首引用德国著名诗人衰伽尔（今译伯格，或比格尔）的诗歌，提出“饮食男女，人之大欲”这个根本问题，即“人人所有之问题，而人人未解决之大问题”。认为这是有害无利的事情，并举例说明。这些例子全是负面的，都是只爱美人，不爱江山，没有善终的荒淫之君。

王国维认为《红楼梦》是提出这个问题并解决这个问题的佳作。宝玉所携之玉，不过生活之欲之代表。男女之欲带来的痛苦，强于饮食之欲，《红楼梦》显示了这种生活的痛苦是自造的，并显示了解脱之道，则不可不由自己求得的。

王国维认为解脱之道，在于出世，而不在于自杀。接着分析书中自杀诸人都不是解脱，而柳湘莲和芳官的出家，也不是解脱。书中真正解脱的，仅贾宝玉、惜春、紫鹃三人而已。

解脱之中，还有两种之区别。一种存在于观察他人之痛苦，另一种存在于对自己痛苦的觉悟。前者高于和难于后者百倍：“唯非常之人，由非常之知力（智力），而洞观宇宙人生之本质，始知生活与苦痛之不能相离，由是求绝其生活之欲，而得解脱之道。”“彼以生活为炉，苦痛为炭，而铸其解脱之鼎。”“前者之解脱，如惜春、紫鹃；后者之解脱，如宝玉。前者之解脱，超自然的也，神明的也；后者之解脱，自然的也，人类的也。前者之解脱，宗教的；后者美术的也。前者平和的也；后者悲感的也，壮美的也，故文学的也，诗歌的也，小说的也。此《红楼梦》之主人公，所以非惜春、紫鹃而为贾宝玉者也。”

王国维认为艺术的任务，“在描写人生之苦痛于其解脱之道”，而使我们流连生命的读者，“于此桎梏之世界中，离此生活之欲之争斗，而得其暂时之平和。此一切美术之目的也”。欧洲近世文学中，歌德《浮士德》被推为第一，就是因为描写人生痛苦及其解脱之途径，最为精切。但浮士德的痛苦是天才的痛苦，而贾宝玉的痛苦是人人（普通人）所有的痛苦。

《红楼梦》这部宇宙之大著述，此书之（“救济”人生痛苦的）精神，大背于吾国人之性质。下章又说：“吾国人之精神，世间的也，乐天的也。故代表其精神之戏曲小说，无往而不著此乐天之色彩”；“《红楼梦》，哲学的也，宇宙的也，文学的也。此《红楼梦》之所以大背于吾国人之精神，而其价值亦即存乎此”。

在此章中，王国维将《红楼梦》与歌德惨淡经营六十年的《浮士德》作为同等的经典著作做精辟比较，指出浮士德的痛苦是天才的痛苦，贾宝玉之痛苦是人人之痛苦，从大处抓住了两书精深思想的共同处和刻画人物的相异处。因此此文是中国第一篇站在世界文学史和文化史的高度，以广阔高远的眼光撰写的比较文学的宏文。可见，王国维是我国比较文学学科的创始人。

第三章 《红楼梦》之美学上之精神

如上章之说，吾国人之精神，世间的也，乐天的也。故代表其精神之戏曲小说，无往而不著此乐天之色彩：始于悲者终于欢，始于离者终于合，始于困者终于亨[1]，非是而欲餍阅者之心，难矣！若《牡丹亭》之返魂[2]，《长生殿》之重圆[3]，其最著之一例也。《西厢记》之以《惊梦》终也，未成之作也[4]，此书若成，吾乌知其不为《续西厢》[5]之浅陋也？有《水浒传》矣，曷为而又有《荡寇志》[6]？有《桃花扇》矣，曷为而又有《南桃花扇》[7]？有《红楼梦》矣，彼《红楼复梦》《补红楼梦》《续红楼梦》者[8]，曷为而作也？又曷为而有反对《红楼梦》之《儿女英雄传》[9]？故吾国之文学中，其具厌世解脱之精神者，仅有《桃花扇》与《红楼梦》耳。而《桃花扇》之解脱，非真解脱也。沧桑之变，目击之而身历之，不能自悟，而悟于张道士之一言[10]；且以历数千里冒不测之险投缧绁[11]之中所索之女子，才得一面，而以道士之言，一朝而舍之，自非三尺童子，其谁信之哉？故《桃花扇》之解脱，他律[12]的也；而《红楼梦》之解脱，自律[13]的也。且《桃花扇》之作者，但借侯李之事以写故国之戚，而非以描写人生为事。故《桃花扇》，政治的也，国民的也，历史的也；《红楼梦》，哲学的也，宇宙的也，文学的也。此《红楼梦》之所以大背于吾国人之精神，而其价值亦即存乎此。彼《南桃花扇》《红楼复梦》等，正代表吾国人乐天之精神者也。

《红楼梦》一书，与一切喜剧相反，彻头彻尾之悲剧也。其大宗旨如上章所述，读者既知之矣。除主人公不计外，凡此书中之人，有与生活之欲相关系者，无不与苦痛相终始。以视宝琴、岫烟、李纹、李绮等，若藐姑射神人[14]，敻[15]乎不可及矣。夫此数人者，曷尝无生活之欲？曷尝无苦痛？而书中既不及写其生活之欲，则其苦痛自不得而写之。足见二者如骖之靳[16]，而永远的正义，无往不逞其权力也。又吾国之文学，以挟乐天的精神故，故往往说诗歌的正义，善人必令其终[17]，而恶人必离其罚[18]，此亦吾国戏剧小说之特质也。《红楼梦》则不然，赵姨、凤姐之死，非鬼神之罚，彼良心自己之苦痛也。若李纨之受封，彼于《红楼梦》十四曲中固已明说之曰：

【晚韶华】镜里恩情，更那堪梦里功名！那韶华去之何迅！再休提绣帐鸳衾。只这戴珠冠，披凤袄，也抵不了无常性命。虽说是人生莫受老来贫，也须要阴骘[19]积儿孙。气昂昂头戴簪缨，光灿灿胸悬金印，威赫赫爵禄高登，昏惨惨黄泉路近。问古来将相可还存？也只是虚名儿与后人钦敬。（第五回）

此足以知其非诗歌的正义，而既有世界人生以上，无非永远的正义之所统辖也，故曰《红楼梦》一书，彻头彻尾的悲剧也。

由叔本华之说，悲剧之中，又有三种之别。第一种之悲剧，由极恶之人，极其所有之能力，以交构[20]之者。第二种由于盲目的运命者。第三种之悲剧，由于剧中之人物之位置及关系，而不得不然者，非必有蛇蝎之性质，与意外之变故也，但由普通之人物，普通之境遇，逼之不得不如是。彼等明知其害，交施之而交受之，各加以力而各不任其咎[21]。此种悲剧，其感人贤[22]于前二者远甚。何则？彼示人生最大之不幸，非例外之事，而人生之所固有故也。若前二种之悲剧，吾人对蛇蝎之人物，与盲目之命运，未尝不悚然战慄，然以其罕见之故，犹倖吾生之可以免，而不必求息肩之地也。但在第三种，则见此非常之势力，足以破坏人生之福祉者，无时而不可坠于吾前。且此等惨酷之行，不但时时可受诸己，而或可以加诸人。躬丁[23]其酷，而无不平之可鸣。此可谓天下之至惨也。若《红楼梦》，则正第三种之悲剧也。兹就宝玉黛玉之事言之，贾母爱宝钗之婉嫕[24]，而惩[25]黛玉之孤僻，又信金玉之邪说，而思压[26]宝玉之病；王夫人固亲于薛氏；凤姐以持家之故，忌黛玉之才而虞[27]其不便于己也；袭人惩[28]尤二姐香菱之事，闻黛玉"不是东风压西风，就是西风压东风"之语（第八十一回）[29]，惧祸之及而自同于凤姐，亦自然之势也。宝玉之于黛玉，信誓旦旦，而不能言之于最爱之之祖母，则普通之道德使然，况黛玉一女子哉？由此种种原因，而金玉以之合，木石以之离，又岂有蛇蝎之人物，非常之变故，行于其间哉？不过通常之道德，通常之人情，通常之境遇为之而已。由此观之，《红楼梦》者，可谓悲剧中之悲剧也。

由此之故，此书中壮美之部分较多于优美之部分，而眩惑之原质殆绝焉。作者于开卷即申明之曰：

> 更有一种风月笔墨，其淫秽污臭，最易坏人子弟。至于才子佳人等书，则又开口文君，满篇子建，千部一腔，千人一面，且终不能不涉淫滥，在作者不过欲写出自己两首情诗艳赋来，故假捏出男女二人名姓，又必旁添一小人拨乱其间，如戏中小丑一般。（此又上节所言之一证）

兹举其最壮美者之一例，即宝玉与黛玉最后之相见一节曰：

> 那黛玉听着傻大姐说宝玉娶宝钗的话[30]，此时心里竟是油儿、酱儿、糖儿、醋儿倒在一处的一般，甜苦酸咸，竟说不上什么味儿来了。……

自己转身，要回潇湘馆去，那身子竟有千百斤重的，两只脚却像踏着棉花一般，早已软了。只得一步一步慢慢的走将下来。走了半天，还没到沁芳桥畔，脚下愈加软了。走的慢，且又迷迷痴痴，信着脚从那边绕过来，更添了两箭地路。这时刚到沁芳桥畔，却又不知不觉的顺着堤往回里走起来。紫鹃取了绢子来，却不见黛玉。正在那里看时，只见黛玉颜色雪白，身子恍恍荡荡的，眼睛也直直的，在那里东转西转。……只得赶过来轻轻的问道："姑娘怎么又回去？是要往那里去？"黛玉也只模糊听见，随口答道："我问问宝玉去！"……（紫鹃）只得搀他进去。那黛玉却又奇怪了，这时不似先前那样软了，也不用紫鹃打帘子，自己掀起帘子进来……见宝玉在那里坐着，也不起来让坐，只瞅着嘻嘻的呆笑。黛玉自己坐下，却也瞧着宝玉笑。两个人也不问好，也不说话，也无推让，只管对着脸呆笑起来。……忽然听着黛玉说道："宝玉，你为什么病了？"宝玉笑道："我为林姑娘病了。"袭人紫鹃两个，吓得面目改色，连忙用言语来岔。两个却又不答言，仍旧呆笑起来。……紫鹃搀起黛玉，那黛玉也就站起来，瞧着宝玉只管笑，只管点头儿。紫鹃又催道："姑娘回家去歇歇罢。"黛玉道："可不是，我这就是回去的时候儿了。"说着便回身笑着出来了，仍旧不用丫头们搀扶，自己却走得比往常飞快。（第九十六回）

如此之文，此书中随处有之，其动吾人之感情何如！凡稍有审美的嗜好者，无人不经验之也。

《红楼梦》之为悲剧也如此。昔雅里大德勒于《诗论》（今译亚里士多德《诗学》）中，谓悲剧者，所以感发人之情绪，而高上之[31]。殊如[32]恐惧与悲悯之二者，为悲剧中固有之物，由此感发，而人之精神于焉[33]洗涤。故其目的，伦理学上之目的也。叔本华置诗歌于美术之顶点，又置悲剧于诗歌之顶点；而于悲剧之中，又特重第三种，以其示人生之真相，又示解脱之不可已故。故美学上最终之目的，与伦理学上最终之目的合。由是《红楼梦》之美学上之价值，亦与其伦理学上之价值相联络也。

【注释】

[1] 亨：亨通，通达顺利。

[2] 返魂：《牡丹亭》女主角杜丽娘因情而病故，后又魂返躯体，死而复生，与柳梦梅终成人间夫妻。

[3] 重圆：唐明皇与杨太真虽生离死别于马嵬兵变之时，然得天帝垂怜救助，终于天上相逢，做了神仙眷侣。

[4]《西厢记》之以《惊梦》终也：《西厢记》一说全本为王实甫所作，一说王实甫撰写前四本，至《惊梦》止，第五本为关汉卿续作。金圣叹批点《贯华堂第六才子书西厢记》，也认为全剧以《惊梦》结尾。金圣叹评批《西厢记》打倒其他一切版本，成为清代流行的唯一版本，王国维读的是金批《西厢记》，所以认为《西厢记》为王实甫的“未成之作”。

[5]《续西厢》：清查继佐作。共《应制填词》《因风托素》《白马坚盟》《紫纶合玉》四折。叙张生中后，有旨命题“明月三五夜”诗，张即以莺莺赠诗写入。朝廷诘问，具奏其事，并乞河中府尹，以便成婚。查继佐（1601—1677），明崇祯六年（1633）举人，南明鲁王时授兵部职方主事。参与抗清斗争，兵败后归里讲学。后结庐东山铁冶岭下，讲学其中，从游者不远千里而来。为清代著名学者、文学家、书画家。查继佐著作宏富，著有《钓业诗稿》《粤行杂吟》（一作《粤游杂咏》）《敬修堂集》等诗文集；又有《班汉史论》《罪惟录》《国寿录》等史书，及《敬修堂同学出处偶记》等。戏曲作品有《续西厢记》杂剧，《三报恩》《非非想》《眼前因》《梅花谶》《鸣鸿度》传奇等。

惜除杂剧《续西厢》外，皆佚。另有清吴国榛撰《续西厢》，四折，有甓勤斋稿本，未刊。将结局写成悲剧，莺莺相思而死，张生削发出家。明黄粹吾有《续西厢升仙记》，明崇祯间刊玉茗堂评本，收入《古本戏曲丛刊》初集。此剧意在惩淫劝善，叙张生、莺莺、红娘最后一同修行，终为迦叶度之升天。

[6]《荡寇志》：长篇小说，一名《结水浒传》，七十回，清俞万春作。继七十回本《水浒传》之后，演述陈希真、陈丽卿等荡平梁山、诛灭贼寇之故事。俞万春（1794—1849），字仲华，浙江山阴（今绍兴）人，于道光年间多次参与镇压农民造反。

[7]《南桃花扇》：清顾彩作。因不满《桃花扇》的结局，改写成《南桃花扇》，使侯方域与李香君生旦当场团圆，相挈回乡，永偕伉俪。顾彩（生卒年不详），字天石，号梦鹤，江苏无锡人，旅居曲阜有年，与孔尚任为友，曾据孔尚任拟定之故事提纲，写定《小忽雷》传奇。

[8]《红楼复梦》：一百回，清小和山樵作。《补红楼梦》：四十八回，清嫏嬛山樵作。《续红楼梦》有三种，一为三十卷，清秦子忱作；一为四十回，清海圃主人作；一为二十回，清张曜孙撰。多为继《红楼梦》一百二十回之后续演故事。

[9]《儿女英雄传》：长篇小说，清文康作，原书五十三回，今存四十一回。叙述侠女何玉凤为父报仇，改名十三妹，出没市井，偶识安骥与民女张金凤，助其结为夫妇，后玉凤也嫁安骥，故又名《金玉缘》。因原书未完，后又有人续作三十二回。

[10] 悟于张道士之一言：《桃花扇》最后描写道士张遥星见侯李历经沧桑而重逢，惊喜交集，缠绵不已，便点拨说：“当此地覆天翻，还恋情根欲种，岂不可笑？”又怒斥道：“你看国在那里，家在那里，君在那里，父在那里，偏是这点花月情根，割他不断么？”侯李闻言顿悟，双双出家，全剧以此告终。

[11] 缧绁（léi xiè）：捆绑犯人的绳索；引申为囚禁，此处意为牢狱。

[12] 律：约束。他律，受他人约束。

[13] 自律：自我约束，自我控制。

[14] 藐姑射神人：《庄子·逍遥游》："藐姑射之山，有神人居焉。肌肤若冰雪，绰约若处子。不食五谷，吸风饮露。乘云气，御飞龙，而游乎四海之外。其神凝，使物不疵疠，而年谷熟。"藐姑射，山名，又名姑射、石孔山，在今山西临汾县西。以喻宝琴等女子美若天仙，超尘拔俗。

[15] 敻（xiòng）：通"迥"，远。

[16] 如骖之靳：骖，古代车前两旁的马；靳，古代车上，夹辕两马当胸的皮革。语出《左传·定公九年》："吾从子，如骖之有靳。"此处比喻两者紧随不离。

[17] 令：善；美。令其终：使其善终。

[18] 离：此处同"罹（lí）"，遭遇不幸的事。离其罚，使其遭罚。

[19] 阴骘（zhì）：旧称阴德为阴骘，而谓暗中做害人的事为"伤阴骘"。阴德，旧谓暗中有德于人的行为。

[20] 交构：互相图谋、陷害。交，互相。构：图谋，也指罗织陷害。王国维《宋元戏曲史》："剧中虽有恶人交构其间，而其蹈汤赴火者，仍出于其主人公之意志。"

[21] 不任其咎：谓不承担其罪责。任，担当，承担。咎，灾祸、灾殃，罪责。

[22] 贤：胜，超过。

[23] 躬丁：躬，自身，亲自。丁，当，遭逢。

[24] 婉嫕（yì）：温顺娴静，柔顺的样子。《晋书·武悼杨皇后传》："婉嫕有妇德。"亦作"婉瘱"，《汉书·外戚传下·孝平王皇后》："太后时年十八矣，为人婉瘱而有节操。"颜师古注："婉，顺也；瘱，静也。"

[25] 慜：苦于。

[26] 压：应为厌（yā），通"压"，压制，镇服。这里指"厌胜"，古代

方士的一种巫术，能以诅咒制服人或物，尤其是妖物；镇服或驱避可能因妖法造成的灾祸或疾病。

[27] 虞：臆度，料想。

[28] 惩：戒止，鉴戒。

[29] 应出自《红楼梦》第八十二回。此句脂本作“不是东风压了西风，就是西风压了东风”。程高本作“不是东风压倒西风，就是西风压倒东风”。

[30] 听着傻大姐说宝玉娶宝钗的话：这是王国维概括上文内容的话，不是《红楼梦》原文。

[31] 高上之：使之高尚，使之趋于崇高。上，通“尚”。

[32] 殊如：极如，尤其像。殊：很，极。后文有“殊如叔本华之说”之“殊如”亦此意。

[33] 于焉：于此。

【解读】

本章谈《红楼梦》之美学上之价值。

先重提吾国人的精神与《红楼梦》精神，批评大团圆之作中的经典《牡丹亭》《长生殿》，分析《西厢记》和《水浒传》；又将《红楼梦》与《桃花扇》比较，《桃花扇》的解脱是他律（受他人之约束）的也，政治的也，国民的也，历史的也；《红楼梦》是自律（自我约束、控制）的也，哲学的也，宇宙的也，文学的也。《红楼梦》大背于、打破了吾国人的乐天精神，其价值也在此。

接着分析“《红楼梦》一书，与一切喜剧相反，彻头彻尾之悲剧也”。因为“《红楼梦》非诗歌的正义，而既有世界人生以上，无非永远的正义之所统辖也，故曰《红楼梦》一书，彻头彻尾的悲剧也”。

王国维用叔本华的三种悲剧说来分析《红楼梦》，指出《红楼梦》

是叔本华所说的第三种悲剧，“可谓悲剧中之悲剧”。

因此，“此书中壮美之部分，较多于优美之部分，而眩惑之原质殆绝焉”。其中最壮美的一例，即林黛玉亲耳听到傻大姐说，宝玉将娶宝钗，神志昏迷一节。

最后，引亚里士多德《诗学》中的悲剧与悲悯产生的净化说，叔本华指定悲剧是诗歌的顶点，第三种悲剧“示人生之真相，又示解脱之不可已故”，故而是悲剧中的悲剧。“故美学上最终之目的，与伦理学上最终之目的合。由是《红楼梦》之美学上之价值，亦与其伦理学上之价值相联络也”。下章即谈这个问题。

第四章 《红楼梦》之伦理学上之价值

自上章观之,《红楼梦》者,悲剧中之悲剧也。其美学上之价值,即存乎此。然使[1]无伦理学上之价值以继之,则其于美术上之价值,尚未可知也。今使为宝玉者,于黛玉既死之后,或感愤而自杀,或放废[2]以终其身,则虽谓此书一无价值可也。何则?欲达解脱之域者,固不可不尝人世之忧患,然所贵乎忧患者,以其为解脱之手段故,非重忧患自身之价值也。今使人日日居忧患,言忧患,而无希求解脱之勇气,则天国与地狱,彼两失之,其所领之境界,除阴云蔽天,沮洳弥望[3]外,固无所获焉。黄仲则《绮怀》[4]诗曰:

> 如此星辰非昨夜,为谁风露立中宵?

又其卒章[5]曰:

> 结束铅华[6]归少作,屏除丝竹入中年[7]。茫茫来日愁如海[8],寄语羲和[9]快着鞭。

其一例也。《红楼梦》则不然,其精神之存于解脱,如前二章所说,兹固不俟喋喋也。

然则解脱者,果足为伦理学上最高之理想否乎?自通常之道德观之,夫人知其不可也。夫宝玉者,固世俗所谓绝父子弃人伦,不忠不孝之罪人也。然自太虚中有今日之世界,自世界中有今日之人类,乃不得不有普通之道德,以为人类之法则。顺之者安,逆之者危;顺之者存，逆之者亡。于今日之人类中，吾固不能不认普通之道德之价值也。然所以有世界人生者，果有合理的根据欤？抑出于盲目的动作，而别无意义存乎其间欤？使世界人生之存在，而有合理的根据，则人生中所有普通之道德，谓之绝对的道德可也。然吾人从各方面观之，则世界人生之所以存在，实由吾人类之祖先一时之误谬。诗人之所悲歌，哲学者之所瞑想，与夫古代诸国民之传说，若出一揆[10]。若第二章所引《红楼梦》第一回之神话的解释，亦于无意识中暗示此理，较之《创世记》所述人类犯罪之历史[11]，尤为有味者也。夫人之有生，既为鼻祖[12]之误谬矣，则夫吾人之同胞，凡为此鼻祖之子孙者，苟有一人焉，未入解脱之域，则鼻祖之罪，终无时而赎，而一时之误谬，反覆至数千万年而未有已也。则夫绝弃人伦如宝玉其人者，自普通之道德言之，固无所辞其不忠不孝之罪，若开天眼[13]而观之，则彼固可谓干父之蛊[14]者也。知祖父之误谬，而不忍反覆之以重其罪，顾得谓之不孝哉？然则宝玉“一子出家，七祖升天”之说[15]，诚有见乎！所谓孝者，在此不在彼，非徒自辩护而已。

然则举世界之人类而尽入于解脱之域，则所谓宇宙者，不诚无物也欤？然有无之说，盖难言之矣。夫以人生之无常，而知识之不可恃，安知吾人之所谓有，非所谓真有者乎？则自其反而言之，又安知吾人之所谓无，非所谓真无者乎？即真无矣，而使吾人自空乏与满足、希望与恐怖之中出，而获永远息肩之所，不犹愈[16]于世之所谓有者乎？然则吾人之畏无也，与小人之畏暗黑何以异？自已解脱者观之，安知解脱之后，山川之美、日月之华，不有过于今日之世界者乎？读《飞鸟各投林》[17]之曲，所谓“一片白茫茫大地真干净”者，有欤？无欤？吾人且勿问，但立乎今日之人生而观之，彼诚有味乎其言之也。

难[18]者又曰：人苟无生，则宇宙间最可宝贵之美术，不亦废欤？曰：美术之价值，对现在之世界人生而起者，非有绝对的价值也。其材料取诸人生，其理想亦视人生之缺陷逼仄[19]，而趋于其反对之方面。如此之美术，唯于如此之世界，如此之人生中，始有价值耳。今设[20]有人焉，自无始[21]以来，无生死，无苦乐，无人世之挂碍[22]，而惟有永远之知识，则吾人所宝为无上之美术，自彼视之，不过蛩[23]鸣蝉噪而已。何则？美术上之理想，彼之所自有，而其材料，又彼之所未尝经验故也。又设有人焉，备尝人世之苦痛，而已入于解脱之域，则美术之于彼也，亦无价值。何则？美术之价值，存于使人离生活之欲，而入于纯粹之知识。彼既无生活之欲矣，而复进之以美术，是犹馈壮夫以药石[24]，多见其不知量而已矣！然而超今日之世界人生以外者，于美术之存亡，固自可不必问也。

夫然，故世界之大宗教，如印度之婆罗门教[25]及佛教，希伯来[26]之基督教，皆以解脱为唯一之宗旨。哲学家如古代希腊之柏拉图[27]，近世德意志之叔本华，其最高之理想，亦存于解脱。殊如叔本华之说，由其深邃之知识论、伟大之形而上学出，一扫宗教之神话的面具，而易以名学[28]之论法，其真挚之感情，与巧妙之文字，又足以济之。故其说精密确实，非如古代之宗教及哲学说，徒属想像而已。然事不厌其求详，姑以生平所疑者商榷焉。夫由叔氏之哲学说，则一切人类及万物之根本一也。故充叔氏拒绝意志之说，非一切人类及万物各拒绝其生活之意志，则一人之意志，亦不可得而拒绝。何则？生活之意志之存于我者，不过其一最小部分，而其大部分之存于一切人类及万物者，皆与我之意志同。而此物我之差别，仅由于吾人知力之形式。故离此知力之形式，而反[29]其根本而观之，则一切人类及万物之意志，皆我之意志也。然则拒绝吾一人之意志，而姝姝[30]自悦曰解脱，是何异决蹄跨[31]之水，而注之沟壑，而曰天下皆得平土而居之哉！佛之言曰："若不尽度众生，誓不成佛。"其言犹若有能之而不欲之意。然自吾人观之，此岂徒能之而不欲哉？将毋[32]欲之而不能也！故如叔本华之言一人之解脱，而未言世界之解脱，实与其意志同一之说，不能两立者也。叔氏于无意识中亦触此疑问，故于其《意志及观念之世界》之第四编之末[33]，力护其说曰：

人之意志，于男女之欲，其发现也为最著。故完全之贞操，乃拒绝意志即解脱之第一步也。夫自然中之法则，固自最确实者。使人人而行此格言，则人类之灭绝，自可立而待。至人类以降之动物，其解脱与坠落[34]，亦当视人类以为准。《吠陀》[35]之经典曰："一切众生之待圣人，如饥儿之望慈父母也。"基督教中亦有此思想，珊列休斯于其《人持一切物归于上帝》之小诗[36]中曰："嗟汝万物灵，有生皆爱汝。总总环汝旁，如儿索母乳。携之适天国，惟汝力是怙。"德意志之神秘学者马斯太·哀克赫德[37]亦云："《约翰福音》[38]云：'余之离世界也，将引万物而与我俱。基督岂欺我哉！'夫善人，固将持万物而归之于上帝，即其所从出之本者也。今夫一切生物，皆为人而造，又各自相为用，牛羊之于水草，鱼之于水，鸟之于空气，野兽之于林莽皆是也。一切生物，皆上帝所造，以供善人之用，而善人携之以归上帝。"彼意盖谓人之所以有用动物之权利者，实以能救济之之故也。

于佛教之经典中，亦说明此真理。方佛之尚为菩提萨埵也[39]，自王宫逸出而入深林时，彼策其马而歌曰："汝久疲于生死兮，今将息此任载。负余躬以遐举兮，继今日而无再。苟彼岸其余达兮，余将徘徊以汝待！"(《佛国记》[40])此之谓也。(英译《意志及观念之世界》第一册第492页[41])

然叔氏之说，徒引据经典，非有理论的根据也。试问释迦示寂[42]以后，基督尸十字架以来[43]，人类及万物之欲生奚若[44]？其痛苦又奚若？吾知其不异于昔也。然则所谓持万物而归之上帝者，其尚有所待欤？抑徒沾沾自喜之说，而不能见诸实事者欤？果如后说，则释迦基督自身之解脱与否，亦尚在不可知之数也。往者作一律曰[45]：

生平颇忆挈卢敖[46]，东过蓬莱[47]浴海涛。
何处云中闻犬吠[48]，至今湖畔尚乌号[49]。
人间地狱真无间[50]，死后泥洹[51]枉自豪。
终古众生无度日[52]，世尊[53]只合老尘嚣。

何则？小宇宙之解脱，视大宇宙之解脱以为准故也。赫尔德曼人类涅槃之说[54]，所以起而补叔氏之缺点者以此。要之，解脱之足以为伦理学上最高之理想与否，实存于解脱之可能与否。若失普通之论难，则固如楚楚蜉蝣[55]，不足以撼十围之大树也。

今使解脱之事终不可能，然一切伦理学上之理想，果皆可能也欤？今夫与此无生主义相反者，生生主义也[56]。夫世界有限，而生人无穷。以无穷之人，生有限之世界，必有不得遂其生者矣。世界之内，有一人不得遂其生者，固生生主义之理想之所不许也。故由生生主义之理想，则欲使世界生活之量，达于极大限，则人人生活之度，不得不达于极小限。盖度与量二者，实为一精密之反比例。所谓最大多数之最大福祉者，亦仅归于伦理学者之梦想而已。夫以极大之生活量，而居于极小之生活度，则生活之意志之拒绝也奚若？此生生主义与无生主义相同之点也。苟无此理想，则世界之内，弱之肉，强之食，一任诸天然之法则耳，奚以伦理为哉[57]？然世人日言生生主义，而此理想之达于何时，则尚在不可知之数。要之，理想者可近而不可即，亦终古不过一理想而已矣。人知无生主义之理想之不可能，而自忘其主义之理想之何若，此则大不可解脱者也。

夫如是，则《红楼梦》之以解脱为理想者，果可菲薄也欤！夫以人生忧患之如彼，而劳苦之如此，苟有血气者，未有不渴慕救济者也。不求之于实行，犹将求之于美术。独《红楼梦》者，同时与吾人以二者之救济。人而自绝于救济则已耳，不然，则对此宇宙之大著述，宜如何企踵[58]而欢迎之也！

【注释】

[1] 使：假使，假如。

[2] 放废：自暴自弃。放：抛弃，放弃；恣纵，放任。

[3] 沮洳弥望：沮（jù）洳，低湿之地，低湿。弥望，远望，满眼。

[4] 黄仲则：黄景仁（1749—1783），字仲则，又字汉镛，清代武进（今江苏常州）人。著名诗人，著有《两当轩集》《竹眠词》。此诗为《绮怀》十六首之十五，全诗为："几回花下坐吹箫，银汉红墙入望遥。似此星辰非昨夜，为谁风露立中宵？缠绵思尽抽残茧，宛转心伤剥后蕉。三五年时三五月，可怜杯酒不曾消。"

[5] 卒章：此诗为《绮怀》十六首之末章，全诗为："露槛星房各悄然，江湖秋枕当游仙。有情皓月怜孤影，无赖闲花照独眠。结束铅华归少作，屏除丝竹人中年。茫茫来日愁如海，寄语羲和快着鞭。"

[6] 铅华：搽脸的粉。此处比喻华美绮丽的诗文。

[7] 屏除：屏（bǐng）也作"摒"，摒除，除去，弃、逐，斥退。丝竹：指弦乐和管乐。入中年：俞晓红认为反用《世说新语·言语第二》典："谢太傅语王君军曰：'中年伤于哀乐，与亲友别，辄作数日恶。'王曰：'年在桑榆，

自然至此，正赖丝竹陶写。'" 黄仲则《秋夜燕张荪园圃座》诗云："东山丝竹感平生，不到中年已暗惊。"乃正用耳。

[8] 茫茫来日愁如海：俞晓红认为此句化用前人诗意，如秦观《千秋岁》词有曰："日边清梦断，镜里朱颜改。春去也，飞红万点愁如海。"郭麐《灵芬馆诗话》云："余最爱其茫茫来日愁如海，寄语羲和快着鞭，真古之伤心人语也。"（黄葆树等编：《黄仲则研究资料》第 203 页，上海古籍出版社 1986 年版）

[9] 羲和：中国古代神话传说中为太阳御者（驾车的人）。《离骚》："吾令羲和弭节分，望崦嵫而勿迫。"

[10] 一揆：一样，同一道理。《后汉书·刘陶传》："古今一揆，成败同执。"

[11]《创世记》:《旧约圣经》首卷，记叙上帝创造世界和人类始祖的描述，以及以色列犹太民族的起源。关于造人的故事说：上帝用泥土造人，取名亚当，用亚当肋骨造其妻夏娃，皆使生活于伊甸园中；后二人受蛇的诱惑而偷吃禁果，被逐出园。此罪传于亚当之子孙，犹太教、基督教称此事为原罪。

[12] 鼻祖：始祖。鼻，创始，开端。

[13] 天眼：佛教术语。有两种说法：一、三种眼之一。三种眼是肉眼（人的智慧眼）、天眼（神祇的智慧眼）和圣慧眼（获得觉悟者的智慧眼）。二、五眼之一。五眼：肉眼、天眼、慧眼、法眼和佛眼。天眼，天界的存在所具的眼，即天趣的眼睛，以天上的净色为体，能知晓和透视众生的未来与生死之事。在人方面，可依禅定而修得。后秦鸠摩罗什译《大智度论》卷五："于眼得色界四大造清净色，是名天眼。天眼所见，自地及下地六道中众生诸物，若近，若远，若覆，若细，诸色无不能照。"

[14] 干父之蛊：儿子能继承父志，完成父亲未竟之业。语出《易·蛊》："干父之蛊，有子，考无疚。"又："干父之蛊，意承考也。"王弼注："以柔巽之质，干父之事，能承先轨，堪其任者也。"

[15] 事见《红楼梦》第一一七回。

[16] 愈：较好，胜过。

[17] 飞鸟各投林：《红楼梦》第五回贾宝玉神游太虚，警幻仙子命十二仙姬歌《红楼梦曲》十二支，其尾曲为“飞鸟各投林”。曲云：“为官的，家业凋零，富贵的，金银散尽。有恩的，死里逃生，无情的，分明报应。欠命的，命已还，欠泪的，泪已尽。冤冤相报自非轻，分离聚合皆前定。欲知命短问前生，老来富贵也真侥幸。看破的，遁入空门，痴迷的，枉送了性命。好一似食尽鸟投林，落了片白茫茫大地真干净！”

[18] 难：责难；诘问；驳诘，驳问。

[19] 逼仄：狭窄。

[20] 设：假如，假使，假设，设使。

[21] 无始：指太古。《庄子・外篇・在宥第十一》：“大人之教，若形之于影，声之于响。有问而应之，尽其所怀，为天下配。处乎无响，行乎无方。挈汝适复之挠挠，以游无端；出入无旁，与日无始；颂论形躯，合于大同，大同而无已。”成玄英疏：“与日俱新，故无终始。”

[22] 挂碍：障碍；牵挂，牵系窒碍。唐玄奘译《般若波罗蜜多心经》：“心无挂碍。”“无挂碍故，无有恐怖，远离颠倒梦想，究竟涅槃。”《红楼梦》第二十二回：“自己又念一遍，自觉无挂碍，中心自得，便上床睡了。”

[23] 蛩（qióng）：蟋蟀。

[24] 药石：治病的药物和砭石，泛指药物。

[25] 婆罗门教：印度古代宗教之一，源于约公元前二千年的吠陀教，约形成于公元前七世纪。以《吠陀》为最古经典。信仰多神，奉梵天、毗湿奴、湿婆为三大主神，分别代表宇宙的创造、护持和毁灭。把人分为婆罗门（祭司）、刹帝利（武士）、吠舍（农民和工商业者）、首陀罗（无技术的劳动者）四个种姓，另有“贱民”。种姓是职业世袭。主张善恶有因果，人生有轮回之说。

[26] 希伯来：犹太的别称。

[27] 柏拉图（约前 427—前 347）：古希腊唯心主义思想的集大成者。其学说以“理念论”为中心，认为在现实世界之外，另有一个理念世界。有关文艺理论，亦以“理念论”为基础。其作品存约 40 部，合编为《柏拉图全集》，书中多有苏格拉底的重要言论。其中以《理想国》为最著名。美学著作有《柏拉图文艺对话录》（朱光潜译本）。

[28] 名学：20 世纪处前后“逻辑学”的旧译，此处即逻辑之意。

[29] 反：同返。

[30] 姝姝（shū）：即暖暖（xuán）姝姝，自满的样子。《庄子·徐无鬼》：“所谓姝姝者，学一先生之言，则暖暖姝姝，而私自说（悦）也。自以为足矣，而未知未始有物也。”成玄英疏：“暖姝，自许之貌也。小见之人，学问寡薄，自悦足，谓穷微极妙，岂知所学未有一物可称也。”

[31] 蹄跨：亦作“蹄涔（cén）”。语本《淮南子·氾论训》：“夫牛蹄之涔，不能生鳣鲔。”高诱注：“涔，雨水也，满牛蹄迹中，言其小也。”涔：连续下雨，积水成潦。蹄涔：兽蹄迹中的积水，形容水量极少，指容量、体积等微小。比喻处于不能有所作为的地位。

[32] 将毋：还不是。将，抑或，还是。

[33]《意志及观念之世界》：今有石冲白《作为意志和表象的世界》译本，商务印书馆 1982 年版。本段译文参见此书第 521—523 页。

[34] 坠落：《教育世界》《静庵文集》俱作“坠落”，遗书本作“堕落”。

[35] 吠陀：梵语“知识”的音译，指古印度婆罗门教的早期文献，也是印度最古老的宗教文献和文学作品的总称。

[36] 珊列休斯：今译安琪陆斯·西勒治乌斯。参见叔本华《作为意志和表象的世界》（石冲白译）第 522 页，商务印书馆 1982 年版。

[37] 马斯太·哀克赫德：今译迈斯特尔·爱克哈特（1260—1327），中

世纪德意志神秘主义哲学家和神学家。曾在巴黎、科隆任神学教授。他认为人的灵性与神性相通，是神性微弱的“闪光”，甚至可以说人高于天使，通过自己的灵性，人即可与上帝合而为一，与万物浑为一体，无我泛爱，获得真正的自由。

[38]《约翰福音》：也译《若望福音》，《圣经》中的一卷，传说是使徒约翰所撰，共二十一章。内容是劝人信仰耶稣为弥赛亚和上帝之子，他可使所有信他的人得救而获永生。福音：意为传报佳音。凡由使徒及其弟子写的书籍、所传布的教义，均称为福音。

[39] 方：当。菩提萨埵：佛教名词，意译则为“觉有情”，即“上求菩提（觉悟），下化有情（众生）”的人。指用各种佛道去成就众生，而富有无上觉悟的慈悲者。其修行具有“自觉”“觉他”二品位，但缺“觉行圆满”，故成就仅次于佛，简称菩萨。释迦牟尼修行尚未成佛时也称菩提萨埵。

[40]《佛国记》:《高僧法显传》《历游天竺记》，别名《佛国记》，佛教传记，东晋沙门法显撰，一卷。法显于晋义熙（405—418）中与慧景、慧整、慧应、慧嵬等，自长安至天竺，寻求戒律，历经三十余国，由海路而还。还后写此游记。叙述古雅，为研究古代印度诸国历史、宗教的宝贵资料。

[41] 引文可参见叔本华《作为意志和表象的世界》（石冲白译）第521—523 页，商务印书馆 1982 年版。

[42] 示寂：佛教语，称佛菩萨及高僧身死。寂：寂灭，即梵语“涅槃”的意译。言其寂灭乃是一种示现，并非真灭。

[43] 基督（Christ）：源于希腊文 christos，希伯来文 māshīah（弥赛亚）的希腊文写法。基督教对创始人耶稣的专称，意指上帝所差遣的救世主。尸，以尸体示众。此句谓耶稣被钉于十字架上示众而死。

[44] 奚若：如何。

[45] 此诗当题作《平生》，为王国维 1903 年所作。首句一作“平生苦

忆挈卢敖”。

[46] 卢敖：即卢生。《史记·秦始皇本纪》：“三十二年，始皇之碣石，使燕人卢生求羡门、高誓”，卢生亡去，始皇大怒，“使御史悉案问诸生……四百六十余人，皆坑之咸阳。”《淮南子·道应训》：“卢敖游乎北海，经乎太阴，入乎元阙，至于蒙谷之上。”高诱注：“卢敖，燕人，秦始皇召以为博士，使求神仙,亡而不反也。”古人诗中常用为典故。李白《庐山谣寄卢侍御虚舟》诗：“先期汗漫九垓下，愿接卢敖游太清。”

[47] 蓬莱：古代传说中海上仙山名。《史记·秦始皇本纪》：“齐人徐市等上书，言海中有三神仙，名曰蓬莱、方丈、瀛洲。”

[48] 云中闻犬吠：谓鸡犬随人得道而俱升天。典出晋葛洪《神仙传》卷四“刘安”条：叙淮南王刘安，好神仙之道，有八公从之游，“八公安临去时，余药器置在中庭，鸡犬舐啄之，尽得升天，故鸡鸣天上，犬吠云中也。”杜甫《滕王亭子》诗：“仙家犬吠白云间。”

[49] 湖畔：指鼎湖边。乌号：黄帝弓名。鼎湖为黄帝乘龙升天之处，典出《史记·封禅书》：“黄帝采首山铜，铸鼎于荆山下。鼎既成，有龙垂胡髯下迎黄帝。黄帝上骑，群臣后宫从上者七十余人，龙乃上去。余小臣不得上，乃悉持龙髯，龙髯拔，堕，堕黄帝之弓。百姓仰望黄帝既上天，乃抱其弓与胡髯号，故后世因名其处曰鼎湖，其弓曰乌号。”

[50] 人间地狱：人间、地狱各为佛教五道（又称五趣），即地狱、饿鬼、畜生（亦译傍生）、人、天之一。小乘佛教所说五道乃众生根据生前善恶行为有五种轮回转生的趋向，大乘佛教加上阿修罗（排在畜生之后）则称六趣或六道轮回。无间：一、紧密相连，无间隔。间，隔开。二、无差别。间，距离，差别。

[51] 泥洹：佛教术语，即涅槃。为梵文音译，意译为“灭”“寂灭”“灭度”“圆寂”等，原指释迦牟尼之死，亦指解脱烦恼达到不生不死、灭生

死轮回后的境地，为佛教全部修习最终所要达到的最高理想。以后僧人之死皆称涅槃。

[52] 终古：久远，永远。《楚辞·九歌·礼魂》："春兰兮秋菊，长无绝兮终古。"《楚辞·离骚》："怀朕情而不发兮，余焉能忍而与此终古。"朱熹集注："终古者，古之所终，谓来日无穷也。"度，佛教语，救度，谓使人离俗超脱烦恼生死。

[53] 世尊：释迦牟尼的尊称，意为世间之尊。《佛说十号经》："世出世间咸皆尊重，故曰世尊。"

[54] 赫尔德曼：今译哈特曼（1882—1950），德国哲学家，著有《道德意识论》《美的哲学》《无意识的哲学》等 30 种。他认为通过自我否定可以从不幸的生存条件下得到最后的解脱。

[55] 蜉蝣：虫名。其成虫的生存期极短。

[56] 生生：孳生不绝，繁衍不已。《易·系辞上》："生生之谓易。"孔颖达疏："生生不绝之辞，阴阳变转，后生次于前生，是万物恒生谓之易也。"主义：对客观世界、社会生活以及学术问题等所持有的系统的理论或主张。生生主义：谓儒家子孙繁衍、生生不息的思想体系。无生：佛教术语，亦称无生法。佛教认为世上的一切现象，本质都是无生，"无生"也即"无灭"，犹如涅槃。无生主义：谓佛教出世解脱、无生无灭的思想体系。

[57] 奚以……为：何以……为，此谓哪里用得着……呢。奚：何。

[58] 企踵：踮起脚后跟，引申为仰望、盼望。《汉书·萧望之传》："是以天下之士，延颈企踵，争愿自效，以辅高明。"企：踮起脚后跟。踵：脚后跟。

【解读】

本章谈《红楼梦》在伦理学上的价值。

《红楼梦》的精神存在于解脱，即描写贾宝玉解脱。他的解脱，自通常的道德观之，是不可以的，是绝人伦、不忠不孝的罪人。但是人类的产生，本有原罪，是“人类之祖先一时之误谬”造成的。贾宝玉的解脱，是高于普通伦理的最高的伦理，世界之大宗教和哲学家如柏拉图、叔本华，皆以解脱作为唯一之宗旨和最高之理想。

但是王国维认为叔本华的理论阐释，有自我悖谬之处，发现“解脱之事终不可能”。因为个体的解脱必须获得人类整体的解脱才能实现。但《红楼梦》表现了人生就是痛苦、悲剧和虚无，而出家、绝欲，即使形而上意义上的男女之爱也最终能够放弃，才是最好的解脱的思想——这样的色空观念，则在实践和艺术两方面都给予读者以精神的救助，人们“对此宇宙之大著述”应该热烈欢迎。

第五章　余论

自我朝考证之学盛行，而读小说者，亦以考证之眼读之。于是评《红楼梦》者，纷然索此书中之主人公之为谁：此又甚不可解者也。夫美术之所写者，非个人之性质，而人类全体之性质也。惟美术之特质，贵具体而不贵抽象。于是举人类全体之性质，置诸个人之名字之下。譬诸“副墨之子”“洛诵之孙”[1]，亦随吾人之所好，名之而已。善于观物者，能就个人之事实，而发见人类全体之性质；今对人类之全体，而必规规焉求个人以实之[2]，人之知力相越[3]，岂不远哉？故《红楼梦》之主人公，谓之贾宝玉可，谓之“子虚”“乌有”[4]先生可，即谓之纳兰容若[5]，谓之曹雪芹，亦无不可也。

综观评此书者之说，约有二种：一谓述他人之事，一谓作者自写其生平也。第一说中，大抵以贾宝玉为即纳兰性德[6]。其说要非无所本。案性德《饮水诗·别意》六首之三曰：

独拥余香冷不胜，残更数尽思腾腾。
今宵便有随风梦，知在红楼第几层？

又《饮水词》中《于中好》一阕云：

别绪如丝睡不成，那堪孤枕梦边城。
因听紫塞三更雨，却忆红楼半夜灯。[7]

又《减字木兰花》一阕咏新月云：

莫教星替，守取团圆终必遂。

此夜红楼，天上人间一样愁。[8]

“红楼”之字凡三见，而云“梦红楼”者一。又其亡妇忌日，作《金缕曲》一阕，其首三句云：

此恨何时已？滴空阶、更雨歇，葬花天气。[9]

“葬花”二字始出于此。然则《饮水集》与《红楼梦》之间稍有文字之关系，世人以宝玉即纳兰侍卫者殆由于此。然诗人与小说家之用语其偶合者固不少，苟执此例以求《红楼梦》之主人公，吾恐其可以傅合者断不止容若一人而已。若夫作者之姓名（遍考各书，未见曹雪芹何名）与作书之年月，其为读此书者所当知，似更比主人公之姓名为尤要，顾无一人为之考证者，此则大不可解者也。

至谓《红楼梦》一书，为作者自道其生平者，其说本于此书第一回“竟不如我亲见亲闻的几个女子”一语。信如此说，则唐旦之《天国喜剧》[10]，可谓无独有偶者矣。然所谓亲见亲闻者，亦可自旁观者之口言之，未必躬为剧中之人物。如谓书中种种境遇，种种人物，非局中人不能道，则是《水浒传》之作者，必为大盗，《三国演义》之作者，必为兵家。此又大不然[11]之说也。且此问题，实为美术（按指艺术）之渊源之问题相关系。如谓美术上之事，非局中人不能道，则其渊源必全存于经验而后可。夫美术之源，出于先天，抑由于经验，此西洋美学上至大之问题也。叔本华之论此问题也，最为透辟，兹援其说，以结此论。其言（此论本为绘画及雕刻发，然可通之于诗歌小说）曰：

人类之美之产于自然中者，必由下文解释之：即意志于其客观化之最高级（人类）中，由自己之力与种种之情况，而打胜下级（自然力）之抵抗，以占领其物质。且意志之发现于高等之阶级也，其形式必复杂，即以一树言之，乃无数之细胞，合而成一系统者也。其阶级愈高，其结合愈复。人类之身体，乃最复杂之系统也。各部分各有一特别之生活，其对全体也，则为隶属；其互相对也，则为同僚。互相调和，以为其全体之说明，不能增也，不能减也。能如此者，则谓之美。此自然中不得多见者也。顾美之于自然中如此，于美术中则何如？或有以美术家为模仿自然者，然彼苟无美之预想存于经验之前，则安从取自然中完全之物而模仿之，又以之与不完全者相区别哉？且自然亦安得时时生一人焉，于其各部分皆完全无缺哉？或又谓美术家必先于人之肢体中，观美丽之各部分，而由之以构成美丽之全体。此又大愚不灵之说也。即令如此，彼又何自知美丽之在此部分而非彼部分哉？故美之知识，断非自经验的得之，即非后天的而常为先天的。即不然，亦必其一部分常为先天的也。吾人于观人类之美后，始认其美，但在真正之美术家，其认识之也，极其明速之度，而其表出之也，胜乎自然之为。此由吾人之自身即意志，而于此所判断及发见者，乃意志于最高级之完全之客观化也。唯如是，吾人斯得有美之预想。而在真正之天才，于美之预想外，更伴以非常之巧力。彼于特别之物中。认全体之理念，遂解自然之嗫嚅[12]之言语而代言之，即以自然所百计而不能产出之美，现之于绘画及雕刻中，而若语自然曰："此即汝之所欲言而不得者也。"苟有判断之能力者，心将应之曰："是。"唯如是，故希腊之天才，能发见人类之美之形式，而永为万世雕刻家之模范。唯如是，故吾人对自然于特别之境遇中所偶然成功者，而得认其美。此美之预想，乃自先天中所知者，即理想的也；比其现于美术也，则为实际的。何则？此与后人中所与之自然物相合故也。如此，美术家先天中有美之预想，而批评家于后天中认识之，此由美术家及批评家，乃自然之自身之一部，而意志于此客观化者也。哀姆攀独克尔[13]曰："同者唯同者知之。"故唯自然能知自然，唯自然能言自然，则美术家有自然之美之预想，固自不足怪也。

芝诺芬述苏格拉底之言[14]曰："希腊人之发见人类之美之理想也，由于经验，即集合种种美丽之部分，而于此发见一膝，于彼发见一臂。"此大谬之说也。不幸而此说又蔓延于诗歌中，即以狭斯丕尔[15]言之，谓其戏剧中所描写之种种之人物，乃其一生之经验中所观察者，而极其全力以模写之者也。然诗人由人性之预想而作戏曲小说，与美术家之中美之预想而作绘画及雕刻无以异。唯两者于其创造之途中，必须有经验以为之补助。夫然，故其先天中所已知者，得唤起而入于明晰之意识，而后表出之事乃可得而能也。（叔氏《意志及观念之世界》第一册第285页至289页[16]）

由此观之，则谓《红楼梦》中所有种种之人物，种种之境遇，必本于作者之经验，则雕刻与绘画家之写人之美也，必此取一膝彼取一臂而后可。其是与非，不待知者[17]而决矣。读者苟玩前数章之说，而知《红楼梦》之精神，与其美学伦理学上之价值，则此种议论，自可不生。苟知美术之大有造[18]于人生，而《红楼梦》自足为我国美术上之唯一大著述，则其作者之姓名，与其著书之年月，固当为唯一考证之题目。而我国人之所聚讼者，乃不在此而在彼；此足以见吾国人之对此书之兴味之所在，自在彼而不在此也。故为破其惑如此。

【注释】

[1] 副墨之子、洛诵之孙：皆庄子虚拟的人名。副墨，临本。副，辅助；墨，翰墨，指文字、诗文。洛诵，谓反复诵读。洛，通“络”，连络。语出《庄子·内篇·大宗师第六》：“子独恶乎闻之？曰：闻诸副墨之子。副墨之子闻诸洛诵之孙。”成玄英疏：“诸，之也。副，副贰也。墨，翰墨也；翰墨，文字也。理能生教，故谓文字为副贰也。夫鱼必筌而得，理亦因教而明，故闻之翰墨，以明先因文字得解故也。”又：“临本谓之副墨，背文谓之洛诵。初既依文生解，所以执持披读；次则渐悟其理，是故罗洛诵之。且教从理生，故称为子；而诵因教起，名之曰孙也。”王先谦《庄子集释·序》：“郭君于是书为副墨之子，将群天下为洛诵之孙已夫！”

[2] 规规：浅陋拘泥的样子。实，证明；核实。

[3] 相越：犹相去。《史记·司马相如列传》：“人之度量相越，岂不远哉！”越，超出。

[4] 子虚、乌有：皆司马相如在《子虚赋》中虚拟的人名：“楚使子虚使于齐，王悉发车骑与使者出畋。畋罢，子虚过奼乌有先生，亡是公存焉。”《汉书·司马相如传》：“上令尚书给笔札，相如以子虚，虚言也，为楚称；乌有先生者，乌有此事也，为齐难；亡是公者，亡是人也，欲明天子之义。”后世因称假设或不实在的事为“子虚”或“子虚乌有”。司马相如（前179—前118），西汉辞赋家，字长卿，蜀郡成都（今四川成都）人。

[5][6] 纳兰容若：纳兰性德（1655—1685），字容若，满洲正黄旗人，大学士明珠长子。清代著名词人。康熙十二年进士，官一等侍卫。善骑射，爱才喜客，结交名士极多。精鉴藏，善书能诗，尤工小令。著有《通志堂集》和《饮水词》（又称《纳兰词》）等。

[7] 此为上半阕，下半阕为：“书郑重，恨分明，天将愁味酿多情。起来呵手封题处，偏到鸳鸯两字冰。”

[8]《减字木兰花》：题作《新月》，此为下半阕，上半阕为："晚妆欲罢，更把纤眉临镜画。准待分明，和雨和烟两不胜。"

[9]《金缕曲》：题作《亡妇忌日有感》，全词为："此恨何时已？滴空阶、寒更雨歇，葬花天气。三载悠悠魂梦杳，是梦久应醒矣。料也觉，人间无味。不及夜台尘土隔，冷清清、一片埋愁地。钗钿约，竟抛弃。重泉若有双鱼寄。好知他、年来苦乐，与谁相倚。我自终宵成转侧，忍听湘弦重理。待结个、他生知己。还怕两人俱薄命，再缘悭、剩月零风里。清泪尽，纸灰起。"词作于清康熙十九年（1680）农历五月三十日，乃其妻卢氏故去三周年忌日。"葬花天气"一语双关，既是实写时令天气，又喻指卢氏之亡故。

[10] 唐旦：今译但丁（1265—1321），意大利诗人，中世纪最伟大的作家，欧洲文学史上继往开来的诗人，恩格斯誉为"中世纪的最后一位诗人，同时又是新时代的最初一位诗人"。《天国喜剧》（1307—1321）即《神曲》，直译为《神圣的喜剧》。《神曲》是但丁于流放期间历时十四年完成的长篇诗作，广泛反映了中世纪后期意大利的社会矛盾，大胆谴责教皇和僧侣的贪婪专横。

[11] 大不然：很不合理，很不正确。

[12] 嗫嚅（niè rú）：欲言又止，要说话又顿住的样子。

[13] 哀姆攀独克尔：今译恩培多克勒（约前492—约前432），古希腊哲学家。他认为世界的一切事物都是由火、气、水、土四根（元素）组成的，它们的结合就生成万物。

[14] 芝诺芬：Xenophon，今译色诺芬，或克森诺芬（前431—前350之前），希腊历史学家，苏格拉底的学生。著有《苏格拉底言行回忆录》《希腊史》等。其《苏格拉底言行回忆录》是研究苏格拉底学说的重要文献。苏格拉底（前469—前399）：古希腊哲学宗师，其哲学观点多由其弟子柏拉图转述。

[15] 狭斯丕尔：今译莎士比亚（1564—1616），英国文艺复兴时期戏剧家、

诗人。本文所述莎士比亚言论，见于《仲夏夜之梦》等。

[16] 参见叔本华《作为意志和表象的世界》（石冲白译）第 306—310 页，商务印书馆 1982 年版。

[17] 知者：智者。决：决定，决断，判断。

[18] 造：成就，功绩。大有造：大有功。

【解读】

王国维认为："夫美术之所写者，非个人之性质，而人类全体之性质也。惟美术之特质，贵具体而不贵抽象。于是举人类全体之性质，置诸个人之名字之下。"这就探索到艺术形象的"典型"性了。本文在这个基础上，否定了索隐论和自传说。

王国维认为："谓《红楼梦》中所有种种之人物，种种之境遇，必本于作者之经验，则雕刻与绘画家之写人之美也，必此取一膝彼取一臂而后可。"鲁迅也说过，作家描写人有两种基本方法，一种是："专用一个人，言谈举动，不必说了，连微细的癖性，衣服的式样，也不加改变。"另一种是："杂取种种人，合成一个。"（《且介亭杂文续编·出关的"关"》）

最后，王国维说："苟知美术之大有造于人生，而《红楼梦》自足为我国美术史上之唯一大著述，则其作者之姓名，与其著书之年月，固当为唯一考证之题目。"为今后的红学研究提出了两个重要的课题。到现在，时间过去了一百余年，这两个问题的研究尚无结论。

《〈红楼梦〉评论》这篇宏文，固然有时代的局限，但其巨大的价值，则长期遭到否定，一则因 1949 年后的极左思潮彻底否定叔本华，二则因钱钟书的批评，众多追随者说此文"硬套叔本华的理论"。

解读开首引用的发表于1985年的拙文,是第一篇全面肯定《〈红楼梦〉评论》的文章，此后我又曾不止一次分析和批评钱钟书先生的错误观点。例如：

他（指王国维）在研究《红楼梦》时译引叔本华《作为意志和表象的世界》中的三种悲剧说，用叔本华明确、精辟且精彩的三种悲剧说作为评论、研究《红楼梦》的一个切入口，角度正确、见解精到。他用此标准而定《红楼梦》为第三种悲剧,即“悲剧中之悲剧”给以评价。而贾宝玉与林黛玉之爱情悲剧和贾为之最后出家，皆非坏人、恶人捣乱，而皆是真心爱宝玉并希望他幸福的祖母、生母和堂嫂（凤姐）为了选妻必须贤惠、健康、有家族的背景而实施“调包计”造成的。而这样的做法极近情理，确由书中人物之位置及关系而不得不如此，小是意外之变故——贾府并未原定宝黛婚姻而突然拆散他们，全由普通之人物和境遇，即随着人物性格和全书情节的发展而自然形成，是人生固有之最大不幸。而大团圆的结局，则诚如王国维所批评的，是乐天不实际的虚假描写。众多学者批评王国维此文硬套叔本华哲学，钱钟书先生甚至批评说：“盖自叔本华哲学言之,《红楼梦》未能穷理窟而抉道根；自《红楼梦》小说言之，叔本华空扫万象，敛归一律，尝滴水而知大海味，而不屑海之澜。夫《红楼梦》，佳著也，叔本华哲学，玄谛也，利导则两美可以相得，强合则两贤必至相厄。此不仅《红楼梦》与叔本华哲学为然也。”又以叔本华理论来分析《红楼梦》，说：“苟尽其道而彻其理，则当知木石因缘，侥幸成婚，喜将变忧，佳偶始者或以怨偶终。”“苟本叔本华之说，则宝黛良缘虽就，而好逑渐至寇仇，‘冤家’终为冤偶，方是‘悲剧中之悲剧’。”（钱钟书:《谈艺录》三《王静安诗》补订三）我们通过钱钟书的上述论点，很遗憾地发现，是钱钟书先生自己陷入了“硬套”的误区，钱又带着王“硬套”的先入之误见，反而指责王国维的论述不符合叔本华之原意。王国维固然讲过他著此文“立脚地全在叔本华”，实际上却并未如此，此文一开首即引《老子》之言，文中也引亚里士多德的经典性观点，并有许多改造叔本华而有自独创性的见解，所以此文中他又宣布自己看出叔著的矛盾之处并对他“提出绝大之疑问”，不但有“疑问”，而且是“绝大”的！可惜钱钟书和叶嘉莹等人忽视了这些，仅抓住并不符合实际或辞不达意的“立脚点全在”一句，误读了王的原意。王国维有选择地译引叔著为自己服务，在这篇评《红》宏文中，他扬弃了叔本华认为第三种悲剧中“最大的痛苦，都是在本质上我们自己的命运也难免的复杂关系和我们自己也可能干出来的行为带出来的，所以我们也无须为不公平而抱怨。这样我们就不会不寒而栗，觉得自己到地狱中来了”的错误观点，强调第三种悲剧“则见此非常之势力，足以破坏人生之福祉者，无时而不坠于吾前，且此等残酷之行，不但时时可受诸己而或可以加诸人：躬丁其酷，而无不平之可鸣，此可谓天下之至惨也”。前面是王国维译引叔氏原著之文，而末句则表述了与叔著原文相反之意见，并得出与叔本华相反的“人间地狱真无间”的结论。这便摆脱坏人作恶、命运捉弄的低层次揭发，探到封建专制统治下的黑暗社会使人陷入地狱的本质，真正揭示了《红楼梦》反封建专制的实质和高明艺术手段。《〈红楼梦〉评论》的高度学术成就，亦由此可见。(《王国维的曲学和西学》，呈交1997年中国艺术研究院、浙江省文化厅主办“王国维戏曲研讨会”论文，《中国比较文学研究》1998年第4期。)

与鲁迅和钱钟书这样的20世纪文学泰斗和文化昆仑所出现的重

大失误相比较，更可见出20世纪中国人文—社会科学第一大学者王国维的高见远识，至今无人可及。

综上所述，王国维在此文之首，引用中国最伟大的两位哲学家老子和庄子的名言，从宇宙学的角度概括人生痛苦的根源，文中又引用亚里士多德《诗学》中的净化说，运用康德的壮美优美说和叔本华的唯意志论哲学、三个悲剧说等理论来分析和评论《红楼梦》。可见王国维是运用中西多种理论来分析和评论《红楼梦》的，而且见解深刻，精义很多，拙著《王国维美学思想研究》（中国社会科学出版社1992年版）已经详细论说过，因篇幅所限，这里仅就大处而言揭示两个要点：

王国维在此文中给《红楼梦》以至高无上的评价：《红楼梦》和《浮士德》一样，不仅是世界文学史上的最伟大的巨著之一，也是世界文化史上的最伟大的巨著之一，即“绝大著作”“宇宙之大著述”。他再将这个观点分解成三个层次：一、“美术（指艺术）以诗歌、戏曲、小说为其顶点，以其目的在描写人生故”，是“最高的文学”，而《红楼梦》无疑是其中的佼佼者。二、他据西方自亚里士多德至叔本华以来，将悲剧看作文学艺术中最高作品的公论，将《红楼梦》看作是一部伟大的悲剧，而且还是“悲剧中的悲剧”。三、他认定《红楼梦》是壮美和优美结合、壮美大于优美的天才之作，故而是“真正的大文学”。在这三个层次认定的基础上，他才评论《红楼梦》为“我国美术（艺术）上之唯一大著述”“宇宙之大著述”。

文学小言

（本篇刊于1906年12月上海《教育世界》139号，收入《静安文集续编》）

（一）

昔司马迁推本汉武时学术之盛，以为利禄之途使然。余谓一切学问皆能以利禄劝，独哲学与文学不然。何则？科学之事业，皆直接间接以厚生利用为旨，古未有与政治及社会上之兴味相刺谬者也。至一新世界观与新人生观出，则往往与政治及社会上之兴味不能相容。若哲学家而以政治及社会之兴味为兴味，而不顾真理之如何，则又决非真正之哲学。以欧洲中世哲学之以辩护宗教为务者，所以蒙极大之污辱，而叔本华所以痛斥德意志大学之哲学者也。文学亦然，餔餟[1]的文学，决非真正之文学也。

【注释】

[1] 餔餟（bū chuò）：一作“餔啜”，食与饮。

【解读】

哲学与文学（指纯文学，下同）不能以利益和金钱为转移，要看到其本身的巨大社会价值和历史价值。一个新的世界观和新的人生观的出现，总要与当时的政治和社会的主流观点不相融合。这显示了王国维正确的哲学、文学上的超功利观。

（二）

文学者，游戏的事业也。人之势力用于生存竞争而有余，于是发而为游戏。婉娈[1]之儿，有父母以衣食之，以卵翼之，无所谓争存之事也。其势力无所发泄，于是作种种之游戏。逮争存之事亟，而游戏之道息矣。唯精神上之势力独优，而又不必以生事为急者，然后终身得保其游戏之性质。而成人以后，又不能以小儿之游戏为满足，于是对其自己之感情及所观察之事物而摹写之，咏叹之，以发泄所储蓄之势力。故民族文化之发达，非达一定之程度，则不能有文学，而个人之汲汲[2]于争存者，决无文学家之资格也。

【注释】

[1] 婉娈（luán）：年少而美好的样子。亲爱。

[2] 汲汲（jí），心情急切的样子。

【解读】

王国维主张游戏说，认为成人在生存竞争包括谋生之后有余力，才致力于游戏，即休闲活动。所以民族文化的发达，必要达到民族一定的发展程度才能做到，而个人艰难地为生存而奋斗时，也难做文学家。鲁迅先生的小说《幸福的家庭》描写一个青年作家想静心和精心写一篇《幸福的家庭》的小说，却被家里的柴米油盐的俗事和孩子的哭闹声阵阵打断，无法继续写作。这形象地反映了缺乏基本的生存保证，人无法从事文艺活动。

但欧阳修说，作诗撰文“穷而后工”。他于《梅圣俞诗集序》中说:“凡士之蕴其所有，而不得施于世者，多喜自放于山巅水涯之外，见虫鱼草木风云鸟兽之状类，往往探其奇怪，内有忧思感愤之郁积，其兴于怨刺，以道羁臣寡妇之叹，而写人情之难言。盖愈穷而愈工。然则非诗之能穷人,殆穷者而后工也。”这里的穷,不是指穷得没饭吃、失去基本的生存条件，而是郁郁不得志，不能在仕途得到重用。

（三）

人亦有言，名者利之宾也。故文绣[1]的文学之不足为真文学也，与铺馁的文学同。古代文学之所以有不朽之价值者，岂不以无名之见者存乎？至文学之名起，于是有因之以为名者，而真正文学乃复托于不重于世之文体以自见。逮此体流行之后，则又为虚玄矣。故模仿之文学，是文绣的文学与铺馁的文学之记号也。

【注释】

[1] 文绣:绣画的锦帛,古代制作衣服所用。此处指辞藻华丽而内容空洞。

【解读】

王国维反对模仿，主张独创的文艺观。又指出文学的一种体裁风行后，有不少人靠此类作品出名，于是又有一些真正的文学家就又运用尚未引起世人重视的新体裁来表达自己。在中国文学史上，诗之后，产生词；词之后，产生曲、戏曲和小说，后起的体裁，在刚进入文学领域时，的确尚未引起文坛主流的重视，的确有王国维所说的这个规律。

（四）

文学中有二原质焉，曰景，曰情。前者以描写自然及人生之事实为主，后者则吾人对此种事实之精神的态度也。故前者客观的，后者主观的也；前者知识的，后者感情的也。自一方面言之，则必吾人之胸中洞然无物，而后其观物也深，而其体物也切；即客观的知识，实与主观的感情为反比例。自他方面言之，则激烈之感情，亦得为直观之对象、文学之材料；观物与其描写之也，亦有无限之快乐伴之。要之，文学者，不外知识与感情交代之结果而已。苟无锐敏之知识与深邃之感情者，不足与于文学之事。此其所以但为天才游戏之事业，而不能以他道劝者也。

【解读】

本则指出文学有两个基本元素：景，情。作家和诗人必须有敏锐的知识和深邃的感情，才能从事文学艺术创作，所以只是天才游戏的事业，有特殊创作才能的人才能从事。

（五）

古今之成大事业大学问者，不可不历三种之阶级[1]："昨夜西风凋碧树，独上高楼，望尽天涯路。"（晏同叔[2]《蝶恋花》）此第一阶级也。"衣带渐宽终不悔，为伊消得人憔悴。"（欧阳永叔《蝶恋花》[3]）此第二阶级也。"众里寻他千百度，回头蓦见，那人正在灯火阑珊处。"（辛幼安[4]《青玉案》）此第三阶级也。未有不阅第一第二阶级，而能遽跻第三阶级者。文学亦然。此有文学上之天才者，所以又需莫大之修养也。

【注释】

[1] 阶级：台阶，此指阶段。

[2] 晏同叔，即晏殊（991—1055），字同叔，临川（今属江西）人。北宋词人，景德进士，庆历中官至集贤殿学士。著有《珠玉词》。

[3] 应为柳永《蝶恋花》。柳永，崇安（今属福建）人。北宋词人，景祐进士，官屯田员外郎。著有《乐章集》。欧阳永叔：欧阳修（1007—1072），字永叔，号醉翁、六一居士，吉水（今属江西）人。天圣进士，曾任枢密副使、参知政事。北宋文学家、史学家。著有《欧阳文忠集》《新五代史》，与宋祁合撰《新唐书》。

[4] 辛幼安：辛弃疾（1140—1207），字幼安，号稼轩，历城（今山东济南）人。北宋爱国将领、文学家。著有《稼轩长短句》。

【解读】

王国维借宋词中的名句，总结古今中外成大事业和大学问的人，所必须要走的、分为三个阶段的艰难道路。文学天才艰难的创作道路，也是如此，故而需要极大的学识修养。这是王国维得意的发现，所以后来在《人间词话》中重申这个发现。请参见笔者在《人间词话汇编汇校汇评》中所做的更为详尽的阐释。

季羡林先生说："静安先生第一境写的是预期，第二境写的是勤奋，第三境写的是成功。其中没有写天资和机遇。我不敢说这是他的疏漏，因为写的角度不同。但是我认为，补上天资与机遇，似更为全面。我希望大家都能拿出'衣带渐宽终不悔'的精神来从事做

学问或干事业，这是成功的必由之路。”（《季羡林先生语录》，《光明日报》2009 年 7 月 19 日）

（六）

三代以下之诗人，无过于屈子[1]、渊明[2]、子美[3]、子瞻[4]者。此四子者苟无文学之天才，其人格亦自足千古。故无高尚伟大之人格，而有高尚伟大之文学者，殆未之有也。

【注释】

[1] 屈子：战国时楚国诗人屈原（约前 340—约前 278）的尊称。

[2] 渊明：陶潜（365 或 372 或 376—427），字渊明，西晋诗人。

[3] 子美：杜甫（712—770），字子美，唐代诗人。

[4] 子瞻：苏轼（1037—1101），字子瞻，号东坡，北宋文学家。

【解读】

王国维认为古代诗人中最杰出的是屈原、陶渊明、杜甫和苏轼四人，因为除了文学才能之外，他们更有高尚的人格。王国维发挥古人“文如其人”的审美原则，指出没有高尚伟大的人格就没有高尚伟大的文学这个重要规律。

（七）

天才者，或数十年而一出，或数百年而一出，而又须济之以学问，帅之以德性，始能产真正之大文学。此屈子、渊明、子美、子瞻等所以旷世而不一遇也。

【解读】

王国维赞同康德和叔本华等人的天才说，但他在这里强调必须有深厚的学问做基础，又要有高尚的道德（德行）作为思想言行的统帅，这是他在继承古人“文如其人”，重视人品统帅文品的正确观点的基础上，为天才说做了极好的补充和发展。康德《判断力批判》的全书都以“善”为基础，所以他在此书中论述天才论时，就不再提“善”和道德是天才的基础，这容易引起读者的误会，因此王国维的强调与补充是很有必要的。

（八）

“燕燕于飞，差池其羽。”“燕燕于飞，颉之颃之。”[1]“睍睆（一作睍皖）黄鸟，载好其音。”[2]“昔我往矣，杨柳依依。”[3]诗人体物之妙，侔於造化[4]，然皆出于离人孽子[5]征夫之口，故知感情真者，其观物亦真。

【注释】

[1] 以上四句出自《诗经·邶风·燕燕》。颉（xié，或 jié）之颃（háng）之：鸟上下飞翔的样子。

[2] 二句出自《诗经·邶风·凯风》。睍睆：朱熹《诗集传》注：（鸟声）清和圆转之意。王先谦《诗三家义集疏》：“（黄鸟的）好音可悦，不独颜色之美。”

[3] 二句出自《诗经·小雅·采薇》。

[4] 侔（móu）：相等，等同于。造化：创造化育，也指天地、自然界。

此处指诗人创作、描写之出色，与大自然创造万物一样精妙。

[5] 孽（niè）子：古时称妾媵（媵 yìng，随嫁的人。媵侍，古时姬妾婢女之称）所生的儿子。江淹《恨赋》："孽子坠心。"

【解读】

此则举《诗经》的佳句为例，强调只有感情真实的作者，才能够真实地观察事物，真切体会和体察事物之奥妙、精微，从而写出好的作品。

（九）

"驾彼四牡，四牡项领。我瞻四方，蹙蹙靡所骋。"[1] 以《离骚》《远游》[2] 数千言言之而不足者，独以十七字尽之，岂不诡哉！然以讥屈子之文胜，则亦非知言者也。

【注释】

[1] 四句出自《诗经·小雅·节南山》。此诗是周大夫家父（一作嘉父、嘉甫）讥刺周幽王而作。四牡：四匹公马。项领：肥大之颈，脖子长得很肥大的样子。领，后颈。郑玄注："四牡者，人君所乘驾。今但养大其领，不肯为用。喻大臣自恣，王不能使也。"《后汉书·吕强传》："群邪项领，膏唇拭舌。"

[2]《离骚》：《楚辞》篇名，屈原的最重要的作品，也是中国文学史上最重要的巨著之一。《远游》：《楚辞》篇名，旧谓屈原作，但其内容带有浓厚的求仙思想，与屈原的其他作品不类，故而清人和近代研究者多认为不可信。从此则看，王国维还是认为此诗是屈原所作。

【解读】

此则以《诗经》与屈原相比较，说明作品的详、简和大、小，不是评定艺术高下的标准。

（十）

屈子感自己之感，言自己之言者也。宋玉、景差[1]感屈子之所感，而言其所言，然亲见屈子之境遇，与屈子之人格，故其所言，亦殆与言自己之言无异。贾谊[2]、刘向[3]其遇略与屈子同，而才则逊矣。王叔师[4]以下，但袭其貌而无真情以济之。此后人之所以不复为楚人之词者也。

【注释】

[1] 宋玉、景差：战国时楚国的辞赋家。王逸《楚辞章句》说宋玉是屈原的弟子，著有《九辩》《招魂》(《史记》认为此篇是屈原所作)。景差的作品多已失传，《楚辞》所收《大招》，或题景差作。

[2] 贾谊（前200—前168）:西汉著名政论家、辞赋家，洛阳人，著有《过秦论》《吊屈原文》《鹏鸟赋》等。

[3] 刘向(约前77—前6):西汉经学家、文学家。字子政，沛(今江苏沛县)人。汉皇族楚元王(刘交)四世孙。成帝时，任光禄大夫、中垒校尉。撰有《九叹》等辞赋三十三篇，多已亡佚，今存《新序》《说苑》和《列女传》等名著。

[4] 王叔师：王逸，字叔师。东汉文学家，南郡宜城（今属湖北）人。安帝时为校书郎，顺帝时官侍中。所作《楚辞章句》，是《楚辞》最早的完整注本，颇受后世学者所重视。著有赋、诔、书、论等二十一篇，《汉诗》百二十三篇，今多亡佚。原有集，已散佚，明人辑有《王叔师集》。为哀悼

屈原而作的《九思》，编入《楚辞章句》中。

【解读】

此则指出屈原抒发自己独特的感情，冶炼自己独创性的语言。宋玉等人没有自己的独创性，只能模仿屈原的表面，缺乏自己的真性情，所以屈原之后，楚辞的创作就难以为继了。

（十一）

屈子之后，文学上之雄者，渊明其尤也。韦、柳[1]之视渊明，其如贾、刘[2]之视屈子乎！彼感他人之所感，而言他人之所言，宜其不如李、杜[3]也。

【注释】

[1] 韦、柳：唐代诗人韦应物和柳宗元。

[2] 贾、刘：贾谊和刘向。

[3] 李、杜：李白和杜甫。

【解读】

继上则之意，此则批评韦应物和柳宗元等只继承陶渊明的皮毛，所以艺术成就不及李白和杜甫。

韦、柳的诗歌成就的确不及李、杜这样的超一流诗人，但王国维评论诗人的要求太高，对韦、柳评价有很大的偏颇，他们的诗歌也有很大的特色，取得了杰出的成就，都属于唐代的第一流诗人。超一流诗人仅有李、杜和王维三人，我们不能无视众多一流诗人的杰出创作成果，文艺园地也不能只是屈、陶、李、杜等寥寥数人的天下，必须万紫千红、百花齐放。

（十二）

宋以后之能感自己之感，言自己之言者，其唯东坡乎！山谷[1]可谓能言其言矣，未可谓能感所感也。遗山[2]以下亦然。若国朝之新城[3]，岂徒言一人之言已哉？所谓“莺偷百鸟声”者也。

【注释】

[1] 山谷：黄庭坚（1045—1105），字鲁直，号山谷道人，分宁（今江西修水）人。北宋著名诗人、书法家，著有《山谷集》。

[2] 遗山：元好问（1190—1257），字裕之，号遗山，秀容（今山西忻县）人。金代著名文学家、诗人，著有《遗山集》。

[3] 新城：王士祯（1634—1711），字贻上，号阮亭、渔洋山人。新城（今山东桓台）人。官至国子监祭酒、刑部尚书。诗人、文学家，倡“神韵说”，康熙时期的文坛领袖。著有《渔洋诗集》《渔洋诗话》《池北偶谈》《香祖笔记》等。

【解读】

此则指出宋代以后有很大独创性成就的只有苏轼一人了。北宋的黄庭坚和金元之间的大诗人元好问及以后的诗人的语言有独创性，但与苏轼相比，真感情未免不足。又批评清朝的王士祯之诗，都不是他自己的独创性的语言，都是学习或模仿人家的，所以犹如“莺偷百鸟声”。王士祯是清初成就杰出的大诗人，其人品格高尚，诗、词和笔记小说创作都达到当时一流，取得很高的艺术成就，尤其是其诗清新生动、清丽婉转，也有他自己的独创性的杰出成就。王国维对他有偏见，对他的贬低和苛评也是很不正确的。

（十三）

诗至唐中叶以后，殆为羔雁[1]之具矣。故五季、北宋之诗，（除一二大家外）无可观者，而词则独为其全盛时代。其诗词兼擅如永叔、少游[2]者，皆诗不如词远甚。以其写之于诗者，不若写之于词者之真也。至南宋以后，词亦为羔雁之具，而词亦替矣。（除稼轩[3]一人外）观此足以知文学盛衰之故矣。

【注释】

[1] 羔雁：小羊与雁，古代卿大夫相见时的礼品，后用作征召或订婚的礼物。

[2] 永叔：参见本文（五）注 [3]。少游：秦观（1049—1100），字少游、太虚，号淮海居士，宋代词人。

[3] 稼轩：参见本文（五）注 [4]。

【解读】

王国维认为唐中叶之后，诗歌已经没落，五代北宋之诗除苏轼这样的一二大家之外，已经沦为应酬品了。即使像欧阳修和秦观这样诗词都擅长的人，也都诗歌远不及其所写之词。至南宋之后，除了辛弃疾一人之外，词也成为应酬品了，于是词也没落了。

羔雁，即小羊与大雁，是古代卿大夫相见时赠送的礼品。羔雁之具，比喻应酬的礼品，即应酬品。

为应酬而写诗词，的确没有价值。尽管盛唐是中国诗歌的高峰，后世都不能相及，但晚唐和北宋以及以后，也并非没有好诗，南宋之后也有好词，还有不少有颇高和很高艺术成就的诗词名家。王国维此言也有很大的偏颇。才子之言，为了讲得醒目，往往会走极端。我们只要记得王国维的真意是反对应酬的没有真感情没有独创的诗歌就行了。

（十四）

上之所论，皆就抒情的文学言之。（《离骚》、诗词皆是）至叙事的文学（谓叙事诗、诗史、戏曲等，非谓散文也），则我国尚在幼稚之时代。元人杂剧，辞则美矣，然不知描写人格为何事。至国朝之《桃花扇》[1]，则有人格矣，然他戏曲则殊不称是。要之，不过稍有系统之词，而并失词之性质者也。以东方古文学之国，而最高之文学无一足以与西欧匹者，此则后此文学家之责矣。

【注释】

[1]《桃花扇》，清代传奇（昆剧）名著，孔尚任作，完成于康熙三十八年（1699）。

【解读】

王国维批评中国叙事文学不发达，还在幼稚不成熟的阶段，特别指出作为“最高的艺术”的文学体裁——戏曲（西方是戏剧）竟而没有一个可与西方匹敌，希望以后的作家于此努力。后来他自己有志于写戏曲，以求改变这个落后的局面。戏曲虽未写成，他对元代戏曲的研究倒做出划时代的贡献。这时他对自己错误的观点做了彻底的纠正，在他的一代名著《宋元戏曲史》中指出元杂剧是世界上取得最高艺术成就的伟大文艺体裁之一，其中如《窦娥冤》《赵氏孤儿》完全可以毫无愧色地列入世界级的大悲剧之中。

（十五）

抒情之诗，不待专门之诗人而后能之也。若夫叙事，则其所需之时日长，而其所取之材料富。非天才而又有暇日者不能，此诗家之数之所以不可更仆数，而叙事文学家殆不能及百分之一也。

【解读】

王国维在此指出，叙事体文学要比抒情文学难写得多，需要多年的写作练习和经过多年艰苦积累的大量创作素材才行。这个观点道出了文艺创作的一般规律。创作一部长篇小说或大型戏剧要比写一首抒情小诗困难得多。所以，优秀诗人往往青年时代就有佳作甚至杰出的创作成果，而小说和戏剧的长篇巨著则往往出于中老年文豪之手。

但也有例外。如肖洛霍夫 22 岁就写成荣获诺贝尔文学奖的巨著《静静的顿河》的第一部，30 岁不到就完成了全书四卷。但也正因为这个打破常规的创作个例，成为有些人错误地怀疑这部伟著不是他写的作品的原因之一。有的人想：年纪这么轻的一个青年能写成这么一部洞察人生、爱情、战争和革命的伟大著作吗？能有这么深厚的艺术功力和这么深邃的政治眼光来驾驭这么重大的创作题材和苏俄高加索地区革命的大局及发展趋势吗?

(十六)

《三国演义》无纯文学之资格,然其叙关壮缪[1]之释曹操,则非大文学家不办。《水浒传》之写鲁智深,《桃花扇》之写柳敬亭、苏昆生[2],彼其所为固毫无意义,然以其不顾一己之利害故,犹使吾人生无限之兴味,发无限之尊敬,况于观壮缪之矫矫者乎!若此者,岂真如汗德(今译康德)所云:实践理性为宇宙人生之根本欤?抑与现在利己之世界相比较,而益使吾人兴无涯之感也?则选择戏曲小说之题目者,亦可以知所去取矣。

【注释】

[1] 关壮缪:关羽。

[2] 柳敬亭、苏昆生:明末清初著名的说书人和艺人,孔尚任在《桃花扇》中描写了他们抗清的爱国精神。王国维忠于清室,所以说他们的所为毫无意义。

【解读】

此则否定《三国演义》的纯文学资格、贬低《水浒传》中的鲁智深和《桃花扇》中的下层艺人柳敬亭、苏昆生,未免有很大的偏颇。但他又正确地指出《三国演义》写出关羽以情义为最高原则,不怕自己已立下军令状,抓不到曹操就要杀头,毅然释放曹操,非大手笔不为;柳敬亭和苏昆生牺牲个人的一切,大义凛然地为救国救民而艰辛奔走,引起人们对复杂丰富得无所不包的人生中所显现的伟大感情和杰出人物产生极大的兴会淋漓的审美欲望，同时出自内心地焕发或迸发无限的尊敬之情。这样的作品和人物，是康德“实践理性是宇宙人生之根本”的典型佳例，而且与王国维当时所处的利己世界相比较，更能使人产生“无涯之感”，也即产生无比深厚宽广的高尚的感情。这就揭示了优秀文艺作品对人的熏陶作用和教育作用，也即改造人的灵魂的巨大作用。

（十七）

吾人谓戏曲小说家为专门之诗人，非谓其以文学为职业也。以文学为职业，餔餟的文学也。职业的文学家，以文学为生活；专门之文学家，为文学而生活。今餔餟的文学之途，盖已开矣。吾宁闻征夫思妇之声，而不屑使此等文学嚣然[1]污吾耳也。

【注释】

[1] 嚣然：轻浮狂躁。《三国志 · 蜀志 · 彭羕（yàng）传》：“形式嚣然，自矜得遇滋甚。”

【解读】

此则强调文学家不能将文学作为谋生的工具，即以文学为职业，也即“以文学为生活”，而是为了文学而献身，以文学为生命，即“为文学而生活”的专门文学家，并认为这样的文学家才能写成优秀的作品。

本文第二、第四则论述康德、席勒等人提倡的“游戏说”，第五则概括了古今成大事业大学问者所必经历的三个阶段。最后几则还涉及了文学的演变问题，均系王国维研究文学的独到体会与心得。

孔子之美育主义

（本篇刊于1904年2月上海《教育世界》69号）

诗云："世短意常多，斯人乐久生。"[1] 岂不悲哉！人之所以朝夕营营[2] 者，安归乎？归于一己之利害而已。人有生矣，则不能无欲；有欲矣，则不能无求；有求矣，不能无生得失；得则淫[3]，失则戚：此人人之所同也。世之所谓道德者，有不为此嗜欲之羽翼者乎？所谓聪明者，有不为嗜欲之耳目者乎？避苦而就乐，喜得而恶丧，怯让而勇争：此又人人之所同也。于是，内之发于人心也，则为苦痛；外之见于社会也，则为罪恶。然世终无可以除此利害之念，而泯[4] 人己之别者欤？将社会之罪恶固不可以稍减，而人心之苦痛遂长此终古欤？曰：有，所谓"美"者是已。

美之为物，不关于吾人之利害者也。吾人观美时，亦不知有一己之利害。德意志之大哲人汗德（今译康德），以美之快乐为不关利害之快乐（Disinterested Pleasure）。至叔本华而分析观美之状态为二原质：（一）被观之对象，非特别之物，而此物之种类之形式；（二）观者之意识，非特别之我，而纯粹无欲之我也（《意志及观念之世界》第一册，253页）。何则？由叔氏之说，人之根本在生活之欲，而欲常起于空乏。既偿此欲，则此欲以终；然欲之被偿者一，而不偿者十百；一欲既终，他欲随之，故究竟之慰藉终不可得。苟吾人之意识而充以嗜欲乎？吾人而为嗜欲之我乎？则亦长此辗转于空乏、希望与恐怖之中而已，欲求福祉与宁静，岂可得哉！然吾人一旦因他故，而脱此嗜欲之网，则吾人之知识已不为嗜欲之奴隶，于是得所谓无欲之我。无欲故无空乏，无希望，无恐怖；其视外物也，不以为与我有利害之关系，而但视为纯粹之外物。此境界唯观美时有之。苏子瞻所谓“寓意于物”（《宝绘堂记》）；邵子曰：“圣人所以能一万物之情者，谓其能反观也。所以谓之反观者，不以我观物也。不以我观物者，以物观物之谓也。既能以物观物，又安有（按，此字衍）我于其间哉？”（《皇极经世・观物内篇》七）此之谓也。其咏之于诗者，则如陶渊明云：“采菊东篱下，悠然见南山。山气日夕佳，飞鸟相与还。此中有真意，欲辨已忘言。”谢灵运云：“昏旦变气候，山水含清晖。清晖能娱人，游子澹忘归。”或如白伊龙[5]云：

I live not in myself，but I become
Portion of that around me；and tome
High mountains are a feeling.

（佛雏的译文为：“我不是生活于我自身，而我成为围绕着我的一切中的一份，对于我高高的山峰乃是一种感情。”）

皆善咏此者也。

夫岂独天然之美而已，人工之美亦有之。宫观之瑰杰，雕刻之优美雄丽，图画之简淡冲远，诗歌音乐之直诉人之肺腑，皆使人达于无欲之境界。故泰西自雅里大德勒（今译亚里士多德）以后，皆以美育为德育之助。至近世，谑夫志培利[6]、赫启孙[7]等皆从之。乃德意志之大诗人希尔列尔（今译席勒）出，而大成其说，谓人曰与美相接，则其感情日益高，而暴慢鄙倍之心自益远。故美术（指艺术）者，科学与道德之生产地也。又谓审美之境界乃不关利害之境界，故气质之欲灭，而道德之欲得由之以生。故审美之境界乃物质之境界与道德之境界之津梁也。于物质之境界中，人受制于天然之势力；于审美之境界则远离之；于道德之境界则统御之（希氏《论人类美育之书简》）。由上所说，则审美之位置犹居于道德之次。然希氏后日更进而说美之无上之价值，曰："如人必以道德之欲克制气质之欲，则人性之两部犹未能调和也。于物质之境界及道德之境界中，人性之一部，必克制之以扩充其他部；然人之所以为人，在息此内界之争斗，而使卑劣之感跻于高尚之感觉。如汗德之严肃论中气质与义务对立，犹非道德上最高之理想也。最高之理想存于美丽之心（Beautiful Soul），其为性质也，高尚纯洁，不知有内界之争斗，而唯乐于守道德之法则，此性质唯可由美育得之。"（文特尔朋《哲学史》版本第600页）此希氏最后之说也（实指席勒《审美教育书简》的最后一封书简）。顾无论美之与善，其位置孰为高下，而美育与德育之不可离，昭昭然矣。

今转而观我孔子之学说。其审美学上之理论虽不可得而知，然其教人也，则始于美育，终于美育。《论语》曰："小子何莫学夫诗。诗可以兴，可以观，可以群，可以怨。迩之事父，远之事君。多识于鸟兽草木之名。"（《阳货》）又曰："兴于诗，立于礼，成于乐。"（《泰伯》）其在古昔，则胄子之教，典于后夔（《书・舜典》）；大学之事，董于乐正（《周礼・大司乐》《礼记・王制》）。然则以音乐为教育之一科，不自孔子始矣。荀子说其效曰："乐者，圣人之所乐也，而可以善民心。其感人深，其移风易俗。……故乐行而志清，礼修而行成，耳目聪明，血气和平，移风易俗，天下皆宁。"（《乐论》）此之谓也。故"子在齐闻《韶》"，则"三月不知肉味"（《述而》）。而《韶》乐之作，虽絜壶之童子，其视精，其行端。音乐之感人，其效有如此者。

且孔子之教人，于诗乐外，尤使人玩天然之美。故习礼于树下，言志于农山，游于舞雩，叹于川上，使门弟子言志，独与曾点。点之言曰：“莫春者，春服既成，冠者五六人，童子六七人，浴乎沂，风乎舞雩，咏而归。”（《论语·先进》）由此观之，则平日所以涵养其审美之情者可知矣。之人也，之境也，固将磅礴万物以为一，我即宇宙，宇宙即我也。光风霁月不足以喻其明，泰山华岳不足以语其高，南溟渤澥不足以比其大。邵子所谓“反观”者非欤？叔本华所谓“无欲之我”、希尔列尔所谓“美丽之心”者非欤？此时之境界：无希望，无恐怖，无内界之争斗，无利无害，无人无我，不随绳墨而自合于道德之法则。一人如此，则优入圣域；社会如此，则成华胥之国。孔子所谓“安而行之”（《中庸》），与希尔列尔所谓“乐于守道德之法则”者，舍美育无由矣。

呜呼！我中国非美术（艺术）之国也！一切学业，以利用之大宗旨贯注之。治一学，必质其有用与否；为一事，必问其有益与否。美之为物，为世人所不顾久矣！故我国建筑、雕刻之术，无可言者。至图画一技，宋、元以后，生面特开，其淡远幽雅实有非西人所能梦见者。诗词亦代有作者。而世之贱儒辄援“玩物丧志”之说相诋。故一切美术皆不能达完全之域。美之为物，为世人所不顾久矣！庸讵[8]知无用之用，有胜于有用之用者乎？以我国人审美之趣味之缺乏如此，则其朝夕营营，逐一己之利害而不知返者，安足怪哉！安足怪哉！庸讵知吾国所尊为“大圣”者，其教育固异于彼贱儒之所为乎？故备举孔子美育之说，且诠[9]其所以然之理。世之言教育者，可以观焉。

【注释】

[1] 陶渊明《九日闲居》。

[2] 营营：往来不绝的样子。此句指朝晚忙碌奔走。

[3] 淫：过度，无节制。

[4] 泯：灭。

[5] 白伊龙：今译拜伦（1788—1824），英国诗人。

[6] 谑夫志培利（Shaftesbury）：今译夏夫兹伯里（1671—1713），英国美学家。

[7] 赫启孙：今译哈奇生（1694—1747），英国美学家。

[8] 庸讵（jū）：也作“庸遽”。岂，何以，怎么。反诘之辞。

[9] 诠：详细解释，阐明事理。

【解读】

王国维是中国第一个提倡美育的学者。本文是中国第一篇用西方美学原理来整理和研究古代文化遗产的重要文章。此文揭示和介绍了中国古代重视美育的光辉传统和伟大实践。

本文首先论述美育具有改造社会和提升人的精神境界的重要作用，因为艺术审美是减轻人的私欲，克服不良心理和粗鄙性格，陶冶人心的重要途径。

王国维指出中国对美育的重视早在公元前二千年的夏朝大舜的时代即有记载，到孔子，因他的重视而总结了古代比较成熟的美育思想。孔子的美育主义的主要特点有三：一、他的“兴观群怨”理论重视文艺巨大的社会效益，故而他认为美育是极端必要的课程，所以他“兴于诗”“成于乐”“其教人也，始于美育，终于美育”；二、他本人具有高深的艺术鉴赏力，有着执着、出众的欣赏实践，即听韶乐而三月不知肉味；三、于诗乐之外，教人玩（欣赏）天然之美，让弟子体会到“我即宇宙，宇宙即我”的崇高境界。

我们看到，由于孔子的这个重要思想深入人心，所以在整个封建时代，中国重视诗歌文章的学习和写作，吟诗、写诗和背诵古文是文化人的普遍性的爱好和必须的修养，琴棋书画是必须具备的素质教育。中国在几千年的历史中，文化、教育领先于世界，然后带动文学、艺术和科技、经济也领先于世界，这无疑也是重要的原因之一。

屈子文学之精神

（本篇刊于1907年1月上海《教育世界》140号，收入《静安文集续编》）

我国春秋[1]以前，道德政治上之思想，可分之为二派：一帝王派，一非帝王派。前者称道尧、舜、禹、汤、文、武，后者则称其学出于上古之隐君子（如庄周所称广成子之类），或托之于上古之帝王。前者近古学派，后者远古学派也。前者贵族派，后者平民派也。前者入世派，后者遁世派（非真遁世派，知其主义之终不能行于世，而遁焉者也）也。前者热性派，后者冷性派也。前者国家派，后者个人派也。前者大成于孔子、墨子，而后者大成于老子（老子，楚人，在孔子后，与孔子问礼之老聃系二人。说见汪容甫[2]《述学·老子考异》）。故前者北方派，后者南方派也。此二派者，其主义常相反对，而不能相调和。观孔子与接舆、长沮、桀溺、荷篠丈人[3]之关系，可知之矣。战国后之诸学派，无不直接出于此二派，或出于混合此二派。故虽谓吾国固有之思想，不外此二者，可也。

夫然，故吾国之文学，亦不外发表二种之思想。然南方学派则仅有散文的文学，如老子、庄、列是已。至诗歌的文学，则为北方学派之所专有。《诗》三百篇，大抵表北方学派之思想者也。虽其中如《考槃》《衡门》等篇，略近南方之思想。然北方学者所谓“用之则行，舍之则藏”“有道则见，无道则隐”者，亦岂有异于是哉？故此等谓之南北公共之思想则可，必非南方思想之特质也。然则诗歌的文学，所以独出于北方之学派中者，又何故乎？

诗歌者，描写人生者也（用德国大诗人希尔列尔〈今译席勒〉之定义）。此定义未免太狭，今更广之曰“描写自然及人生”，可乎？然人类之兴味，实先人生，而后自然。故纯粹之模山范水，流连光景之作，自建安以前，殆未之见。而诗歌之题目，皆以描写自己之感情为主。其写景物也，亦必以自己深邃之感情为之素地，而始得于特别之境遇中，用特别之眼观之。故古代之诗，所描写者，特人生之主观的方面；而对人生之客观的方面，及纯处于客观界之自然，断不能以全力注之也。故对古代之诗，前之定义，宁苦其广，而不苦其隘也。

诗之为道，既以描写人生为事，而人生者，非孤立之生活，而在家族、国家及社会中之生活也。北方派之理想，置于当日之社会中，南方派之理想，则树于当日之社会外。易言以明之，北方派之理想，在改作旧社会；南方派之理想，在创造新社会。然改作与创造，皆当日社会之所不许也。南方之人，以长于思辨，而短于实行，故知实践之不可能，而即于其理想中求其安慰之地，故有遁世无闷，嚣然自得以没齿者矣。若北方之人，则往往以坚忍之志，强毅之气，持其改作之理想，以与当日之社会争；而社会之仇视之也，亦与其仇视南方学者无异，或有甚焉。故彼之视社会也，一时以为寇，一时以为亲，如此循环，而遂生欧穆亚（Humour，今译幽默）之人生观。《小雅》中之杰作，皆此种竞争之产物也。且北方之人，不为离世绝俗之举，而日周旋于君臣父子夫妇之间，此等在在界[4]以诗歌之题目，与以作诗之动机。此诗歌的文学，所以独产于北方学派中，而无与于南方学派者也。

然南方文学中，又非无诗歌的原质也。南人想象力之伟大丰富，胜于北人远甚。彼等巧于比类，而善于滑稽：故言大则有若北溟之鱼，语小则有若蜗角之国；语久则大椿冥灵，语短则蟪蛄朝菌；[5]至于襄城之野，七圣皆迷[6]；汾水之阳，四子独往[7]：此种想象决不能于北方文学中发见之。故庄、列书中之某部分，即谓之散文诗，无不可也。夫儿童想象力之活泼，此人人公认之事实也。国民文化发达之初期亦然，古代印度及希腊之壮丽之神话，皆此等想象之产物。以我中国论，则南方之文化发达较后于北方，则南人之富于想象，亦自然之势也。此南方文学中之诗歌的特质之优于北方文学者也。

由此观之，北方人之感情，诗歌的也，以不得想象之助，故其所作遂止于小篇。南方人之想象，亦诗歌的也，以无深邃之感情之后援，故其想象亦散漫而无所丽，是以无纯粹之诗歌。而大诗歌之出，必须俟北方人之感情，与南方人之想象合而为一，即必通南北之驿骑而后可，斯即屈子其人也。

屈子南人而学北方之学者也。南方学派之思想，本与当时封建贵族之制度不能相容。故虽南方之贵族，亦常奉北方之思想焉。观屈子之文，可以征之。其所称之圣王，则有若高辛、尧、舜、禹、汤、少康、武丁、文、武，贤人则有若皋陶、挚说、彭、咸（谓彭祖、巫咸，商之贤臣也，与“巫咸将夕降兮”之巫咸，自是二人，《列子》所谓“郑有神巫，名季咸”者也）、比干、伯夷、吕望、宁戚、百里、介推、子胥，暴君则有若夏启、羿、浞[8]、桀、纣，皆北方学者之所常称道，而于南方学者所称黄帝、广成等不一及焉。虽《远游》一篇，似专述南方之思想，然此实屈子愤激之词，如孔子之居夷浮海，非其志也。《离骚》之卒章，其旨亦与《远游》同。然卒曰：“陟升皇之赫戏兮，忽临睨夫旧乡。仆夫悲余马怀兮，蜷局顾而不行。”《九章》中之《怀沙》，乃其绝笔，然犹称重华、汤、禹，足知屈子固彻头彻尾抱北方之思想，虽欲为南方之学者，而终有所不慊者也。

屈子之自赞曰："廉贞。"余谓屈子之性格，此二字尽之矣。其廉固南方学者之所优为，其贞则其所不屑为，亦不能为者也。女媭之詈[9]，巫咸之占，渔父之歌，皆代表南方学者之思想，然皆不足以动屈子。而知屈子者，唯詹尹一人。盖屈子之于楚，亲则肺腑，尊则大夫，又尝管内政外交上之大事矣，其于国家既同累世之休戚，其于怀王又有一日之知遇，一疏再放，而终不能易其志，于是其性格与境遇相得，而使之成一种之欧穆亚。《离骚》以下诸作，实此欧穆亚所发表者也。使南方之学者处此，则贾谊（《吊屈原文》）扬雄（《反离骚》）是，而屈子非矣。此屈子之文学，所负于北方学派者也。

然就屈子文学之形式言之，则所负于南方学派者，抑又不少。彼之丰富之想象力，实与庄、列为近。《天问》《远游》凿空之谈，求女谬悠之语，庄语之不足，而继之以谐，于是思想之游戏，更为自由矣。变《三百篇》之体，而为长句，变短什而为长篇，于是感情之发表，更为宛转矣。此皆古代北方文学之所未有，而其端自屈子开之。然所以驱使想象而成此大文学者，实由其北方之肫挚的性格。此庄周等之所以仅为哲学家，而周、秦间之大诗人，不能不独数屈子也。

要之，诗歌者，感情的产物也。虽其中之想象的原质（即知力的原质）亦须有肫挚[10]之感情，为之素地，而后此原质乃显。故诗歌者，实北方文学之产物，而非儇薄冷淡之夫所能托也。观后世之诗人，若渊明，若子美，无非受北方学派之影响者。岂独一屈子然哉！岂独一屈子然哉！

【注释】

[1] 春秋：公元前 770—476 年。

[2] 汪容甫：汪中（1745—1794），字容甫，江苏江都（今属扬州）人。清代文学家、经学家、史学家。著有《述学》内外篇、《容甫先生遗诗》等。工骈文，有《哀盐船文》《经旧苑吊马守真文并序》等名篇。

[3] 接舆、长沮、桀溺、荷篠（diào）丈人：《论语·微子》记叙曾与孔子交往的春秋时的四位隐士。

[4] 畀（bì）：给予、付与。

[5] 北溟之鱼、蜗角之国、大椿冥灵、蟪蛄朝菌，皆语出《庄子》。蟪蛄朝菌：出自《庄子·逍遥游》："朝菌不知晦朔，蟪蛄不知春秋。"蟪蛄，昆虫名。形体似蝉，体小，青紫色，有黑纹。危害桑、茶和果树。朝菌，朝生暮死之虫。

[6] 襄城之野，七圣皆迷：语出《庄子·徐无鬼》："黄帝将见大隗（神名）乎具茨之山，方明为御，昌寓骖乘，张若、謵朋前马，昆阍、滑稽后车。至于襄城之野，七圣皆迷，无所问涂（途）。适遇牧马童子，问涂焉。"

[7] 汾水之阳，四子独往：语见《庄子·逍遥游》。

[8] 浞（zhuó）：古人名，《楚辞·天问》："浞娶纯狐。"王逸注："浞，羿相也。"即夏朝时有穷氏后羿之相。

[9] 女媭（xū）：屈原之姊。《离骚》："女媭之婵媛兮，申申其詈予。"古代楚人谓姊为媭。詈（lì）：骂、责备。

[10] 肫（zhūn）挚：真挚，诚挚，诚恳。

【解读】

本文首先分析屈原时代的政治文化背景。我国春秋时代前后，道德政治思想分为两派：北方是帝王派、贵族派、入世派、热性派、国家派，南方是非帝王派、平民派、遁世派、冷性派、个人派；北方派大成于孔子，北方派之理想，在改造旧社会，南方派大成于老子，南方派之理想，在创造新社会。如此高屋建瓴、要言不烦地讲清南北学说之差别，真非大史学家、大经学家所不能道。

接着又指出南方之人长于思辨，而短于实行;北方之人坚忍强毅，敢于以自己改造社会的理想与世抗争；但南人的想象力之伟大丰富，为北人所远远不及。

经过这番精辟分析之后，王国维将屈原定性为南人而学北方之学者，其想象力继承了南方的优势，与《庄子》和《列子》相近，而又彻头彻尾抱北方之思想，具有改造旧社会的巨大热情，他之所以能发挥瑰丽的想象力而成为大文学家，实因为他有着北方式的纯挚的性格，这也就使他有了文学创造不可或缺的纯挚的感情。他评论屈原的这个观点，前无古人，后乏继承，真是振聋发聩之高见。

当然，南北人之优缺点，是大概而言，并不是绝对的。但南北方的不同地理环境和自然条件对人的性格的培养和形成有着隐秘而内在的作用，法国丹纳《艺术哲学》也持此见。

王国维在本文中说：诗歌者，描写人生者也。要之，诗歌者，感情的产物也。只有在纯挚的感情的基础上，想象力才能发挥它在文学作品中应有并不可或缺的作用。这都道出了文学创作的基本原理。

王国维在此文中又在中国首先引进幽默（humour，他译为欧穆亚）的观念，但其定义与今日的理解有别，他认为屈原所持的改造旧社会的思想受到社会“一时以为寇，一时以为亲”，如此循环，于是就产生了幽默的人生观。谭佛雏先生说：此种人生观，从生活戏剧的角度言，实亦处于悲剧与喜剧的交叉点上，其基础为主观与客观的现实矛盾。此说也与叔（本华）氏有关。叔氏认定：“严肃，被隐藏在一种诙谐的背后”，这就是“幽默”。“幽默依赖于一种主观的，然而严肃的崇高的心境，这种心境是在不情愿地跟一个与其抵牾的普通外在世界相冲突，既不能逃离这个世界，又不会让自己屈服于这个世界”，于是作为这种“心境”跟这个“外在世界”之间一种“调节”，“幽默”就出现了。或者通过“一种有趣的甚至滑稽的场景之展示”，结果就是某种“诙谐的印象”的产生，“然而就在这诙谐的背后，最深邃的严肃是隐藏着并且照耀着全局”。(佛雏《王国维诗学研究》第85—86页。(按：这段叔本华的译文据《作为意志和表象的世界》英译本第二卷，中译本只出版了第一卷)叔本华的这段论述认为，这种“幽默”，既与喜剧无法分割，又偏于悲剧和崇高的范畴。故而此文是王国维用叔本华美学思想剖析屈原作品的一次尝试。但此文并非只用叔本华的美学思想来分析、评论屈原，其主要立足点还是传统的儒道学说，并且还有王国维自己的新的理论发展。

王国维对中国南北方人的主要特点的分析，要比后来鲁迅与30年代文坛“南人与北人”的讨论和结论，更显深刻和准确。

论哲学家与美术家之天职

（本篇刊于1905年5月上海《教育世界》99号，收入《静安文集》）

天下有最神圣、最尊贵而无与于当世之用者，哲学与美术是已。天下之人嚣然谓之曰无用，无损于哲学美术之价值也。至为此学者自忘其神圣之位置，而求以合当世之用，于是二者之价值失。夫哲学与美术之所志者，真理也。真理者，天下万世之真理，而非一时之真理也。其有发明此真理（哲学家），或以记号表之（美术）（指艺术，下同）者，天下万世之功绩，而非一时之功绩也。惟其为天下万世之真理，故不能尽与一时一国之利益合，且有时不能相容，此即其神圣之所存也。且夫世之所谓有用者，孰有过于政治家及实业家者乎？世人喜言功用，吾姑以其功用言之。夫人之所以异于禽兽者，岂不以其有纯粹之知识与微妙之感情哉。至于生活之欲，人与禽兽无以或异。后者政治家及实业家之所供给，前者之慰藉满足非求诸哲学及美术不可。就其所贡献于人之事业言之，其性质之贵贱，固以殊矣。至就其功效之所及言之，则哲学家与美术家之事业，虽千载以下，四海以外，苟其所发明之真理，与其所表之之记号之尚存，则人类之知识感情由此而得其满足慰藉者，曾无以异于昔。而政治家及实业家之事业，其及于五世十世者希矣。此又久暂之别也。然则人而无所贡献于哲学美术，斯亦已耳，苟为真正之哲学家美术家，又何慊乎政治家哉。

披我中国之哲学史，凡哲学家无不欲兼为政治家者，斯可异已！

孔子大政治家也，墨子大政治家也，孟、荀二子皆抱政治上之大志者也。汉之贾、董[1]，宋之张、程、朱、陆[2]，明之罗、王[3]无不然。岂独哲学家而已，诗人亦然。“自谓颇腾达，立登要路津。致君尧舜上，再使风俗淳”，非杜子美之抱负乎？“胡不上书自荐达，坐令四海如虞唐”，非韩退之之忠告乎？“寂寞已甘千古笑，驰驱犹望两河平”，非陆务观之悲愤乎？如此者，世谓之大诗人矣！至诗人之无此抱负者，与夫小说、戏曲、图画、音乐诸家，皆以侏儒倡优自处，世亦以侏儒倡优畜之。所谓“诗外尚有事在”“一命为文人，便无足观”，我国人之金科玉律也。呜呼！美术之无独立之价值也久矣。此无怪历代诗人，多托于忠君爱国劝善惩恶之意，以自解免，而纯粹美术上之著述，往往受世之迫害而无人为之昭雪者也。此亦我国哲学、美术不发达之一原因也。

夫然，故我国无纯粹之哲学，其最完备者，惟道德哲学，与政治哲学耳。至于周、秦、两宋间之形而上学，不过欲固道德哲学之根柢，其对形而上学非有固有之兴味也。其于形而上学且然，况乎美学、名学、知识论等冷淡不急之问题哉！更转而观诗歌之方面，则咏史、怀古、感事、赠人之题目弥满充塞于诗界，而抒情叙事之作什佰不能得一。其有美术上之价值者，仅其写自然之美之一方面耳。甚至戏曲小说之纯文学亦往往以惩劝为旨，其有纯粹美术上之目的者，世非惟不知贵，且加贬焉。于哲学则如彼，于美术则如此，岂独世人不具眼之罪哉，抑亦哲学家美术家自忘其神圣之位置与独立之价值，而葸然[4]以听命于众故也。

至我国哲学家及诗人所以多政治上之抱负者，抑又有说。夫势力之欲，人之所生而即具者，圣贤豪杰之所不能免也。而知力愈优者，其势力之欲也愈盛。人之对哲学而有兴味者，必其知力之优者也？故其势力之欲亦准之。今纯粹之哲学与纯粹之美术既不能得势力于我国之思想界矣，则彼等势力之欲，不于政治，将于何求其满足之地乎？且政治上之势力有形的也，及身的也；而哲学美术上之势力，无形的也，身后的也。故非旷世之豪杰，鲜有不为一时之势力所诱惑者矣。虽然，无亦其对哲学美术之趣味有未深，而于其价值有未自觉者乎？今夫人积年月之研究，而一旦豁然悟宇宙人生之真理，或以胸中惝恍不可捉摸之意境，一旦表诸文字、绘画、雕刻之上，此固彼天赋之能力之发展，而此时之快乐，决非南面王之所能易者也。且此宇宙人生而尚如故，则其所发明所表示之宇宙人生之真理之势力与价值，必仍如故。之二者，所以酬哲学家美术家者，固已多矣。若夫忘哲学美术之神圣，而以为道德政治之手段者，正使其著作无价值者也。愿今后之哲学美术家，毋忘其天职，而失其独立之位置，则幸矣！

【注释】

[1] 汉之贾、董：指贾谊和董仲舒。董仲舒（前 179—前 104），广川（今河北景县）人。西汉哲学家，今文经学大师，建议汉武帝“罢黜百家，独尊儒术”。著有《春秋繁露》《董子文集》等。

[2] 宋之张、程、朱、陆：“张”指张载（1020—1077），字子厚，世称横渠先生，凤翔郿县（今陕西眉县）人。北宋哲学家，理学创始人之一。其著作编为《张子全书》，著名的有《（张子）正蒙》《横渠易说》《张子语录》等。“程”指程颢（1032—1085）和程颐（1033—1107）兄弟，世称“二程”，洛阳（今属河南）人。北宋哲学家、教育家。两人皆出周敦颐门下，同为北宋理学的奠基人，著作编入《二程全书》。“朱”指朱熹（1130—1200），字元晦、仲晦，号晦庵。徽州婺源（今属江西）人，侨居建阳（今属福建）。

南宋哲学家、教育家，从教五十余年。他是“二程”的四传弟子，哲学上主要继承和发展二程的理气关系学说，集理学之大成，建立一个完整的理学体系，与二程合称“程朱学派”。著有《四书章句集注》《诗集传》《楚辞集注》和《朱子语类》等。“陆”指陆九渊（1139—1193），字子静，自号存斋，抚州金溪（今属江西）人，南宋哲学家、教育家，于江西贵溪象山建“精舍”聚众讲学，故世称“象山先生”。为心学的创始人，与朱熹长期辩论。其学说经明代王守仁继承发展后，称“陆王学派”。其著作结为《象山先生全集》。

[3] 明之罗、王：“罗”指罗钦顺（1465—1547），字允升，号整庵，泰和（今属江西）人，明哲学家，弘治进士，官至南京吏部尚书，后辞官还乡，潜心著书。治理学，认为理得于天而存于心，理、气本为一物，气为宇宙万物之根本。反对朱熹“理与气是二物”和王守仁“天地万物皆在吾心”的“良知”说。著有《困知记》《整庵存稿》等。“王”是指王守仁（1472—1528），字伯安，余姚（今属浙江）人，明代哲学家、教育家。曾筑室故乡阳明洞，世称阳明先生。弘治进士，官至南京兵部尚书。他发展了陆九渊的象山学说，提出“心即理”，认为心为本体，倡“致良知”说。在明代中期之后，阳明学派的“心学”影响很大，还流传到日本。著有《传习录》和《大学问》等。其著作由门人辑为《王文成公全书》三十八卷。

[4] 葸（xǐ）然：害怕、胆怯。如：畏葸不前。

【解读】

王国维此文在他的哲学和美学思想的发展中占有重要的地位。此文把纯粹的哲学和纯粹的美学并列，认为它们都是提高人类精神生活的手段。它们有一个共同的目标，就是追求宇宙人生的真理，但作用不同。哲学的作用是“发明（发现和说明）此真理”，美术（指艺术，下同）是“以记号表之”，即用符号来表达宇宙人生的真理。

王国维指出，正因如此，哲学和艺术与当世之用（政治和经济的发展）无用，但哲学和艺术所追求的是天下万世之真理，而非一时的真理；又正因是万世之真理，所以不能完全与一时一国的利益相合，有时还不能为其所相容，这是哲学和艺术的神圣之所在。于是有的哲学家和艺术家还要受到迫害。但是哲学家和艺术家的地位不但不比政治家低，甚至更高。

文中又批评中国的哲学家都无不想兼做政治家，艺术一直没有独立的价值，因此，纯粹的艺术著述，往往受到当世的迫害而无人为之昭雪，这是我国哲学艺术不发达的原因之一。接着指出，政治上的势力即效用，是有形的、及身的（生前能够享用的），而哲学艺术的势力即效用，是无形的、身后的。所以，如果不是旷世的豪杰，很少有不为一时之实效所诱惑的了。

最后强调，一个哲学家和艺术家，经过长年累月的努力，一旦豁然领悟宇宙人生的真理，或将胸中恍然不可捉摸的意境一旦用文字、绘画、雕刻表达出来，这固然是他们的天才的发展，而此时的快乐，即使用做帝王来交换，也是绝对不肯的。这就将哲学艺术的创造的快乐，放到至高无上的地位了。这就将文学艺术的“主体性”放到了最高的位置。

本文是王国维受康德、叔本华的观点启发之后，发表对哲学家、艺术家社会价值的看法。其主旨是，中国的哲学和艺术要有大的发展，必须要从眼前利益和狭隘的功利中解脱出来，并使其具有独立品格。

此文说我国没有纯粹的哲学、哲学艺术不发达，是错误的。中国的道家和佛家的哲学，就是纯粹的哲学。中国哲学艺术的发达，是有目共睹的。古代众多伟大、优美的音乐舞蹈作品大都失传了，绘画书法作品也毁坏极多，戏曲失传的也很多，但至今留下的文学、美术和戏曲的大量著作，还是一个庞大的宝库。这篇文章与他的《文学小言》一样，还是他青年时代的“少作”，故难免会有个别不成熟之处。王国维后期文章并没有这个片面之见。

古雅之在美学上之位置

（本篇刊于1907年3月上海《教育世界》161—165号，收入《静安文集续编》）

“美术者，天才之制作也。”此自汗德以来百余年间学者之定论也。然天下之物，有决非真正之美术品，而又决非利用品者。又其制作之人，决非必为天才，而吾人之视之也，若与天才所制作之美术无异者。无以名之，名之曰“古雅”。

欲知古雅之性质，不可不知美之普遍之性质。美之性质，一言以蔽之曰：可爱玩而不可利用者是已。虽物之美者，有时亦足供吾人之利用，但人之视为美时，决不计及其可利用之点。其性质如是，故其价值亦存于美之自身，而不存乎其外。而美学上之区别美也，大率分为二种：曰优美，曰宏壮。自巴克[1]及汗德之书出，学者殆视此为精密之分类矣。至古今学者对优美及宏壮之解释，各由其哲学系统之差别，而各不同。要而言之，则前者由一对象之形式，不关于吾人之利害，遂使吾人忘利害之念，而以精神之全力沉浸于此对象之形式中。自然及艺术中普通之美，皆此类也。后者则由一对象之形式，越乎吾人知力所能驭之范围，或其形式大不利于吾人，而又觉其非人力所能抗，于是吾人保存自己之本能，遂超越乎利害之观念外，而达观其对象之形式，如自然中之高山大川、烈风雷雨，艺术中伟大之宫室、悲惨之雕刻象，历史画、戏曲、小说等皆是也。此二者，其可爱玩而不可利用也同，若夫所谓古雅者则何如？

一切之美，皆形式之美也。就美之自身言之，则一切优美皆存于形式之对称变化及调和。至宏壮之对象，汗德虽谓之无形式，然以此种无形式之形式，能唤起宏壮之情，故谓之形式之一种，无不可也。就美术之种类言之，则建筑、雕刻、音乐之美之存于形式固不俟论，即图画、诗歌之美之兼存于材质之意义者，亦以此等材质适于唤起美情故，故亦得视为一种之形式焉。释迦与马利亚[2]庄严圆满之相，吾人亦得离其材质之意义，而感无限之快乐，生无限之钦仰。戏曲小说之主人翁及其境遇，对文章之方面言之，则为材质；然对吾人之感情言之，则此等材质又为唤起美情之最适之形式。故除吾人之感情外，凡属于美之对象者，皆形式而非材质也。而一切形式之美，又不可无他形式以表之，惟经过此第二之形式，斯美者愈增其美，而吾人之所谓古雅，即此第二种之形式。即形式之无优美与宏壮之属性者，亦因此第二形式故，而得一种独立之价值，故古雅者，可谓之形式之美之形式之美也。

夫然，故古雅之致存于艺术而不存于自然。以自然但经过第一形式，而艺术则必就自然中固有之某形式，或所自创造之新形式，而以第二形式表出之。即同一形式也，其表之也各不同。同一曲也，而奏之者各异；同一雕刻、绘画也，而真本与摹本大殊；诗歌亦然。"夜阑更秉烛，相对如梦寐"（杜甫《羌村》诗）之于"今宵剩把银釭照，犹恐相逢是梦中"（晏几道《鹧鸪天》词），"愿言思伯，甘心首疾"（《诗·卫风·伯兮》）之于"衣带渐宽终不悔，为伊消得人憔悴"（欧阳修《蝶恋花》词[3]），其第一形式同。而前者温厚，后者刻露者，其第二形式异也。一切艺术，无不皆然，于是有所谓雅俗之区别起。优美及宏壮必与古雅合，然后得显其固有之价值。不过优美及宏壮之原质愈显，则古雅之原质愈蔽。然吾人所以感如此之美且壮者，实以表出之之雅故，即以其美之第一形式，更以雅之第二形式表出之故也。

虽第一形式之本不美者，得由其第二形式之美（雅），而得一种独立之价值。茅茨土阶，与夫自然中寻常琐屑之景物，以吾人之肉眼观之，举无足与于优美若宏壮之数，然一经艺术家（若绘画，若诗歌）之手，而遂觉有不可言之趣味。此等趣味，不自第一形式得之，而自第二形式得之，无疑也。绘画中之布置，属于第一形式，而使笔使墨，则属于第二形式。凡以笔墨见赏于吾人者，实赏其第二形式也。此以低度之美术（如书法等）为尤甚。三代之钟鼎，秦汉之摹印，汉、魏、六朝、唐、宋之碑帖，宋、元之书籍等，其美之大部，实存于第二形式。吾人爱石刻不如爱真迹，又其于石刻中爱翻刻不如爱原刻，亦以此也。凡吾人所加于雕刻、书画之品评，曰“神”、曰“韵”、曰“气”、曰“味”，皆就第二形式言之者多，而就第一形式言之者少。文学亦然，古雅之价值，大抵存于第二形式。西汉之匡、刘[4]，东京之崔、蔡[5]，其文之优美宏壮，远在贾、马、班、张[6]之下，而吾人之嗜之也，亦无逊于彼者，以雅故也。南丰[7]之于文，不必工于苏、王[8]，姜夔[9]之于词，且远逊于欧、秦[10]而后人亦嗜之者，以雅故也。由是观之，则古雅之原质，为优美及宏壮中不可缺之原质，且得离优美宏壮而有独立之价值，则固一不可诬之事实也。

然古雅之性质，有与优美及宏壮异者。古雅之但存于艺术，而不存于自然，既如上文所论矣，至判断古雅之力，亦与判断优美及宏壮之力不同。后者先天的，前者后天的、经验的也。优美及宏壮之判断之为先天的判断，自汗德之《判断力批评》（今译《判断力批判》）后，殆无反对之者。此等判断既为先天的，故亦普遍的、必然的也。易言以明之，即一艺术家所视为美者，一切艺术家亦必视为美。此汗德之所以于其美学中，预想一公共之感官者也。若古雅之判断则不然，由时之不同而人之判断之也各异。吾人所断为古雅者，实由吾人今日之位置断之。古代之遗物无不雅于近世之制作，古代之文学虽至拙劣，自吾人读之无不古雅者，若自古人之眼观之，殆不然矣。故古雅之判断，后天的也，经验的也，故亦特别的也，偶然的也。此由古代表出第一形式之道与近世大异，故吾人睹其遗迹，不觉有遗世之感随之，然在当日，则不能若优美及宏壮，则无此时间上之限制也。

古雅之性质既不存于自然，而其判断亦但由于经验，于是艺术中古雅之部分，不必尽俟天才，而亦得以人力致之。苟其人格诚高，学问诚博，则虽无艺术上之天才者，其制作亦不失为古雅。而其观艺术也，虽不能喻其优美及宏壮之部分，犹能喻其古雅之部分。若夫优美及宏壮，则非天才殆不能捕攫之而表出之。今古第三流以下之艺术家，大抵能雅而不能美且壮者，职是故也。以绘画论，则有若国朝之王翚[11]，彼固无艺术上之天才，但以用力甚深之故，故摹古则优而自运则劣，则岂不以其舍其所长之古雅，而欲以优美宏壮与人争胜也哉。以文学论，则除前所述匡、刘诸人外，若宋之山谷，明之青邱、历下[12]，国朝之新城等，其去文学上之天才盖远，徒以有文学上之修养故，其所作遂带一种典雅之性质。而后之无艺术上之天才者亦以其典雅故，遂与第一流之文学家等类而观之，然其制作之负于天分者十之二三，而负于人力者十之七八，则固不难分析而得之也。又虽真正之天才，其制作非必皆神来兴到之作也。以文学论，则虽最优美最宏壮之文学中，往往书有陪衬之篇，篇有陪衬之章，章有陪衬之句，句有陪衬之字。一切艺术，莫不如是。此等神兴枯涸之处，非以古雅弥缝之不可。而此等古雅之部分，又非藉修养之力不可。若优美与宏壮，则固非修养之所能为力也。

然则古雅之价值，遂远出优美及宏壮下乎？曰：不然。可爱玩而不可利用者，一切美术品之公性也。优美与宏壮然，古雅亦然。而以吾人之玩其物也，无关于利用故，遂使吾人超出乎利害之范围外，而惝恍于缥缈宁静之域。优美之形式，使人心和平；古雅之形式，使人心休息，故亦可谓之低度之优美。宏壮之形式，常以不可抵抗之势力唤起人钦仰之情，古雅之形式，则以不习于世俗之耳目故，而唤起一种之惊讶。惊讶者，钦仰之情之初步，故虽谓古雅为低度之宏壮，亦无不可也。故古雅之位置，可谓在优美与宏壮之间，而兼有此二者之性质也。至论其实践之方面，则以古雅之能力，能由修养得之，故可为美育普及之津梁。虽中智以下之人，不能创造优美及宏壮之物者，亦得由修养而有古雅之创造力；又虽不能喻优美及宏壮之价值者，亦得于优美宏壮中之古雅之原质，或于古雅之制作物中，得其直接之慰藉。故古雅之价值，自美学上观之，诚不能及优美及宏壮，然自其教育众庶之效言之，则虽谓其范围较大成效较著可也。因美学上尚未有专论古雅者，故略述其性质及位置如右。篇首之疑问，庶得由是而说明之欤。

【注释】

[1] 巴克：今译博克，或伯克（1729—1797），英国政论家、美学家、哲学家，经验美学派代表之一。他在美学上首先区分崇高与美。著有《论崇高与美两种观念的起源》（1756）。

[2] 马利亚：一译玛利亚，基督教《圣经》故事中耶稣的母亲。据《福音书》载，她是童贞女，由“圣灵感孕”而生耶稣，所以天主教、东正教尊其为“童贞圣母”，并相信她死后，灵魂和身体重新结合升天。

[3] 两句出自柳永《蝶恋花》词。

[4] 匡：匡衡，西汉经学家，字稚圭，东海承（今山东苍山兰陵镇）人。能文学，善说《诗（经）》。官至丞相。刘：刘向，参见《文学小言》（十）注 [3]。

[5] 崔：崔骃（？—92），东汉文学家，字亭伯，东汉涿郡安平（今属河北）人。原有文集，后佚，明人辑有《崔亭伯集》。蔡：蔡邕（132—192），字伯喈，东汉文学家、书法家，陈留圉（今河南杞县）人。原有《蔡中郎集》，后佚，后人有辑本。

[6] 贾、马、班、张：贾谊、司马相如、班固、张衡。

[7] 南丰：曾巩（1019—1083），北宋文学家，字子固，南丰（今属江西）人。嘉祐进士，官至中书舍人。著有《元丰类稿》。被明人列为古文的"唐宋八大家"之一。

[8] 苏、王：苏轼和王安石。

[9] 姜夔（约 1155—约 1221）：字尧章，号白石道人，饶州鄱阳（今江西波阳）人，南宋词人、音乐家。著有词集《白石道人歌曲》和《白石道人诗集》《诗说》等。

[10] 欧、秦：欧阳修与秦观。

[11] 王翚（huī）（1632—1717）：字石谷，号耕烟散人、清晖主人等，江苏常熟人，清初著名画家。悉心临摹历代名作，熟稔诸家技法，功力深厚。康熙帝曾命其主持绘制《南巡图》。

[12] 青邱：高启（1336—1374），字季迪，长洲（今江苏苏州）人，明代诗人，元末隐居吴淞青丘，自号青丘子。少年即有文名，为"吴中四杰"之一。洪武元年（1368）召修《元史》，为翰林院国史编修，授户部右侍郎，不受。后因赋诗讽刺，触犯明太祖朱元璋之忌而被腰斩。历下：李攀龙（1514—1570），明代文学家。字于鳞，号沧溟，历城（今山东济南）人。嘉靖进士，官至河南按察使。与王世贞同为"后七子"之首。著有《沧溟集》。

【解读】

王国维提出古雅说的目的是纠正自康德以来直至叔本华和尼采的天才说只重天才，抹杀其他优秀作家的偏颇。同时，王国维看到许多达到优美或壮美高度的艺术品，康德的“天才论”是无法概括的，尤其是中国古代的许多艺术品，是无法归入康德、叔本华美学理论体系所确定的艺术范围的，于是他创立新说，予以弥补。

王国维在此文中首创“古雅”这个美学概念，并论述古雅在美学中的位置。

古雅的第一个位置：古雅是指非天才创作的可与天才之作等量齐观的优秀作品，和天才创作的未达到天才之作的高度，但仍不失为优秀之作的作品。因为，即使是天才，也并非每一部作品都达到最高的水平。

古雅的第二个位置：古雅指的是形式之美，是第二形式之美，是形式之美之形式之美。美的形式虽与其内容不可分割，但只有内容，形式不美的也绝不是优秀和合格的作品。所以本文强调：“一切之美，皆形式之美也。”而且，戏剧小说中描写的主人公及其境遇，对文学来说是内容、材质的部分，对作者和读者的感情来说，这些内容、材质又是作为审美的最适合的形式。因此，这是说第一种形式，至于创作的形式是为第一种形式服务的第二种形式，也是作家为第一种形式所选择的最适当而且只有经过第二种形式才能使第一种之美更美，这第二种形式之美，就是古雅。

古雅的第三个位置：古雅是纯粹形式之美。如果一部作品内容上并无特别出众之处，甚至谈不上有什么内容，只是具备形式之美，那么这类作品就是古雅。譬如周朝的钟鼎，秦汉的摩印，古代的书法，宋元的书籍，谈不上有什么高明的内容，我们欣赏的是它们的形式之美。古代的建筑，也如此。康德举埃及金字塔的景象极其感动人，罗马华丽的圣彼得教堂作为例子，说："悠久的年代是崇高的。假如它是属于过去的时代的，那么它就是高贵的。""一座最远古的建筑是可敬慕的。"(《论优美感和崇高感》商务印书馆 2001 版，第 5 页）也隐含此意。

王国维学习西方，又能做出自己的创造，有时还能高于西方，古雅说理论，就是这样的重要理论成果之一。

论教育之宗旨

（本篇刊于1903年8月上海《教育世界》56号，收入《静安文集》）

教育之宗旨何在？在使人为完全之人物而已。何谓完全之人物？谓人之能力无不发达且调和是也。人之能力分为内外二者：一曰身体之能力，一曰精神之能力。发达其身体而萎缩其精神，或发达其精神而罢敝其身体，皆非所谓完全者也。完全之人物，精神与身体必不可不为调和之发达。而精神之中又分为三部：知力、感情及意志是也。对此三者而有真美善之理想："真"者知力之理想，"美"者感情之理想，"善"者意志之理想也。完全之人物不可不备真美善之三德，欲达此理想，于是教育之事起。教育之事亦分为三部：智育、德育（即意育）、美育（即情育）是也。如佛教之一派，及希腊罗马之斯多噶派[1]，抑压人之感情而使其能力专发达于意志之方面；又如近世斯宾塞尔[2]之专重智育，虽非不切中一时之利弊，皆非完全之教育也。完全之教育，不可不备此三者，今试言其大略。

一、智育。人苟欲为完全之人物，不可无内界及外界之知识，而知识之程度之广狭，应时地不同。古代之知识至近代而觉其不足，闭关自守时之知识，至万国交通时而觉其不足。故居今之世者，不可无今世之知识。知识又分为理论与实际二种；溯其发达之次序，则实际之知识常先于理论之知识，然理论之知识发达后，又为实际之知识之根本也。一科学如数学、物理学、化学、博物学等，皆所谓理论之知识。至应用物理、化学于农工学，应用生理学于医学，应用数学于测绘等，谓之实际之知识。理论之知识乃人人天性上所要求者，实际之知识则所以供社会之要求，而维持一生之生活。故知识之教育，实必不可缺者也。

二、德育。然有知识而无道德，则无以得一生之福祉，而保社会之安宁，未得为完全之人物也。夫人之生也，为动作也，非为知识也。古今中外之哲人无不以道德为重于知识者，故古今中外之教育无不以道德为中心点。盖人人至高之要求，在于福祉，而道德与福祉实有不可离之关系。爱人者人恒爱之；敬人者人恒敬之。不爱敬人者反是。如影之随形，响之随声，其效不可得而诬也。《书》云："惠迪，吉；从逆，凶。"[3] 希腊古贤所唱福德合一论，固无古今中外之公理也。而道德之本原又由内界出而非外铄我者[4]。张皇而发挥之，此又教育之任也。

三、美育。德育与智育之必要，人人知之，至于美育有不得不一言者。盖人心之动，无不束缚于一己之利害；独美之为物，使人忘一己之利害而入高尚纯洁之域，此最纯粹之快乐也。孔子言志，独与曾点[5]；又谓"兴于诗""成于乐"(《论语·泰伯》)。希腊古代之以音乐为普通学之一科，及近世希痕林[6]、希尔列尔[7]等之重美育学，实非偶然也。要之，美育者一面使人之感情发达，以达完美之域；一面又为德育与智育之手段，此又教育者所不可不留意也。

然人心之知情意三者，非各自独立，而互相交错者。如人为一事时，知其当为者"知"也，欲为之者"意"也，而当其为之前(后)又有苦乐之"情"伴之：此三者不可分离而论之也。故教育之时，亦不能加以区别。有一科而兼德育智育者，有一科而兼美育德育者，又有一科而兼此三者。三者并行而得渐达真善美之理想，又加以身体之训练，斯得为完全之人物，而教育之能事毕矣。

【注释】

[1] 斯多噶派：今译斯多亚学派，古希腊和罗马帝国时期的哲学学派，时间长达五百年。其体系分为逻辑学、自然哲学、伦理学三部分，以伦理学为中心，强调人是自然的一部分，只有善才能和理性和谐，成为有美德的人，否则只是恶。

[2] 斯宾塞尔：今译斯宾塞（1820—1903），英国 19 世纪哲学家、社会学家，实证主义主要代表之一。在美学上拥护康德的纯粹美学学说和席勒的游戏说。著有《第一原理》《心理学原理》《社会学原理》《伦理学原理》等。《社会学原理》最早由严复译成中文，名为《群学肆言》。

[3]“惠迪，吉，从逆，凶”：语见《尚书·大禹谟》：“惠迪，吉，从逆，凶，惟影响。”惠，顺也。迪，道也。逆，反道，逆道而动。此句意为天道可畏，人必须顺从天道：“顺从道（顺从善）就吉，顺从反天道的（顺从恶）就凶，就像影子和音响顺从形体、声音而不可分割一样。”

[4] 非外铄（shuò）我者：语出《孟子·告子上》：“仁义礼智，非由外铄我也。我固有之也，弗思耳矣。”杨伯峻的译文为：“这仁义礼智，不是由外人给予我的，是我本来就具有的，不过不曾探索它罢了。”铄：削弱。这里解释为“授”，给予。

[5] 孔子言志，独与曾点：事见《论语·先进》。曾点即曾皙，曾参之父。有一次，孔子让弟子们谈谈自己的理想和志向。子路想治理一个处于大国包围又遇灾荒的千乘小国，三年内即可见成效。冉求也有志于治理小国，三年可使人人富足。公西赤愿做一个小司仪。曾点说自己向往的境界是：“莫春者，春服既成，冠者五六人，童子六七人，浴乎沂，风乎舞雩，咏而归。”夫子喟然叹曰：“吾与点也！”（杨伯峻译文为：曾皙便道：“暮春三月，春天的衣服都穿定了，我陪同五六位成年人，六七个小孩，在沂水旁边洗洗澡，在舞雩台上吹吹风，一路唱歌，一路走回来。”孔子长叹一声道：“我同意曾点的

主张呀！”

[6] 希痕林：今译谢林（1775—1854），德国著名哲学家，德国古典哲学代表之一。主要著作有《论宇宙精神》《先验唯心主义体系》《神话哲学》等。

[7] 希尔列尔：今译为席勒（1759—1805），德国著名诗人、剧作家、艺术理论家。著有《美育书简》《论素朴的诗与感伤的诗》等理论著作，剧本《强盗》《阴谋与爱情》《华伦斯坦》三部曲等，著名诗歌有《希腊的神》《欢乐颂》《神之歌》等。他提出著名的“游戏说”。

【解读】

王国维在20世纪初，先后在武昌农务学堂、上海南洋公学（上海交通大学前身）、通州（今江苏南通）师范学校、苏州师范学校任教，同时任罗振玉创办的上海《教育世界》杂志主编。在此期间，他写了一系列教育学论文，这是其中比较重要的一篇。

本文的主要内容是：教育的目的是培养发展完全的人，完全的人是精神和身体得到和谐发展的人。精神分解为知力（智力）、感情和意志，有真善美之理想。在进行论证之后，本文最后指出：德智体美都得到完善发展的才是完全也即完美的人才。

王国维是中国最早提倡美育，主张德智体美全面发展的教育观的学者。此文至今仍有十分深远的理论和现实意义。

文学与教育（《教育杂感》四则之四）

（本篇刊于1904年4月上海《教育世界》73号收入《静安文集》）

生百政治家，不如生一大文学家。何则？政治家与国民以物质上之利益，而文学家与以精神上之利益。夫精神之于物质，二者孰重？且物质上之利益，一时的也；精神上之利益，永久的也。前人政治上所经营者，后人得一旦而坏之，至古今之大著述，苟其著述一日存，则其遗泽且及于千百世而未沫。故希腊之有鄂谟尔[1]也，意大利之有唐旦[2]也，英吉利之有狭斯丕尔（今译莎士比亚）也，德意志之有格代（今译歌德）也，皆其国人人之所尸而祝之社而稷之者，而政治家无与焉。何则？彼等诚与国民以精神上之慰藉，而国民之所恃以为生命者，若政治家之遗泽，决不能如此广且远也。

今之混混然输入于我中国者，非泰西物质的文明乎？政治家与教育家，坎然自知其不彼若，毅然法之。法之诚是也，然回顾我国民之精神界则奚若？试问我国之大文学家，有足以代表全国民之精神，如希腊之鄂谟尔、英之狭斯丕尔、德之格代者乎？吾人所不能答也。其所以不能答者，殆无其人欤？抑有之而吾人不能举其人以实之欤？二者必居一焉。由前之说，则我国之文学不如泰西；由后之说，则我国之重文学不如泰西。前说我所不知，至后说，则事实较然，无可讳也。我国人对文学之趣味如此，则于何处得其精神之慰藉乎？求之于宗教欤？则我国无固有之宗教，印度之佛教亦久失其生气。求之于美术（指艺术）欤？美术之匮乏，亦未有如我中国者也。则夫蚩蚩之氓[3]，除饮食男女外，非雅片（鸦片）赌博之归而奚[4]归乎！故我国人之嗜雅片也，有心理的必然性，与西人之细腰、中人之缠足，有美学的必然性无以异。不改服制而禁缠足，与不培养国民之趣味而禁雅片，必不可得之数也。夫吾国人对文学之趣味既如此，况西洋物质的文明，又有滔滔而入中国，则其压倒文学，亦自然之势也。夫物质的文明，取诸他国，不数十年而具矣，独至精神上之趣味，非千百年之培养，与一二天才之出，不及此。而言教育者，不为之谋，此又愚所大惑不解者也。

【注释】

[1] 鄂谟尔：今译荷马（约公元前 9 世纪至前 8 世纪），古希腊诗人，到处行吟的盲歌者。生于小亚细亚。相传《伊利亚特》《奥德赛》是他所作，合称《荷马史诗》。

[2] 唐旦：今译但丁（1265—1321），意大利诗人。生于没落的贵族家庭。早年参加新兴市民阶级发对封建贵族的斗争，曾当选为佛罗伦萨共和国行政官。后因罗马教廷的代表势力得势，1302 年起，被终身放逐。代表作《神曲》，是意大利人文主义文学的经典著作。

[3] 蚩蚩（chī）之氓（méng）：普通、庸碌的百姓。蚩蚩：敦厚的样子，无知的样子，扰扰攘攘的样子，忙乱的样子。氓，民。

[4] 奚：何，胡。

【解读】

对历史、哲学、文化、文学和教育诸学科都已有深厚根底，并开始作精深研究的王国维在 20 世纪初高瞻远瞩地指出：夫物质的文明，取诸他国（向别国学习），不数十年而具（具备）矣，独至精神上的趣味，非千百年的培养，还要有几个天才人物对国家的文化做出整体的提升，是做不到的。中国作为文明大国，几千年的历程就是这样走过来的，王国维希望中国能在国运维艰的20世纪初狠抓教育，在引进西方物质文明的同时，也要借鉴他们的精神文明的成果，其意在于使中国的现代文明重铸辉煌。

他认为中国目下的文学界，没有像希腊的荷马、英国的莎士比亚和德国的歌德这样代表整个国家的国民之精神的大文学家，这是统治者只知急功近利，不重视精神文明建设的后果。而王国维还进而认为这些统治者对国家的贡献实远不及文学家，甚至一百个政治家还抵不上一个大文学家。因为，物质的利益是一时的，况且前人政治上的业绩，后人可以一旦破坏，而大文学家创造的流传古今的大著作，只要一日存在，就能将自己的恩德留给千百世的人们享用。对这样的观点，读者诸君的看法如何？

《奏定经学科大学文学科大学章程》书后

（本篇刊于1906年2月上海《教育世界》118、119号，收入《静安文集续编》）

今日之《奏定学校章程》草创之者黄陂陈君毅，而南皮张尚书[1]实成之。其小学中学诸章程中，亦有不合于教育之理法者，以世多能知之，能言之，余故勿论。今分科大学之立有日矣，且论大学。大学中若医、法、理、工、农、商诸科，但袭日本大学之旧，不知中国现在之情形有当否，以非予之专门，亦不具论，但论经学科、文学科大学。

分科大学章程中之最宜改善者，经学、文学二科是已。余谓此张尚书最得意之作也。尚书素以硕学名海内，又于政事之暇不废稽古[2]。观此二科之章程内详定教授之细目及其研究法，肫肫[3]焉不惜数千言，为国家名誉最高、学问最深之大学教授言之，而于中学小学国家所宜详定教授之范围及其细目者，反无闻焉。吾人不能不服尚书之重视此二科，又于其学术上所素娴者，不惮忠实陈其意见也。且尚书不独以经术文章名海内，又公忠体国，以扶翼世道为己任者也。故惧邪说之横流，国粹之丧失之意，在在溢于言表，于此二章程中，尤情见乎辞矣。吾人固推重尚书之学问，而于其扶翼世道人心之处，尤不能不再三倾倒也。虽然，尚书之志则善矣，然所以图国家学术之发达者，则固有所未尽焉。今不暇细论其误，特就其根本之处言之如左，以俟当局者采择焉。

其根本之误何在？曰在缺哲学一科而已。夫欧洲各国大学无不以神、哲、医、法四学为分科之基本。日本大学虽易哲学科以文科之名，然其文科之九科中，则哲学科裒然[4]居首，而余八科无不以哲学概论、哲学史为其基本学科者。今经学科大学中虽附设理学一门，然其范围限于宋以后之哲学，又其宗旨在贵实践而忌空谈(《学务纲要》第三十条)，则夫《太极图说》[5]《正蒙》[6]等必在摈斥之例。则就宋人哲学中言之，又不过其一部分而已。吾人且不论哲学之不可不特置一科，又不论经学、文学二科中之必不可不讲哲学，且质南皮尚书之所以必废此科之理由如何：

（一）必以哲学为有害之学也。夫言哲学之害，必自其及于政治上者始矣。数年前，海内自由革命之说，虽与欧洲十八世纪哲学上之自然主义稍有关系，然此等说宁属于政治、法律之方面，而不属于哲学之方面。今不以此说之故，而废直接之政治、法律，何独于间接之哲学科而废之。且吾信昔之唱此说以号召天下者，不独于哲学上之自然主义懵无所知，且亦不知政治、法律为何物者也。不逞之徒，何地蔑有？昔之洪、杨[7]，今之孙、陈[8]，宁皆哲学家哉！且自然主义不过哲学中之一家言，与之反对者何可胜道。余谓不研究哲学则已，苟有研究之者，则必博稽众说而唯真理之从。其有奉此说者，虽学问之自由独立上所不禁，然理论之与实行，其间必有辨矣。今者，政体将改，上下一心，反侧既安，莠言自泯，则疑此学为酿乱之麴糵[9]者，可谓全无根据之说也。

（二）必以哲学为无用之学也。虽余辈之研究哲学者，亦必昌言此学为无用之学也。何则？以功用论哲学，则哲学之价值失。哲学之所以有价值者，正以其超出乎利用之范围故也。且夫人类岂徒为利用而生活者哉，人于生活之欲外，有知识焉，有感情焉。感情之最高之满足，必求之文学、美术；知识之最高之满足，必求诸哲学。叔本华所以称人为形而上学的动物而有形而上学的需要者，为此故也。故无论古今东西，其国民之文化苟达一定之程度者，无不有一种之哲学。而所谓哲学家者，亦无不受国民之尊敬，而国民亦以是为轻重。光英吉利之历史者，非威灵吞[10]、纳尔孙[11]，而培根[12]、洛克[13]也。大德意志之名誉者，非俾思麦[14]、毛奇[15]，而汗德（康德）、叔本华也。即在世界所号为最实际之国民如我中国者，于《易》之太极，《洪范》之五行[16]，《周子》[17]之无极，伊川、晦庵[18]之理气等，每为历代学者研究之题目，足以见形而上学之需要之存在。而人类一日存，此学即不能一日亡也。而中国之有此数人，其为历史上之光，宁他事所可比哉！今若以功用为学问之标准，则经学、文学等之无用亦与哲学等，必当在废斥之列。而大学之所授者，非限于物质的应用的科学不可，坐令国家最高之学府与工场阛阓等[19]，此必非国家振兴学术之意也。夫就哲学家言之，固无待于国家之保护。哲学家而仰国家之保护，哲学家之大辱也。又国家即不保护此学，亦无碍于此学之发达。然就国家言之，则提倡最高之学术，国家最大之名誉也。有腓立大王[20]为之君，有崔特里兹[21]为之相，而后汗德（康德）之《纯理批评》（今译《纯粹理性批判》）得出版而无所惮。故学者之名誉，君与相实共之。今以国家最高之学府，而置此学而不讲，断非所以示世界也。况哲学自直接言之，固不能辞其为无用之学，而自间接言之，则世所号为最有用之学如教育学等，非有哲学之预备，殆不能解其真意。即令一无所用，亦断无废之之理，况乎其有无用之用哉。

（三）必以外国之哲学与中国古来之学术不相容也。吾谓张尚书之意，岂独对外国哲学为然哉，其对我国之哲学，亦未尝不有戒心焉。

故周、秦诸子之学，皆在所摈弃，而宋儒之理学，独限于其道德哲学之范围内研究之。然此又大谬不然者也。《易》不言太极，则无以明其生生之旨，《周子》不言无极，则无以固其主静之说，伊川、晦庵若不言理与气，则其存养省察之说为无根柢。故欲离其形而上学而研究其道德哲学，全不可能之事也。至周、秦诸子之说，虽若时与儒家相反对，然欲知儒家之价值，亦非尽知其反对诸家之说不可，况乎其各言之有故，持之成理者哉。今日之时代，已入研究自由之时代，而非教权专制之时代。苟儒家之说而有价值也，则因研究诸子之学而益明其无价值也，虽罢斥百家，适足滋世人之疑惑耳。吾窃叹尚书之知之与杞人等也！昔日杞人有忧天堕而压己者，尚书之忧道，无乃类是。若夫西洋哲学之于中国哲学，其关系亦与诸子哲学之于儒教哲学等。今即不论西洋哲学自己之价值，而欲完全知此土之哲学，势不可不研究彼土之哲学。异日发明光大我国之学术者，必在兼通世界学术之人，而不在一孔之陋儒固可决也。然则尚书之远虑及此，亦不免三思而惑者矣。

尚书所以废哲学科之理由，当不外此三者。此恐不独尚书一人之意见为然，吾国士大夫之大半，当无不怀此疑虑者也。而其不足疑虑也，既如上所述，则尚书之废此科，虽欲不谓之无理由，不可得也。若不改此根本之谬误，则他日此二科中所养成之人才，其优于占毕帖括[22]之学者几何，而我国之经学、文学，不至坠于地不已。此余所为不能默尔而息者也。

由上文所述观之，不但尚书之废哲学一科为无理由，而哲学之不可不特立一科，又经学科中之不可不授哲学，其故可睹矣。至文学与哲学之关系，其密切亦不下于经学。今夫吾国文学上之最可宝贵者，孰过于周、秦以前之古典乎？《系辞·上下传》[23]实与《孟子》

《戴记》[24]等为儒家最粹之文学，若自其思想言之，则又纯粹之哲学也。今不解其思想，而但玩其文辞，则其文学上之价值已失其大半。此外周、秦诸子、亦何莫不然。自宋以后，哲学渐与文学离，然如《太极图说》《通书》《正蒙》《皇极经世》[25]等，自文辞上观之，虽欲不谓之工，岂可得哉。此外如朱子之于南宋，阳明[26]之于明，非独以哲学鸣，言其文学，亦断非同时龙川[27]、水心[28]及前后七子等之所能及也。凡此诸子之书，亦哲学，亦文学。今舍其哲学，而徒研究其文学，欲其完全解释，安可得也！西洋之文学亦然。柏拉图之《问答篇》，鲁克来谑斯之《物性赋》[29]，皆具哲学、文学二者之资格。特如文学中之诗歌一门，尤与哲学有同一之性质。其所欲解释者，皆宇宙人生上根本之问题。不过其解释之方法，一直观的，一思考的；一顿悟的，一合理的耳。读者观格代（歌德）、希尔列尔（席勒）之戏曲，所负于斯披诺若[30]、汗德（康德）者如何，则思过半矣。今文学科大学中，既授外国文学矣，不解外国哲学之大意而欲全解其文学，是犹却行而求前，南辕而北其辙，必不可得之数也。且定美之标准与文学上之原理者，亦唯可于哲学之一分科之美学中求之。虽有文学上之天才者，无俟此学之教训，而无才者亦不能以此等抽象之学问养成之。然以有此等学故，得使旷世之才稍省其劳力，而中智之人不惑于歧途，其功固不可没也。故哲学之重要，自经学上言之则如彼，自文学上言之则如此，是故不冀经学、文学之发达则已，苟谋其发达进步，则此二科之章程，不可不自根本上改善之也。

除此根本之大谬外，特将其枝叶之谬，论之如左：

一、经学科大学与文学科大学之不可分而为二也。经学家之言曰："六经，天下之至文。"文学家之言曰："约六经之旨以成文。"二者尚书岂不知之，而顾别经学科于文学科中者，则出于尊经之意，不欲使孔、孟之书与外国文学等侏离之言为伍也。夫尊孔、孟之道，莫若发明光大之，而发明光大之之道，又莫若兼究外国之学说。今徒于形式上置经学于各分科大学之首，而不问内容之关系如何，断非所以尊之也。且果由尚书之道以尊孔、孟，曷为不废外国文学也？貌为尊孔以自附于圣人之徒，或貌为崇拜外国以取媚于时势，二者均窃为尚书不取也。为尚书辩者曰：西洋大学之神学科皆为独立之分科，则经学之为一独立之分科，何所不可？曰：西洋大学之神学科，为识者所诟病久矣。何则？宗教者，信仰之事，而非研究之事。研究宗教是失宗教之信仰也，若为信仰之故而研究，则又失研究之本义。西洋之神学，所谓为信仰之故而研究者也。故与为研究之故而研究之哲学，不能并立于一科中。若我孔、孟之说，则固非宗教而学说也，与一切他学均以研究而益明，而必欲独立一科，以与极有关系之文学相隔绝，此则余所不解也。若为尊经之故，则置文学科于大学之首可耳，何必效西洋之神学科，以自外于学问者哉。

一、群经之不可分科也。夫"不通诸经，不能解一经"，此古人至精之言也。以尚书之邃于经学，岂不知此义，而顾分经学至十一科者，则以既别经学于文学，则经学科大学中之各科，未免较他科大学相形见少故也。今若合经学科于文学科大学中，则此科为文学科大学之一科，自不必分之至析。夫我国自西汉博士既废以后，所谓经师，无不博综群经者。国朝诸老亦然。且大学者，虽为国家最高之专门学校，然所授者，亦不过专门中之普通学，与以毕生研究之预备而已。故今日所最亟者，在授世界最进步之学问之大略，使知研究之方法。至于研究专门中之专门，则又毕生之事业，而不能不俟诸卒业以后也。

一、地理学科不必设也。文学科大学中之有地理科，斯最可异者已。夫今日之世界，人迹所不到之地殆少，故自地理学之材料上言之，殆无可云进步矣。其尚可研究之方面，则在地文、地质二学。然此二学之性质属于格致科，而不属于文学科。今格致科大学中既有地质科矣，则地理学之事可附于此科中研究之，若别置一科，不免有重复之弊矣。

由余之意，则可合经学科大学于文学科大学中，而定文学科大学之各科为五：一、经学科，二、理学科，三、史学科，四、中国文学科，五、外国文学科（此科可先置英、德、法三国，以后再及各国）。而定各科所当授之科目如左：

一、经学科科目：（一）哲学概论；（二）中国哲学史；（三）西洋哲学史；（四）心理学；（五）伦理学；（六）名学；（七）美学；（八）社会学；（九）教育学；（十）外国文。

二、理学科科目：（一）哲学概论；（二）中国哲学史；（三）印度哲学史；（四）西洋哲学史；（五）心理学；（六）伦理学；（七）名学；（八）美学；（九）社会学；（十）教育学；（十一）外国文。

三、史学科科目：（一）中国史；（二）东洋史；（三）西洋史；（四）哲学概论；（五）历史哲学；（六）年代学；（七）比较言语学；（八）比较神话学；（九）社会学；（十）人类学；（十一）教育学；（十二）外国文。

四、中国文学科科目：（一）哲学概论；（二）中国哲学史；（三）西洋哲学史；（四）中国文学史；（五）西洋文学史；（六）心理学；（七）名学；（八）美学；（九）中国史；（十）教育学；（十一）外国文。

五、外国文学科科目：（一）哲学概论；（二）中国哲学史；（三）西洋哲学史；（四）中国文学史；（五）西洋文学史；（六）外国文学史；（七）心理学；（八）名学；（九）美学；（十）教育学；（十一）外国文。

【注释】

[1] 南皮张尚书：张之洞（1837—1909），清直隶南皮（今属河北省）人。同治二年（1863）进士，历官湖北学政、国子监协修、国子监司业、礼部侍郎、侍讲、内阁学士、山西巡抚等职，后任两广、湖广、两江总督近三十年。后调任军机大臣，主管学部。1903 年在会奏商办京师大学堂事宜时，提出办学首重师范，并拟定有关章程。光绪三十二年（1906）协办大学士、擢体仁阁大学士，授军机大臣，兼管学部。他重视实业、教育事业，为洋务派代表人物，接受并提倡“中学为体，西学为用”的主张。著有《张文襄公全集》。

[2] 稽古：考古。稽，考核。

[3] 肫（zhūn）肫：诚挚的样子。

[4] 裒（póu）然：在众中。裒，聚集。

[5]《太极图说》：北宋周敦颐著。全文仅二百五十余字，是对所绘的“太极图”的说明。此图乃他利用道士的修炼之图，改为天地万勿生成的图式。周敦颐见本文注 [17]。

[6]《正蒙》：张载著。张载（1020—1077），字子厚，凤翔郿县（今陕西眉县）人，世称横渠先生。理学创始人之一。著有《正蒙》《易说》等，著作编为《张子全书》。《正蒙》，九卷，十七篇，全对孔子的政治、伦理思想做了精辟的发挥。

[7] 洪、杨：指太平天国的天王洪秀全和东王杨秀清。

[8] 孙、陈：孙中山和陈天华。陈天华（1875—1905）：近代民主革命家。字星台，号思黄。湖南新化人。1903 年留学日本，与邹容等组织“拒俄义勇队”，并与黄兴等从事反清革命活动。1905 年参与发起同盟会，同年 12 月愤而投海自杀。著有《警世钟》《猛回头》和小说《狮子吼》等，宣传反清革命，在当时影响甚大。遗著编为《陈天华集》。

[9] 麹（曲 qū）蘖（niè）：酒母，也指酒。此处引申为导致事情发生变化的根源。

[10] 威灵吞：即威灵顿（1769—1852），英国统帅，首任威灵顿公爵。曾为反法同盟军统帅之一，以指挥滑铁卢战役，大败拿破仑指挥的法军闻名于世。1828—1830 年间任英国首相。

[11] 纳尔孙：今译纳尔逊（1758—1805），英国海军统帅，战功卓著。1798 年指挥英国舰队在埃及尼罗河口阿布基尔湾，歼灭法国舰队。1803 年任地中海舰队司令，与法、西作战。1805 年在西班牙特拉法尔加角海战中大败法、西联合舰队，但他本人也在战斗中阵亡。

[12] 培根：弗兰西斯·培根（1561—1626），杰出的哲学家，英国唯物主义和现代实验科学的始祖，近代归纳逻辑的创立者，经验主义认识论的顶峰。培根提出著名的口号："知识就是力量。"他把人的心智能力分为记忆、想象（力）、理性（理解力）三类，由这三种能力把知识能力范围分为相应的历史、诗、哲学三类。他认为凡属虚构历史而能使心灵感到满足的作品，都可以称之为诗，不论是用散文或韵文的形式；并把诗称为一种"科学的梦想"。(《新工具》）他重视想象虚构、理想化、动态美与艺术家的灵心妙运，为西方文艺界开创了浪漫主义之先河。他的主要作品有《论说文集》《论事物的本性》《学术的进展》和《新工具》等。

[13] 洛克（1632—1704）：英国哲学家，在宗教和政治、经济、教育等学科有重大影响的思想家。著有《政府论》《人类理智论》《教育漫话》《基督教的合理性》等。

[14] 俾思麦：现通译为俾斯麦（1815—1898），曾任普鲁士王国首相（1862—1871）和德意志帝国首任宰相（1871—1890），公爵。容克地主出身，保皇派，推行铁血政策，实行强权政治，故有"铁血宰相"之称。发动丹麦战争、普奥战争和普法战争。完成德意志统一，确立德国在欧洲大陆的

霸权。19 世纪 80 年代在非洲和大洋洲掠夺殖民地。后因与威廉二世意见不合而去职。

[15] 毛奇：有两人，即老毛奇和小毛奇。赫尔穆斯·卡尔·毛奇（1800—1891），一称老毛奇，德国军事家，陆军将领。1858 年起任普军参谋总长，主持改革军制，扩充军备，并策划和指挥丹麦战争、普奥战争和普法战争。1871 年晋升元帅，1871—1888 年任德军参谋总长，后任德国国防委员会主席。著有军事著作多种，其军事思想在德国军界有很大影响。赫尔穆斯·约翰内斯·毛奇（1848—1916），一称小毛奇。老毛奇之侄，德国陆军将领。1903 年起任德军军需总长，1906—1914 年任参谋总长，任内积极准备发动第一次世界大战。大战初期，指挥马恩河会战失败，解职。此处显指老毛奇。

[16]《洪范》之五行：《洪范》为《尚书》中的一篇。《洪范》提出治理国家的“九畴”，即九种根本大法。九畴的第一种即“五行”，即水、火、木、金、土，以五行解释自然现象。

[17] 周子：周敦颐（1017—1073），字茂叔，道州营道（今湖南道县）人，北宋哲学家，宋明理学的创始人之一。曾官大理寺丞、知洪州南昌、国子博士。著有《通书》《太极图说》等，后人编有《周子全书》。其《爱莲说》名文，传诵古今。

[18] 伊川、晦庵：程颐和朱熹。

[19] 阛阓（huán huì）：原义为市区，后常用来指市区的店铺和街道。

[20] 腓立大王：即弗里德里希二世（1712—1786），一译腓特烈二世，又称腓特烈国王，普鲁士国王（1740—1786）。在位时维护农奴制，加强军事官僚专制制度，扩充军队，曾多次发动侵略战争，扩大疆土。以治军严格、机械著称。加强了普鲁士在欧洲的地位。

[21] 崔特里兹：弗里德里希二世当政时的大臣。

[22] 占（zhàn）毕：简册、书册。帖括：明清八股文。

[23]《系辞·上下传》：即《系辞传》，分为《系辞上传》《系辞下传》，总称《系辞传》，《十翼》的两篇。《易传》思想的主要代表作，是对《易经》（《周易》）之通论，即阐说《周易》经文的专论。

[24]《戴记》：即《大戴记》，亦称《大戴礼》《大戴礼记》。秦汉以前各种礼仪论著的选集。相传西汉戴德编纂。原文八十五篇，今本仅存三十九篇。是研究中国古代社会情况、文物制度和儒家学说的重要典籍。

[25]《皇极经世》：北宋邵雍著，十二卷。以《周易》六十四卦的推衍，说明天地万物产生之前已存在的先天图式，论证天地万物均按这一先天图式体现。邵雍（1011—1077），字尧夫，谥康节，共城（今河南辉县）人。曾隐居苏门山百源之上，后人称百源先生，与周敦颐、张载、程颢、程颐同称北宋五子。屡绶官不赴，为理学象数派的创立者。著有《伊川击壤集》《皇极经世》《渔樵问答》等。

[26] 阳明：参见《论哲学家与美术家之天职》注 [3]。

[27] 龙川：陈亮（1143—1194），字同甫，世称龙川先生，婺州永康（今属浙江）人。南宋哲学家、文学家，永康学派的代表。力主抗金，收复失地，一生不得志。光宗策进士，擢第一，授签书建康军判官厅公事，未赴任而卒。著有《龙川文集》《龙川词》等。

[28] 水心：即叶适（1150—1223），字正则，温州永嘉（今属浙江）人，世称水心先生。南宋哲学家、思想家，永嘉学派的代表人物。淳熙五年（1178）进士。开禧二年（1206）皇戚韩侂胄贸然北伐，及兵败，叶适调知建康兼沿江制置使，击退来犯金兵，升宝文阁待制。次年，被弹劾“附侂胄”用兵罪，夺职，回乡讲学、著述。著有《习学记言》《水心先生文集》、别集等。

[29] 鲁克来谑斯之《物性赋》：今译卢克莱修《物性论》。古罗马卢克莱修此文是用拉丁文写出的长诗，共五卷，七千多行。是古希腊、罗马流传至今唯一完整的哲学长诗。主要阐述伊壁鸠鲁的原子论和无神论思想，其中

牵涉宇宙的终极构成物、无限数世界的形成与毁灭、心灵和灵魂之间的区别、灵魂可朽的种种问题。

[30] 斯披诺若：今译斯宾诺莎（1632—1677），荷兰哲学家，西方近代唯物论和唯理论的代表之一。因无神论思想被犹太教永远开除教籍。著有《笛卡尔哲学原理（附形而上学思想）》《神学政治学论》《伦理学》《政治论》等。

【解读】

20世纪初，清政府因在政治、军事上的内外交困，开始舞弄局部的表面的改革。教育是当时实行改革的重点领域之一。于是委托张之洞主持制定大学章程。张之洞认为，训诂考证之类的汉学只是读书的方法，讲义理的宋明理学才是人们行动的指南。至于“西学”即西方近代的科学技术，只能“应世事”。于是他在章程中特意取消哲学这门课程，而以宋人的“理学”（而且仅限于道德实践部分）来代替。王国维特撰此文，详论此举之不妥。

在这篇宏文中，王国维指出：“异日发明广大我国之学术者，必在兼通世界学术之人，而不在一孔之陋儒固可决也。”我们知道，歌德在世界上首创“世界文学”这个宏伟的设想，大受推崇。而王国维提出“世界学术”的观念，气魄比歌德更大，影响应该更为深远。

他又指出，文学中的诗歌（包括戏剧等艺术），与哲学一样，“其所欲解释者，皆宇宙人生上根本之问题。不过其解释之方法，一直观的，一思考的；一顿悟的，一合理的耳”。所以在强调大学必须开设哲学课程之同时，他也强调必须开设文学课程。他指出：现在外国文学已经讲授，但如不懂外国哲学之基本知识，那么，也不能真正懂得外国文学。进而指出作为哲学的分支的美学的重要性。这些意见在当今也仍有很大的指导意义。

最后，王国维为中国大学的文科设计了全套的课程计划。我们从这个课程表中可以看出，除了电脑当时没有，当然没有这门课程之外，他的课程设计之全面，与今日的要求是完全一致的。我们不得不佩服王国维超前的远见卓识。

论近年之学术界

（本篇刊于1905年2月上海《教育世界》93号，收入《静安文集》）

外界之势力之影响于学术，岂不大哉！自周之衰，文王、周公势力之瓦解也，国民之智力成熟于内，政治之纷乱乘之于外，上无统一之制度，下迫于社会之要求，于是诸子九流各创其学说，于道德、政治、文学上，灿然放万丈之光焰，此为中国思想之能动时代。自汉以后，天下太平，武帝复以孔子之说统一之。其时新遭秦火，儒家唯以抱残守缺为事，其为诸子之学者，亦但守其师说，无创作之思想，学界稍稍停滞矣。佛教之东，适值吾国思想凋敝之后，当此之时，学者见之，如饥者之得食，渴者之得饮，担簦[1]访道者，接武于葱岭之道[2]，翻经译论者，云集于南北之都，自六朝至于唐室，而佛陀之教极千古之盛矣。此为吾国思想受动之时代。然当是时，吾国固有之思想与印度之思想互相并行而不相化合，至宋儒出而一调和之，此又由受动之时代出而稍带能动之性质者也。自宋以后以至本朝，思想之停滞略同于两汉，至今日而第二之佛教又见告矣，西洋之思想是也。

今置宗教之方面勿论，但论西洋之学术。元时罗马教皇以希腊以来所谓七术（文法、修辞、名学、音乐、算术、几何学、天文学）遗世祖，然其书不传。至明末，而数学与历学，与基督教俱入中国，遂为国家所采用。然此等学术，皆形下之学，与我国思想上无丝毫之关系也。咸、同以来，上海、天津所译书，大率此类。唯近七八年前，侯官严氏（复）所译之赫胥黎《天演论》（赫氏原书名《进化论与伦理学》，译义不全）[3]出，一新世人之耳目，比之佛典，其殆摄摩腾之《四十二章经》[4]乎。嗣是以后，达尔文、斯宾塞[5]之名，腾于众人之口，物竞天择之语，见于通俗之文。顾严氏所奉者，英吉利之功利论及进化论之哲学耳，其兴味之所存，不存于纯粹哲学，而存于哲学之各分科。如经济、社会等学，其所最好者也。故严氏之学风，非哲学的，而宁科学的也，此其所以不能感动吾国之思想界者也。近三四年，法国十八世纪之自然主义，由日本之介绍，而入于中国，一时学海波涛沸渭矣。然附和此说者，非出于知识，而出于情意。彼等于自然主义之根本思想，固懵无所知，聊借其枝叶之语，以图遂其政治上之目的耳。由学术之方面观之，谓之无价值可也。其有蒙西洋学说之影响，而改造古代之学说，于吾国思想界上占一时之势力者，则有南海□□□（按指康有为）[6]之《孔子改制考》《春秋董氏学》，浏阳□□□（按指谭嗣同）[7]之《仁学》。□（康）氏以元统天之说，大有泛神论之臭味，其崇拜孔子也，颇模仿基督教，其以预言者自居，又居然抱穆罕默德[8]之野心者也。其震人耳目之处，在脱数千年思想之束缚，而易之以西洋已失势力之迷信，此其学问上之事业不得不与其政治上之企图同归于失败者也。然□（康）氏之于学术，非有固有之兴味，不过以之为政治上之手段，《荀子》所谓“今之学者以为禽犊者也”。□（谭）氏之说，则出于上海教会中所译之治心免病法，其形而上学之以太[9]说，半唯物论、半神秘论也。人之读此书者，其兴味不在此等幼稚之形而上学，而在其政治上之意见。□（谭）氏此书之目的，亦在此而不在彼，固与南海□（康）氏同也。庚（庚子年，1900）、辛（辛丑，1901）以还，各种杂志接踵而起，其执笔者，非喜事之学生，则亡命之逋臣也。此等杂志，本不知学问为何物，而但有政治上之目的，虽时有学术上之议论，不但剽窃灭裂而已。如《新民丛报》中之《汗德哲学》，其纰缪十且八九也。其稍有一顾之价值者，则《浙江潮》中某氏之《续无鬼论》，作者忘其科学家之本分，而闯入形而上学，以鼓吹其素朴浅薄之唯物论，其科学上之引证亦甚疏略，然其唯有学术上之目的，则固有可褒者。又观近数年之文学，亦不重文学自己之价值，而唯视为政治教育之手段，与哲学无异。如此者，其亵渎哲学与文学之神圣之罪，固不可逭[10]，欲求其学说之有价值，安可得也！故欲学术之发达，必视学术为目的，而不视为手段而后可。汗德（康德）《伦理学》之格言曰："当视人人为一目的，不可视为手段。"岂特人之对人当如是而已乎，对学术亦何独不然。然则彼等言政治，则言政治已耳，而必欲渎哲学、文学之神圣，此则大不可解者也。

近时之著译与杂志既如斯矣，至学校则何如？中等学校以下，但授国民必要之知识，其无与于思想上之事，固不俟论。京师大学之本科，尚无设立之日，即令设立，而据南皮张尚书[11]之计画，仅足以养成呫哔[12]之俗儒耳。此外私立学校，亦无足以当专门之资格者。唯上海之震旦学校，有丹徒马氏（良）[13]之哲学讲义，虽未知其内容若何，然由其课程观之，则依然三百年前特嘉尔[14]之独断哲学耳。国中之学校如此，则海外之留学界如何？夫同治及光绪初年之留学欧美者，皆以海军制造为主，其次法律而已，以纯粹科学专其家者，独无所闻。其稍有哲学之兴味如严复氏者，亦只以余力及之，其能接欧人深邃伟大之思想者，吾决其必无也。即令有之，亦其无表出之之能力，又可决也。况近数年之留学界，或抱政治之野心，或怀实利之目的，其肯研究冷淡干燥无益于世之思想问题哉！即有其人，然现在之思想界，未受其戋戋[15]之影响，则又可不言而决也。

由此观之，则近数年之思想界，岂特无能动之力而已乎，即谓之未尝受动，亦无不可也。夫西洋思想之入我中国为时无几，诚不能与六朝、唐室之于印度较，然西洋之思想与我中国之思想，同为入世间的，非如印度之出世间的思想，为我国古所未有也。且重洋交通，非有身热头痛之险，文字易学，非如佉卢[16]之难也，则我国思想之受动，宜较昔日为易，而顾如上所述者何哉？盖佛教之入中国，帝王奉之，士夫敬之，蚩蚩之氓，膜拜而顶礼之，且唐、宋以前，孔子之一尊未定，道统之说未起，学者尚未有入主出奴之见也，故其学易盛，其说易行。今则大学分科不列哲学，士夫谈论，动诋异端，国家以政治上之骚动，而疑西洋之思想皆酿乱之麹蘖[17]；小民以宗教上之嫌忌，而视欧、美之学术皆两约之悬谈。且非常之说，黎民之所惧；难知之道，下士之所笑：此苏格拉底之所以仰药，婆鲁诺[18]之所以焚身，斯披诺若之所以破门，汗德（康德）之所以解职也。其在本国且如此，况乎在风俗文物殊异之国哉！则西洋之思想之不能骤输入我中国，亦自然之势也。况中国之民，固实际的而非理论的，即令一时输入，非与我中国固有之思想相化，决不能保其势力。观夫三藏[19]之书已束于高阁，两宋之说犹习于学官，前事之不忘，来者可知矣。

然由上文之说，而遂疑思想上之事，中国自中国，西洋自西洋者，此又不然。何则？知力人人之所同有，宇宙人生之问题，人人之所不得解也。其有能解释此问题之一部分者，无论其出于本国或出于外国，其偿我知识上之要求而慰我怀疑之苦痛者，则一也。同此宇宙，同此人生，而其观宇宙人生也，则各不同。以其不同之故，而遂生彼此之见，此大不然者也，学术之所争，只有是非真伪之别耳。于是非真伪之别外，而以国家、人种、宗教之见杂之，则以学术为一手段，而非以为一目的也。未有不视学术为一目的而能发达者，学术之发达，存于其独立而已。然则吾国今日之学术界，一面当破中外之见，而一面毋以为政论之手段，则庶可有发达之日欤？

【注释】

[1] 担簦（dēng）：荷担携簦的省称。簦，古代有柄的笠，类似后世之伞。

[2] 接武：前后足迹相连接，借喻为继法前人。武，足迹。葱岭：古代对今帕米尔高原及昆仑山、喀喇昆仑山西部诸山的通称，为古代东方和西方陆路交通的要道。汉属西域都护府统辖，唐代开元中安西都护府在此设葱岭守捉。相传因山上生葱或山崖葱翠得名，或说即《穆天子传》中的春山（因春、葱系一音之转）。唐时玄奘由印度归国时，称其地为波谜罗川。

[3] 侯官严氏：严复（1853—1921），字又陵，又字几道，福建侯官（今闽侯）人。近代著名启蒙思想家、翻译家。赫胥黎《天演论》：赫胥黎（1825—1895），英国博物学家，达尔文主义进化论的维护者和宣传者，曾任英国皇家学会会长。著有《人类在自然界的位置》《论文与评论》《科学与文化》《进化论与伦理学》（部分被严复译成中文，名为《天演论》）等。

[4] 摄摩腾：东汉时来华的古印度高僧，亦作迦叶摩腾、竺摩腾。原系中天竺人，精通大小乘佛经。汉明帝遣郎中蔡愔、博士弟子秦景前往西域天竺寻求佛法，遇摄摩腾、竺法兰于大月氏，邀二人来中国传法。永平十年（67），以白马驮经、佛像至洛阳，翌年为其建白马寺（佛教传入中国后第一座寺院），供其译经、说法。《四十二章经》：又称《孝明皇帝四十二章》，传为摄摩腾、竺法兰译，一卷，约译于汉平帝永平年间（58—75），被认为是首部汉译佛经，书中包含四十二篇短经文，故名。《四十二章经》大致包含了佛教的基本教义，言简意赅，流传较广。

[5] 斯宾塞：参见《论教育之宗旨》注 [2]。

[6] 南海□□□：指康有为（1858—1927），字广厦，号长素，广东南海人。

近代思想家、政治家，资产阶级改良派领袖。下文的两个“□氏”也皆指康有为。《孔子改制考》和《春秋董氏学》均系康有为所著。

[7] 浏阳□□□：此处指谭嗣同。下文第三个“□氏”起，皆指谭嗣同。谭嗣同（1866—1898），字复生，号壮飞，湖南浏阳人。湖北巡抚谭继洵之子，近代资产阶级改良主义思想家，积极倡导新政并参与领导变法维新。戊戌变法失败后拒绝出逃，被捕后英勇就义。著作编为《谭嗣同全集》。

[8] 穆罕默德：伊斯兰教创始人。

[9] 以太：古希腊哲学假设的一种弥漫物质。最初由亚里士多德提出，1644 年笛卡尔首先把它应用于自然科学，1905 年爱因斯坦在创立狭义相对论时，否定了以太的存在。但宇宙微波背景辐射发现后，学术界有人重提以太概念，认为宇宙背景就是以太。

[10] 逭（huàn）：逃，避。

[11] 南皮张尚书：参见《〈奏定经学科大学文学科大学章程书后〉》注 [1]。

[12] 呫哔（tiè bì）：低声絮叨的样子。

[13] 丹徒马氏：马良（1840—1939），字相伯，江苏丹徒人，中国近代著名教育家。1870 年获神学博士学位，曾任清政府驻日使馆参赞。1903 年创办震旦学院，1905 年创办复旦公学。1913 年，一度代理北京大学校长。“九一八”事变后，坚决主张对内团结，对外抗战，被称为“爱国老人”。1939 年病逝于越南凉山。

[14] 特嘉尔：今译笛卡尔（1596—1650），法国哲学家、数学家、自然科学家，西方近代哲学的创始人。著有《方法论》《形而上学的沉思》（一译《沉思集》）、《哲学原理》《论心灵的各种感情》等。

[15] 戋戋（jiān）：众多的样子，又释微小、浅少。蒲松龄《聊斋志异·小官人》：“戋戋微物，想太史亦当无所用，不如即赐小人。”

[16] 佉（qū）卢：此处指佉卢文。公元 2 世纪中叶至 4 世纪后半叶流行于

我国于阗（今新疆和田）、鄯善（今新疆若羌）的文字。佉卢文是古印度的一种文字，行款自右向左，字体弯曲，属于塞姆（闪）语系的阿拉米文系统，明显受当地楼兰语与伊兰语影响，公元前 5 世纪到公元 3 世纪盛行于印度半岛西北部及阿富汗一带。在白沙瓦（今巴基斯坦境内）发现的阿育王时代铭刻多用此种文字，后受梵文排挤，逐渐绝迹。现存文献资料有文书、佛经、钱币等。

[17] 麴蘖（qū niè）：即曲蘖，酒母。麴，曲的异体字，含有大量能发酵（jiào）的活微生物。

[18] 婆鲁诺：今译布鲁诺（1548—1600），文艺复兴时期意大利天文学家、哲学家。因反对经院哲学，主张人们可以有怀疑宗教教义的自由，被宗教裁判所烧死在罗马鲜花广场。著有《论原因、本原与太一》《论无限性、宇宙和众多世界》等。

[19] 三藏：即玄奘（约 600—664），通称三藏法师，唐高僧。贞观三年（629），从长安出发，经长途艰难跋涉，两年后（631）到达天竺（今印度），学习佛经。在天竺学习和深造了十二年之后回国，于贞观十九年（645）回到长安。史书记载，玄奘西行求法，往返十七年（一说十九年），旅程五万里，“所闻所履，百有三十八国”，带回大小乘佛教经律论共五百二十箧，六百五十七部；舍利一百五十粒、金檀佛像七座，用二十匹白马负驮。此后开场译经，译出《成唯识论》《大般若经》等七十四部共一千多卷，与鸠摩罗什、真谛、不空、义净并称译经大家。并将去天竺经历撰成《大唐西域记》一书。

【解读】

针对当时朝廷把社会政治上的骚动归咎于西洋思想的传入，一般民众则对“非常之说”和“难知之道”的西方学说抱疑惧态度，某些鼓吹西学的人，也往往以西学作为手段而不是作为目的，此文开首即指出中国近代“因思想之停滞”而借鉴异族的文化，开始大规模地引进西方先进文化，其伟大的意义等同于两汉之交因同样的原因而引进佛教，所以他将西洋之思想比喻为“第二之佛教”，并带有激情地回忆当时中国学习、引进和翻译佛教经典时的极大热情和伟大业绩。

印度佛教文化自纪元前后的西汉末年和东汉初年传入中国，经过中国学者一千多年艰苦不懈的努力，终于将博大精深的佛教文化的整座宝库移入中国，并使之彻底内化，转化为中国文化重要的一部分，极大地丰富和充实了中国文化的内容，在宋代形成中国文化儒道佛三家鼎立和互补的宏伟格局。本文高度肯定学者艰苦和坚持不懈引进和翻译佛经的巨大热情。

接着回顾自明末以来，中国引进西方文化的过程和引进的重点。同时又指出以前的引进，都是实用科学，近年的严复翻译《天演论》等英国的功利论进化论著作，还是将西方文化当作手段使用。而能够接入欧人深邃伟大思想的，还是没有。王国维认为应当提倡的是西方哲学的引入，因为“欲学术之发达，必视学术为目的，而不视为手段而后可”。王国维认为学习西方，只有从哲学入手，才能真正学到其根本和精华，才能对中国的文化建设和发展起到根本的帮助作用，从而为国民素质的提高和国家的富强服务。

论新学语之输入

（本篇刊于1907年4月上海《教育世界》96号，收入《静安文集》）

近年文学上有一最著之现象，则新语之输入是已。夫言语者，代表国民之思想者也，思想之精粗广狭，视言语之精粗广狭以为准，观其言语，而其国民之思想可知矣。周、秦之言语，至翻译佛典之时代而苦其不足；近世之言语，至翻译西籍时而又苦其不足，是非独两国民之言语间有广狭精粗之异焉而已，国民之性质各有所特长，其思想所造之处各异故。其言语或繁于此而简于彼，或精于甲而疏于乙，此在文化相若之国犹然，况其稍有轩轾[1]者乎？抑我国人之特质，实际的也，通俗的也；西洋人之特质，思辨的也，科学的也，长于抽象而精于分类，对世界一切有形无形之事物，无往而不用综括（Generalization）及分析（Specification）之二法，故言语之多，自然之理也。吾国人之所长，宁在于实践之方面，而于理论之方面则以具体的知识为满足，至分类之事，则除迫于实际之需要外，殆不欲穷究之也。夫战国议论之盛，不下于印度六哲学派[2]及希腊诡辩学派[3]之时代。然在印度，则足目[4]出，而从数论、声论之辩论中抽象之而作因明学，陈那[5]继之，其学遂定。希腊则有雅里大德勒（今译亚里士多德）自哀利亚派诡辩学派之辨论中抽象之而作名学。而在中国则惠施、公孙龙[6]等所谓名家者流，徒骋诡辩耳，其于辩论思想之法则，固彼等之所不论，而亦其所不欲论者也。故我中国有辩论而无名学，有文学而无文法，足以见抽象与分类二者，皆我国人之所不长，而我国学术尚未达自觉（Selfconsciousness）之地位也。况于我国夙无之学，言语之不足用，岂待论哉。夫抽象之过，往往泥于名而远于实，此欧洲中世学术之一大弊，而今世之学者犹或不免焉。乏抽象之力者，则用其实而不知其名，其实亦遂漠然无所依，而不能为吾人研究之对象。何则？在自然之世界中，名生于实，而在吾人概念之世界中，实反依名而存故也。事物之无名者，实不便于吾人之思索，故我国学术而欲进步乎，则虽在闭关独立之时代犹不得不造新名，况西洋之学术骎骎[7]而入中国，则言语之不足用，固自然之势也。

如上文所说，言语者，思想之代表也，故新思想之输入，即新言语输入之意味也。十年以前，西洋学术之输入，限于形而下学[8]之方面，故虽有新字新语，于文学上尚未有显著之影响也。数年以来，形上之学渐入于中国，而又有一日本焉，为之中间之驿骑，于是日本所造译西语之汉文，以混混之势，而侵入我国之文学界。好奇者滥用之，泥古者唾弃之，二者皆非也。夫普通之文字中，固无事于新奇之语也，至于讲一学，治一艺，则非增新语不可。而日本之学者既先我而定之矣，则沿而用之何不可之有，故非甚不妥者，吾人固无以创造为也。侯官严氏[9]，今日以创造学语名者也。严氏造语之工者固多，而其不当者亦复不少。兹笔其最著者如“Evolution”之为“天演”也，“Sympathy”之为“善相感”也。而“天演”之于“进化”，“善相感”之于“同情”，其对“Evolution”与“Sympathy”之本义，孰得孰失，孰明孰昧，凡稍有外国语之知识者，宁俟终朝而决哉。又西洋之新名，往往喜以不适当之古语表之。如译“Space”（空间）为“宇”，“Time”（时间）为“宙”是已。夫谓“Infinite Space”（无限之空间）“Infinite time”（无限之时间）曰“宇”曰“宙”可矣，至于一孔之隙，一弹指之间，何莫非空间、时间乎？空间时间之概念，足以该宇宙，而宇宙之概念，不足以该[10]空间时间。以“宇宙”表“Space time”，是举其部分而遗其全体（自概念上论）也。以外类此者，不可胜举。夫以严氏之博雅而犹若是，况在他人也哉！取日人之译语，有数便焉：因袭之易，不如创造之难，一也；两国学术有交通之便，无扞格[11]之虞，二也。（叔本华讥德国学者，于一切学语不用拉丁语，而用本国语，谓“如英法学者，亦如德人之愚，则吾侪学一专门之学语，必学四五度而后可”。其言颇可味也。）有此二便，而无二难，又何嫌何疑而不用哉？

虽然，余非谓日人之译语必皆精确者也。试以吾心之现象言之，如“Idea”为“观念”，“Intuition”之为“直观”，其一例也。夫“Intuition”者，谓吾心直觉五官之感觉，故听嗅尝触，苟于五官之作用外，加以心之作用，皆谓之“Intuition”，不独目之所观而已。“观念”亦然。观念者，谓直观之事物。其物既去，而其象留于心者，则但谓之观，亦有未妥，然在原语亦有此病，不独译语而已。“Intuition”之语，源出于拉丁之“In”及“Tuitus”二语。“Tuitus”者，观之意味也，盖观之作用，于五官中为最要，故悉取由他官之知觉，而以其最要之名名之也。“Idea”之语，源出于希腊语之“Idea”及“Idein”，亦观之意也。以其源来自五官，故谓之观；以其所观之物既去而象尚存，故谓之念。或有谓之“想念”者，然考张湛[12]《列子注序》所谓“想念以著物自丧”者，则“想念”二字，乃伦理学上之语，而非心理学上之语，其劣于观念也审矣。至“Conception”之为“概念”，苟用中国古语，则谓之“共名”亦可（《荀子·正名篇》）。然一为名学上之语，一为文法上之语，苟混此二者，此灭名学与文法之区别也。由上文所引之例观之，则日人所定之语，虽有未精确者，而创造之新语，卒无以加于彼，则其不用之也谓何？要之，处今日而讲学，已有不能不增新语之势，而人既造之，我沿用之，其势无便于此者矣。

然近人之唾弃新名词，抑有由焉，则译者能力之不完全是也。今之译者（指译日本书籍者言），其有解日文之能力者，十无一二焉，其有国文之素养者，十无三四焉，其能兼通西文，深知一学之真意者，以余见闻之狭，殆未见其人也。彼等之著译，但以罔[13]一时之利耳，传知识之思想，彼等先天中所未有也，故其所作，皆粗漏庞杂，佶屈[14]而不可读。然因此而遂欲废日本已定之学语，此又大不然者也。若谓用日本已定之语，不如中国古语之易解，然如侯官严氏所译之《名学》，古则古矣，其如意义之不能了然，何以吾辈稍知外国语者观之，毋宁手穆勒[15]《原书》之为快也。余虽不敢谓用日本已定之语必贤于创造，然其精密则固创造者之所不能逮（日本人多用双字，其不能通者，则更用四字以表之。中国则习用单字，精密不精密之分，全在于此）。而创造主语之难解，其与日本已定之语，相去又几何哉！若夫粗漏佶屈之书，则固吾人之所唾弃，而不俟踌躇者也。

【注释】

[1] 轩轾：古代车子前高后低（前轻后重）叫轩，前低后高（前重后轻）叫轾。《诗经 · 小雅 · 六月》：“戎车既安，如轾如轩。”后引申为高低、轻重，如不分轩轾。

[2] 印度六哲学派：古代印度反对婆罗门教的正统思想的六个学派，都属于沙门思潮，因与佛教不同，被通称为“六师外道”。

[3] 希腊诡辩学派：即诡辩派。“诡辩（sophism）”，源出希腊语，从技巧、智慧一词转化而来。其最初含义是掌握技巧、具有智慧的人，即“智者”，后来逐渐转化成为了欺骗而作的虚假论证（或议论）。“诡辩”的定义是：故

意违反逻辑规律和规则的要求，为错误论点做辩护的各种似是而非的论证。古希腊哲学有智者派，智者是公元前5世纪—前4世纪希腊收费授徒的教师的通称。其教育内容大体是：文化、修辞、政治、辩论术。由于智者能言善辩及晚期智者的末流堕于诡辩，故智者在历史上又被称为“诡辩论者”，“智者派”又被称为“诡辩派”。

[4] 足目：中国古籍对印度乔达摩（意译阿叉波陀）的通称。《前记》说，足目相传两释：一云足者多也，目者惠也，以多智慧名为足目；二云足者，脚也，足下有目，名为足目。约公元50—150年间人，为印度正理派的创建者。撰有《正理经》，是印度第一部逻辑学著作。

[5] 陈那（约440—520）：意译城龙、大城龙、童授、方象，古印度大乘佛教瑜伽行派重要理论家，印度中世纪逻辑之父。因明学的集大成者。著有《因明正理门论》《集量论》《观三时》等。

[6] 公孙龙（约前330—前242）：传说字子秉，赵国人。战国时期哲学家，名家的代表人物，为赵平原君门客，以“白马非马”说而闻名。创“离坚白”论，著有《公孙龙子》。

[7] 骎骎（qīn）：马速行的样子。引申为疾速，又比喻时间迅速消逝。

[8] 形而下学：与“形而上学”相对，指和实业相关的学科，如农学、工学、化学等。《易·系辞上》：“形而上者谓之道，形而下者谓之器。”形而上，无形或未成形质；形而下，有形或已成形质。

[9] 侯官严氏：指严复。

[10] 该：通赅（gāi），包括一切，兼备。

[11] 扞（hàn）格：互相抵触，格格不入。

[12] 张湛（生卒年不详）：字处度，高平（今属山东）人，东晋学者、玄学家。东晋孝武帝时，曾任中书侍郎、光禄勋。著有《列子注》。

[13] 罔：无，没有。

[14] 佶（jí）屈：一作佶曲，不顺。佶屈聱牙，指文句艰涩生硬，不通顺，不顺口。韩愈《进学解》："周诰殷盘，佶屈聱牙。"

[15] 穆勒（1806—1873）：19 世纪英国哲学家、逻辑学家和经济学家。实证主义和功利主义主要代表之一。主要著作有《逻辑体系》（严复译为中文时，称为《穆勒名学》。前文之"严氏所译之《名学》"即指此书）、《政治经济学原理》《功利主义》等。

【解读】

此文指出近年文学（指人文和社会科学）上的一个最显著的现象就是新语言的输入，并充分肯定国人虚心接受新学语的态度。语言代表着国民的思想，也代表着这个国家思想和思维的水平。接着分析我国与西方在思维方法上的不同：我国之特质，实际、通俗；西方的特质，思辨、科学，长于抽象而精于分类，对一切事物都运用综括和分析二种方法。我国所长在实践方面，抽象和分类并不擅长。

又因为语言是思想的代表，所以新思想的输入，也就是新语言的输入。现在又有日本做中介，于是日本翻译西文的汉字新语汇大量进入中国。好奇者滥用，保守的唾弃。这二种态度都不对。他认为应该充分沿用、利用日本人的成果，只要弃除其粗陋不顺口的，即不成熟的部分就可以了。

人间嗜好之研究

（本篇刊于1907年4月上海《教育世界》146号，收入《静安文集续编》）

活动之不能以须臾息者，其唯人心乎。夫人心本以活动为生活者也。心得其活动之地，则感一种之快乐，反是，则感一种之苦痛。此种苦痛，非积极的苦痛，而消极的苦痛也。易言以明之，即空虚的苦痛也。空虚的苦痛，比积极的苦痛尤为人所难堪。何则？积极的苦痛，犹为心之活动之一种，故亦含快乐之原质，而空虚的苦痛，则并此原质而无之故也。人与其无生也，不如恶生；与其不活动也，不如恶活动。此生理学及心理学上之二大原理，不可诬也。人欲医此苦痛，于是用种种之方法，在西人名之曰“To kill time”，而在我中国，则名之曰“消遣”。其用语之确当，均无以易，一切嗜好由此起也。

然人心之活动亦夥矣。食色之欲，所以保存个人及其种姓之生活者，实存于人心之根柢，而时时要求其满足。然满足此欲，固非易易也，于是或劳心，或劳力，戚戚睊睊[1]，以求其生活之道。如此者，吾人谓之曰“工作”。工作之为一种积极的苦痛，吾人之所经验也。且人固不能终日从事于工作，岁有闲月，月有闲日，日有闲时，殊如生活之道不苦者。其工作愈简，其闲暇愈多，此时虽乏积极的苦痛，然以空虚之消极的苦痛代之，故苟足以供其心之活动者，虽无益于生活之事业，亦骛而趋之。如此者，吾人谓之曰“嗜好”。虽嗜好之高尚卑劣，万有不齐，然其所以慰空虚之苦痛，而与人心以活动者，其揆[2]一也。

嗜好之为物，本所以医空虚的苦痛者，故皆与生活无直接之关系，然若谓其与生活之欲无关系，则甚不然者也。人类之于生活，既竞争而得胜矣，于是此根本之欲复变而为势力之欲，而务使其物质上与精神上之生活，超于他人之生活之上。此势力之欲，即谓之生活之欲之苗裔，无不可也。人之一生，唯由此二欲以策其智力及体力，而使之活动。其直接为生活故而活动时，谓之曰“工作”，或其势力有余，而唯为活动故而活动时，谓之曰“嗜好”。故嗜好之为物，虽非表直接之势力，亦必为势力之小影，或足以遂其势力之欲者，始足以动人心，而医其空虚的苦痛。不然，欲其嗜之也难矣。今吾人当进而研究种种之嗜好，且示其与生活及势力之欲之关系焉。

嗜好中之烟酒二者，其令人心休息之方面多，而活动之方面少。易言以明之，此二者之效，宁在医积极的苦痛，而不在医消极的苦痛。又此二者，于心理上之结果外，兼有生理上之结果，而吾人对此二者之经验亦甚少，故不具论。今先论博弈。夫人生者，竞争之生活也。苟吾人竞争之势力无所施于实际，或实际上既竞争而胜矣，则其剩余之势力仍不能不求发泄之地。博弈之事，正于抽象上表出竞争之世界，而使吾人于此满足其势力之欲者也。且博弈以但表普遍的抽象的竞争，而不表所竞争者之为某物（故为金钱而赌博者不在此例）。故吾人竞争之本能，遂于此以无嫌疑、无忌惮之态度发表之，于是得窥人类极端之利己主义。至实际之人生中，人类之竞争虽无异于博弈，然能如是之磊磊落落者鲜矣。且博与弈之性质，亦自有辨。此二者虽皆世界竞争之小影，而博又为运命之小影。人以执著于生活故，故其智力常明于无望之福，而暗于无望之祸。而于赌博之中，此无望之福时时有可能性，在以博之胜负，人力与运命二者决之，而弈之胜负，则全由人力决之故也。又但就人力言，则博者，悟性上之竞争；而弈者，理性上之竞争也。长于悟性者，其嗜博也甚于弈，长于理性者，其嗜弈也愈于博。嗜博者之性格，机警也，脆弱也，依赖也。嗜弈者之性格，谨慎也，坚忍也，独立也。譬之治生，前者如朱公居陶，居与时逐[3]；后者如任氏[4]之折节为俭，尽力田畜，亦致千金。人亦各随其性之所近，而欲于竞争之中，发见其势力之优胜之快乐耳。吾人对博弈之嗜好，殆非此，无以解释之也。

若夫宫室、车马、衣服之嗜好，其适用之部分属于生活之欲，而其妆饰之部分则属于势力之欲。驰骋、田猎、跳舞之嗜好，亦此势力之欲之所发表也。常人之对书画、古物也亦然。彼之爱书籍，非必爱其所含之真理也；爱书画古玩，非必爱其形式之优美古雅也。以多相炫，以精相炫，以物之稀而难得也相炫。读书者亦然，以博相炫。一言以蔽之，炫其势力之胜于他人而已矣。常人对戏剧之嗜好，亦由势力之欲出。先以喜剧（即滑稽剧）言之。夫能笑人者，必其势力强于被笑者也，故笑者实吾人一种势力之发表。然人于实际之生活中，虽遇可笑之事，然非其人为我所素狎者，或其位置远在吾人之下者，则不敢笑。独于滑稽剧中，以其非事实故，不独使人能笑，而且使人敢笑，此即对喜剧之快乐之所存也。悲剧亦然。霍兰士[5]曰："人生者，自观之者言之，则为一喜剧；自感之者言之，则又为一悲剧也。"自吾人思之，则人生之运命固无以异于悲剧，然人当演此悲剧时，亦俯首杜口，或故示整暇[6]，汶汶[7]而过耳。欲如悲剧中之主人公，且演且歌以诉其胸中之苦痛者，又谁听之，而谁怜之乎！夫悲剧中之人物之无势力之可言，固不待论。然敢鸣其苦痛者与不敢鸣其痛苦者之间，其势力之大小必有辨矣。夫人生中固无独语之事，而戏曲则以许独语故，故人生中久压抑之势力，独于其中筐倾而箧倒之，故虽不解美术（按，指艺术）上之趣味者，亦于此中得一种势力之快乐。普通之人之对戏曲之嗜好，亦非此不足以解释之矣。

若夫最高尚之嗜好，如文学、美术，亦不外势力之欲之发表。希尔列尔（今译席勒）既谓儿童之游戏，存于用剩余之势力矣，文学美术亦不过成人之精神的游戏。故其渊源之存于剩余之势力，无可疑也。且吾人内界之思想感情，平时不能语诸人，或不能以庄语表之者，于文学中以无人与我一定之关系故，故得倾倒而出之。易言以明之，吾人之势力所不能于实际表出者，得以游戏表出之是也。若夫真正之大诗人，则又以人类之感情为其一己之感情。彼其势力充实，不可以已，遂不以发表自己之感情为满足，更进而欲发表人类全体之感情。彼之著作，实为人类全体之喉舌，而读者于此得闻其悲欢啼笑之声，遂觉自己之势力亦为之发扬而不能自已。故自文学言之，创作与赏鉴之二方面，亦皆以此势力之欲为之根柢也。文学既然,他美术何独不然？岂独美术而已,哲学与科学亦然。柏庚（今译培根）有言曰:“知识即势力也。”（今译“知识就是力量”）则一切知识之欲,虽谓之即势力之欲,亦无不可。彼等以其势力卓越于常人故,故不满足于现在之势力，而欲得永远之势力。虽其所用以得势力之手段不同，然其目的固无以异。夫然，始足以活动人心而医其空虚的苦痛。以人心之根柢实为一生活之欲，若势力之欲，故苟不足以遂其生活或势力者，决不能使之活动。以是观之，则一切嗜好，虽有高卑优劣之差，固无非势力之欲之所为也。

然余之为此论，固非使文学美术之价值下齐于博弈也。不过自心理学言之，则此数者之根柢，皆存于势力之欲，而其作用，皆在使人心活动，以疗其空虚之苦痛。以此所论者，乃事实之问题，而非价值之问题故也。若欲抑制卑劣之嗜好，不可不易之以高尚之嗜好，不然，则必有溃决之一日。此又从人心活动之原理出，有教育之责，及欲教育自己者，不可不知所注意焉。

【注释】

[1] 戚戚：忧惧的样子。陶潜《五柳先生传》："不戚戚于贫贱，不汲汲于富贵。"睊（juàn）睊：侧目相视的样子。

[2] 揆（kuí）：尺度，准则。

[3] 朱公居陶，居与时逐：此言《史记·货殖列传》记载春秋时期范蠡经商事。范蠡，字少伯，春秋末楚国宛（今河南南阳）人。仕越，辅佐越王勾践灭吴。深知勾践只可同患难，不能共安乐，于是离越浮海至齐，称鸱夷子皮，到陶（今山东定陶县西北）改称为朱公，人称陶朱公，以经商成为巨富。《史记·货殖列传》载："朱公以为：陶，天下之中，诸侯四通，货物所交易也。乃治产积居，与时逐而不责于人。"

[4] 任氏：事见《史记·货殖列传》："宣曲任氏之先，为督道仓吏。秦之败也，豪杰皆争取金玉，而任氏独窖仓粟。楚、汉相距荥阳也，民不得耕种，米石至万，而豪杰金玉尽归任氏，任氏以此起富。富人争奢侈，而任氏折节为俭，力田畜。田畜人争取贱贾，任氏独取贵善，富者数世。然任公家约，非田畜所出弗衣食，公事不毕则身不得饮酒食肉。以此为为闾里率，故富而主上重之。"

[5] 霍兰士：今译即贺拉斯（前65—前8），古罗马诗人、文艺理论家，著有《诗艺》。

[6] 整暇：即好（hào）整以暇，形容既严整又从容不迫的样子。

[7] 汶汶（mén）：昏暗不明的样子。与"察察"相对。引申为蒙受污垢或耻辱。屈原《渔父》："安能以身之察察（此为高洁、清洁之意），受物

之汶汶者乎？”王逸注：“蒙垢尘也。”洪兴祖补注：“蒙沾辱也。一音昏。《荀子》注引此作惛惛。惛惛，不明也。”

【解读】

1907年，王国维翻译的丹麦人海甫定所著的《心理学概论》由商务印书馆出版。同年发表的此文即是结合西方心理学所写的美学论文。开首从人的心理活动有快乐和痛苦两种，痛苦有积极的痛苦和消极的痛苦两种入手，分析嗜好是医治空虚的消极痛苦的消遣。在为嗜好立下定义后，再具体分析烟酒、博（打牌）奕（下棋）等的嗜好活动。接着就从生活中的嗜好如宫室、车马、衣服和体育运动中的嗜好骑马、田猎、跳舞等过渡到对书画、古玩的嗜好和戏剧、文学、艺术的嗜好，并作精当的分析。王国维认为“消遣”“工作”“嗜好”在满足人们的心理和生理的需要方面有相通的一面，人们对文学艺术的爱好也和上述嗜好一样，植根于人类的“势力之欲”。而教育工作者的任务，则是使人们放弃或部分放弃抽烟、喝酒这样的低级嗜好，而代之以文学、艺术这样的高雅嗜好。

王国维在此文中结合游戏说的观点，指出文学、艺术是最高尚的嗜好，但文学、艺术也不过是成人的精神的游戏。还具体分析戏剧的嗜好与游戏的关系，介绍了霍兰士的“相对论”的戏剧观：“人生，对于旁观者来说则是一个喜剧，对于自己感受者来说是一个悲剧。”王国维指出悲剧在演出时，剧中人边演边唱，直诉其胸中的痛苦，而观众有多少人去认真听而且同情他呢？这的确道出了一种悲剧的审美现象。当然也有的悲剧能够打动人心，有不少有同情心的观众陪剧中人流泪的。这是另外一个问题，不是本文讨论的内容。

去毒篇（雅片烟之根本治疗法及将来教育上之注意）

（本篇刊于1906年7月上海《教育世界》129号，收入《静安文集续编》）

人之谨[1]疾也，必审[2]夫疾之所由起。起居之不时，饮食之无节，侈于嗜欲而啬于运动，此数者，致病之大源也。不治其源，而俟其病而谨之，虽旋病旋愈，未为善卫生也。医之治疾也亦然。不告以摄生[3]之道，而惟标之是治，虽百试百效，未为良医也。此不独个人身体上之疾病然也，国民之精神上之疾病，其治之之道，亦无异于是也。

今试问中国之国民，曷为而独为雅片（鸦片）的国民乎？夫中国之衰弱极矣，然就国民之资格言之，固无以劣于他国民。谓知识之缺乏欤？则受新教育而罹此癖者，吾见亦夥矣。谓道德之腐败欤？则有此癖者不尽恶人，而他国民之道德，亦未必大胜于我国也。要之，此事虽非与知识道德绝不相关系，然其最终之原因，则由于国民之无希望，无慰藉。一言以蔽之：其原因存于感情上而已。

人之有生，以欲望生也。欲望之将达也，有希望之快乐；不得达，则有失望之苦痛。然欲望之能达者一，而不能达者什佰，故人生之苦痛亦多矣。若胸中偶然无一欲望，则又有空虚之感乘之。此空虚之感，尤人生所难堪，人所以图种种遣日之方法者，无非欲祛此感而已。彼雅片者，固遣日之一方法，而我国民幸而于数百年前发见之，则其骛而趋之固不足怪，顾独我国民之笃嗜之也，其故如何？

古人之疾，饮酒田猎；今人之疾，雅片赌博。西人之疾在酒，中人之疾雅片。前者阳疾，后者阴疾也；前者少壮的疾病，后者老耄[4]的疾病也；前者强国的疾病，后者亡国的疾病也；前者欲望的疾病，后者空虚的疾病也。然则我国民今日之有此疾病也，何故？吾人进而求其原因，则自国家之方面言之，必其政治之不修也，教育之不溥及也；自国民之方面言之，必其苦痛及空虚之感深于他国民，而除雅片外，别无所以慰藉之之术也。此二者中，后者尤其最要之原因。苟不去此原因，则虽尽焚二十一省之莺粟[5]种，严杜印度、南洋之输入品，吾知我国民必求所以代雅片之物，而其害与雅片无以异，则固可决也。

故禁雅片之根本之道，除修明政治，大兴教育，以养成国民之知识及道德外，尤不可不于国民之感情加之意焉。其道安在？则宗教与美术二者是。前者适于下流社会，后者适于上等社会；前者所以鼓国民之希望，后者所以供国民之慰藉。兹二者，尤我国今日所最缺乏，亦其所最需要者也。

宗教之说，今世士大夫所斥为迷信者也。自知识上言之，则神之存在灵魂之不灭，固无人得而证之，然亦不能证其反对之说。何则？以此等问题，超乎吾人之知识外故也。今不必问其知识上之价值如何，而其对感情之效，则有可言焉。今夫蚩蚩之氓，终岁勤动，与牛马均劳逸，以其血汗，易其衣食，犹不免于冻馁[6]，人世之快乐，终其身无斯须之分，百年之后，奄[7]归土壤。自彼观之，则彼之生活果有何意义乎！而幸而有宗教家者，教之以上帝之存在，灵魂之不灭，使知暗黑局促之生活外，尚有光明永久之生活；而在此生活中，无论知愚、贫富、王公、编氓[8]，一切平等，而皆处同一之地位，享同一之快乐，今世之事业，不过求其足以当此生活而不愧而已。此说之对富贵者之效如何，吾不敢知，然其对劳苦无告之民，其易听受也，必矣。彼于是偿现世之失望，以来世之希望，慰此岸之苦痛，以彼岸之快乐。宗教之所以不可废者，以此故也。人苟无此希望，无此慰藉，则于劳苦之暇，厌倦之余，不归于雅片，而又奚归乎？余非不知今日之佛教已达腐败之极点，而基督教之一部，且以扩充势力、干涉政治为事，然苟有本其教主度世之本意，而能造国民之希望与慰藉者，则其贡献于国民之功绩，虽吾侪[9]之不信宗教者，亦固宜尸祝而社稷[10]之者也。

吾人之奖励宗教，为下流社会言之，此由其性质及位置上有不得不如是者。何则？国家固不能令人人受高等之教育，即令能之，其如国民之智力不尽适何？若夫上流社会，则其知识既广，其希望亦较多，故宗教之对彼，其势力不能如对下流社会之大，而彼等之慰藉，不得不求诸美术。美术者，上流社会之宗教也。彼等苦痛之感无以异于下流社会，而空虚之感则又过之。此等感情上之疾病，固非干燥的科学与严肃的道德之所能疗也。感情上之疾病，非以感情治之不可。必使其闲暇之时心有所寄，而后能得以自遣。夫人之心力，不寄于此则寄于彼；不寄于高尚之嗜好，则卑劣之嗜好所不能免矣。而雕刻、绘画、音乐、文学等，彼等果有解之之能力，则所以慰藉彼者，世固无以过之。何则？吾人对宗教之兴味，存于未来，而对美术之兴味，存于现在。故宗教之慰藉，理想的，而美术之慰藉，现实的也。而美术之慰藉中，尤以文学为尤大。何则？雕刻、图画等，其物既不易得，而好之之误，则留意于物之弊，固所不能免也。若文学者，则求之书籍而已无不足，其普遍便利，决非他美术所能及也。故此后中学校以上，宜大用力于古典一科，虽美术上之天才不能由此养成之，然使有解文学之能力，爱文学之嗜好，则其所以慰空虚之苦痛而防卑劣之嗜好者，其益固已多矣。此言教育者，所不可不大注意者也。

以上所述，不过就大略言之，非谓上流社会不能有宗教上之信仰，下等社会不许有美术之嗜好也。雅片之根本治疗法，不出于此二者，若不留意于此，而惟禁之之务，则虽以完全之警察、严酷之刑罚随其后，亦必归于无效，就令有效，不过横溢而为他嗜好而已耳。防民之口，甚于防川，况民之感情乎！今政府有禁雅片之议，而民间亦渐有自知戒绝者，特不就根本上下手，则恐如庸医之治标，终无勿药之一日。故略抒所见，为社会告焉。

【注释】

[1] 谨：防止。《诗经·大雅·民劳》："毋纵诡随，以谨无良。"慎重小心。

[2] 审：详知，明悉；详查，细究。

[3] 摄生：保养身体，养生。

[4] 耄（mào）：老年。《礼记·曲礼上》："八十、九十曰耄。"《盐铁论》："七十曰耄。"

[5] 莺粟：即罂粟，二年生草本植物，花供欣赏，果中乳汁干后称鸦片，含吗啡等生物碱，有镇痛、镇咳、止泻功能，但常用则成瘾，无病而有吸食，鸦片则成为一种毒品。

[6] 冻馁（něi）：又冻又饿，饥寒交迫。馁，饥饿。

[7] 奄：忽；遽，急遽；死亡。

[8] 编氓：也作编民，指普通百姓。编，编入户籍。氓，同民。

[9] 吾侪（chái）：我辈，我们。

[10] 尸祝：古代祭祀时任尸和祝的人。尸，古代代表死者受享祭的活人。尸祝指立尸而祝祷之，表示崇敬，后引申为崇拜。社稷（jì）：社和稷分别是

土地神和五谷之神。此处是名词做动词用法，意为崇拜。明归有光《畏垒亭记》:“谁欲尸祝而社稷我者乎？”

【解读】

本文承上文最后提出的抑制卑劣的嗜好必须用高尚的嗜好来取代的这个重要观点再作展开。

本文指出，中国当时的国民的精神上的疾病严重，嗜好雅（鸦）片就是一大痼疾，其起因固然也有“中国衰弱极矣”的成分，最终之原因是“由于国民之无希望，无慰藉”。其原因是政治不清明，教育不普及。所以，禁除鸦片的根本方法除了修明政治，大兴教育之外，还要提倡宗教和艺术。对下层社会说，要提倡宗教，因为他们没有文化，难以欣赏艺术；对上流社会来说，提倡美术（艺术），艺术是上流社会的宗教。因为艺术是医治人们心灵空虚和痛苦的良方，枯燥的科学和严肃的道德教育，有时并没有效果，心灵上的感情上的疾病，非要用感情来医治不可。艺术中最能慰藉精神空虚和痛苦的是文学。

这里，他提出了国家和社会要重视人的精神疾病，强调文艺的精神熏陶和陶冶作用，文艺是在根本上提高人的精神素质和寓教于乐的重要的观点，是王国维一贯重视美育的思想的体现。

至于他提倡宗教，认为宗教和艺术一样，都有精神的安慰作用，用宗教作为医治没有文化的人的精神空虚、痛苦的手段，这是中国封建统治阶级常用的手法，也与西方科学文化发达的国家一贯实行的、至今还是依靠宗教来做道德教育，提高人的道德修养的做法有相似之处。在此文中他主要是受了西方的影响才提出这种建议的吧。

本文是王国维关心时事、忧心国是的产物，他提出的医治社会痼疾的方法是切实可行的，当代世界各国政府都为吸毒的弥漫而伤神，而西方各国至今仍将宗教作为国民道德教育的主要工具，可见此文至今不乏现实意义。

哲学辨惑

（本篇刊于1903年7月上海《教育世界》55号，收入《教育丛书》三集）

甚矣，名之不可以不正也！观去岁南皮张尚书[1]之陈学务折，及管学大臣张尚书（按，张百熙）之复奏折：一虞哲学之有流弊，一以名学易哲学，于是海内之士颇有以哲学为诟病者。夫哲学者，犹中国所谓理学云尔。艾儒略《西学（发）凡》[2]有“费禄琐非亚”之语，而未译其义。“哲学”之语实自日本始。日本称自然科学曰“理学”，故不译“费禄琐非亚”曰理学，而译曰“哲学”。我国人士骇于其名，而不察其实，遂以哲学为诟病，则名之不正之过也。

今辨其惑如下：

（一）哲学非有害之学

今之诟病哲学者，岂不曰自由平等民权之说由哲学出，今弃绝哲学，则此等邪说可以熄乎？夫此等说之当否，姑置不论。夫哲学中亦非无如此之说，然此等思想于哲学中不占重要之位置。霍布士[3]之绝对国权论，与福禄特尔（今译伏尔泰，1694—1778，法国哲学家）、卢骚（今译卢梭，1712—1778，法国哲学家）之绝对民权论，皆为哲学说之一。今以福禄特尔、卢骚之故而废哲学，何不一思霍布士之说乎？且古之时有倡言民权者矣，孟子是也。今若举天下之言民权，而归罪于孟子，废孟子而不立诸学官，斯亦过矣！欲废哲学者何以异于是！且今之言自由平等、言革命者，果皆自哲学上之研究出欤？抑但习闻他人之说而称道之欤？夫周秦与宋代，中国哲学最盛之时也。而君主之威权不因之而稍替。明祖之兴，而李自成、洪秀全之乱，宁皆有哲学家说以鼓舞之欤？故不研究哲学则已，苟研究哲学则必博稽众说而唯真理之是从。其视今日浅薄之革命家，方鄙弃之不暇，而又奚惑焉！则竟以此归狱于哲学者非也。且自由平等说非哲学之原理，乃法学、政治学之原理也。今不以此等说废法学、政治学，何独至于哲学而废之？此余所不解者一也。

（二）哲学非无益之学

于是说者曰：哲学即令无害，决非有益，非叩虚课寂之谈，即鹜广志荒之论。此说不独我国为然，虽东西洋亦有之。夫彼所谓无益者，岂不以哲学之于人生日用之生活无关系乎？夫但就人生日用之生活言，则岂徒哲学为无益，物理学、化学、博物学，凡所谓纯粹科学，皆与吾人日用之生活无丝毫之关系。其有实用于人者，不过医、工、农等学而已。然人之所以为人者，岂徒饮食男女，芸芸以生，厌厌以死云尔哉！饮食男女，人与禽兽之所同，其所以异于禽兽者，则岂不以理性乎哉！宇宙之变化，人事之错综，日夜相迫于前，而要求吾人之解释，不得其解，则心不宁。叔本华（1788—1860，德国哲学家）谓人为形而上学之动物，洵不诬也。哲学实对此要求而与吾人以解释。夫有益于身者与有益于心者之孰轩孰轻，固未易论定者。巴尔善[4]曰："人心一日存，则哲学一日不亡。"使说者而非人，则已；说者而为人，则已于冥冥之中，认哲学之必要，而犹必诋之为无用，此其不可解者二也。

（三）中国现时研究哲学之必要

尤可异者，则我国上下，日日言教育，而不喜言哲学。夫既言教育，则不得不言教育学；教育学者实不过心理学、伦理学、美学之应用。心理学之为自然科学而与哲学分离，仅曩日之事耳；若伦理学与美学则尚俨然为哲学中之二大部。今夫人之心意，有知力，有意志，有感情。此三者之理想，曰真曰善曰美。哲学实综合此三者而论其原理者也。教育之宗旨亦不外造就真善美之人物，故谓教育学上之理想即哲学上之理想，无不可也。试读西洋之哲学史、教育学史。哲学者而非教育学者有之矣，未有教育学者而不通哲学者也。不通哲学而言教育，与不通物理化学而言工学，不通生理学解剖学而言医学，何以异？今日日言教育、言伦理，而独欲废哲学，此其不可解者三也。

（四）哲学为中国固有之学

今之欲废哲学者，实坐[5]不知哲学为中国固有之学故。今姑舍诸子不论，独就六经[6]与宋儒之说言之。夫六经与宋儒之说，非著于功令而当时所奉为正学者乎？周子（周敦颐）“太极”之说，张子（张载）“正蒙”之论，邵子之《皇极经世》，皆深入哲学之问题。此岂独宋儒之说为然，六经亦有之。《易》之“太极”，《书》之“降衷”，《礼》之“中庸”，自说者言之，谓之非虚非寂，得乎？今欲废哲学，则六经及宋学皆在所当废，此其所不解者四也。

（五）研究西洋哲学之必要

于是说者曰：哲学既为中国所固有，则研究中国之哲学足矣，奚以西洋哲学为？此又不然。余非谓西洋哲学之必胜于中国，然吾国古书大率繁散而无纪，残缺而不完，虽有真理，不易寻绎，以视西洋哲学之系统灿然，步伐严整者，其形式上之孰优孰劣，固自不可掩也。且今之言教育学者，将用《论语》《学记》作课本乎？抑将博采西洋之教育学以充之也？于教育学然，于哲学何独不然？且欲通中国哲学，又非通西洋之哲学不易明也。近世中国哲学之不振，其原因虽繁，然古书之难解，未始非其一端也。苟通西洋之哲学以治吾中国之哲学，则其所得当不止此。异日昌大吾国固有之哲学者，必在深通西洋哲学之人，无疑也。今欲治中国哲学，而废西洋哲学，其不可解者五也。

余非欲使人人为哲学家，又非欲使人人研究哲学，但专门教育中，哲学一科必与诸学科并立，而欲养成教育家，则此科尤为要。吾国人士所以诟病哲学者，实坐不知哲学之性质之故，苟易其名曰“理学”，则庶可以息此争论哉！庶可以息此争论哉！

【注释】

[1] 南皮张尚书：即张之洞（1837—1909），参见《〈奏定经学科大学文学科大学章程〉书后》注 [1]。

[2] 艾儒略（1582—1649）：明末来中国的意大利天主教耶稣会传教士，字思及。万历三十八年（1610）抵达澳门，教授数学。万历四十一年（1613）至江苏、陕西、山西、浙江、福建等地传教。崇祯十四年（1641）任在华耶稣会会长，居留中国三十多年，死于福建延平。著有《几何要法》《坤舆图说》

等，介绍欧洲近代科学知识。《西学发凡》撰成于明天启三年（1623），介绍意大利建学育才之法。

[3] 霍布士：今译霍布斯（1588—1679），英国哲学家。主张王权高于教权和利用宗教来管束人民。主要著作有《论公民》《论物体》《论人性》等。

[4] 巴尔善：今译保尔逊或泡尔生（1846—1908），德国哲学家、伦理学家、新康德主义者。主要著作有《康德传》《哲学导论》《伦理学概论》等。

[5] 坐：因，因为。

[6] 六经：儒家的六部经典，即《诗经》《尚书》《礼记》《乐经》《易经》和《春秋》。其中《乐经》因秦始皇焚书而消亡。

【解读】

此文针对晚清重臣张之洞和张百熙等弃绝哲学，指斥西方哲学“无用”且“有害”的错误观点，为哲学正名，申述研究哲学和西方哲学的必要性，详辨中学与西学、古代与现时的关系。

文中专列一节“哲学为中国固有之学”，举先秦六经中的《易》之太极、《书》之“降衷”、《礼》之“中庸”，和宋代周子（周敦颐）“太极”说、张子（张载）“正蒙论”和邵子（邵雍）《皇极经世》为例，强调中国哲学都讨论了“深入哲学之问题”。还强调“余非谓西洋哲学之必胜于中国”。这对当今仍有不少西方哲学的中外研究者认为“中国古代没有哲学”、西方哲学优于中国哲学的观点，是一个有力的反拨。

王国维最后指出，西洋哲学系统完整，论述严密，在形式上确有优点，所以“异日昌大吾国固有之哲学者，必在深通西洋哲学之人，无疑也”。这也是极有预见的，他不但自己在中国最早引入西方哲学，而且也是最早倡导运用西方哲学为研究中国哲学服务的杰出学者。

叔本华之哲学及其教育学说

（本篇刊于1904年5—6月上海《教育世界》75、77号，收入《静安文集》）

自十九世纪以降，教育学蔚然而成一科之学。溯其原始，则由德意志哲学之发达是已。当十八世纪之末叶，汗德（今译康德）始由其严肃论之伦理学而说教育学，然尚未有完全之系统。厥后海尔巴德[1]始由自己之哲学，而组织完全之教育学。同时德国有名之哲学家，往往就教育学有所研究，而各由其哲学系统以创立自己之教育学。裴奈楷[2]然也，海额尔[3]派之左右翼亦然也。此外专门之教育学家，其窃取希哀林[4]及休来哀尔马黑尔[5]之说以构其学说者亦不少，独无敢由叔本华之哲学，以组织教育学者。何则？彼非大学教授也，其生前之于学界之位置，与门弟子之数，决非两海氏之比。其性行之乖僻，使人人视之若蛇蝎，然彼终其身索居于法兰克福特，非有一亲爱之朋友也，殊如其哲学之精神与时代之精神相反对，而与教育学之以增进现代之文明为宗旨者，俨然有持方［柄］（枘）入圆凿之势。然叔氏之学说，果与现代之文明不相并立欤？即令如是，而此外叔氏所贡献于教育学者，竟不足以成一家之说欤？抑真理之战胜必待于后世，而旷世之天才不容于同时，如叔本华自己之所说欤？至十九世纪之末，腓力特·尼采[6]始公一著述曰《教育家之叔本华》。然尼采之学说，为世人所诟病，亦无以异于昔日之叔本华，故其说于普通之学界中，亦非有伟大之势力也。尼氏此书，余未得见，不揣不敏，试由叔氏之哲学说以推绎其教育上之意见。其条目之详细，或不如海、裴诸氏，至其立脚地之坚固确实，用语之精审明晰，自有哲学以来殆未有及叔氏者也。呜呼！《充足原理》之出版已九十有一年，《意志及观念之世界》（今译《作为意志和表象的世界》）之出版八十有七年，《伦理学之二大问题》之出版亦六十有五年矣。而教育学上无奉叔氏之说者，海氏以降之逆理说，乃弥满充塞于教育界，譬之歌白尼[7]既出，而犹奉多禄某[8]之天文学；生达维[9]之后，而犹言斯他尔[10]之化学，不亦可哀也欤！夫哲学，教育学之母也。彼等之哲学，既鲜确实之基础，欲求其教育学之确实，又乌可得乎！兹略述叔氏之哲学说，与其说之及于教育学之影响，世之言教育学可以观焉。

哲学者，世界最古之学问之一，亦世界进步最迟之学问之一也。自希腊以来，至于汗德之生，二千余年，哲学上之进步几何？自汗德以降，至于今百有余年，哲学上之进步几何？其有绍述汗德之说，而正其误谬，以组织完全之哲学系统者，叔本华一人而已矣。而汗德之学说，仅破坏的，而非建设的。彼憬然于形而上学之不可能，而欲以知识论易形而上学，故其说仅可谓之哲学之批评，未可谓之真正之哲学也。叔氏始由汗德之知识论出而建设形而上学，复与美学伦理学以完全之系统，然则视叔氏为汗德之后继者，宁视汗德为叔氏之前驱者为妥也。兹举叔氏哲学之特质如下：

汗德以前之哲学家，除其最少数外，就知识之本质之问题，皆奉素朴实在论，即视外物为先知识而存在，而知识由经验外物而起者也。故于知识之本质之问题上，奉实在论者，于其渊源之问题上，不得不奉经验论，其有反对此说者，亦未有言之有故，持之成理者也。汗德独谓吾人知物时，必于空间及时间中，而由因果性（汗德举此等性，其数凡十二，叔本华仅取此性）整理之。然空间时间者，吾人感性之形式，而因果性者，吾人悟性之形式，此数者皆不待经验而存，而构成吾人之经验者也。故经验之世界，乃外物之入于吾人感性悟性之形式中者，与物之自身异。物之自身，虽可得而思之，终不可得而知之，故吾人所知者，唯现象而已。此与休蒙[11]之说，其差只在程度，而不在性质。即休蒙以因果性等出于经验，而非有普遍性及必然性，汗德以为本于先天，而具此二性，至于对物之自身，则皆不能赞一词。故如以休蒙为怀疑论者乎，则汗德之说，虽欲不谓之怀疑论不可得也。叔本华于知识论上奉汗德之说曰："世界者，吾人之观念也。"一切万物，皆由充足理由之原理决定之，而此原理，吾人智力之形式也。物之为吾人所知者，不得不入此形式，故吾人所知之物，决非物之自身，而但现象而已。易言以明之，吾人之观念而已。然则物之自身，吾人终不得而知之乎？叔氏曰："否。"他物则吾不可知，若我之为我，则为物之自身之一部，昭昭然矣。而我之为我，其现于直观中时，则块然空间及时间中之一物，与万物无异。然其现于反观时，则吾人谓之意志而不疑也。而吾人反观时，无智力之形式行乎其间，故反观时之我，我之自身也。然则我之自身，意志也。而意志与身体，吾人实视为一物，故身体者，可谓之意志之客观化，即意志之入于智力之形式中者也。吾人观我时，得由此二方面，而观物时，只由一方面，即唯由智力之形式中观之，故物之自身，遂不得而知。然由观我之例推之，则一切物之自身，皆意志也。叔本华由此以救汗德批评论之失，而再建形而上学。于是汗德矫休蒙之失，而谓经验的世界，有超绝的观念性与经验的实在性者，至叔本华而一转，即一切事物，由叔本华氏观之，实有经验的观念性而有超绝的实在性者也，故叔本华之知识论，自一方面观之，则为观念论，自他方面观之，则又为实在论。而彼之实在论，与昔之素朴实在论异，又昭然若揭矣。

古今之言形而上学及心理学者，皆偏重于智力之方面。以为世界及人之本体，智力也。自柏拉图以降，至于近世之拉衣白尼志[12]，皆于形而上学中持此主知论。其间虽有若圣·奥额斯汀[13]谓一切物之倾向与吾人之意志同，有若汗德于其《实理批评》（今译《纯粹理性批评》）中说意志之价值，然尚未得为学界之定论。海尔巴德复由主知论以述系统之心理学，而由观念及各观念之关系以说明一切意识中之状态。至叔本华出而唱主意论，彼既由吾人之自觉，而发见意志为吾人之本质，因之以推论世界万物之本质矣。至是复由经验上证明之，谓吾人苟旷观生物界与吾人精神发达之次序，则意志为精神中之第一原质，而智力为其第二原质，自不难知也。植物上逐日光，下趋土浆，此明明意志之作用，然其知识安在？下等动物之于饮食男女，好乐而恶苦也，与吾人同。此明明意志之作用，然其知识安在？即吾人之坠地也，初不见有知识之迹，然且呱呱而啼饥，瞿瞿[14]而索母，意志之作用，早行乎其间。若就智力上言之，弥月而始能视，于是始见有悟性之作用。二岁而后能言，于是始见有理性之作用。智力之发达，后于意志也。如此就实际言之，则知识者，实生于意志之需要。一切生物，其阶级愈高，其需要愈增，而其所需要之物亦愈精，而愈不易得，而其智力亦不得不应之而愈发达。故智力者，意志之奴隶也。由意志生，而还为意志用者也。植物所需者，空气与水耳。之二者，无乎不在，得自来而自取之，故虽无知识可也。动物之食物，存乎植物及他动物；又各动物各有特别之嗜好，不得不由己力求之，于是悟性之作用生焉。至人类所需，则其分量愈多，其性质愈贵，其数愈杂。悟性之作用，不足应其需，始生理性之作用，于是智力与意志二者始相区别。至天才出，而智力遂不复为意志之奴隶，而为独立之作用。然人之智力之所由发达由于需要之增，与他动物固无以异也，则主知说之心理学，不足以持其说，不待论也。心理学然，形而上学亦然。而叔氏之他学说，虽不慊于今人，然于形而上学心理学，渐有趋于主意论之势，此则叔氏之大有造于斯二学者也。

于是叔氏更由形而上学进而说美学。夫吾人之本质，既为意志矣，而意志之所以为意志，有一大特质焉：曰生活之欲。何则？生活者非他，不过自吾人之知识中所观之意志也。吾人之本质，既为生活之欲矣，故保存生活之事，为人生之唯一大事业。且百年者，寿之大齐。过此以往，吾人所不能暨也。于是向之图个人之生活者，更进而图种姓之生活，一切事业，皆起于此。吾人之意志，志此而已；吾人之知识，知此而已。既志此矣，既知此矣，于是满足与空乏希望与恐怖，数者如环无端，而不知其所终；目之所观，耳之所闻，手足所触，心之所思，无往而不与吾人之利害相关，终身仆仆而不知所税驾者，天下皆是也。然则，此利害之念，竟无时或息欤？吾人于此桎梏之世界中，竟不获一时救济欤？曰：有。唯美之为物，不与吾人之利害相关系，而吾人观美时，亦不知有一己之利害。何则？美之对象，非特别之物，而此物之种类之形式，又观之之我，非特别之我，而纯粹无欲之我也。夫空间时间，既为吾人直观之形式；物之现于空间皆并立，现于时间者皆相续，故现于空间时间者，皆特别之物也。既视为特别之物矣，则此物与我利害之关系，欲其不生于心，不可得也。若不视此物为与我有利害之关系，而但观其物，则此物已非特别之物，而代表其物之全种。叔氏谓之曰“实念”。故美之知识，实念之知识也。而美之中，又有优美与壮美之别。今有一物，令人忘利害之关系，而玩之而不厌者，谓之曰优美之感情。若其物直接不利于吾人之意志，而意志为之破裂，唯由知识冥想其理念者，谓之曰壮美之感情。然此二者之感吾人也，因人而不同；其智力弥高，其感之也弥深。独天才者，由其智力之伟大，而全离意志之关系，故其观物也，视他人为深，而其创作之也，与自然为一。故美者，实可谓天才之特许物也。若夫终身局于利害之桎梏中，而不知美之为何物者，则滔滔皆是。且美之对吾人也，仅一时之救济，而非永远之救济，此其伦理学上之拒绝意志之说，所以不得已也。

吾人于此，可进而窥叔氏之伦理学。从叔氏之形而上学，则人类于万物同一意志之发现也，其所以视吾人为一个人，而与他人物相区别者，实由智力之蔽。夫吾人之知力，既以空间时间为其形式矣，故凡现于知力中者，不得不复杂。既复杂矣，不得不分彼我。然就实际言之，实同一意志之客观化也。易言以明之，即意志之入于观念中者，而非意志之本质也。意志之本质，一而已矣，故空间时间二者，用婆罗门[15]及佛教之语言之，则曰“摩耶[16]之网”，用中世哲学之语言之，则曰“个物化之原理”也。自此原理，而人之视他人及物也，常若与我无毫发之关系。苟可以主张我生活之欲者，则虽牺牲他人之生活之欲以达之，而不之恤，斯之谓“过”。其甚者，无此利己之目的，而惟以他人之苦痛为自己之快乐，斯为之“恶”。若一旦超越此个物化之原理，而认人与己皆此同一之意志，知己所弗欲者，人亦弗欲之，各主张其生活之欲，而不相侵害，于是有正义之德。更进而以他人之快乐，为己之快乐；他人之苦痛，为己之苦痛，于是有博爱之德。于正义之德中，己之生活之欲已加以限制，至博爱，则其限制又加甚焉。故善恶之别，全视拒绝生活之欲之程度以为断：其但主张自己之生活之欲，而拒绝他人之生活之欲者，是为“过”与“恶”；主张自己，亦不拒绝他人者，谓之“正义”；稍拒绝自己之欲，以主张他人者，谓之“博爱”。然世界之根本，以存于生活之欲之故，故以苦痛与罪恶充之。而在主张生活之欲以上者，无往而非罪恶。故最高之善，存于灭绝自己生活之欲，且使一切生物皆灭绝此欲，而同入于涅槃[17]之境。此叔氏伦理学上最高之理想也。此绝对的博爱主义与克己主义，虽若有严肃论之观，然其说之根柢，存于意志之同一之说，由是而以永远之正义，说明为恶之苦与为善之乐。故其说，自他方面言之，亦可谓立于快乐论及利己主义之上者也。

叔氏于其伦理学之他方面，更调和昔之自由意志论及定业论，谓意志自身，绝对的自由也。此自由之意志，苟一旦有所决而发见于人生及其动作也，则必为外物所决定，而毫末不能自由。即吾人有所与之品性，对所与之动机，必有所与之动作随之。若吾人对所与之动机，而欲不为之动乎？抑动矣，而欲自异于所与之动作乎？是犹却走而恶影，击鼓而欲其作金声也，必不可得之数也。盖动机律之决定吾人之动作也，与因果律之决定物理界之现象无异，此普遍之法则也，必然之秩序也。故同一之品性，对同一之动机，必不能不为同一之动作，故吾人之动作，不过品性与动机二者感应之结果而已。更自他方面观之，则同一之品性，对种种之动机，其动作虽殊，仍不能稍变其同一之方向，故德性之不可以言语教也与美术（按，指艺术）同。苟伦理学而可以养成有德之人物，然则大诗人及大美术家，亦可以美学养成之欤？有人于此，而有贪戾之品性乎？其为匹夫，则御人于国门之外可也。浸假[18]而为君主，则掷千万人之膏血，以征服宇宙可也。浸假而受宗教之感化，则摩顶放踵，弃其生命国土，以求死后之快乐可也。此数者，其动作不同，而其品性则绝不稍异，此岂独他人不能变更之哉！即彼自己，亦有时痛心疾首而无可如何者也。故自由之意志，苟一度自决，而现于人生之品性以上，则其动作之必然，无可讳也。仁之不能化而为暴，暴之不能化而为仁，与鼓之不能作金声，钟之不能作石声无以异，然则吾人之品性遂不能变化乎？叔氏曰："否。"吾人之意志，苟欲此生活而现于品性以上，则其动作有绝对的必然性，然意志之欲此与否，或不欲此而欲彼，则有绝对的自由性者也。吾人苟有此品性，则其种种之动作，必与其品性相应，然此气质非他，吾人之所欲而自决定之者也，然欲之与否，则存于吾人之自由。于是吾人有变化品性之义务，虽变化品性者，古今曾无几人，然品性之所以能变化，即意志自由之征也。然此变化，仅限于超绝的品性，而不及于经验的品性。由此观之，叔氏于伦理学上持经验的定业论，与超绝的自由论，与其于知识论上持经验的观念论，与超绝的实在论无异，此亦自汗德之伦理学出，而又加以系统的说明者也。由是叔氏之批评善恶也，亦带形式论之性质，即谓品性苟善，则其动作之结果如何，不必问也。若有不善之品性，则其动作之结果，虽或有益无害，然于伦理学上，实非有丝毫之价值者也。

至叔氏哲学全体之特质，亦有可言者。其最重要者，叔氏之出发点在直观（即知觉），而不在概念是也。盖自中世以降之哲学，往往从最普遍之概念立论，不知概念之为物，本由种种之直观抽象而得者。故其内容，不能有直观以外之物，而直观既为概念，以后亦稍变其形，而不能如直观自身之完全明晰。一切谬妄，皆生于此。而概念之愈普遍者，其离直观愈远，其生谬妄愈易。故吾人欲深知一概念，必实现之于直观，而以直观代表之而后可。若直观之知识，乃最确实之知识，而概念者，仅为知识之记忆传达之用，不能由此而得新知识。真正之新知识，必不可不由直观之知识，即经验之知识中得之。然古今之哲学家往往由概念立论，汗德且不免此，况他人乎！特如希哀林（谢林）、海额尔（黑格尔）之徒，专以概念为哲学上唯一之材料，而不复求之于直观，故其所说，非不庄严宏丽，然如蜃楼海市，非吾人所可驻足者也。叔氏谓彼等之哲学曰"言语之游戏"，宁为过欤？叔氏之哲学则不然，其形而上学之系统，实本于一生之直观所得者，其言语之明晰，与材料之丰富，皆存于此。且彼之美学、伦理学中，亦重直观的知识，而谓于此二学中，概念的知识无效也。故其言曰："哲学者，存于概念而非出于概念，即以其研究之成绩，载之于言语（概念之记号）中，而非由概念出发者也。"叔氏之哲学所以凌轹古今者，其渊源实存于此。彼以天才之眼，观宇宙人生之事实，而于婆罗门佛教之经典及柏拉图、汗德之哲学中，发见其观察之不谬，而乐于称道之。然其所以构成彼之伟大之哲学系统者，非此等经典及哲学，而人人耳中目中之宇宙人生即是也。易言以明之，此等经典哲学，乃彼之宇宙观及人生观之注脚，而其宇宙观及人生观，非由此等经典哲学出者也。

更有可注意者，叔氏一生之生活是也。彼生于富豪之家，虽中更衰落，尚得维持其索居之生活。彼送其一生于哲学之考察，虽一为大学讲师，然未几即罢，又非以著述为生活者也。故其著书之数，于近世哲学家中为最少，然书之价值之贵重，有如彼者乎！彼等日日为讲义，日日作杂志之论文（殊如希哀林、海额尔等），其为哲学上真正之考察之时殆希也。独叔氏送其一生于宇宙人生上之考察，与审美上之瞑想，其妨此考察者，独彼之强烈之意志之苦痛耳。而此意志上之苦痛，又还为哲学上之材料，故彼之学说与行为，虽往往自相矛盾，然其所谓"为哲学而生，而非以哲学为生"者，则诚夫子之自道也。

至是，吾人可知叔氏之在哲学上之位置。其在古代，则有希腊之柏拉图，在近世，则有德意志之汗德；此二人，固叔氏平生所最服膺，而亦以之自命者也。然柏氏之学说中，其所说之真理，往往被以神话之面具。汗德之知识论，固为旷古之绝识，然如上文所述，乃破坏的而非建设的，故仅如陈胜、吴广，帝王之驱除而已。更观叔氏以降之哲学，如翻希奈尔[19]、芬德[20]、赫尔德曼[21]等，无不受叔氏学说之影响，特如尼采，由叔氏之学说出，浸假而趋于叔氏之反对点，然其超人之理想，其所负于叔氏之天才论者亦不少。其影响如彼，其学说如此，则叔氏与海尔巴脱[22]等之学说，孰真孰妄，孰优孰绌，固不俟知者而决也。

吾人既略述叔本华之哲学，更进而观其及于教育学说。彼之哲学如上文所述，既以直观为唯一之根据矣，故其教育学之议论，亦皆以直观为本。今将其重要之学说，述之如左：

叔氏谓直观者，乃一切真理之根本，唯直接间接与此相联络者，斯得为真理。而去直观愈近者，其理逾真，若有概念杂乎其间，则欲其不罹于虚妄，难矣。如吾人持此论以观数学，则欧几里得之方法，二千年间所风行者，欲不谓之乖谬，不可得也。夫一切名学上之证明，吾人往往反而求其源于直观。若数学，固不外空间时间之直观，而此直观，非后天的直观，而先天的直观也，易言以明之，非经验的直观，而纯粹的直观也。即数学之根据，存于直观，而不俟证明，又不能证明者也。今若于数学中，舍其固有之直观，而代以名学上之证明，与人自断其足而俟辇而行者何异？于彼《充足之理由之原理》之论文中，述知识之根据（谓名学上之根据），与实在之根据（谓数学上之根据）之差异，数学之根据惟存于实在之根据，而知识之根据，则与之全不相涉。何则？知识之根据，但能说物之如此如彼，而不能说何以如此如彼，而欧几里得则全用从此根据以说数学。今以例证之。当其说三角形也，固宜首说各角与各边之互相关系。且其互相关系也，正如理由与结论之关系，而合于充足理由之原理之形式。而此形式之在空间中，与在他方面无异，常有必然之性质，即一物所以如此，实由他物之异于此物者如此故也。欧氏则不用此方法以说明三角形之性质，仅与一切命题以名学上之根据，而由矛盾之原理，以委曲证明之。故吾人不能得空间之关系之完全之知识，而仅得其结论，如观鱼龙之戏，但示吾人以器械之种种作用，而其内部之联络及构造，则终未之示也。吾人由矛盾之原理，不得不认欧氏之所证明者为真实，然其何以真实，则吾人不能知之，故虽读欧氏之全书，不能真知空间之法则，而但记法则之某结论耳。此种非科学的知识，与医生之但知某病与其治疗之法，而不知二者之关系无异。然于某学问中舍其固有之证明，而求之于他，其结果自不得不如是也。

叔氏又进而求其用此方法之原因。盖自希腊之哀利梯克派[23]首立所观及所思之差别及其冲突，美额利克派[24]、诡辩派[25]、新阿克特美派[26]及怀疑派[27]等继之。夫吾人之知识中，其受外界之感动者，五官；而变五官所受之材料为直观者，悟性也。吾人由理性之作用，而知五官及悟性，固有时而欺吾人，如夜中视朽索而以为蛇，水中置一棒而折为二：所谓幻影者是也。彼等但注意于此，以经验的直观为不足恃，而以为真理唯存于理性之思索，即名学上之思索。此唯理论，与前之经验论相反对。欧几里得于是由此论之立脚地，以组织其数学，彼不得已而于直观上发见其公理，但一切定理，皆由此推演之，而不复求之于直观。然彼之方法之所以风行后世者，由纯粹的直观与经验的直观之区别未明于世。故迨汗德之说出，欧洲国民之思想与行动，皆为之一变，则数学之不能不变，亦自然之势也。盖从汗德之说，则空间与时间之直观，全与一切经验的直观异。此能离感觉而独立，又限制感觉，而不为感觉所限制者也。易言以明之，即先天的直观也，故不陷于五官之幻影。吾人由此始知欧氏之数学用名学之方法，全无谓之小心也，是犹夜行之人，视大道为水，趑趄[28]于其旁之草棘中，而惧其失足也。始知几何学之图中，吾人所视为必然者，非存于纸上之图，又非存于抽象的概念，而唯存于吾人先天所知之一切知识之形式也。此乃充足理由之原理所辖者，而此实在之根据之原理，其明晰与确实，与知识之根据之原理无异，故吾人不必离数学固有之范围，而独信任名学之方法。如吾人立于数学固有之范围内，不但能得数学上当然之知识，并能得其所以然之知识，其贤于名学上之方法远矣。欧氏之方法，则全分当然之知识与所以然之知识为二，但使吾人知其前者，而不知其后者，此其蔽也。吾人于物理学中，必当然之知识与所以然之知识为一，而后得完全之知识，故但知托利珊利管中之水银其高三十英寸，而不知由空气之重量支持之，尚不足为合理的知识也。然则吾人于数学中，独能以但知其当然，而不知其所以然为满足乎？如毕达哥拉斯之命题，但示吾人以直角三角形之有如是之性质，而欧氏之证明法，使吾人不能求其所以然。然一简易之图，使吾人一望而知其必然及其所以然。且其性质所以如此者，明明存于其一角为直角之故。岂独此命题为然，一切几何学上之真理，皆能由直观中证之。何则？此等真理，原由直观中发见之者，而名学上之证明，不过以后之附加物耳。叔氏几何学上之见地如此，厥后哥萨克氏[29]由叔氏之说以教授几何学，然其书亦见弃于世，而世之授几何学者，仍用欧氏之方法，积重之难返，固若是哉！

叔氏于数学上重直观而不重理性也如此，然叔氏于教育之全体，无所往而不重直观，故其教育上之意见，重经验而不重书籍。彼谓概念者，其材料自直观出，故吾人思索之世界，全立于直观之世界上者也。从概念之广狭，而其离直观也有远近，然一切概念，无一不有直观为之根柢。此等直观与一切思索，以其内容，若吾人之思索，而无直观为之内容乎，则直空言耳，非概念也。故吾人之智力，如一银行然，必备若干之金币以应钞票之取求，而直观如金钱，概念如钞票也。故直观可名为第一观念，而概念可名为第二观念，而书籍之为物，但供给第二种之观念。苟不直观一物，而但知其概念，不过得大概之知识，若欲深知一物及其关系，必直观之而后可，决非言语之所能为力也。以言语解言语，以概念比较概念，极其能事，不过达一结论而已。但结论之所得者，非新知识，不过以吾人之知识中所固有者，应用之于特别之物耳。若观各物与其间之新关系，而贮之于概念中，则能得种种之新知识。故以概念比较概念，则人人之所能，至能以概念比较直观者，则希矣。真正之知识，唯存于直观，即思索（比较概念之作用）时，亦不得不藉想像之助，故抽象之思索，而无直观为之根柢者，如空中楼阁，终非实在之物也。即文字与语言，其究竟之宗旨，在使读者反于作者所得之具体的知识，苟无此宗旨，则其著述不足贵也。故观察实物与诵读，其间之差别不可以道里计。一切真理唯存于具体的物中，与黄金之唯存于矿石中无异。其难只在搜寻之。书籍则不然，吾人即于此得真理，亦不过其小影耳，况又不能得哉！故书籍之不能代经验，犹博学之不能代天才，其根本存于抽象的知识，不能取具体的知识而代之也。书籍上之知识，抽象的知识也，死也；经验的知识，具体的知识也，则常有生气。人苟乏经验之知识，则虽富书籍上之知识，犹一银行而出十倍其金钱之钞票，亦终必倒闭而已矣。且人苟过用其诵读之能力，则直观之能力必因之而衰弱，而自然之光明反为书籍之光所掩蔽，且注入他人之思想，必压倒自己之思想，久之，他人之思想遂寄生于自己之精神中，而不能自思一物，故不断之诵读，其有害于精神也必矣。况精神之为物非奴隶，必其所欲为者乃能有成，若强以所不欲学之事，或已疲而犹用之，则损人之脑髓，与在月光中读书其有损于人之眼无异也。而此病殊以少时为甚，故学者之通病，往往在自七岁至十二岁间习希腊、拉丁之文法，彼等蠢愚之根本实存于此，吾人之所深信而不疑也。夫吾人之所食，非尽变为吾人之血肉，其变为血肉者，必其所能消化者也。苟所食而过于其所能消化之分量，则岂徒无益，而反以害之，吾人之读书，岂有以异于此乎？额拉吉来图[30]曰："博学非知识。"此之谓也。故学问之为物如重甲胄然，勇者得之，固益有不可御之势，而施之于弱者，则亦倒于地而已矣。叔氏于知育上之重直观也如此，与卢骚[31]、贝斯德禄奇[32]之说如何相近，自不难知也。

而美术（艺术，下同）之知识，全为直观之知识，而无概念杂乎其间，故叔氏之视美术也，尤重于科学。盖科学之源，虽存于直观，而既成一科学以后，则必有整然之系统，必就天下之物分其不相类者，而合其相类者，以排列之于一概念之下，而此概念复与相类之他概念排列于更广之他概念之下。故科学上之所表者，概念而已矣。美术上之所表者，则非概念，又非个象，而以个象代表其物之一种之全体，即上所谓实念者是也，故在在得直观之。如建筑、雕刻、图画、音乐等，皆呈于吾人之耳目者，唯诗歌（并戏剧小说言之）一道，虽藉概念之助，以唤起吾人之直观，然其价值全存于其能直观与否。诗之所以多用比兴者，其源全由于此也。由是，叔氏于教育上甚蔑视历史，谓历史之对象，非概念，非实念，而但个象也。诗歌之所写者，人生之实念，故吾人于诗歌中，可得人生完全之知识。故诗歌之所写者，人及其动作而已，而历史之所述，非此人即彼人，非此动作即彼动作，其数虽巧历不能计也。然此等事实，不过同一生活之欲之发现，故吾人欲知人生之为何物，则读诗歌贤于历史远矣。然叔氏虽轻视历史，亦视历史有一种之价值。盖国民之有历史，犹个人之有理性，个人有理性，而能有过去未来之知识，故与动物之但知现在者异。国民有历史，而有自己之过去之知识，故与蛮民之但知及身之事实者异。故历史者，可视为人类之合理的意识，而其于人类也，如理性之于个人，而人类由之以成一全体者也。历史之价值，唯存于此，此叔氏就历史上之意见也。

叔氏之重直观的知识，不独于知育美育上然也，于德育上亦然。彼谓道德之理论，对吾人之动作无丝毫之效。何则？以其不能为吾人之动作之机括故也。苟道德之理论，而得为吾人动作之机括乎，必动其利己之心而后可，然动作之由利己之心发者，于道德上无丝毫之价值者也。故真正之德性，不能由道德之理论，即抽象之知识出，而唯出于人己一体之直观的知识，故德性之为物，不能以言语传者也。基开禄[33]所谓德性非可教者，此之谓也。何则？抽象的教训，对吾人之德性，即品性之善，无甚势力。苟吾人之品性而善欤，则虚伪之教训，不能沮害之，真实之教训，亦不能助之也。教训之势力，只及于表面之动作，风俗与模范亦然。但品性自身，不能由此道变更之。一切抽象的知识，但与吾人以动机，而动机但能变吾人意志之方向，而不能变意志之本质。易言以明之，彼但变其所用之手段，而不变所志之目的。今以例证之。苟人欲于未来受十倍之报酬，而施大惠于贫民，与望将来之大利，而购不售之股票者，自道德上之价值考之，二者固无以异也。故彼之为正教之故，而处异端以火刑者，与杀人越货者何所择？盖一求天国之乐，一求现在之乐，其根柢皆归于利己主义故也。所谓德性不可教者，此之谓也。故真正之善，必不自抽象的知识出，而但出于直观的知识。唯超越个物化之原理，而视已与人皆同一之意志之发现，而不容厚此而薄彼，此知识不得由思索而失之，亦不能由思索得之。且此知识，以非抽象的知识，故不能得于他人，而唯由自己之直观得之，故其完全之发现，不由言语，而唯由动作。正义、博爱、解脱之诸德，皆由此起也。

然则美术、德性，均不可教，则教育之事废欤？曰："否。"教育者，非徒以书籍教之之谓，即非徒与以抽象的知识之谓，苟时时与以直观之机会，使之于美术人生上得完全之知识，此亦属于教育之范围者也。自然科学之教授，观察与实验往往与科学之理论相并而行，人未有但以科学之理论为教授，而以观察实验为非教授者，何独于美育及德育而疑之？然则叔氏之所谓德性不可教者，非真不可教也，但不可以抽象的知识导之使为善耳。现今伯林（今译柏林）大学之教授巴尔善氏，于其所著《伦理学系统》[34] 中首驳叔氏德性不可教之说，然其所说，全从利己主义上计算者，此正叔氏之所谓谨慎，而于道德上无丝毫之价值者也。其所以为此说，岂不以如叔氏之说，则伦理学为无效，而教育之事将全废哉？不知由教育之广义言之，则导人于直观而使之得道德之真知识，固亦教育上之事，然则此说之对教育有危险与否，固不待知者而决也。由此观之，则叔氏之教育主义全与其哲学上之方法同，无往而非直观主义也。

【注释】

[1] 海尔巴德：今译赫尔巴特（1776—1841），德国哲学家、心理学家、

教育家、首创在教育中运用心理学，被称为“科学教育学之父”。著有《普通教育学》《逻辑学要旨》《普遍实践哲学》等。

[2] 裴奈楷：今译贝纳克（1798—1854），德国哲学家、心理学家。著有《作为一切知识基础的有关灵魂的经验理论》《心理学概论》《自然科学的心理学》等。

[3] 海额尔：今译黑格尔（1770—1831），德国哲学家。

[4] 希哀林：今译谢林（1775—1854），德国哲学家。

[5] 休来哀尔马黑尔：今译施莱尔马赫（1768—1834），德国哲学家、神学家、美学家，近代解释学（或作阐释学）的主要代表之一。他认为艺术活动与梦的状态极为相似，艺术家在睁眼梦中创造出许多意象，其中力量强大的意象成为艺术作品。艺术与梦的区别仅仅在于梦不需要技巧。他把解释学理论运用于艺术阐释问题，认为艺术作品的真正意义根植于作品产生时的具体环境和关联中，对艺术作品的有效理解和解释，应掌握“解释学的循环”原则，通过重建作品诞生时的历史环境与具体关联来实现。他的观点对精神分析学、解释学美学有重要启发。

[6] 腓力特·尼采：德国唯心主义哲学家，《悲剧的诞生》一书的作者。可参见本书《叔本华与尼采》一文。

[7] 歌白尼：今译哥白尼（1473—1543），波兰天文学家，“日心说”的创立者。

[8] 多禄某：今译托勒玫（约90—168），一译托勒密，古希腊天文学家、地理学家、数学家，生于埃及。他论述宇宙的地心体系，又叫托勒密体系，认为地球居中央不动，日月、行星和恒星都环绕地球运行。这个学说直到哥白尼日心说发表后才被推翻。

[9] 达维：今译达尔文（1809—1882），英国生物学家，“进化论”的创立者。

[10] 斯他尔：今译施塔尔（1660—1734），德国医生和化学家，以“燃素说”

解释燃烧的原因。

[11] 休蒙：今译休谟（1711—1776），英国最重要的哲学家，又是历史学家和经济学家。他曾出使维也纳和都灵，任英国驻法国大使秘书、副国务大臣。主要著作有《人性论》《人类理智研究》《英国史》《论审美趣味的标准》等。他把洛克的经验主义哲学发展到了它的逻辑终局。

[12] 拉衣白尼志：今译莱布尼茨（1646—1716），德国哲学家、数学家、自然科学家，生于莱比锡。在数学上，他和牛顿并列为微积分的创始人；改进了帕斯卡尔仅能做加减的计算机，设计并创造了手摇的能做加减乘除和开方的计算机，提出了他认为是和中国“先天八卦”相一致的二进制。在逻辑学上，最先提出充足理由律，是数理逻辑的创始人。著有《单子论》《人类理解新论》等书。在美学上，他认为美感是一种混乱的朦胧的感觉，是无数微小的感觉的结合体。审美趣味或鉴赏力即由“微小的感觉”所组成，是某种接近本能的东西，人们只能通过心灵而不是通过理解力去感觉它。认为艺术可以对人进行虔诚的教育，增强人的美德和宗教观念，但又赞同艺术快乐有害说。主要著作有《人类理智新论》《以理性为基础的自然和神恩的原则》等。

[13] 圣·奥额斯汀：今译圣·奥古斯丁（354—430），古罗马基督教思想家，拉丁教父主要代表。西方哲学中，以他的思想和理论为根据，建立了哲学和神学浑为一体的学说，形成奥古斯丁主义。奥古斯丁著作宏富，其论著多达233部，主要有《论自由意志》《论基督教学说》《忏悔录》《论三位一体》等。

[14] 瞿（jù）瞿：迅速张望的样子，惊顾的样子。

[15] 婆罗门：梵语，意思是“净行”“净裔”。印度早期种姓制度中的最高等级，除政权外，他们还掌握神权，是掌管婆罗门教教务的祭司，是政教合一的统治者。婆罗门教是古代印度宗教，因崇拜梵天，并由婆罗门掌管教务而得名。源于吠陀教，形成于公元前10世纪中叶。主要经典是《吠陀本

集》《梵书》和《奥义书》。认为人如能摆脱尘世的欲望，虔诚信奉婆罗门教义，就能亲证梵我同一，从而获得解脱。主张善恶有因果，人生有轮回之说。宣称人和一切有生命的物体都有灵魂，肉体消亡后灵魂将在另一肉体内再现。人的前生行为将在后世得到报应。

[16] 摩耶：印度哲学用语，梵语音译“摩诃摩耶”之略语，意译“幻”，原意为技术、智慧，令人惊奇的或超自然的力量，“大幻化”“大术”。《梨俱吠陀》中解释为幻觉、不真实、欺骗、魔术等。

[17] 涅槃：佛教名词。梵文 Nirvāna 音译，意译“灭度”，或称“般涅槃”，意译“入灭”“圆寂”。佛教所宣扬的最高境界。佛教认为，信仰佛教的人，经过长期修道，即能“寂（熄）灭”一切烦恼和“圆满”（具备）一切“清净功德”。这种境界，名为涅槃。后也称佛和僧人的死为“涅槃”“入灭”。

[18] 浸（jìn）假：逐渐。

[19] 翻希奈尔：今译费希纳（1801—1887），德国哲学家、物理学家、美学家，实验心理学和实验美学的创始人。著有《天堂和来世的事物》《心理物理学原理》《美学导论》等。

[20] 芬德：今译冯特（1832—1920），德国生理学家、心理学家、哲学家，构造学派心理学创始人。著有《人和动物的心理阐释》《人类生理学教程》《哲学体系》等。

[21] 赫尔德曼：今译哈特曼（1842—1906），德国哲学家。著有《无意识的哲学》《美的哲学》《范畴论》等。

[22] 海尔巴脱：即海尔巴德，参见本文注 [1]。

[23] 哀利梯克派：今译埃利亚学派（Ēleaticschool），古希腊哲学学派，形成于前 6 世纪—前 5 世纪意大利半岛南部古希腊殖民城邦埃利亚（今意大利那不勒斯附近）。该学派在前后一百年左右经历了三代，分别以色诺芬、巴门尼德、芝诺等为代表人物。

[24] 美额利克派：即麦加拉学派，是古希腊麦加拉的欧几里得于公元前3世纪创立，大约持续存在到3世纪的小苏格拉底学派之一。

[25] 诡辩派：又称“智者派”，公元前5—前4世纪希腊收费授徒的教师的通称。他们教授的内容大体是文化、修辞、政治、辩论术。苏格拉底、柏拉图和亚里士多德对他们不满，攻击他们诡辩和赚取钱财。

[26] 新阿克特美派：未详，待考。

[27] 怀疑派：古希腊哲学学派之一。认为事物是不可认识的，人们应当放弃认识。这一学派的代表人皮浪（约公元前365—前275）创立系统化的皮浪主义。

[28] 趑趄（zī jū）：且前且却，犹豫不进。张载《剑阁铭》：“一人荷戟，万夫趑趄。”

[29] 哥萨克氏：18世纪中叶德国诺德豪森文科中学的一名教员。参见叔本华《作为意志和表象的世界》中译本第119页，商务印书馆1982版。

[30] 额拉吉来图：今译赫拉克利特（约公元前544—前483），古希腊哲学家，辩证法大师，爱菲斯学派的创始人。著有《论自然》，已散佚，现存残篇百余则。

[31] 卢骚：今译卢梭（1712—1778），法国启蒙思想家、教育学家、哲学家、文学家。著有《忏悔录》《爱弥儿》《新爱洛漪丝》《社会契约论》等书。

[32] 贝斯得禄奇：今译裴斯泰洛齐（1746—1827），瑞士教育哲学学家，对近代初等教育具有深刻影响。著有《葛笃德怎样教育她的孩子》《天鹅歌声》等。

[33] 基开禄：今译西塞罗（前106—前43），古罗马政治家、雄辩家、哲学家。公元前63年任执政官，前51年任奇里奇亚（在小亚细亚）总督。内战期间，追随庞培，反对恺撒。恺撒遇刺后，致力于恢复共和政体，连续发表反安东尼演说，居元老院首席。后三头同盟结成后，被杀。在哲学上，

主张综合各学派的学说，因此被认为是古代折衷主义的最典型的代表。著作多种，今存演说、哲学论文（《论善与恶的定义》《论神之本性》等）和政治论文（《论国家》《论法律》等）多篇，及大批书简。他的著作资料丰富，文体通俗、流畅，被誉为拉丁文的典范。

[34] 巴尔善：今译保尔逊（或泡尔生）（1846—1908），德国“新康德主义”学派哲学家。《伦理学系统》：今译《伦理学体系》，其英译本 1899 年于纽约出版：Friedrich Paulsen.ASystem of Ethics. New York.1899.

【解读】

王国维认为欧洲教育学的产生，乃是源于哲学。叔本华之哲学，同时又包孕了教育学思想，尤其是包孕了审美教育的思想，故而本文论述其哲学及其教育学说。

王国维在此文中介绍叔本华的主要观点。首先介绍叔本华的意志哲学。叔本华认为“每个人自身就是这整个世界，就是小宇宙”，而“大宇宙的本质”也正就是每个人自己的内在本质。本文就此题做了阐释。叔本华认为从现象看，“世界是我的表象”，一切存在物或世界都只是相对于认识它们的主体才存在的，所有客体都是主体的表象。从本质看，独立于人的表象之外的自在世界，就是意志。“一切客体，都是现象，唯有意志是自在之物。”意志无处不在，不仅人有意志，动物有意志，甚至无机物也有意志。意志是世界的内在蕴含和本质，是超时空、超因果关系的绝对条件。凡物都是意志的客体化。意志是完整的。意志是一种“不能遏制的盲目冲动”，它的目的亦即它的基本特征是求生存，故称“生命意志”或“生活意志”。

本文结合天才说介绍了壮美和优美说。美分为优美和壮美。优美是我们的欣赏对象与我们没有利害关系，我们留恋地欣赏不已，此即优美之感情。如果欣赏的对象不利于我们的意志，而我们的意志为之而破裂，只有用客观的知识来思考其理念，这便是壮美的感情。其意思是说只有主体摆脱了生存意志的束缚,上升为纯粹主体时，方能获得审美能力，以观审的方式来掌握永恒理念；艺术是由纯粹观审而掌握的永恒理性的复制品。他提出艺术的美感功能能使人摆脱意志的束缚，摆脱欲求和痛苦，把人引入忘我境界，是人们解脱痛苦的一种途径。如悲剧能使人产生崇高感,帮助人们认识生活的痛苦，愉快地放弃生活本身。认为只有天才才能进入审美观审，艺术是天才的产物。

接着介绍叔本华的伦理学。叔本华在伦理学上提出悲观主义的人生哲学。认为伦理学考察的是意志。人的生命意志不断追求欲望的满足，故利己主义是人的本质，世纪充满了罪恶与不正义。欲求得到满足即为快乐，得不到满足即痛苦，人的欲求无止境，痛苦也无止境。意志愈发达、痛苦愈烈。“人生在本质上就是一个形态繁多的痛苦，是一个一贯不幸的状态。”唯一的出路是看透个体的生命只是宇宙意志的个别化，领略人生之真谛，清心寡欲，实行禁欲主义，彻底否定个体的生命意志，达到忘我境界，获得内心的平静。彻底否定了生命意志，也就否定了一切现象，这就从意志主义世界观走向悲观主义人生观，进而达到禁欲主义和虚无主义。

王本还着力论述了叔本华非常着重直观知识的原因和内在依据。叔本华于哲学、美学和教育学都主张直观，重直观而不重理性，直观是一切知识的根源，理性的抽象作用则易于产生怀疑和错误，但从总体上看两者都只是命定为意志服务的，都是不可靠的、易于出错的工具。但他认为真正的知识都也只存在于直观，即使做抽象的思考时，也不得不依靠想象的帮助。一切真理唯存在于具体的物中。

根据这个理论，在美学上，诗歌（此指艺术，包括其他文艺作品）因写的是人生之实念，所以我们从诗歌中可以得到人生完全的知识。也正因此，艺术（王国维称为“美术”）也属于教育的范围中。这也与后人所说的“文学是人生的教科书”颇有共同之处。

书叔本华遗传说后

（本篇刊于1904年7月上海《教育世界》79号，收入《静安文集》）

叔本华之《遗传说》，由其哲学演绎而出，又从历史及经验上归纳而证之，然其说非其哲学固有之结论也。何则？据叔氏之哲学，则意志者，吾人之根荄[1]，而知力其属附物也；意志其本性，而知力其偶性也。易言以明之，意志居乎形体之先而限制形体，知力居乎形体之后而为形体所限制。自意志欲调和形体之与外界之关系，于是所谓脑髓者以生，而吾人始有知力之作用，故脑髓之为欲知之意志所发现，与吾人之形体之为欲生之意志所发现无异。其《意志及观念之世界》（今译《作为意志与表象的世界》）及《自然中之意志》两书中所证明，固已南山可移，此案不可动矣。然则吾人之意志，既自父遗传矣，则所谓欲知之意志，又何为而不得自父得之乎？吾人之欲知之意志，与此知力之程度，既得之母矣，则他种之意志，何为而不得自母遗传乎？彼以意志属之父，以知力属之母，若建筑上之配置，然举彼平昔所以力诋汗德（今译康德）者，躬蹈之而不自知，故形式之弊，一般德国学者之所不能免也。要之，吾人之形体，由父母二人遗传，此人之公认之事实，不可拒也，则为形体之根荄之意志，与为形体一部之作用之知力，皆得自两亲而不能有所分属，叔氏哲学之正当之结论，固宜如此也。

至其《遗传说》之证据，则存于经验及历史。然经验之为物，固非有普遍及必然之确实性者也。天下大矣，人类众矣，其为吾人所经验者，不过亿兆[2]中之一耳。即吾人经验之中，其熟知其父母及其人之性质知力者，又不过数十人中之一耳。历史亦然。自有史以来，人之姓氏之纪于历史上者几何人，又历史上之人物，其性质知力及其父母子弟之性质知力，为吾人所知者几何人？即其人之性质知力与其父母子弟之性质知力，为吾人所知矣，然历史上之事实，果传信否？又吾人之判断果不错误否？皆不可不注意也。以区区不偏不赅不精不详之事实，而遽断定众人公共之原理，吾知其难也，且历史之事之背于此者，亦复不少。吾人愧乏西洋历史之知识，姑就吾国历史上其事实之与叔氏之说相反对者，述之如左：

叔氏所谓母之好尚及情欲，决不能传之于子者，吾人所不能信也。乐正[3]后夔，决非贪欲之人也，以娶有仍氏之故，生封豕之伯封，而夔以不祀。周昭王承成、康之后，未有失德，而其后房后实有爽德，协于丹朱，卒生穆王，肆其心以游天下，而周室以衰。至父子兄弟性质之相反者，历史上更不胜枚举。黄帝之子二十五宗，唯青阳与苍林氏同于黄帝。颛顼氏有才子八人，而又有梼杌。瞽瞍前妻之子为舜，而后妻则生傲象。尧有丹朱，舜有商均，帝乙之贤否，无闻于后世，而微子与纣，以异母之故，仁暴之相去乃若天壤。鲁之隐、桓同出于惠公，以异母之故，而一让一弑。晋献荒淫无道，贼弑公族，而有太子申生之仁。夷吾忮刻[4]，乃肖厥父。晋之羊舌氏，三世济美，伯华、叔向，一母所生，并有令德，而叔虎以异母之故，嬖[5]于栾盈，而卒以杀其身。至叔向之子食我，而亡羊舌氏，其母则又夏姬之所出也。秦之始皇，至暴抗也，而有太子扶苏之仁孝。汉之文帝，恭俭仁恕，而景帝惨纥，颇似窦后。景帝之子十四人，大抵荒淫残酷，无有人理，而栗姬二子临江王荣以无罪死，为父老所思，河间献王德被服道术，造次必于儒者，非同父异母之事实，其奚以解释之乎？至圣母之子之有名德者，史册上尤不可胜举。曾文正公（曾国藩）之太夫人江氏，实有刚毅之性质，文正自谓“我兄弟皆禀母气”，此事犹在人耳目者也。故在吾国，“非此母不生此子”（大概指性质而言，非谓知力也）之谚，与西洋“母之知慧”之谚，殆有同一之普遍性，故叔氏之说，不能谓之不背于事实也。

至其谓父之知力不能遗传于子者，此尤与事实大反对者也。兹就文学家言之：以司马迁、班固之史才，而有司马谈、班彪为之父；以枚乘之能文，而有枚皋为之子。且班氏一家，男则有班伯、班叔等，女则前有倢伃，后有曹大家[6]，此决非偶然之事也。以王逸之辞赋，而有子延寿，其《鲁灵光殿赋》，且驾班、张而上之。以蔡邕之逸才，而有女文姬；而曹大家及文姬之子反不闻于后世，则又何也？魏武雄才大略，诗文雄杰，亦称其人，文帝、陈思，因不愧乃父矣，而幼子邓哀王仓舒，以八龄之弱，而发明物理学上比重之理（《魏志·邓哀王传》注），至高贵乡公髦，犹有先祖之余烈，其幸太学之问，使博士不能置对（《魏志》），又善绘事，所绘《卞庄刺虎图》，为宋代宣和内府书画之冠（《铁围山丛谈》[7]），又孰谓知力之不能自祖、父遗传乎？至帝王家文学之足与曹氏媲美者，厥惟萧氏。梁武帝特妙于文学，虽不如魏武，固亦六代之也。昭明继起，可拟五官。至简文帝、元帝，而诗文之富，度越父兄矣。邵陵王纶、武陵王纪，亦工书记，独豫章王综，自疑为齐东昏之子，宫甲未动，遽然北窜，然其《钟鸣落叶》之曲，读者未始不可见乃父之遗风焉。此后南唐李氏父子，亦颇近之。至于杨雄之子，九年而与《玄》文；孔融之儿，七岁而知家祸，融固所谓“小时了了”者也。隋之河汾王氏，宋之眉山苏氏，亦皆父子兄弟回翔文苑。苏过《斜川集》之作，虽不若而翁，固不愧名父之子也。至一家父子之以文学名者，历史上尤不可胜举，则知力之自父遗传，固自不可拒也。

兹更就美术（指艺术）家言之：书家则晋有王氏之羲、献，以至于智永，唐则自太宗经高宗、睿宗，以至玄宗，及欧阳氏父子，皆人人所知者也。画家则唐尉迟乙僧画佛之妙，冠绝古今，而有父跋质那，有兄甲僧，并善此技（《唐朝名画录》）。与尉迟齐名者，唯阎立本，而其父毗，在隋以丹青得名，兄立德亦承家学，故曰“大安、博陵，难兄难弟”，谓立德、立本也（《唐画录》）。李思训，世所谓北派之祖也，其子昭道变父之势，妙又过之，故时号曰大李将军、小李将军（《画鉴》）。宋徽宗天纵游艺，论者谓其画兼有顾、陆、曹、吴、荆、关、李、范之长，高宗亦善绘事，同时米家父子[8]，亦接踵画苑，极君臣之遇合矣。赵文敏书画独步元初，而有兄孟坚，子雍奕，又其甥王蒙，且与黄公望、倪瓒、吴镇并称元四大画家。夫文敏之有子，固得以管夫人为之母解之，[9] 然上所述之诸家，则将何所藉口耶？至明以后，以书画世其家者尤不胜数。明之长洲文氏，国朝之娄东二王氏，武进恽氏，近者二三世，远者五六世，而流风未沫。此种事实，叔氏其何以解之？夫文学家与美术家，固天才之所为，非纯粹知力之作用耶？而父子兄弟祖孙相继如此，则知力不传自父之说，其不可持，固不待论也。

要之，叔氏此说非由其哲学演绎而出，亦非由历史上归纳而得之者也，此说之根据，存于其家乘上之事实。叔氏之父素有脑疾，晚年以堕楼死，彼之郁忧厌世之性质，自其父得之者也。其母叔本华·约翰，则有名之小说家，而大诗人格代（今译歌德）之友也。彼自信其知力得自母，而性质得自父，彼深爱其父，而颇不快于其母。幼时父令其习商业，素所不喜也，迨父死后，尚居其职二年，以示不死其父之意。后因处理财产之事，与母相怨，又自愤其哲学之不得势力，而名反出其母下也，每恶人谓己曰："彼叔本华·约翰之子也。"彼生平以恶妇人之故，甚蔑视妇人，谓女子除服从外无他德，遂以形而上学上本质之意志属诸男子，偶性之知力属诸女子。故曰：其遗传说实由其自己之经验与性质出，非由其哲学演绎，亦非由历史上归纳而得之者也。

且叔氏之说之不足持，不特与历史上之事实相反对而已。今夫父母之于子，其爱之有甚于其身者，则以其为未来之我，而与我有意志之关系也。若仅以知力之关系论，则夫师弟朋友之间，其知识之关系且胜于父子，奚论母子？故仅有知识之关系者，其间爱情不得而存也。而母之爱子也，不减于父，或且过之者，则岂不以母子间非徒有知力之关系，且有意志之关系哉？故母之于子，无形体之关系则已，苟有形体之关系，则欲其意志之不遗传，不可得也（由叔氏之说，意志与形体为一物，而从知力之形式中所观之意志也）。父之于子也亦然，苟无形体之关系则已，苟有形体之关系，则形体之一部分之脑，与其作用之知力，又何故不得传诸其子乎？至意志得受诸父，与知力得受诸母，此说则余固无间然矣。

【注释】

[1] 根荄（gāi）：草根，比喻为根本。根，植物的根，事物的本质。荄，草根。《后汉书·鲁恭传》："养其根荄。"

[2] 兆：数目。古时说法不一：百万、十亿、万亿，极言其多。

[3] 乐正：周朝时乐官之长。《礼记·王制》："乐正崇四术，立四教。"

[4] 忮（zhì）刻：忌刻。忮，忌恨。

[5] 嬖（bì）：宠爱，宠幸。《史记·殷本纪》："嬖于妇人。"

[6] 班倢伃（jié yú）：西汉女文学家，名不详，倢伃是妃嫔的称号。娄

烦（今山西宁武附近）人，班固祖姑。少有才学，工诗赋。西汉成帝初即位，被选入宫，始为少使，不久立为倢伃。鸿嘉三年（前 18），赵飞燕姐妹诬告她同许皇后挟邪诅咒，许皇后被废黜，她以善对免祸。恐日久见危，乃自请供奉皇太后于长信宫。成帝卒，她奉守园陵，死后葬园中。原有集，已散佚，作品仅存三篇。曹大家（gū，通“姑”）：即班昭（约 49—约 120），东汉女辞赋家、史学家。一名姬，字惠班，扶风安陵（今陕西咸阳东北）人。班彪女，班固妹，曹世叔妻。早年守寡。博学高才。其兄班固逝世时，所撰《汉书》之八表及《天问志》遗稿散乱，未及完成。她奉命与马续共同续撰。《汉书》多用古字，费解难读，她曾教马融等诵读。和帝时，常出入宫廷，担任皇后和妃嫔的教师，称曹大家。每有贡献异物，常受命作赋颂。邓太后临朝，她亦参与政事。著有《东征赋》等。大家（gū，通“姑”），即“大姑”，古代女子的尊称，班昭因是曹世叔妻，世称曹大家。

[7]《铁围山丛谈》：笔记，宋蔡绦（tāo）著，六卷，记载从宋太祖建隆至宋高宗绍兴约二百年间之朝廷掌故、琐闻逸事、艺文故实等，较他书详尽，有很高的史料价值，尤其是苏轼、王安石等的遗闻逸事，更是文学研究的重要资料。蔡绦乃蔡京之子，且助父为奸，书中多有为当时执政者歌功颂德、粉饰太平的文字，然基本史实尚为不诬。

[8] 米家父子：米芾（fú）（1051—1107），北宋书画家，字元章，号襄阳漫士、海岳外史。世居太原（今属山西），迁襄阳（今属湖北），后定居润州（今江苏镇江）。宋徽宗召为书画学博士，曾官吏部员外郎，人称米南宫。因举止“癫狂”，人又称“米癫”。能诗文，擅书画，精鉴别，著有《书史》《画史》等著作。书法与蔡襄、苏轼、黄庭坚合称“宋四家”。其画风格卓特，其子米友仁，继承父法，画史上有米家山、米氏云山和米派之称，对后世影响很大。米友仁（1074—1153），南宋书画家，字元晖，米芾长子，人称小米。南渡后官兵部侍郎、敷文阁直学士。善行书，山水画继承了米芾的风格。

[9] 赵文敏：赵孟𫖯（1154—1322），元代书画家、文学家，字子昂，号松雪道人、松雪老人，湖州（今属浙江）人，宋宗室。宋亡后，归里闲居，被元世祖征召入大都，始任兵部郎中，官至翰林学士承旨，封魏国公，谥文敏。精通音乐，擅鉴定古器物，书法高超，世称“赵体”。绘画精绝，开创元代新画风，为一代宗师，对后世影响巨大。其甥王蒙，误，应为其外孙。王蒙（？—1385），元代画家，字叔明，号香光居士，吴兴（今浙江湖州）人。善诗文，工人物、山水，得外祖赵孟𫖯法，但能变古创新，自立门户，与黄公望、吴镇、倪瓒合称“元四家”。管夫人：管道昇（1362—1319），元代著名女书画家，尤善墨竹，兼工观音、佛像。字仲姬。湖州（今属浙江）人。赵孟𫖯夫人，因封为魏国夫人，世称“管夫人”。

【解读】

王国维对于叔本华的哲学和美学思想敬佩之极，但他绝不是盲从的人，他在《红楼梦评论》中说，他也发现了绝大的疑问。对于叔本华的遗传说更持反对的意见。本文具体分析叔本华遗传说的谬误之处，如父亲的智力不能遗传给儿子，母亲的爱好和情欲不能遗传给儿子等。王国维用历史上的真人实事来论证自己的观点，反映他一贯认真踏实的学风。文中所举的例子有不少是颇为有趣的，为我们提供了丰富的资料。

（附）叔本华氏之遗传说

人之生也，不但传其种族之特性，并传其父母个人之特性，此经验上之事实也。此事于身体上为最著，至其精神（指心理上之事实言）则何如？即父母之精神，亦遗传于子姓否？此屡起之问题，而人人所认者也。更进而问子姓之精神中，何者属父，何者属母，能区别之否？此问题则更难以解释。然从余之形而上学，则意志者，吾人之根核，而知力其附属物也，意志其本性，而知力其偶性也。故主此生育者（即父）与吾人以其根核（即意志），而孕此生育者（即母）与吾人以其偶性（即知力）。易言以明之，即吾人之性质好尚，自父得之，而知力之种类及程度，自母得之，自不难于经验之前预定之也。而此预定之说，实与经验上得其证据，唯此经验不能用物理学上之实验，但可由数十年之观察与历史证之耳。

今先就吾人自己之经验论之。其所短者在其范围过狭，而事实非人人之所皆知，然有完全之确实性，此其所长也。今使人深察自己，而以其自己之好尚情欲，及其特别之德义与不德义，悉现于自己之目前，又使彼更思其父如何，则彼之一切特性，不难于其父认之，若其母之性质，则往往与之全不相同，即有相同者，亦不过其母之性质与其父偶同耳。使彼对其自己之性质，与其父母之性质精密考察之，则可知意志自父传而不自母传之说不诬也。今以例证之。不信之过，兄弟往往同蹈之，此实由其父遗传者。故《利亚父子》之喜剧，于心理上实为正确也。但研究此事时，有二界限，若不注意于此，则其研究之成迹，有时而不合，学者不可不知也。其一，父之真伪是也。唯形体之真似其父者，其性质能似其父，稍似者不然。何则？再婚之子女，或微似其故夫，而奸生之子，亦往往微似其本夫故也。此事实于禽兽为尤著。第二之界限，父之性质，虽见于子姓，然子姓往往因受特别之知力，而变其性质之形。故研究者不可不熟察之也。而此性质变化之大小，与知力之差为比例，然不能全灭而不见，盖人苟由其母之知力，而有卓越之理性，则父所遗传之情欲，得由反省及思考之力束缚之，而且蔽匿之。而其父所以不能制其情欲者，以其知力稍弱之故，于是父子间性质之差别以起。至父之情欲弱，而子之情欲强者，亦由此理。至其母之好尚及情欲，决不遗传之于子姓也。

至历史之事实，其所以优于私人之事实者，在其事实之人人知之，而其所短，则以此等事实，往往杂以传说，不足尽信。且此等事实，关系于政治者多，而关系于个人之生涯者少，故无由详知其人之性质何如也。今欲证余之说，姑少引历史上之事实，若专攻历史者，于此类之事实，不难加至倍蓰也。

古代罗马之历史中，往往有以爱国及勇武世其家者，如法皮亚家（Gens Fabia）及法白利西亚家（Gens Fabria）是已。而亚历山大王（Alexander the Great）其好势力及战胜也，与其父斐利白（Philip）无异。又据罗马史家休托尼（Suetonius）之说，则帝皇尼禄（Nero）之暴戾，固非无所本，盖克禄地亚家（Gens Claudia）之兴于罗马垂六百年，其人皆果敢狠戾，经体培留斯帝（Tiberius）、喀利仇拉帝（Caligula）（二人尼禄之祖及父也），至尼禄而达其极。而尼禄之所以以极暴名者，则半由彼之位置使然，半由其母拔克羌德（Bacchante）之愚蠢不能传以知力，以束缚其情欲故也。其在他方面，则如以米里体兹（Mithridates）之勇敢，而有西蒙（Cimon，雅典之名将）为之子，以汉尼拔（Hannibal）之将略，而有赫米尔喀（Hamilcar）为之父，而西丕哇族（Scipios），其全家皆英迈而爱国者也。反是，如教皇亚历山大第六（Alexander VI）之子薄尔伽亚（Borgia），乃彼凶恶之小像，而阿白拉（Abla）公爵之子，其惨酷残恶，亦如其父。法兰西王斐利白第四（Philip IV）杀宗教武士时，以惨酷闻，其女依萨培拉（Isabella）即英王爱德华德第二（Edward II）之后，亦幽囚其夫，迫彼既签辞位之约，遂弑之于狱，其惨淡之状，殆人所不忍言。英王亨利第［三］（八）（Henry［Ⅲ］（Ⅷ））素以嗜杀称，其初婚所生之女主美利（Queen Mary）酷似其父，焚杀异教徒无算，是以有“血美利”之称。其再婚所生之女袁利若培斯（Elizabeth，亦英国女主）（今译伊丽莎白）自其母后得高尚之知力，故其父之性质不甚著，然于杀苏格兰女主美利一事，亦足以知其性质之未泯也。苏格兰之国，有其父因为盗且食人，而处焚杀之罪者，其女才一岁，为他人所保育，迨其长也，亦犯食人之罪，乃生瘗之。法国之奥培省，有一女子送二童子至医院者，杀之而取其金，逃至巴黎，遇其父于途，其父复取其金而沉之于河。此等事之见于新闻纸者，不一而足。一千八百三十六年，匈牙利有一死囚，杀官吏，又重伤其自己之亲属，其兄于数年前，曾弑其亲，而其父亦曾犯杀人之罪。其后一年，其弟又以枪击其家之管理财产者，唯未中耳。一千八百五十七年，巴黎报中载巨盗兰麻尔（Lemaire）及其党羽处死刑之事，且书其后曰：“犯罪之事，若自家族中遗传者，彼等之家族，其死于断头台上者，实不少也。”此实引柏拉图（Plato）《法律篇》之说。可知当日希腊人已知此事实。试披犯罪之统计表，此例尤不可胜举。至自杀之出于遗传，尤其彰明较著者也。

若夫以罗马皇帝安敦（Marcus Aurelius Antonius）之仁爱，而有阴恶之康穆都斯（Commodus）为之子，此实意外之事也，然此事亦不难解。何则？安敦之后福斯体那（Faustina）素有不贞之名故也。凡事之类此者，皆可由此解释之。故罗马暴帝图弥体安（Domitian），吾人决不能信其为体士斯帝（Titus）之弟，而范斯巴襄帝（Vespasian），实不过其假父耳。

若夫第二之真理，即知力自母遗传之说，比第一之真理更为易解。古谚中所谓“母之智慧”者，早示此理，而人之知力之大小，与其母之知力为比例，此经验上所明示也。若父之知力，决不遗传之于其子，故名父之子之庸愚者，其例甚夥，即子有高尚之知力，而其父之知力平平者，亦比比是也。若英相彼德（Pitt）之有父加塔姆（Lord Chatham），此实例外之事，然在大政治家，于高尚之知力外，又不可无高尚之性质，与强毅之意志，此实自父遗传者，故政治家之父子济美，实不足怪也。其在他方面，如艺术家、哲学家及大诗人，此等事业皆天才之所为，故不能见此例。拉飞尔（Raphael，意大利之画家）（今译拉斐尔）之父，亦画师也，而非大画师。毛差德（Mozart，德国之大音乐家）（今译莫扎特）之父若子，亦音乐家也，然皆不如毛氏远甚。夫以二人享年之如是促（拉年三十八岁，毛三十七岁而殁），而贡献于美术者如此之大，则天或欲成其不朽之大名，而使生长于美术之家，此亦一说也。至各种科学，诚有世其家者。然科学上之研究，以热心坚忍熟练为主，苟有此性质，虽通常之知力，亦能为之。故以科学世其业者，非由遗传祖、父之知力，而实由祖、父之导夫先路，与寻常之职业无异。于是有父子兄弟相继而有大功绩于科学者，如斯喀利伽（Scaligers，法之言语学家）、培尔诺利（Benoulis，瑞士之数学家）、喀西尼（Cassinis，法之天文学家）及侯失勒（Herschels）等是也。

今使妇人之位置与男子相等，而其知识得表白之于公众，则知力自母遗传之证据，必倍蓰于吾人之所知。不幸妇人之位置如此，而其聪明才力，仅为家乘上之事实，而非历史上之事实，故吾人不能完全引证之也。且妇人以性质柔弱于男子之故，其知力之发达之度常不如其子，非由知力不同，而实由发达之度不同也。故此真理之证据，仅如下：约瑟第二（Joseph II，德皇名），马利亚台勒西亚（Maria Teresia）之子也。卢骚（Rousseau）之母，聪慧之妇人也，彼于其《忏悔录》第二卷，述其母之知慧及其诗数章。褒丰（Buffoon，法国之大文学家）（今译布封）亦然。若母子之性质之冲突，则往往有之。故狭斯丕尔（英之大戏曲家，Shakespeare）（今译莎士比亚）于《哇垒斯德》（Ōrestes）（今译《俄瑞斯忒斯》）及《汉垒德》（Hamlet）（今译《哈姆雷特》）之二戏曲中，描写母子之冲突，而视其子为父之性质之代表者，且复仇者也。若夫其子而为母之性质之代表，对其父而复母之仇，则宇宙间所未曾有。盖性质之关系，唯存于父子之间，而母子之间仅有知力之关系，且此关系，亦为性质所限制故也。故母子之间，有德性之反对，而父子之间仅有知力之反对。由此观之，则萨利克（Salic，古代法兰克中之一族）之法律中所谓“妇人不能维持种族者”，洵不诬也。休蒙（Hume，英之大哲学者）（今译休谟）于其自叙传中言母之明智；汗德（Kant）（今译康德）之母，据其子之判断乃有极大之理解力者，当是时女子之教育未兴，彼独受特别之教育，其后又自修不怠。其与汗德散步时，常使注意于天然之现象，而由上帝之力解释之。至格代（Goethe，德国之大诗人）（今译歌德）之母之学识，则固人人之所知，而文学上时时称道之，若其父，则绝无人道及者，即格代自己，亦谓其知力无以逾于常人。希尔列尔（Schiller，亦德国大诗人）（今译席勒）之母好读诗，而亦自作之，其断篇见于舒华伯（Schwab）之《希氏事略》。哀伽尔（Burger）（今译比格尔），真正之天才，而格代以后第一流之诗人也，读彼之谣曲，觉希尔列尔之作未免冷淡而费力。其友医生阿尔托夫（Althof），于其传中，述其父有当时流行之知识，亦善良之人也，其母虽未受教育，而有非常之知力，故哀氏虽有时非议其母之性质，然谓其母若受适宜之教育，则当为女子中极有名之人物。彼自信其知力，得之于母，而其德性，则似其父。瓦尔塔·斯格德（Walter Scott，英国之大诗人）

（今译司各特）之母，亦一女诗人也，其诗见于白络克华斯所编纂之《母之知慧》中。此书搜集古今贤母之事实，余于兹取其二条。一、培根（Bacon）之母，言语学者也，其所撰译之书颇多。二、包海甫（Boerhave，荷兰之医兼哲学家）之母，以医学著名。若母之知力弱者，其子亦然。故狂易之疾，得自父者较得于母者为多，即有自父遗传者，亦由其父之性质易致此疾使然，而非由知力上之关系也。

故由上文之说，则由理论上言之，同母之子其知力必相等，此固有之，如寇维（Cuvier，英之解剖学家）（今译居维叶）、休烈额尔（Schlegel，德之文学家）（今译施莱格尔）兄弟等皆是也。顾有足异者，汗德之弟，块然一庸夫耳。然得由天才之生理上之状态解之。盖天才之人，其需非常发达与完全之脑髓（得自母者），固不待言，亦须活泼之心脏，以鼓舞之（得自父者）。但此活泼之状态，唯父之盛壮时为然。故旷世之逸才，常钟于长子。而汗德之弟，其弱于汗德者十有一岁，则其知力之差绝，固不足怪也。

世有天才卓越之人，而其母之知力不甚显著者。此亦非无故，盖此母之父，其性质必冷淡。彼由其父遗传此性质，其异常之脑髓，不得循环系鼓舞之助，遂不能发达。然此脑髓若遗诸其子，而又自其父得强烈之性质与活泼之心脏，则所谓天才者，乃可得而见。如白衣龙（Byron，英国之大诗人）（今译拜伦）其一例也。凡事之类此者，皆可由此解之。

世之意志强毅而知力衰弱，或知力明晰而意志薄弱者，吾人之所见亦不罕，然从余之学说，则此知意二原质之不调和，固无足怪。何则？其意志传自父，而知力传自母故也。故世人或以脑见长，或以心见长（叔本华之说，谓心与意志一物也）。又有若干人，其长存于脑与心之调和，而二者互相适合，互相助长，由前说观之，则必其父母之伴合得宜之结果也。

于经验及历史上，人之性质传自父而知力传自母之说，其证据如此。又由余平日之说，则性质与知力二者，绝非一物，而二者又皆有绝对之不变性，则知改良人种之道，当求诸内，而不求其外，即与其从事于教育及文化，宁于婚姻上加之意也而已。柏拉图夙有见于此，彼与《共和篇》之第五卷，对改良兵士之事，述奇异之政策，曰："今使吾人得尽国中之恶汉，而幽闭无知之女子于寺院中，唯许伟人及慧女得相为婚姻，则第二世之人物，其胜于攀利克尔（Pericle）之时代（即雅典文学及美术之黄金时代），固自不待论也。"今姑不述此乌托邦之政策，然古代之国民中，亦多行之，此亦可注意者也。在支那之古代，[官]（宫）刑下死罪一等，英国古时，亦欲以此刑科窃盗。此刑虽酷，然不害其后日之执业。苟窃盗而为遗传之疾乎？抑此法律果能实行乎，则外户不闭之风，自可企而待也。北日耳曼之小邦中，其女子多有以首荷重物而行者，此有害于脑髓无可疑也，抑岂但有害女子之脑而已，其影响之及于后日男子之知力者，至重且大。故此等习惯之不可不除，乃余之学理之应用上必然之结果也。

今离此特别之应用，而反于吾人之立脚地，即自形而上学与伦理学之见地观之，则其结果如下：此虽超越一切经验，而实有经验上之证据者也。即同一之性质或同一之意志，存于一族之各人中，此自远祖以来，迄于今日，此族中之代表者无以异也。但各人于此同一之意志外，各有特别之知力，即知识之程度及其种类，视其得于母者以为准。于是各人之观人生也，各由其特别之目力，而人生之于各人，亦现其特别之方面，而各人各得人生之新见解与新教训。由此意志亦受特别之倾向，而或主张其生活之欲，或拒绝之意志与知力之结合，屡变不居如此，此乃人类生殖之必然之排列法，而解脱之根柢，即存于此。盖由此排列法，而人生常示其新方面于同一之意志，又加以影响，而使于主张生活之欲或拒绝之之二途中，必择其一。今夫由上文之所说，则对同一之意志，而附以种种不同之知力，乃时与以宇宙之新见解，而开其解脱之道者，又因知力必得诸母，古今万国所以禁同产为婚者，职是故也。盖同产相婚之子，惟同一之意志与同一之知力互相结合，而不能对同一之意志与以特别之知力故也。

至种种性质之不同之根源，其理由如何，此于吾人之研究上所不可知之事实也。古代身毒人及佛教之解此问题也，以为出于前生之业果，此解释最古，又最可通。然此生之性质，既为前生之果，而前生之事业，又不可无其因，推而上之，实不可究极。但此外亦更无满足之解释。由余之见地观之，则意志者，物之本体也。充足理由之原则，乃现象界之形式，而决不能应用之于意志。而意志之由何故存，及自何处来，吾人所不得问也。其绝对之自由，即存于此。此种自由，惟存于物之本体，而此本体不外意志，故就发现于其现象界言之，虽有必然性，而就其自身言之，实有自由性者也。故一切理由与论结之说明，全此而穷，而吾人对种种之性质，不能说一语，但谓之意志之真，自由之发现耳。唯本体也，故自由；唯自由也，故吾人不得进而求其故。何则？吾人之理解力，存于充足理由之原则，又不过此原则之应用故也。

叔本华与尼采

（本篇刊于1904年10月上海《教育世界》84、85号，收入《静安文集》）

十九世纪中，德意志之哲学界有二大伟人焉：曰叔本华（Schopenhauer），曰尼采（Nietzsche）。二人者，以旷世之文才，鼓吹其学说也同；其说之风靡一世，而毁誉各半也同；就其学说言之，则其以意志为人性之根本也同。然一则以意志之灭绝，为其伦理学上之理想，一则反是；一则由意志同一之假说，而唱绝对之博爱主义，一则唱绝对之个人主义。夫尼采之学说，本自叔本华出，曷为而其终乃反对若是？岂尼采之背师固若是其甚欤？抑叔本华之学说中，自有以启之者欤？自吾人观之，尼采之学说全本于叔氏。其第一期之说，即美术时代之说，其全负于叔氏，固可勿论。第二期之说，亦不过发挥叔氏之直观主义。其末期之说，虽若与叔氏相反对，然要之不外以叔氏之美学上之天才论，应用于伦理学而已。兹比较二人之说，好学之君子以览观焉。

叔本华由锐利之直观与深邃之研究，而证吾人之本质为意志，而其伦理学上之理想，则又在意志之寂灭。然意志之寂灭之可能与否，一不可解之疑问也（其批评见《红楼梦评论》第四章）。尼采亦以意志为人之本质，而独疑叔氏伦理学之寂灭说，谓欲寂灭此意志者，亦一意志也。于是由叔氏之伦理学出而趋于其反对之方向，又幸而于叔氏之伦理学上所不满足者，于其美学中发见其可模仿之点，即其天才论与知力的贵族主义，实可为超人说之标本者也。要之，尼采之说，乃彻头彻尾发展其美学上之见解，而应用之于伦理学，犹赫尔德曼[1]之无意识哲学，发展其伦理学之见解者也。

叔氏谓吾人之知识，无不从充足理由之原则者，独美术之知识不然。其言曰：

一切科学，无不从充足理由原则之某形式者。科学之题目，但现象耳，现象之变化及关系耳。今有一物焉，超乎一切变化关系之外，而为现象之内容，无以名之，名之曰“实念”。问此实念之知识为何？曰：“美术是已。”夫美术者，实以静观中所得之实念，寓诸一物焉而再现之。由其所寓之物之区别，而或谓之雕刻，或谓之绘画，或谓之诗歌、音乐，然其惟一之渊源，则存于实念之知识，而又以传播此知识为其惟一之目的也。一切科学，皆从充足理由之形式。当其得一结论之理由也，此理由又不可无他物以为之理由，他理由亦然。譬诸混混长流，永无渟潴[2]之日；譬诸旅行者，数周地球，而曾不得见天之有涯、地之有角。美术则不然，固无往而不得其息肩之所也。彼由理由结论之长流中，拾其静观之对象而使之孤立于吾前，而此特别之对象，其在科学中也，则藐然全体之一部分耳。而在美术中，则遽[3]而代表其物之种族之全体，空间时间之形式对此而失其效，关系之法则至此而穷于用，故此时之对象，非个物而但其实念也。吾人于是得下美术之定义曰：美术者，离充足理由之原则，而观物之道也。此正与由此原则观物者相反对。后者如地平线，前者如垂直线；后者之延长虽无限，而前者得于某点割之；后者合理之方法也，惟应用于生活及科学，前者天才之方法也，惟应用于美术；后者雅里大德勒(今译亚里士多德)之方法，前者柏拉图之方法也；后者如终风暴雨，震撼万物，而无始终，无目的，前者如朝日漏于阴云之罅[4]，金光直射，而不为风雨所摇；后者如瀑布之水，瞬息变易，而不舍昼夜，前者如涧畔之虹，立于豁豁[5]澎湃之中，而不改其色彩。（英译《意志及观念之世界》第138页至140页）

夫充足理由之原则，吾人知力最普遍之形式也。而天才之观美也，乃不沾沾[6]于此。此说虽本于希尔列尔（Schiller）（今译席勒）之游戏冲动说，然其为叔氏美学上重要之思想，无可疑也。尼采乃推之于实践上，而以道德律之于超人，与充足理由原则之于天才一也。由叔本华之说，则充足理由之原则非徒无益于天才，其所以为天才者，正在离之而观物耳。由尼采之说，则道德律非徒无益于超人，超道德而行动，超人之特质也。由叔本华之说，最大之知识，在超绝知识之法则。由尼采之说，最大之道德，在超绝道德之法则。天才存于知之无所限制，而超人存于意之无所限制。而限制吾人之知力者，充足理由之原则；限制吾人之意志者，道德律也。于是尼采由知之无限制说，转而唱意之无限制说。其《察拉图斯德拉》（今译《查拉图斯特拉如是说》）第一篇中之首章，述灵魂三变之说曰：

察拉图斯德拉说法于五色牛之村曰：吾为汝等说灵魂之三变，灵魂如何而变为骆驼，又由骆驼而变为狮，由狮而变为赤子乎。于此有重荷焉，强力之骆驼负之而趋，重之又重以至于无可增，彼固以此为荣且乐也。此重物何？此最重之物何？此非使彼卑弱而污其高严之衮冕[7]者乎？此非使彼炫其愚而匿其知者乎？此非使彼拾知识之橡栗而冻饿以殉真理者乎？此非使彼离亲爱之慈母而与聋瞽为侣者乎？世有真理之水，使彼入水而友蛙黾者，非此乎？使彼爱敌而与狞恶之神握手者，非此乎？凡此数者，灵魂苟视其力之所能及，无不负也。如骆驼之行于沙漠，视其力之所能及，无不负也。既而风高日黯，沙飞石走，昔日柔顺之骆驼，变为猛恶之狮子，尽弃其荷，而自为沙漠主，索其敌之大龙而战之。于是昔日之主，今日之敌；昔日之神，今日之魔也。此龙何名？谓之"汝宜"。狮子何名？谓之"我欲"。邦人兄弟，汝等必为狮子，毋为骆驼，岂汝等任载之日尚短,而负担尚未重欤？汝等其破坏旧价值（道德）而创作新价值，狮子乎？言乎破坏则足矣,言乎创作则未也。然使人有创作之自由者，非彼之力欤？汝等胡不为狮子？邦人兄弟，狮子之变为赤子也何故？狮子之所不能为，而赤子能之者何？赤子若狂也，若忘也，万事之源泉也，游戏之状态也，自转之轮也，第一之运动也，神圣之自尊也。邦人兄弟，灵魂之为骆驼，骆驼之变而为狮，狮之变而为赤子，余既诏汝矣。（英译《察拉图斯德拉》第 25 页至 28 页）

其赤子之说，又使吾人回想叔本华之天才论曰：

天才者，不失其赤子之心者也。盖人生至七年后，知识之机关即脑之质与量已达完全之域，而生殖之机关尚未发达，故赤子能感也，能思也，能教也。其爱知识也，较成人为深，而其受知识也，亦视成人为易。一言以蔽之曰：彼之知力盛于意志而已。即彼之知力之作用，远过于意志之所需要而已。故自某方面观之，凡赤子皆天才也。又凡天才，自某点观之，皆赤子也。昔海尔台尔（Herder）[8] 谓格代（Goethe）（歌德）曰："巨孩。"音乐大家穆差德（Mozart）[9] 亦终生不脱孩气，休利希台额路尔 [10] 谓彼曰："彼于音乐，幼而惊其长老，然于一切他事，则壮而常有童心者也。"（英译《意志及观念之世界》

第三册第61页至63页）

至尼采之说超人与众生之别，君主道德与奴隶道德之别，读者未有不惊其与叔氏伦理学上之平等博爱主义相反对者。然叔氏于其伦理学及形而上学所视为同一意志之发现者，于知识论及美学上，则分之为种种之阶级，故古今之崇拜天才者，殆未有如叔氏之甚者也。彼于其大著述第一书之补遗中，说知力上之贵族主义曰：

知力之拙者，常也；其优者，变也；天才者，神之示现也。不然？则宁有以八百兆之人民，经六千年之岁月，而所待于后人之发明思索者，尚如斯其众耶！夫大智者，固天之所吝，天之所吝，人之幸也。何则？小智于极狭之范围内，测极简之关系，比大智之瞑想宇宙人生者，其事逸而且易。昆虫之在树也，其视盈尺以内，较吾人为精密，而不能见人于五步之外。故通常之知力，仅足以维持实际之生活耳。而对实际之生活，则通常之知力，固亦已胜任而愉快，若以天才处之，是犹用天文镜以观优[11]，非徒无益，而又蔽之。故由知力上言之，人类真贵族的也，阶级的也。此知力之阶级，较贵贱贫富之阶级为尤著。其相似者，则民万而始有诸侯一，民兆而始有天子一，民京垓[12]而始有天才一耳。故有天才者，往往不胜孤寂之感。白衣龙（Byron）[13]于其《唐旦之预言诗》中咏之曰：

"To feel me in the solitude of kings
Without the power that make them beara crown."

予岑寂[14]而无友兮，羌独处乎帝之庭。冠玉冕之崔巍兮，夫固踽踽[15]而不能胜。（略译其大旨）

此之谓也。（同前书，第二册第 342 页）

此知力的贵族与平民之区别外，更进而立大人与小人之区别曰：

一切俗子因其知力为意志所束缚，故但适于一身之目的。由此目的出，于是有俗滥之画，冷淡之诗，阿世媚俗之哲学。何则？彼等自己之价值，但存于其一身一家之福祉，而不存于真理故也。惟知力之最高者，其真正之价值，不存于实际，而存于理论，不存于主观，而存于客观，耑耑焉[16]力索宇宙之真理而再现之。于是彼之价值，超乎个人之外，与人类自然之性质异。如彼者，果非自然的欤？宁超自然的也。而其人之所以大，亦即存乎此。故图画也，诗歌也，思索也，在彼则为目的，而在他人则为手段也。彼牺牲其一生之福祉，以殉其客观上之目的，虽欲少改焉而不能。何则？彼之真正之价值，实在此而不在彼故也。他人反是，故众人皆小，彼独大也。（前书第三册第 149 页至 150 页）

叔氏之崇拜天才也如是，由是对一切非天才而加以种种之恶谥：曰俗子（Philistine），曰庸夫（Populase），曰庶民（Mob），曰舆台（Rabble）[17]，曰合死者（Mortal）。尼采则更进而谓之曰众生（Herd），曰众庶（Far-too-many）。其所以异者，惟叔本华谓知力上之阶级惟由道德联结之，尼采则谓此阶级于知力道德皆绝对的，而不可调和者也。

叔氏以持知力的贵族主义，故于其伦理学上虽奖卑屈（Humility）之行，而于其美学上大非谦逊（Modesty）之德曰：

人之观物之浅深明暗之度不一，故诗人之阶级亦不一。当其描写所观也，人人殆自以为握灵蛇之珠，抱荆山之玉[18]矣。何则？彼于大诗人之诗中，不见其所描写者或逾于自己。非大诗人之诗之果然也，彼之肉眼之所及，实止于此，故其观美术也，亦如其观自然，不能越此一步也。惟大诗人见他人之见解之肤浅，而此外尚多描写之余地，始知己能见人之所不能见，而言人之所不能言。故彼之著作不足以悦时人，只以自赏而已。若以谦逊为教，则将并其自赏者而亦夺之乎。然人之有功绩者，不能掩其自知之明。譬诸高八尺者暂而过市，则肩背昂然齐于众人之首矣。千仞之山，自巅而视其麓也，与自麓而视其巅等。霍兰士（Horace）[19]、鲁克来鸠斯[20]、屋维特（Ovid）[21]及一切古代之诗人，其自述也，莫不有矜贵之色。唐旦（Dante）（今译但丁）然也，狭斯丕尔（Shakespeare）（今译莎士比亚）然也，柏庚（Bacon）[22]亦然也。故大人而不自见其大者，殆采之有，惟细人者自顾其一生之空无所有，而聊托于谦逊以自慰，不然则彼惟有蹈海而死耳。某英人尝言曰："功绩（Merit）与谦逊（Modest），除二字之第一字母外，别无公共之点。"格代（歌德）亦云："惟一无所长者乃谦逊耳。"特如以谦逊教人责人者，则格代之言，尤不我欺也。（同前书第三册第 202 页）

吾人且述尼采之《小人之德》一篇中之数节以比较之。其言曰：

察拉图斯德拉远游而归，至于国门，则眇焉若狗窦匍匐而后能入。既而览乎民居，粲焉若傀儡之箱，鳞次而栉比，叹曰："夫造物者，宁将以彼为此拘拘也。吾知之矣，使彼等藐焉若此者，非所谓德性之教耶？彼等好谦逊，好节制，何则？彼等乐其平易故也。夫以平易而言，则诚无以逾乎谦逊之德者矣。彼等尝学步矣，然非能步也，跫[23]也。彼且跫且顾，且顾且跫，彼之足与目，不我欺也。彼等之小半能欲也，而其大半被欲也。其小半，本然之动作者也，其大半反是。彼等皆不随意之动作者也，无意识之动作者也，其能为自发之动作者希矣。其丈夫既藐焉若此，于是女子亦皆以男子自处。惟男子之得全其男子者，得使女子之位置复归于女子。其最不幸者，命令之君主，亦不得不从服役之奴隶之道德。"我役、汝役、彼役"，此道德之所命令者也。哀哉！乃使最高之君主，为最高之奴隶乎？哀哉！其仁愈大，其弱愈大；其义愈大，其弱愈大。此道德之根柢，可以一言蔽之曰："毋害一人。"噫！道德乎？卑怯耳！然则彼等所视为道德者，即使彼等谦逊驯扰者也，是使狼为羊，使人为人之最驯之家畜者也。(《察拉图斯德拉》第248页至249页)

尼采之恶谦逊也亦若此，其应用叔氏美学之说于伦理学上昭然可睹。夫叔氏由其形而上学之结论，而谓一切无生物生物，与吾人皆同一意志之发现。故其伦理学上之博爱主义，不推而放之于禽兽草木不止，然自知力上观之，不独禽兽与人异焉而已，即天才与众人间，男子与女子间，皆有然不可逾之界限。但其与尼采异者，一专以知力言，一推而论之于意志，然其为贵族主义则一也。又叔本华亦力攻基督教曰："今日之基督教，非基督之本意，乃复活之犹太教耳。"其所以与尼采异者，一则攻击其乐天主义，一则并其厌世主义而亦攻之，然其为无神论则一也。叔本华说涅槃[24]，尼采则说转灭。一则欲一灭而不复生，一则以灭为生超人之手段，其说之所归虽不同，然其欲破坏旧文化而创造新文化则一也。况其超人说之于天才说，又历历有模仿之迹乎。然则吾人之视尼采，与其视为叔氏之反对者，宁视为叔氏之后继者也。

又叔本华与尼采二人之相似，非独学说而已，古今哲学家性行之相似，亦无若彼二人者。巴尔善[25]之《伦理学系统》，与文特尔朋[26]《哲学史》中，其述二人学说与性行之关系，甚有兴味。兹援以比较之。巴尔善曰：

叔本华之学说，与其生活实无一调和之处。彼之学说，在脱屣世界与拒绝一切生活之意志，然其性行则不然。彼之生活，非婆罗门教[27]、佛教之克己的，而宁伊壁鸠鲁[28]之快乐的也。彼自离柏林后，权度一切之利害，而于法兰克福特（今译法兰克福）及曼亨姆之间，定其隐居之地。彼虽于学说上深美悲悯之德，然彼自己则无之。古今之攻击学问上之敌者，殆未有酷于彼者也。虽彼之酷于攻击，或得以辩护真理自解乎。然何不观其对母与妹之关系也？彼之母、妹，斩焉陷于破产之境遇，而彼独保其自己之财产。彼终其身，惴惴焉惟恐分有他人之损失，及他人之苦痛。要之，彼之性行之冷酷，无可讳也，然则彼之人生观，果欺人之语欤？曰：“否。”彼虽不实践其理想上之生活，固深知此生活之价值者也。人性之二元中，理欲二者，为反对之两极，而二者以彼之一生为其激战之地。彼自其父遗传忧郁之性质，而其视物也，恒以小为大，以常为奇，方寸之心，充以弥天之欲，忧患、劳苦、损失、疾病迭起互伏，而为其恐怖之对象，其视天下人无一可信赖者。凡此数者，有一于此，固足以疲其生活而有余矣。此彼之生活之一方面也，其在他方面，则彼大知也，天才也，富于直观之力，而饶于知识之乐，视古之思想家，有过之无不及。当此时也，彼远离希望与恐怖，而追求其纯粹之思索，此彼之生活中最慰藉之顷也。逮其情欲再现，则畴昔之平和破，而其生活复以忧患恐惧充之。彼明知其失而无如之何，故彼每曰：“知意志之过失，而不能改之，此可疑而不可疑之事实也。”故彼之伦理说，实可谓其罪恶之自白也。（巴尔善《伦理学系统》第311页至312页）

巴氏之说固自无误，然不悟其学说中于知力之元质外，尚有意志之元质（见下文）。然其叙述叔氏知意之反对甚为有味。吾人更述文特尔朋之论尼采者比较之曰：

彼之性质中争斗之二元质，尼采自谓之曰“地哇尼苏斯”（Dionysus）[29]，曰“亚波罗”（Apollo）[30]。前者主意论，后者主知论也。前者叔本华之意志，后者海额尔（今译黑格尔）之理念也。彼之知力的修养与审美的创造力，皆达最高之程度，彼深观历史与人生，而以诗人之手腕再现之。然其性质之根柢，充以无疆之大欲，故科学与美术不足以拯之，其志则专制之君主也，其身则大学之教授也。于是彼之理想，实往复于知力之快乐与意志之势力之间，彼俄焉委其一身于审美的直观与艺术的制作，俄焉而欲展其意志、展其本能、展其情绪，举昔之所珍赏者一朝而舍之。夫由其人格之高尚纯洁观之，则耳目之欲于彼固一无价值也。彼所求之快乐，非知识的，即势力的也。彼之一生疲于二者之争斗，迨其暮年，知识美术道德等一切，非个人及超个人之价值不足以厌彼，彼翻然而欲于实践之生活中，发展其个人之无限之势力。于是此战争之胜利者，非亚波罗而地哇尼苏斯也，非过去之传说而未来之希望也。一言以蔽之：非理性而意志也。（文特尔朋《哲学史》第679页）

由此观之，则二人之性行，何其相似之甚欤！其强于意志，相似也；其富知力，相似也；其喜自由，相似也。其所以不相似而相似，相似而又不相似者，何欤？

呜呼！天才者，天之所靳[31]，而人之不幸也。蚩蚩之民，饥而食，渴而饮，老身长子，以遂其生活之欲，斯已耳。彼之苦痛，生活之苦痛而已；彼之快乐，生活之快乐而已。过此以往，虽有大疑大患，不足以撄[32]其心。人之永保此蚩蚩之状态者，固其人之福祉，而天之所独厚者也。若夫天才，彼之所缺陷者与人同，而独能洞见其缺陷之处。彼与蚩蚩者俱生，而独疑其所以生。一言以蔽之：彼之生活也与人同，而其以生活为一问题也与人异；彼之生于世界也与人同，而其以世界为一问题也与人异。然使此等问题，彼自命之，而自解之，则亦何不幸之有。然彼亦一人耳，志驰乎六合之外，而身扃[33]乎七尺之内，因果之法则与空间时间之形式束缚其知力于外，无限之动机与民族之道德压迫其意志于内，而彼之知力意志非犹夫人之知力意志也？彼知人之所不能知，而欲人之所不敢欲，然其被束缚压迫也与人同。夫天才之大小，与其知力意志之大小为比例，故苦痛之大小，亦与天才之大小为比例。彼之痛苦既深，必求所以慰藉之道，而人世有限之快乐，其不足慰藉彼也明矣。于是彼之慰藉，不得不反而求诸自己。其视自己也，如君王，如帝天；其视他人也，如蝼蚁，如粪土。彼故自然之子也，而常欲为其母，又自然之奴隶也，而常欲为其主。举自然所以束缚彼之知意者，毁之、裂之、焚之、弃之、草薙[34]而兽猕[35]之。彼非能行之也，姑妄言之而已；亦非欲言诸人也，聊以自娱而已。何则？以彼知意之如此，而苦痛之如彼，其所以自慰藉之道，固不得不出于此也。

叔本华与尼采，所谓旷世之天才非欤？二人者，知力之伟大相似，意志之强烈相似。以极强烈之意志，而辅以极伟大之知力，其高掌远蹠[36]于精神界，固秦皇、汉武之所北面，而成吉思汗、拿破仑之所望而却走者也。九万里之地球与六千年之文化，举不足以厌其无疆之欲。其在叔本华，则幸而有汗德者为其陈胜、吴广，为其李密[37]、窦建德[38]，以先驱属路。于是于世界现象之方面，则穷汗德之知识论之结论，而曰“世界者，吾之观念也”。于本体之方面，则曰“世界万物，其本体皆与吾人之意志同，而吾人与世界万物，皆同一意志之发见也”。自他方面言之：“世界万物之意志，皆吾之意志也。”于是我所有之世界，自现象之方面而扩于本体之方面，而世界之在我自知力之方面而扩于意志之方面。然彼犹以有今日之世界为不足，更进而求最完全之世界，故其说虽以灭绝意志为归，而于其大著第四篇之末，仍反覆灭不终灭、寂不终寂之说。彼之说“博爱”也，非爱世界也，爱其自己之世界而已。其说“灭绝”也，非真欲灭绝也，不满足于今日之世界而已。由彼之说，岂独如释迦所云“天上地下，惟我独尊而已哉”，必谓“天上地下，惟我独存而后快”。当是时，彼之自视，若担荷大地之阿德拉斯（Atlas）[39]也，孕育宇宙之婆罗麦（Brahma）[40]也。彼之形而上学之需要在此，终身之慰藉在此，故古今之主张意志者，殆未有过于叔氏者也，不过于其美学之天才论中，偶露其真面目之说耳。若夫尼采，以奉实证哲学，故不满于形而上学之空想。而其势力炎炎[41]之欲，失之于彼岸者，欲恢复之于此岸；失之于精神者，欲恢复之于物质。于是叔本华之美学，占领其第一期之思想者，至其暮年，不识不知，而为其伦理学之模范。彼效叔本华之天才而说超人，效叔本华之放弃充足理由之原则而放弃道德，高视阔步而恣其意志之游戏。宇宙之内有知意之优于彼，或足以束缚彼之知意者，彼之所不喜也。故彼二人者，其执无神论同也，其唱意志自由论同也。譬之一树，叔本华之说，其根柢之盘错于地下，而尼采之说，则其枝叶之干青云而直上者也。尼采之说，如太华三峰，高与天际；而叔本华之说，则其山麓之花冈石也，其所趋虽殊，而性质则一。彼等所以为此说者，无他，亦聊以自慰而已。

要之，叔本华之自慰藉之道，不独存于其美学，而亦存于其形而上学。彼于此学中，发见其意志之无乎不在，而不惜以其七尺之我，殉其宇宙之我，故与古代之道德尚无矛盾之处。而其个人主义之失之于枝叶者，于根柢取偿之。何则？以世界之意志，皆彼之意志故也。若推意志同一之说，而谓世界之知力皆彼之知力，则反以俗人知力上之缺点加诸天才，则非彼之光荣，而宁彼之耻辱也，非彼之慰藉，而宁彼之苦痛也。其于知力上所以持贵族主义，而与其伦理学相矛盾者以此。《列子》[42]曰：

周之尹氏大治产[43]，其下趣役者侵晨昏[44]而弗息。有老役夫筋力竭矣，而使之弥勤，昼则呻吟而即事，夜则昏惫而熟寐，昔昔[45]梦为国君，居人民之上，总一国之事，游燕[46]宫观，恣意所欲，觉则复役。（《周穆王》篇）

叔氏之天才之苦痛，其役夫之昼也；美学上之贵族主义，与形而上学之意志同一论，其国君之夜也。尼采则不然。彼有叔本华之天才，而无其形而上学之信仰，昼亦一役夫，夜亦一役夫，醒亦一役夫，梦亦一役夫，于是不得不弛其负担，而图一切价值之颠覆。举叔氏梦中所以自慰者，而欲于昼日实现之，此叔本华之说所以尚不反于普通之道德，而尼采则肆其叛逆而不惮者也。此无他，彼之自慰藉之道，固不得不出于此也。世人多以尼采暮年之说与叔本华相反对者，故特举其相似之点及其所以相似而不相似者如此。

【注释】

[1] 赫尔德曼：即哈特曼。参见《叔本华之哲学及其教育学说》注 [21]。

[2] 渟潴（zhū）：水停止奔流而蓄积下来。潴，水停聚的地方。

[3] 遽：遂，就。

[4] 罅（xià）：瓦器的裂缝。引申为缝隙，又引申为漏洞。

[5] 鞳鞺（tà tāng）：钟鼓声，此处形容流水奔腾咆哮的声音。鞳，鼓鼙声。

[6] 沾沾：沾沾自喜，自觉美好而得意。

[7] 衮（gǔn）冕：衮衣和冕，是上古皇帝和大公的礼服。

[8] 海尔台尔：今译赫尔德（J. G. vonHerder，1744—1803），德国文艺理论家、思想家。"狂飙突进"运动的理论指导者。

[9] 穆差德：今译莫扎特（1756—1791），奥地利著名作曲家，维也纳古典学派代表人物之一。著有著名意大利式歌剧《费加罗的婚礼》《唐璜》，德意志民族歌剧《魔笛》；交响乐 49 部、各种独奏乐器的独奏曲、钢琴奏鸣曲、室内乐等。

[10] 休利希台额路尔：即施莱尔马赫。参见《叔本华之哲学及其教育学说》注 [5]。

[11] 优：戏剧演员。此处观优指看戏。

[12] 京垓（gāi）：亿万，极言数目之大。京，十兆，一说万兆。垓：《太平御览》引《风俗通》："十万谓之亿，十亿谓之兆，十兆谓之经，十经谓之垓。"即相当于今日之亿。

[13] 白衣龙：今译拜伦（1788—1824）。英国诗人。

[14] 岑（cén）寂：寂静，寂寞。杜甫《树间》："岑寂双甘树，婆娑一院香。"

[15] 跼蹐（jú jí）：畏缩不安的样子。又解作狭隘，不舒展，义同"局（跼）天蹐地"。小心谨慎的样子。跼："局"的异体字，弯曲，曲身、弯腰的样子。

蹐，后脚紧跟着前脚，用极小的步子走路。

[16] 耑耑（zhuān）焉：耑，“专”的异体字。意为专一、专心。

[17] 舆台：古代泛指地位低微的人。《左传·昭公七年》：“人有十等”，“舆”排为第六等级，“台”为最低的第十等级。

[18] 灵蛇之珠、荆山之玉：指世上罕有的珍宝。曹植《与杨德祖书》：“人人自谓握灵蛇之珠，家家自谓抱荆山之玉。”灵蛇之珠：灵蛇珠，即隋珠。典出《淮南子・览冥训》高诱注：“隋侯见大蛇伤断，以药傅之，后蛇于江中衔大珠以报之。”“荆山之玉”即和氏璧，典出《韩非子・和氏篇》。

[19] 霍兰士：今译即贺拉斯（前 65—前 8），古罗马诗人、文艺理论家，著有《诗艺》。

[20] 鲁克来鸠斯：今译卢克莱修（约前 98—前 55），古罗马诗人、伊壁鸠鲁派哲学家。其出身、生平不详。他的六卷长诗《物性论》，是古希腊罗马流传至今唯一完整的哲学长诗。他在宇宙论上，论证了宇宙的无限性，肯定除了人类生存其中的世界外，尚有无限多别的世界。在心灵论和认识论上认为灵魂和心灵是有共同性的，它们都是物质性的，彼此互相联系，都是由特别精巧精微的粒子构成的，它们是最易动的，只有与肉体结合才能存在。它们的区别在于，心灵是由纯粹的灵魂原子构成的，位于心胸，是思想和意志的所在；灵魂也是由和心灵相似的原子构成，但却散布全身和身体的原子相混合，是感觉的原因。心灵的地位高于灵魂，是整个躯体的首领和统治者，它相当于理性，不能离开肉体而独立存在；灵魂和肉体的结合是生命的原因，彼此分开，就引起死亡。躯体和灵魂相结合才有感觉。

[21] 屋维特：今译奥维德（前 43—公元 18），古罗马诗人。著有《变形记》等，对后世影响很大。

[22] 柏庚：今译培根（1561—1626），英国哲学家。著有《新工具论》等书。

[23] 跫（qīng）：一足行，用一条腿走路，此处指学步的样子。

[24] 涅槃：佛教术语，指释迦牟尼之死，也指解脱烦恼达到不生不死的境地，为佛教全部修习最终要达到的最高理想。后僧尼之死也称涅槃。

[25] 巴尔善：今译保尔逊（1846—1908），参见《叔本华之哲学及其教育学说》注 [34]。

[26] 文特尔朋：文德尔班（1848—1915），德国哲学家，以研究历史、文化及价值为题为中心的新康德主义弗莱堡学派创始人。著有《论偶然》《哲学概论》《历史哲学》《论意志自由》和《哲学史教程》等。

[27] 婆罗门教：参见《叔本华之哲学及其教育学说》注 [15]。

[28] 伊壁鸠鲁（前 341—前 270）：古希腊哲学家，无神论者，伊壁鸠鲁学派（或花园学派）、伊壁鸠鲁主义的奠基人。他的哲学包括物理学、准则学、伦理学（关于幸福的学说），认为达到幸福是人生的目的，而物理学和准则学是达到目的的手段。强调身体的健康和灵魂的宁静以达到不动心。指出智慧是达到幸福的唯一途径，只有贤人才能拥有智慧，他是永远幸福的。为了摆脱来自外界的干扰，规劝人们不介入公共事务，避免结婚和生育子女，提倡远离尘世，过一种隐居生活。他撰有三百多卷著作，大部佚失，仅存《讨论物理学》《讨论伦理学》《主要学说》等。

[29] 地吐尼苏斯：今译狄俄尼索斯，古希腊神话中的酒神。别名巴克科斯，希腊古代在祭祀他时，常常表演合唱和舞蹈，希腊戏剧即起源于此。

[30] 亚波罗：今译阿波罗，古希腊神话中的太阳神。

[31] 靳（jìn）：吝惜。

[32] 撄（yīng）：扰乱，纠缠。

[33] 扃（jiōng）：门窗箱柜上的插关，此处指禁闭、局限、限制。

[34] 草薙（tì）：除草。此指像除草那样把它们除掉。薙，除草；又为“剃”的异体字。

[35] 兽狝（mí）：像赶跑野兽那样驱散它们。狝，狝猴。

[36] 高掌远蹠（zhí）：比喻规模宏伟的经营。语见张衡《西京赋》和《水经注·河水四》。

[37] 李密（582—618）：隋末农民起义瓦岗军首领。后与王世充交战失败，入关降唐，不久又以反唐被杀。

[38] 窦建德（573—621）：隋末河北农民起义军领袖。他礼遇士人，每得战利品，分给将士，自奉甚俭。他连战获胜，声势颇大，在辖区内“劝课农桑，境内无盗，商旅野宿”。五凤四年（621），李世民进攻盘踞洛阳的王世充，他带兵驰援，因轻敌，战败被俘，被杀于长安。

[39] 阿德拉斯：今译阿特拉斯，古希腊神话泰顿巨神（天神乌拉纽斯和地神格伊阿所生的六男六女）之一，因反抗主神宙斯失败，受到惩罚，在世界极西处，用头和手顶住天。

[40] 婆罗麦：即婆罗门。参见《叔本华之哲学及其教育学说》注 [15]。

[41] 炎炎：如火一般炽盛。

[42]《列子》：旧题周列御寇著。列御寇，尊称为列子，战国时郑国人，著有《列子》。《列子》汉初已有散佚，今本八篇，可能是晋人作品，但其中也包含某些战国时写成的文字。内容多为民间传说、寓言和神话故事。

[43] 周之尹氏大治产：周，古地名，即今陕西省岐山一带。尹氏，姓尹的富人。治产，经营产业。

[44] 趣役者：奔走服役的人。侵晨昏：从早到晚。侵，迫近。

[45] 昔昔：夕夕，夜夜。昔，通“夕”，夜。

[46] 燕：通“宴”，宴饮。

【解读】

此文比较叔本华和尼采两位大哲学家的哲学和美学观，论述了尼采哲学与叔本华哲学的共同点，认为尼采哲学与叔本华哲学在本质上是相通的，天才论和知力上的贵族主义也是相同的。尼采和叔本华都将人的本质归之于意志,但尼采不同意叔氏的“意志寂灭”论，对叔本华有所发展；王国维同时也重申自己在《红楼梦评论》中指出的叔本华“意志之寂灭之可能与否，一不可解之疑问也”。尼采虽然以叔本华的意志说为基础，但也独独怀疑叔氏伦理学上的寂灭说，于是提出了自己的超人说。

接着王国维介绍尼采精彩的灵魂三变之说和赤子说等重要观点，并与叔本华的赤子说相比较。以下，再比较两人的天才说与超人说的观点。之后，畅叙两人的天才论，并插叙叔本华继承康德，在康德和尼采之间的承上启下的作用。还强调叔本华“其说‘灭绝’也，非真欲灭绝也，不满足于今日之世界而已”，点出叔本华意志灭绝说的真谛和深意。

王国维认为尼采是叔本华的继承者而不是叛逆者。他们的“天才论”和“意志论”其本质都是自我慰藉的方式。两人不同的是，叔本华就像《列子·周穆王篇》里那个老役夫，天天做苦役，但夜夜在梦里做国王；而尼采则不管是在白天还是夜里，醒着还是梦着，都在受奴役。因此，尼采比叔本华更激进:他要“颠覆”“一切价值”。

二、序跋

《静安文集》自序

（《静安文集》，《观堂别集》卷四）

余之研究哲学，始于辛（1901）、壬（1902）之间。癸卯（1903）春，始读汗德（今译康德）之《纯理批评》（今译《纯粹理性批评》），苦其不可解，读几半而辍。嗣读叔本华之书而大好之。自癸卯（1903）之夏，以至甲辰（1904）之冬，皆与叔本华之书为伴侣之时代也。其所尤惬心[1]者，则在叔本华之《知识论》，汗德之说得因之以上窥。然于其人生哲学观，其观察之精锐，与议论之犀利，亦未尝不心怡神释也。后渐觉其有矛盾之处，去夏所作《红楼梦评论》，其立论虽全在叔氏之立脚地，然于第四章内已提出绝大之疑问。旋悟叔氏之说，半出于其主观的气质，而无关于客观的知识。此意于《叔本华及尼采》一文中始畅发之。今岁之春，复返而读汗德之书，嗣今以后，将以数年之力，研究汗德。他日稍有所进，取前说而读之，亦一快也。故并诸杂文，刊而行之，以存此二三年间思想上之陈迹云尔。

光绪三十一年（1905）秋八月，海宁王国维自序。

【注释】

[1] 愜（qiè）心：满意、快意。《后汉书·杨彪传》："天下莫不愜心。"

【解读】

《静安文集》是王国维的第一本文集，出版于 1905 年。这篇自序介绍了他自 1901 年（辛丑）和 1902 年（壬寅）冬春起，到 1905 年春，三年余刻苦学习西方哲学的经过。

在此文中，他自称《红楼梦评论》的立论全在叔本华，这虽是他本人的话，但这个自我评价并不精确。诚如本书《红楼梦评论》的解读所指出的那样，他引用了老子、庄子、亚里士多德等多人的重要论点，并非全据叔本华的理论。由于王国维的国学和西学根底好，所以他自然而然地根据本文的需要而运用了道家和柏拉图、亚里士多德等的理论，正因是自然而然地应用，所以并不觉得在应用，即使觉得，因是传统理论，也不必特别指出；叔本华的理论在当时是最新的，他对此感觉明显，才特地指出。但是这句话，使钱钟书先生产生很大的误解，他因此而错误地批评王国维的《红楼梦评论》硬套叔本华的哲学美学理论。钱钟书先生的这个错误批评产生了很大的影响。

书《宋旧宫人诗词》《湖山类稿》《水云集》后

（《观堂集林》卷二十一）

周密[1]《浩然斋雅谈》载南宋王夫人[2]所作《满江红》词及文文山[3]、邓中甫[4]和作，其词人人能道之，独不详夫人为何如人。案世传《宋旧宫人诗词》[5]一卷，云昭仪[6]王清惠字冲华，汪大有[7]《水云集》[8]及《湖山类稿》[9]多与昭仪酬唱之作，其人《宋史·后妃传》失载，惟《江万里[10]传》云："帝在讲筵，每问经史疑义及古人姓名，贾似道[11]不能对，万里从旁代对。时王夫人颇知书，帝常语夫人以为笑。则夫人乃度宗[12]嫔御[13]。陈世崇[14]《随隐漫录》云："会宁郡夫人昭仪王秋儿，顺安俞修容，新兴胡美人，资阳朱春儿，高安朱夏儿，南平朱端儿，东阳周冬儿（中略），皆上所幸也。初在东宫，以春、夏、秋、冬四夫人直书阁为最亲，王能属文为最亲，虽鹤骨癯貌，但上即位后，批答画闻，式克钦承[15]，皆出其手。"然则王非以色事主，度皇亦悦德者也。是夫人在度宗朝已主批答，及少帝[16]嗣位，谢后临朝，老病不能视事，夫人与闻国政，亦可想见，故入元之后，元人待遇有加。《水云集·湖州歌》云："万里修途似梦中，天家赐予意无穷。昭仪别馆香云暖，手把诗书授国公。"礼遇之隆，亚于谢、全二后[17]。厥后，全太后为尼，昭仪亦为女道士，亦以其与宋室至亲故也。

宋旧宫人诗词，乃王夫人以下十四人送汪水云南归，以"劝君更尽一杯酒，西出阳关无故人"[18]十四字分韵赋诗，其实皆伪作也。

水云《湖山类稿》卷三有女道士王昭仪《仙游词》，在南归诸诗之前，则水云南归时，昭仪已死，不得作诗送之也。谢皋羽[19]《续琴操序》谓："水云之归，旧宫人会者十八人，酾酒城隅[20]与之别。"人数亦不与旧宫人诗词合。且十四绝句若出一手，疑元、明间人据谢皋羽《续琴操序》有旧宫人送水云事而伪撰者也。

南宋帝后北狩[21]后事，《宋史》不详，惟汪水云《湖山类稿》尚纪一二，足补史乘[22]之阙。《元史·世祖纪》："至元十九年十二月乙未，中书省臣言：'平原郡公赵与芮[23]、瀛国公赵㬎[24]、翰林直学士赵与票[25]宜并居上都。'帝曰：'与芮老矣，当留大都[26]，余如所言。'继有旨给瀛国公衣粮发遣，惟与票不行。"案：是时谢、全二太后尚留大都，时谢太后年已七十，若中书有北遣之议，则世祖[27]于福王[28]、与芮尚怜其老，不容于谢后无辞，盖不在遣中，全太后为尼正智寺而终，亦当在大都。惟据《湖山类稿》，则水云与王昭仪实从少帝北行。《类稿》卷二有《出居庸关[29]》一首、《长城外》一首、《寰州[30]道中》一首、《李陵台》一首、《苏武洲毡房夜坐》一首、《居延[31]》一首、《昭君墓[32]》一首、《开平云霁》一首、《天山观雪，王昭仪相邀割驼肉》一首、《草地》一首、《开平[33]》一首、《草地寒甚，毡帐中读杜诗》一首、《阴山[34]观猎和赵待制[35]回文》一首，皆塞外之作。中有"王昭仪相邀割驼肉"云云，是昭仪亦在遣中。时少帝年方十二岁，谢、全二后未行，昭仪自不能不往，观于香云别馆手授诗书，则少帝教养之职，昭仪实任之，其从少帝北行，自不待言。又水云塞外诗中有《和赵待制回文》，此赵待制即赵与票。《元史·世祖纪》谓惟与票不行，与票当是与芮之讹，世祖怜与芮年老，而于与票无言，不应反遣与芮而留与票，且其官称翰林直学士，或称待制，皆入元后之官。元阎复撰《赵与票墓志铭》云："至元十四年（1277），公以驿来朝，自是人翰林为待制，为直学士。”则待制、直学士皆与票所历官。又《水云集》别有《酬方塘赵待制见赠》一首，末云：“吾曹犹未化，烂醉且穹庐。”亦系塞外之作，合此数诗观之，则在上都者实为与票，福王盖未尝行也。此为至元十九年事，至二十二年而谢太后殂[36]，二十五年而少帝学佛法于吐蕃[37]，惟全太后为尼，昭仪为女道士，与福王及昭仪之卒，其时皆无可考，要皆在水云南归之前，故均有诗在集中。至水云南归则在至元二十五年，其《南归对客诗》所谓“北征十三载”是也。由是观之，不独宋旧宫人诗词为伪书，即瞿佑[38]《归田诗话》载少帝《送水云南归》诗，所谓“黄金台[39]下客，底事[40]不思家？归问林和靖[41]，寒梅几度花？”一若少帝此时尚在大都者，可谓拙于作伪矣。

少帝人吐蕃后事，史无所言，惟元、明间盛传元顺帝[42]为宋少帝之子，至国朝全谢山[43]先生犹主此说。初疑此语乃南宋遗民不忘故国者所为，后读释念常[44]《佛祖通载》，乃知其不然。《通载》纪至治三年（1327）四月，赐瀛国公合尊死于河西。案：元人之待南宋，较遇金人为优。少帝入元，历世祖、成宗[45]、武宗[46]、仁宗[47]、英宗[48]五世，其降元之岁为至元十三年，年六岁。十九年徙上都，年十二岁。二十五年学佛法于吐蕃，年始十八。至至治三年赐死于河西[49]，年五十三，而顺帝之生适前于此三年。元人不忌之于在大都[50]之时，而忌之于入吐蕃为僧之后；又不忌之于少壮之时，而忌之于衰老之后。此事均非人情，以事理推之，当由周王[51]既取顺帝母子，藉他事杀之以灭口耳。又顺帝之母乃迈迪氏，生顺帝后亦未几而殂，其中消息可推而知。时周王以武宗嫡长，失职居边，以顺帝之生有天子瑞[52]，因取为己子，正如魏豹取薄姬[53]故事，亦不足怪。瀛国公之祸，正微示此事实。念常之书，谢山未见，他人亦从未提及，此事足为谢山诸人添一佐证，不独示宋室三百二十年之结局而矣。

汪水云以宋室小臣，国亡北徙，侍三宫于燕邸，从幼主于龙荒[54]，其时大臣如留梦炎[55]辈当为愧死，后世人多以完人目之，然中间亦为元官，且供奉翰林，其诗俱在，不必讳也。《湖山类稿》二有《万安殿夜直》诗云："金阙早朝天子圣，玉堂夜直月光寒。"《水云集》中有《送初庵传学士归田里》一首云："燕台同看雪花天，别后音书雁不传。紫阁笑谈为职长，彤闱朝谒在班前。"称严为职长，则汪亦曾为翰林院官。又有《南归后答徐雪江》一首，曰："十载高居白玉堂，陈情一表乞还乡。孤云落日渡辽水，匹马西风上太行。行橐尚留官里俸，赐衣犹带御前香。只今对客难为说，千古中原话柄长。"所云"高居白玉堂"，亦指翰苑也。又《湖山类稿·北岳降香》以下二十五首，皆水云奉敕降香途中所作。案《元史·世祖纪》，每岁以正月遣使代祀岳渎[56]后土，惟至元二十一年所纪独详。云遣蒙古官及翰林官各一人祠岳渎后土，则代祀例遣翰林官。严为学士，即翰林官，水云或以属官同行，然观其诗意不似属官之词，殆是岁所遣二人皆出翰苑，水云与严同奉使欤？故其诗曰："同居远使山头去，如朕亲行岳顶来。"则水云在元颇为贵显，故得橐留官俸，衣带御香，即黄官[57]之请，亦非羁旅[58]小臣所能，后世乃以宋遗民称之，与谢翱、方凤[59]等同列，殊为失实。然水云本以琴师出入宫禁，乃倡优卜祝[60]之流，与委质[61]为臣者有别，其仕元亦别有用意，与方、谢诸贤迹异心同，有宋近臣，一人而已。

【注释】

[1] 周密（1232—1298）：字公谨，号草窗，因曾居于泗水，亦号泗（一作四）水潜夫。原籍济南，后为吴兴（今属浙江）人。南宋词人、文学家。周密生

处南宋灭亡的时代，亲睹元兵蹂躏山河、暴虐汉民，著《武林旧事》《癸辛杂识》《齐东野语》回忆宋时生活情景，慨叹宋亡，保存故国文献和文化。另著有《草窗词》等，编有《绝妙好词》七卷。《浩然斋雅谈》：南宋周密撰。原书久佚，今本系清代修《四库全书》时，自《永乐大典》中辑成，三卷。上卷考证经史、评论文章，中卷为诗话，下卷为词话。所记旧闻，往往为他书所罕见。

[2] 王夫人：指王清惠，字冲华，度宗昭仪。宋亡徙北，授瀛国公书。昭仪，参见注 [6]。

[3] 文文山：文天祥（1236—1283），字宋瑞，一字履善，号文山。南宋吉州庐陵（今江西吉安）人。宝祐四年（1256）进士第一。德祐元年（1275），元军东下，他在知赣州任上组织抗元武装，率兵万人入卫临安。出知平江府，遣将援常州失利，奉命退守余杭（今浙江杭州西）。次年，任右丞相兼枢密使，出使元军议和，痛斥伯颜，被拘至镇江。旋脱逃，由通州（今江苏南通）入海至温州。端宗即位，复任右丞相兼枢密使，与左丞相陈宜中主张不合，率兵在福建、广东一带坚持抗元，收复州县多处。后被元兵重兵击败，祥兴元年（1278）十二月，在五坡岭（今广东海丰北）被俘。次年坚拒诱降，书《过零丁洋》诗以明心迹。旋被送至大都（今北京），囚禁达三年之久，屡经威逼利诱，誓死不屈，编《指南录》，作《正气歌》，大义凛然。元至元十九年十二月（1283 年 1 月）在柴市从容就义。著作经后人辑为《文山先生全集》。

[4] 邓中甫：应为邓中斋。邓郯（一作剡）（1232—1297），字光荐，号中斋。庐陵（今江西吉安）人。理宗景定三年（1262）进士。祥兴时（1279），官礼部侍郎，丞相文天祥重之。崖山兵溃，自尽未果，与天祥同舟北上。至燕，张弘范馆之赵冰壶家，教其次子，得放还。诗存十来首，凄凉悲壮，如《鹧鸪词》《赞文丞相像》等。词存十三首，风格如其诗，《唐多令》“雨过水明霞”，《念奴娇·驿中言别》，最为动人。有《中斋词》一卷传世。生平事迹见清万斯同《宋季忠义录》卷一〇。

[5]《宋旧宫人诗词》：一卷。王国维本文指出是伪作，说详本文有关论述。

[6] 昭仪：内官名，皇帝嫔妃。西汉元帝始置，各朝的情况不一样。宋代为内命妇之一，位婉仪、婉容下，昭容、昭媛上，正二品。

[7] 汪大有：汪元量（约 1241—约 1317），字大有，号水云，宋末元初钱塘（今浙江杭州）人。宋咸淳进士。原为宋宫廷琴师，元军南下临安，随恭帝及后妃北上，留大都，供奉帝后。时文天祥被俘，监禁狱中，他常去探望，两人以诗唱和。至元二十五年（1288），得元世祖许可，为道士，离大都至江南，接纳抗元志士，在浙、赣一带鼓动反元。与谢翱友善，翱作《续琴操·哀江南》，歌颂其抗元活动。晚年居杭州为道士。工诗，著有《湖山类稿》《水云集》。

[8]《水云集》：诗别集，汪元量著。明崇祯辛未（1631），钱谦益自云间人抄诗旧册，得其诗二百三十余首，遂成此集，一卷，与今传《湖山类稿》的内容互有增损。

[9]《湖山类稿》：诗词别集，宋元间汪元量著。因其居楼题“湖山好景”，而取此名。五卷。前四卷，诗二百零三首；末卷，词二十八首。原书已佚，今有孔凡礼辑订《增订湖山类稿》（中华书局 1984），收诗四百八十首。

[10] 江万里（1198—1275）：字子远。南宋南康军都昌（今属江西）人。以乡举入太学，官至左丞相兼枢密使。在知吉州和权知隆兴府任上，先后创建白鹭洲书院和宗濂书院。咸淳十年（1274），元兵至，他隐匿草野间，为游骑所执，既而脱归。次年，元军破饶州（今江西波阳），其弟万顷被肢解，他率子镐（hào）等投水死。

[11] 贾似道（1213—1275）：字宪，南宋台州天台（今属浙江）人。少时游博无行，姊为理宗妃，遂得赴廷对。淳祐中为京湖安抚制置大使，旋移镇两淮。开庆元年（1259），蒙古攻鄂州时，领兵出援，私向忽必烈乞称臣纳币。北兵引还，诈称大捷。以右丞相入朝，推行“公田”“推排”诸法，民多破家。

宋度宗时，封太师，平章军国重事，专恣日盛，朝政决于其葛岭私宅中。襄阳被围数年，隐匿军情不报，亦不出援，终以陷没。咸淳十年（1274），元兵破鄂州，不得已出师，以黄柑、荔枝赠伯颜，乞如开庆之约，不许。及战，兵溃鲁港（今安徽芜湖西南），奔扬州。旋被革职，贬徙婺州，为婺人所逐，后安置循州，至漳州木绵庵，为监送者郑虎臣所杀。

[12] 度宗：宋度宗（1240—1274），即赵禥，南宋皇帝，1264—1274年在位，理宗弟。耽于酒色。权臣贾似道专制国命，朝政日坏，边事日急。咸淳九年（1273），襄阳与樊城相继失守，朝野震动，遂至局势不可收拾。

[13] 嫔（pín）御：嫔妃。

[14] 陈世崇：宋人，字伯仁，号随隐，崇仁人（《四库全书总目提要》作临川人）。其父陈郁，字仲文，号藏一，理宗时官东宫学堂掌书，著有《藏一话腴》。世崇随父入宫禁，充东宫讲堂说书，兼两宫撰述。后任皇城司检法，贾似道忌之，遂归。入元不仕。著有《随隐漫录》，五卷，多记同时人之诗词，言南宋宫禁故事尤详。

[15] 式克钦承：指令行禁止一类公文。式：格式、仪式、制度。克：严格限定（尤指时日）。钦：皇帝某些行为的指称，如钦命、钦定、钦制。承：继承，先后的名次，又通“惩”。

[16] 少帝：指宋恭帝（1271—1323），即赵㬎。南宋皇帝，1274—1276年在位。度宗子。度宗死时即位，年仅四岁。谢太后临朝听政。时元兵破鄂，诏天下勤王，响应者寥寥。德祐元年（1275）春，贾似道兵溃芜湖，沿江诸郡守臣，或降或逃，朝士亦多借故遁走。数遣使向元军请和，均不见许。右丞相陈宜中谋迁都，亦不果行。二年正月，奉表降元。三月，元军入临安。五月，被执北去，降封瀛国公。后出家为僧，法名合尊，居吐蕃萨迦寺。元至治三年（1323），被元英宗所杀。

[17] 谢、全二后：谢皇后，即谢道清（1210—1283），南宋台州临海（今

属浙江）人。谢深甫孙女、理宗皇后。绍定三年（1230）九月，进贵妃，十二月，册为皇后。开庆初，蒙古兵渡江，理宗议迁都，后谏乃止。度宗立，尊为皇太后。恭帝即位，尊为太皇太后，垂帘听政。时元军大举进攻，贾似道丧师，朝臣请正其罪，她曲容之，只削其官，后不得已贬之。德祐二年（1276）正月，元军逼近临安，她遣使上传国玺降。八月，被迁至燕，降封寿春郡夫人。

[18] 两句出唐代诗人王维《送元二使安西》。

[19] 谢皋羽：谢翱（1249—1295），字皋羽，晚号宋累，又号晞发子，南宋浦城（今属福建）人。德祐二年（1276），元兵南下，丞相文天祥渡海到福建，传檄勤王，遂率乡兵数百人投之，任咨议参军。景炎二年（1277），文天祥兵败被俘，他脱身潜伏民间。宋亡后，流亡浙东，寄居山阴王修竹家。元僧人杨琏真伽发掘宋陵，他与友人唐珏（jué，同玨）（一作钰，音 yù）等密收诸陵遗骨，葬于兰亭附近，种冬青树为记，有《冬青引别玉潜（唐钰字）》一诗纪其事。后至浦江，与方凤、吴思齐等结月泉吟社。尝过富春江，登严子陵钓台，祭奠文天祥，有名文《登西台恸哭记》传世。其诗风格沉郁，作品多寄寓对宋室沦亡的悲痛。著有《晞发集》，编有《天地间集》。

[20] 釃（shī）酒：斟酒。城隅：城边、城外。隅，角落，边远地方。

[21] 狩（shòu）：打猎。另，通“守”。

[22] 史乘（shèng）：史书。

[23] 赵与芮：宋宗室子，封为福王。《元史·世祖纪》：至元十三年三月丁卯，“宋福王与芮自浙东至伯颜军中”。投降元军后，北上居大都，封为平原郡公。

[24] 赵㬎：即宋恭帝，参见注 [16]。

[25] 赵与票：应为赵与罴。《元史》本传作罴，《世祖纪》等都作“票”，中华书局校点本，皆据本传，改作罴。《元史·赵与罴传》：“赵与罴，字晦叔，宋宗室子，尝等进士第，为鄂州教授。至元十一年（1275），元丞相伯颜既渡江，

与票率其宗人之在鄂州者，诣军门上书，力陈不嗜杀人可以一天下，且乞全其宗党。《元史·世祖纪》：至元十三年九月“辛酉，召宋宗臣鄂州教授赵与票赴阙”。他幅巾深衣以见，言宋败之故，悉由误用权奸，词旨激切，令人感动。世祖念之，即授翰林待制，朝廷立法，多所咨访，与票忠言谠论，无所顾惜。进直学士，转侍讲。后累迁翰林学士。与票“既老，成宗命特官其子孟实以终养。大德七年，以疾卒。家贫无以为葬，成宗命有司赙钞五千贯，给舟车，还葬台州之黄岩。”

[26] 大都：元朝的京城，在今北京。

[27] 世祖：元世祖忽必烈（1215—1297），元代皇帝，1260—1294 年在位，宪宗蒙哥弟。宪宗元年（1251），受命总领漠南汉地军国庶事。三年，奉命征云南，灭大理国。八年，宪宗攻宋，受命领兵攻鄂州。次年，宪宗死于合州军前，他在鄂州与宋议和，领兵北返。十年三月，即大汗位，称皇帝。至元八年（1291）十一月，建国号大元，九年，建都大都（今北京）。后大举出兵攻南宋。十三年，灭南宋。

[28] 福王：即赵与芮，参见注 [23]。

[29] 居庸关：旧称军都关、蓟门关。在北京市昌平县西北部，长城要口之一，控军都山隘道（军都陉）中枢。今关为明代洪武元年（1368）所建。

[30] 寰州：五代后唐天成元年（926）置，故治在今山西朔县东北。石敬瑭割燕云十六州，寰州即其一。

[31] 居延：一、古县名。本汉初匈奴中地名，指居延泽附近一带，为当时河西地区与漠北往来的要道所在。西汉置县，古城在今内蒙古额济纳旗东南。二、古边塞名。汉太初三年（前 102）路博德筑于居延泽上，以西断匈奴由此侵入河西之路，故一名遮虏障。至今遗址犹存。

[32] 昭君墓：王昭君，西汉南郡秭归（今属湖北）人，名嫱，字昭君。元帝时被选入宫，竟宁元年（前 33），匈奴呼韩邪单于入朝求和亲，她自请

嫁匈奴。昭君墓在内蒙古呼和浩特南郊大黑河南，因远望墓表黛色冥濛，故又名“青冢”。

[33] 开平：府、卫名。公元 1260 年，蒙古忽必烈即帝位于此，年号中统，定都置府。治开平（今内蒙古正蓝旗东闪电河北岸）。四年，加号上都。至元四年（1267）迁都中都（今北京），此年，升开平府为上都路。

[34] 阴山：在内蒙古中部，东西走向，长约 1200 公里，海拔 1500—2000 米。

[35] 赵待制：即赵与票，参见注 [25]。

[36] 殂（cú）：死亡。

[37] 吐蕃（bō）：西藏古称。吐蕃原是中国古代藏族政权名，公元 7—9 世纪时存在于青藏高原。吐蕃是唐人对这一政权的称谓，在吐蕃政权崩溃后，宋、元、明初史籍称青藏高原及当地土著族、部为吐蕃或土蕃，或称西蕃、西番。

[38] 瞿佑（1341—1427），明诗文家、小说家，字宗吉，号存斋，钱塘（今浙江杭州）人。年十四，见当时名诗人杨维桢《香奁八咏》，即席倚和，俊语迭出，因得杨赞赏。明洪武间，先后为仁和、临安、宣阳训导，周王府右长史。永乐时，因诗获罪，谪戍保安十年。洪熙元年（1427）赦还，在英国公府主持家塾，三年后归。生平诗文词曲创作甚丰，但著作散佚很多。其文言小说集《剪灯新话》风靡一时，甚有影响，是文学史上的名作。《归田诗话》：瞿佑从谪戍地保安放归故里后，将平日耳闻目见之有关诗道者录下，凡一百二十条。书中所录大多为宋元诗人的遗文逸事。

[39] 黄金台：古地名，又称金台、燕台，故址在今河北省易县东南北易水南，相传战国燕昭王筑，置千金于台上，延请天下士，故名。

[40] 底事：何事。底，甚么。

[41] 林和靖：林逋（967—1028），北宋诗人，字君复，钱塘（今浙江杭州）人。隐居西湖孤山，赏梅养鹤，终身不仕，终身不娶，人称“梅妻鹤子”。

卒谥和靖先生。著有《林和靖诗集》。

[42] 元顺帝（1320—1370）：即妥懽帖睦尔，元代皇帝。1333—1368年在位。元明宗和世㻋子。至正十一年（1351），爆发全国性的农民战争。二十八年，明军紧逼大都时，北逃应昌（今内蒙古克什克腾旗西北），越二年，病死。明太祖因其“知顺天命，退避而去”，加号顺帝。

[43] 全谢山：全祖望（1705—1755），字绍衣，号谢山，自署鲒埼亭长。清浙江鄞县（今属浙江宁波）人。乾隆进士。因受权贵罢斥，辞官归里。曾主宁波蕺山书院，后为广东端溪书院山长。生平服膺黄宗羲。精于史学，尤熟于宋元和明末史事。阮元赞谓：“经学、史才、词科三者得一足传，而祖望兼之。”曾将黄宗羲《宋元学案》稿补辑为百卷，七校《水经注》，三笺《困学纪闻》，并整理明清之际思想家资料。另著有《读易别录》《经史答问》《鲒埼亭集》等。

[44] 释念常（1282—？）：号梅屋，华亭（今上海松江）人。至治三年（1323）入大都（今北京）缮写金字大藏，礼帝师公哥罗。《佛祖通载》：全名《佛祖历代通载》，为编年体，叙事起自佛教传说的过去七佛和中国传说的盘古，迄于元统元年（1333）。五代以前抄自宋人所撰《景德传灯录》和《隆兴佛教编年通论》，宋、元二代则为念常自撰。以禅宗为正统，广载佛教史实。于元朝史事颇可补他书之缺载。如记载至治三年赐瀛国公合尊（赵㬎）死于河西。《宋史》《元史》均不载，而为西藏史籍《红册》所证实。

[45] 成宗：元成宗，即铁穆耳（1265—1307），元代皇帝，1297—1307年在位。元世祖太子真金子。至元三十年（1293），受皇太子宝，总兵北边。次年，世祖死，即皇帝位。在位期间，滥行赏赐，造成国帑不继。出兵八百媳妇国，引起西南骚动。在位十三年病死。

[46] 武宗：元武宗（1281—1311），即海山，元代皇帝，1307—1311年在位，元世祖太子真金孙，父答剌麻八剌。大德三年（1299），代宁远王阔阔出总

兵北边，连败海都兵。十一年春成宗死，即皇帝位于上都，封弟爱育黎拔力八达（仁宗）为皇太子，相约兄终弟及。至大四年正月病死。

[47] 仁宗：元仁宗（1285—1320），即爱育黎拔力八达，元代皇帝，1311—1320 年在位，答剌麻八剌次子，元武宗弟。早年师事李孟，习儒学。为矫正武宗弊政，罢尚书省，杀尚书省诸臣，任用李孟等汉人儒臣，提倡儒学，立己子硕德八剌（英宗）为皇太子。

[48] 英宗：元英宗（1303—1323），即硕德八剌，元代皇帝，1320—1323 年在位，元仁宗子。幼从汉儒读经史。至治三年八月，在上都以西之南坡被铁木迭儿义子、御史大夫铁失等刺死。

[49] 河西：古地区名称。春秋时指今山西、陕西两省间黄河南段之西。汉唐时，指今甘肃、青海两省黄河之西，即河西走廊和湟水流域。这里指后者。

[50] 上都：忽必烈即帝位于此，与大都并称两都。在今内蒙古正蓝旗东闪电河北岸。参见注 [33]。

[51] 周王：元明宗和世㻋，元代皇帝。元武宗海山长子。延祐三年（1316）封周王，出镇云南。行至延安，起兵反，失败。西行至阿尔泰山，西北诸王来附，遂镇北边。致和元年（1328）七月，泰定帝死，弟怀王图帖睦尔（文宗）入大都（今北京）即皇帝位，改元天历，并遣使来迎周王。天历二年（1329）正月，周王在和林北即帝位。八月，行至旺忽察都地，被燕帖木儿毒死。（《元史·诸王表》作："禾失剌，延祐二年封（周王），天历元年立为皇帝。"与《元史》本纪所记不同。）

[52] 瑞：吉祥。此指瑞应：吉祥的征兆。

[53] 魏豹（？—前 204）：秦代人，原魏国公子魏咎弟。秦灭魏，废为庶人。秦末，参加反秦武装。及项羽击破秦将章邯，得魏地二十余城，遂被立为魏王。旋引兵随项羽入关。公元前 206 年，项羽分封诸侯时，徙为西魏王，都平阳（今山西临汾西南）。汉王刘邦还定三秦时，以国相属，从击楚于彭城

（今江苏徐州市）。汉王兵败，又叛汉归楚。后为韩信所俘，刘邦复令其守荥阳。汉高帝三年（前 204），楚兵围城，汉将周苛以其反复无常，难与共守，遂杀之。薄姬（？—前 155）：西汉人。原为魏王豹宫人。楚汉战争中，豹被杀后，遂输织室。后被召入宫，得幸，生子刘恒，立为代王。高祖死，从子至代，为代太后。代王立为文帝，尊为皇太后。景帝即位，尊为太皇太后。

[54] 龙荒：即龙沙，泛指塞外沙漠。

[55] 留梦炎：字汉辅，南宋衢州（今属浙江）人。淳祐四年（1244）进士第一。德祐元年（1275），拜右丞相兼枢密使，进左丞相，都督诸路军马。元军逼临安，遂弃官逃归，两召不至，衢州陷后投降。宋降臣王积翁等十人议请释文天祥为道士，他坚决反对，以为天祥被释，倘再号召江南人民反抗，将对自己不利。仕元二十年。元贞元年（1295），以翰林学士承旨告老。

[56] 岳渎：高山大河。岳：高大的山。渎：大川。后土：古代称大地为“后土”，天为“皇天”。

[57] 黄官，此指黄冠，道士的别称。道士所戴束发之冠，用金属或木类制成，其色尚黄，故曰黄冠。因以为道士的别称。

[58] 羁（jī）旅：即羇旅，羁泊，作客在外，作客在外的人。

[59] 方凤（1241—1322）：字韶卿，一字景山。宋末元初婺州浦江（今属浙江）人。以恩授容州文学。宋亡不仕，隐居仙华山。善诗，多写亡国之痛，风格苍凉，著有《存雅堂遗稿》。

[60] 倡（chāng）优：古代以乐舞戏谑为业的人。倡，乐人。优，演戏的人。卜：占卜的人。祝：祠庙中司祭礼的人。庙祝，道士。

[61] 委质：“质”通“贽”。古代臣下向君主献礼，表示献身。《国语·晋语九》：“臣闻之，委质为臣，无有二心，委质而策死。”韦昭注：“言委贽于君，书名于册，示必死也。”

【解读】

本文通过汪水云的《湖山类稿》介绍和评论，梳理南宋亡国君臣在被俘北上到达蒙古后的生活和结局，指出："南宋帝后北狩后事，《宋史》不详，惟汪水云《湖山类稿》尚纪一二，足补史乘之阙。"

这就提出了一个"以诗补史"的重要的研究方法，后来陈寅恪在此基础上再提出了"以诗证史""以文证史"，实是王国维"以诗补史"法的发展。

相关史实是：

德祐二年（1276）正月，元军逼近临安（今杭州），十八日太皇太后谢道清奉表降元，遣使上传国玺降。三月，元军入临安。五月，南宋皇室被执北去。

《宋史》对南宋亡国事件的记载，只是流水账式的简略记录，而汪元量《醉歌》诗描写当时敌军压境的恐怖景象和投降的情景说：

淮襄州郡尽归降，鞞鼓喧天入古杭。国母已无心听政，书生空有泪成行。

六宫宫女泪涟涟，事知谁知不尽年。太后传宣许降国，伯颜丞相到帘前。

乱点连声杀六更，荧荧庭燎待天明。侍臣已写归降表，臣妾签名谢道清。

最后这个名句，使谢太后的芳名流播于后世。历代的皇后多没有名字或没有记载，宋代更只有谢太后一人传名后世，就因为汪元量此诗记录她在降表上签上大名谢道清。

三月十二日，董文炳和阿塔海等领军入宫，宣读诏书，当晚即将宋恭帝赵㬎（“显”的古字）、皇太后全氏及其宫人、官员等七十余人押出城外，在北新桥上船。次日（三月十三日），载着宋室帝后、官员的船队离开临安北上。汪元量《北征》诗描写当时的凄惨场面说：

三宫锦帆张，粉阵吹鸾笙。遗氓（同“民”）拜路旁，号哭皆失声。（《增订湖山类稿》卷二）

经过40多天的长途跋涉，宋室的全体俘虏于闰三月二十四日到达大都（今北京）。四月中旬，他们继续北行，于月底到达上都（忽必烈即帝位于此，与大都并称两都。在今内蒙古正蓝旗东闪电河北岸）。

五月一日，在伯颜的主持下，南宋降元君臣向元朝太庙拜礼：恭帝、全后、福王和祈请使吴坚、家铉翁等依次向元朝列祖列宗跪拜行礼，以示臣服。

五月二日，元世祖忽必烈在行宫接见投降的全体南宋君臣，并封宋恭帝赵㬎为开府仪同三司、检校大司徒、瀛国公。接着，忽必烈大摆“诈马宴”，庆祝天下归一和远人来朝。（诈马宴，即只孙宴。诈马，Jamah，原为波斯语，义为“衣”。蒙古、元朝宫廷及宗王斡耳朵设宴，因与宴者着一色衣，故名；斡耳朵，又译斡里朵、兀鲁朵、窝里陀，意为“宫廷”“宫帐”。蒙、元皇帝、皇后斡耳朵各有资产，私属人户，死后由亲族继承，领取岁赐，并有五户丝、江南户钞等收入。成吉思汗有四大斡耳朵，后由拖雷及其后裔晋王一系继承。元世祖忽必烈亦有四大斡耳朵。）

汪元量用诗歌记载“诈马宴”的景况说：

皇帝初开第一筵，天颜问劳思绵绵。大元皇后同茶饭，宴罢归来月满天。

第二筵开八九重，君王把酒劝三宫。驼峰割罢行酥酪，又进雕盘嫩韭葱。

第三筵开在蓬莱，丞相行杯不放杯。割马烧羊熬解粥，三宫宴罢谢恩回。(《增订湖山类稿》卷二)(三宫，指谢太后、全太后和瀛国公即宋恭帝)

谢道清与南宋君臣在大都，元世祖在生活上给以较高待遇，汪元量有诗歌记载:“每月支粮万石钧，日支羊肉六千斤。御厨请给蒲桃酒，别赐天鹅与野麋。”“三宫寝室异香飘，貂鼠毡帘锦绣标。花毯褥裀三万件，织金凤被八千条。”“客中忽忽又重阳，满酌葡萄当菊觞。谢后已叨新圣旨，谢家田土免输粮。”“三殿加餐强自宽，内家日日问平安。大元皇后来相探，特赐丝绸两百单。”

本文以很大的热情赞赏南宋宫廷中的下层人物——王夫人即昭仪王清惠和琴师汪元量的品格和才华，高度肯定汪元量的爱国热情，对他们随君投降蒙古、任官元朝的经历，用理解和同情的态度，做了知世论诗的分析和评论。本文是王国维将历史与文学相结合做精深研究的典范，具有很大的指导意义；本文又是精当梳理、分析和评论复杂历史人物，尤其是有降敌经历的复杂历史人物的名文，给韬光养晦，得到机遇就反元的南宋降元之臣汪元量以高度评价，具有深远的历史意义。

本文开首叙及王夫人所作《满江红》词，及文天祥、邓中甫(邓郯，一作邓剡)的和作。王夫人的原词为:

满江红

太液芙蓉，浑不似、旧时颜色。曾记得、春风雨露，玉楼金阙。名播兰簪妃后里，晕潮莲脸君王侧。忽一声、鼙鼓揭天来，繁华歇。龙虎散，风云灭。千古恨，凭谁说。对山河百二，泪盈襟血。客馆夜惊尘土梦，宫车晓碾关山月。问嫦娥、于我肯从容，同圆缺。(《浩然斋雅谈》卷下)

文天祥的和作共有两首：

满江红和王夫人《满江红》韵，以庶几后山“妾薄命”之意。

燕子楼中，又捱过、几番秋色。相思处、青年如梦，乘鸾仙阙。肌玉暗消衣带缓，泪珠斜透花钿侧。最无端、蕉影上窗纱，青灯歇。曲池合，高台灭。人间事，何堪说。向南阳阡上，满襟清血。世态便如翻覆雨，妾身元是分明月。笑乐昌、一段好风流，菱花缺。(《指南后录》)

满江红又代王夫人作（《永乐大典》卷三千零零四人字韵题作《王夫人至燕题驿中云，中原传诵，惜末句欠商量，代王夫人作》）

试问琵琶，胡沙外、怎生风色。最苦是、姚黄一朵，移根仙阙。王母欢阑琼宴罢，仙人泪满金盘侧。听行宫、半夜雨淋铃，声声歇。彩云散，香尘灭。铜驼恨，那堪说。想男儿慷慨，嚼穿龈血。回首昭阳离落日，伤心铜雀迎秋月。算妾身、不愿似天家，金瓯缺。(《指南后录》)

邓剡的和作为：

满江红广斋谓柳山和王夫人《满江红》韵，惜未见之，为赋一阕。

（题从《永乐大典》卷三千零零四人字韵补）

王母仙桃，亲曾醉、九重春色。谁信道、鹿衔花去，浪翻鳌阙。眉锁娇娥山宛转，髻梳堕马云敧侧。恨风沙、吹透汉宫衣，余香歇。霓裳散，庭花灭。昭阳燕，应难说。想春深铜雀，梦残啼血。空有琵琶传出塞，更无环佩鸣归月。又争知、有客夜悲歌，壶敲缺。

这四首由亡国嫔妃、丞相和官员创作的血泪之词，情深意切，文采斐然，值得一读。

《玉溪生[1]诗年谱会笺》序

（《观堂集林》第二十三卷）

善哉，孟子之言诗也，曰："说《诗》者不以文害辞，不以辞害志；以意逆志，是为得之。"（《孟子·万章上》）顾意逆在我，志在古人，果何修而能使我之所意，不失古人之志乎？此其术，孟子亦言之曰："诵其诗，读其书，不知其人，可乎？是以论其世也。"（《孟子·万章下》）是故由其世以知其人，由其人以逆其志，则古诗虽有不能解者，寡矣。汉人传诗，皆用此法，故四家诗[2]皆有序。序者，序所以为作者之意也。《毛序》今存，鲁诗说之见于刘向所述者，于诗事尤为详尽。及北海郑君[3]出，乃专用孟子之法以治诗。其于诗也，有谱、有笺。谱也者，所以论古人之世也；笺也者，所以逆古人之志也。故其书虽宗毛公[4]，而亦兼采三家，则以论世所得者然也。又《毛诗序》以《小雅》《十月之交》《雨无正》《小曼》《小宛》四篇，为刺幽王作，郑君独据《国语》及《纬候》以为刺厉王之诗，于谱及笺，并加厘正。尔后王基、王肃[5]、孙毓[6]之徒，申难相承，洎[7]于近世，迄无定论。逮同治间，《函皇父敦》出于关中，而毛、郑是非，乃决于百世之下。（《敦》铭云："函皇父作周娟盘盉尊器敦鼎，自豕鼎降十又两爨两壶，周娟其万年子子亦孙永宝用。"周娟犹言周姜，即函皇父之女，归于周，而皇父为作媵器者。《十月之交》艳妻，《鲁诗》本作阎妻，皆此敦"函"之假借字。函者其国，或氏，娟者其姓。而幽王之后，则为姜为姒，均非娟姓。郑长于毛，即此可证。）信乎论世之不可以已也。故郑君序《诗谱》曰："欲知源流清浊之所处，则循其上下而省之；欲知风化芳臭气泽之所及，则旁行而观之。”治古诗如是，治后世诗亦何独不然？余读吾友张君孟劬[8]《玉溪生年谱》，而益信此法之不可易也。有唐一代，惟玉溪生诗，词旨最为微晦。遗山论诗，已有“无人作郑笺”之叹[9]。三百年来，治之者近十家，盖未尝不以论世为逆志之具。然唐自大中[10]以后，史失其官，《武宗实录》亦亡于五季[11]。故《新》《旧》二书[12]，于会昌[13]后事，动多疏舛[14]。后世注玉溪诗者，仅求之于二书，宜其于玉溪之志多所扞格[15]也。君独旁搜远绍，博采唐人文集、说部及金石文字，以正刘、宋二书[16]之失。宋次道[17]之补亡，吴廷珍[18]之纠缪，君殆兼之而一寄于此谱。以古书例之，朱、冯诸君之书[19]，齐、鲁、韩、毛之序也，君书则郑君之谱及笺也。其所考定者，固质诸古而无疑，其未及论定者，亦将得其证于百世之下。郑君说《小雅·十月之交》，其已事也。君尝与余论浙东、西学派，谓浙东自梨洲[20]、季野[21]、谢山[22]以讫实斋[23]，其学多长于史；浙西自亭林[24]、定宇[25]以及分流之皖、鲁诸派，其学多长于经。浙东博通，其失也疏；浙西专精，其失也固。君之学，固自浙西人，而渐渍于浙东者，故曩为《史微》，以史法治经、子二学，四通六辟，多发前人所未发。及为此书，则又旁疏曲证，至纤至悉，而孰知其所用者，仍先秦两汉治经之家法也。故述孟子、郑君之言，以序君书，意亦君之所首肯乎？丁巳（1917）六月。

【注释】

[1] 玉溪生：李商隐（约 813—约 858），字义山，号玉溪生。怀州（今河南沁阳）人。开成进士。因受牛李党争影响，被人排挤，潦倒终身。著有《李义山诗集》，是唐代重要诗人。

[2] 四家诗：汉代今文诗学“鲁诗”“齐诗”“韩诗”（“三家诗”）和古文诗学“毛诗”的合称。“三家诗”皆已失传，今仅存“毛诗”。

[3] 北海郑君：郑玄（127—200），字康成，北海高密（今属山东）人，东汉经学家。今通行本《十三经注疏》中《毛诗》、“三礼”注，即是郑玄注。

[4] 毛公：毛亨，相传是古文诗学“毛诗学”的开创者。《汉书》只称毛公，不载名字。

[5] 王基（190—261）：字伯舆，三国魏经学家，郑玄弟子。王肃（195—256）：字子雍，东海郯（今山东郯城）人。三国魏学者、经学家，与郑玄经学对立，世称“王学”。

[6] 孙毓：应为孙炎，三国魏经学家、训诂学家。字叔然，乐安（今山东博兴）人。郑玄再传弟子，时人称为“东州大儒”。王肃作《征圣论》讥短郑玄，炎驳而释之。著有《周易春秋例》，并为《毛诗》《礼记》《春秋》“三传”、《国语》《尔雅》诸书作注。所撰各书已佚，清马国翰《玉函山房辑佚书》有辑本。

[7] 洎（jì）：及，到。

[8] 吾友张君孟劬：即本书作者张采田（1874—1945），详见本文解读。

[9]“无人作郑笺”之叹：意为无人能做解释和阐说了。语出金代诗人元好问（字遗山）所作《论诗三十首》之十二：“望帝春心托杜鹃，佳人锦瑟怨华年。诗家总爱西昆好，独恨无人作郑笺。”

[10] 大中：唐宣宗年号（847—860）。

[11] 五季：五代末年。

[12]《新》《旧》二书：指《新唐书》和《旧唐书》。

[13] 会昌：唐武宗年号（841—846）。

[14] 动：往往，每每，常常。疏舛（chuǎn）：错漏、疏漏、差错。

[15] 扞（hàn）格：互相抵触，格格不入。

[16] 刘、宋二书：指《旧唐书》和《新唐书》。刘指刘昫（888—947），字耀远，五代涿州归义（今河北雄县西北）人，后晋史学家。少以好学著名。仕后唐、后晋两朝为相。后唐时，兼判三司，蠲除残租积负，民间德之。曾监修《旧唐书》，因其时为宰相，故题为修撰人。宋指宋祁（998—1061），字子京，北宋安州安陆（今属湖北）人。北宋史学家、文学家。天圣进士，嘉祐间官至工部尚书。与欧阳修等合修《新唐书》。

[17] 宋次道：宋敏求（1019—1079），字次道，北宋赵州平棘（今河北赵县）人。宝元二年（1039），召试学士院，赐进士及第，为馆阁校勘，官至龙图阁直学士。曾为编修官，预修《新唐书》，并补撰唐武宗以下六世《实录》。家藏书三万卷，熟于朝廷典故，著书甚多，主要有《长安志》《春明退朝录》等。

[18] 吴廷珍：吴缜，字廷珍，北宋成都（今属四川）人。治平进士，以左朝清郎知蜀州事，后历任数郡，多施惠政。著有《新唐书纠谬》《五代史记纂误》。

[19] 朱、冯诸君之书：朱鹤龄（1606—1683），字长孺，号愚庵，江南吴江（今属江苏）人。明诸生，入清不仕。尝注杜甫、李商隐诗，为李商隐编定首部年谱，名传一时。冯浩（1713—？），字养吾，号孟亭。浙江桐乡人。乾隆十二年（1748）进士，充国史馆纂修，后官至御史。著有《玉溪生诗集笺注》《樊南文集笺注》等。

[20] 梨洲：黄宗羲（1610—1695），字太冲，号南雷，学者称梨洲先生。浙江余姚人。明清之际思想家、史学家。著有《宋元学案》《明儒学案》《明夷待访录》《南雷文集》等。

[21] 季野：万斯同（1638—1702），字季野，学者称石园先生，浙江鄞县人。清代经学家、史学家。充《明史》纂修官，手定《明史》稿五百卷。

[22] 谢山：即全祖望（1705—1755），字绍衣，号谢山，浙江鄞县人。清经学家、史学家。以十年之力续修黄宗羲《宋元学案》达一百卷。录答弟

子所问经史疑义，成《经史问答》。

[23] 实斋：即章学诚（1738—1802），字实斋，号少岩，浙江会稽（今绍兴）人。清代史学家。乾隆四十三年（1778）进士，官国子监典籍。著有《校雠通义》《实斋文集》等。

[24] 亭林：顾炎武（1613—1682），字宁人，江苏昆山亭林镇人。学者称亭林先生。明、清之际思想家、学者。著有《日知录》《天下郡国利病书》《亭林诗文集》等。

[25] 定宇：惠栋（1697—1758），字定宇，号松崖，人称小红豆先生。江苏吴县人。清代经学家。撰有《周易述》《古文尚书考》《九经古义》等。

【解读】

本文是王国维为友人《玉溪生诗年谱会笺》所作之序。作者张采田（1874—1945），一名尔田，字孟劬，浙江钱塘（今杭州）人。初官刑部，后以知府候补江苏，丁父忧去官。民国初，曾应史馆邀聘，预修《清史稿》。旋任政治大学、交通大学、北京大学、北京师范大学教授，晚年为燕京大学国学总导师。沈曾直称张采田与王国维、孙德谦为“三君”。精于佛学，专攻俱宗义，著有《俱论诠注》《入阿毗达摩论讲疏玄义》。邃于史学，著有《史微》《蒙古源流笺证》，继承章学诚，为浙东学派后劲，诗文词皆精深。其文古洁隽永，著有《遁堪文集》。词为最胜，著有《遁堪乐府》。叶恭绰《广箧中词》称誉其“所作亦具冷红神理”。夏敬观序其词集，以为“扣于窈冥，诉于真宰，心癯而文茂，旨隐而义正”。张采田诗宗李商隐，其《玉溪生诗年谱会笺》收集了李商隐诗歌创作和生平的大量材料。王国维此序对张采田“旁疏曲证”、精细周悉、“深探心曲”的研究方法和成果表示高度赞赏。

《待时轩仿古钵谱》[1] 序

（《观堂别集》卷四）

一艺之微，风俗之盛衰见焉。今之攻艺术者，其心偷，其力弱，其气虚憍[2]而不定，其为人也多，而其自为也少，厌常而好奇，师心而不说学。是故，于绘画，未窥王、恽[3]之藩，而辄效清湘、八大[4]放逸之笔；于书，则耻言赵、董[5]，乃舍欧、虞、褚、薛[6]，而学北朝碑工鄙别之体；于刻印，则鄙薄文、何[7]乃不宗秦、汉，而摹魏、晋以后烧凿之迹；其中本枵[8]然无有，而苟且鄙倍骄吝之意，乃充塞于刀笔间，其去艺术远矣！余与上虞罗雪堂参事[9]，深有慨乎此。参事有季子曰子期，笃嗜篆刻。其家所蓄，有秦、汉古钵千百钮，及近世所出古钵谱录数十种。子期年幼而志锐，浑浑焉，浩浩焉，日摩挲耽玩于其中。其于世之所谓高名厚利，未尝知也；世人虚憍鄙倍之作，未尝见也。其泽于古也至深，而于今也若遗，故其所作，于古人准绳规矩，无豪发遗憾，乃至并其精神意味之不可传者而传之。其伎如庖丁之解牛[10]，痀偻丈人之承蜩[11]，纵指之所至，无不中者，其全于天者欤？其诸不为风俗所转而能转移风俗者欤？风俗之转移，艺术之幸，抑非徒艺术之幸也？适子期以其所仿古钵谱见示，因书以序之。癸亥秋日。

【注释】

[1] 钵（xǐ）：一作“鉨”，“玺”的古字，印。此处误或作钤（qián），印章。

形、义相近。

[2] 虚憍（jiāo）：虚浮而骄矜，并不具备应有的才力、实力却骄矜。憍，同“骄”，骄傲，骄矜。

[3] 王、恽：指王翚和恽寿平。王翚，参见《古雅之在美学上之位置》注 [11]。恽南田：恽寿平（1633—1690），名格，字寿平，以字行，后改字正叔，号南田、白云外史等。江苏武进（今属常州）人。清初著名书画家、诗人。

[4] 清湘、八大：道济与朱耷，均为明宗室之后、清初著名画家和僧人，与弘仁、髡残合称“清初四高僧”。道济:（1641—约 1718）俗姓朱，名若极，广西全州人。明藩靖江王朱守后裔。其父于明亡后在桂林自称“监国”，被南明广西巡抚瞿式耜杀，时若极年仅五岁，削发为僧，法名原济，一作元济，后人传为“道济”，乃尊称，非名字。小字阿长，字石涛，号苦瓜、大涤子、瞎尊者、清湘道人。工书善画，擅花果兰竹，兼工人物，尤长山水，对后来的扬州画派和近代画风影响极大。亦善诗文。朱耷（1626—1705），本名统銮，明宁王朱权后裔，封藩南昌，遂为江西南昌人。明亡，深受刺激，由口吃而佯作哑子，并落发为僧，历时十四年（1648—1661）。擅山水、花鸟、竹木，为清初著名画家、诗人。书画多署八大山人，字雪个、号个山、何园等。

[5] 赵、董：赵孟頫、董其昌，宋末元初和明代的画家和书法家，两人都是一代宗师。

[6] 欧、虞、褚、薛:欧阳询、虞世南、褚遂良、薛稷，初唐四大书法家。

[7] 文、何:文彭和何震。文彭（1498—1573),字寿承,号三桥。长洲（今江苏吴县）人。明代篆刻家、书画家，文徵明长子。何震（？—约 1604)，字主臣、长卿，号雪渔。婺源（今属江西）人。明代嘉靖年间篆刻家。文彭与何震的篆刻风格名盛一时，并称“文何”。

[8] 枵（xiāo）：中心空虚的树根。引申为空虚。

[9] 上虞罗雪堂参事：罗振玉（1866—1940），字叔言、叔蕴，号雪堂、

贞松老人。浙江上虞人。光绪三十二年（1906）被调入京，在学部充二等咨议官，宣统元年（1909）补参事官，兼京师大学堂农科监督。

[10] 庖（páo）丁之解牛:《庄子·养生子》记叙庖丁为文惠君解牛事迹和隐含的哲理。庖丁是掌厨丁役之人。

[11] 痀（jū 或 gōu）偻丈人之承蜩（tiáo）:语出《庄子·达生》:"仲尼适楚，出于林中，见痀偻者承蜩。"痀偻，弯腰曲背的样子，驼背。蜩，蝉。

【解读】

王本文指出，从一个艺术门类的盛衰，也可观察时代的风尚。王国维对当时一些攻学艺术的青年浮躁的学风不满，他以罗振玉的第四子罗子期刻苦踏实学艺为例，强调学艺必须严格遵循古人的准绳规矩，打好切实的基础，才能以后有成。

《中国名画集》序

绘画之事，由来古矣。六书之字，作始于象形[1]；五服之章，辉煌于作会[2]。楚壁神灵，发累臣之问[3]；宋舍众史，受元君之图[4]。汉代黄门，亦有画者：殷纣踞妲己之图，周公负成王之像，遂乃悬诸别殿，颁之重臣。[5]魏晋以还，盛图故事；齐梁以降，兼写佛像。爰自开天之际，实分南北之宗。[6]王中允之清华[7]，李将军之刻画[8]，人物告退而山水方滋。下至韩马、戴牛、张松、薛鹤，[9]一物之工，兹焉托始。荆、关[10]崛起，董、巨[11]代兴。天水一朝，士夫工于画苑[12]；有元四杰[13]，气韵溢乎典型。胜国兴朝，代有作者，莫不家抱钟山之璧，人握赤水之珠[14]，变化拟于鬼神，矩矱通于造化。陈之列肆，非徒照乘之光[15]；闷之巾箱，恒有冲天之气[16]。今夫成而必亏者，时也；往而不返者，器也。江陵末造，见玉轴之扬灰[17]；宣和旧藏，与降旛而北去[18]。文武之道既尽，昆明之劫[19]方多。即或脱坠简于秦余，逸焦桐于爨下[20]，然且天吴紫凤，坼为牧竖之衣[21]；长康探微[22]，辱于酒家之壁；同糅玉石，终委泥涂。又或幸遘收藏，并遭著录，而兰亭茧纸，永閟昭陵[23]；争坐遗文，竟分安氏[24]。中郎帐中之帙，仅与王朗同观[25]；博士壁中之书，不许晁生转写[26]。此则叔疑之登龙断，众议其私[27]；阳虎之窃大弓，当书为盗者矣[28]。

平等阁主人英英如云，醰醰[29]好古。慨横流之澒洞[30]，惧名迹之榛芜，是用尽发旧藏，并征百氏。琳瑯辐凑，吴越好事之家；摹写精能，欧美发明之术。八万四千之宝塔，成于崇朝；什一千百之菁英，珍兹片羽。冀以永留名墨，广被人间。

懿此一举有三焉。夫学须才也，才须学。是以右相丹青，坐卧僧繇之侧[31]，率更翰墨，徘徊索靖之旁[32]。近世画师，罕窥其迹，见华亭[33]而求北苑，执娄水[34]以觅大痴，既摹仿之不知，于创作乎何有。今则摹从手迹，集自名家，裨我后生，贻之高矩，其美一也。且夫张而必弛者，文武之道；劳而求息者，含生之情。然走狗斗鸡，颇乖大雅；弹棋博簺，易入机心。若夫象在而遗其形，心生而无所住，则岂有对曹霸、韩干之马，而计驰骋之乐；见毕宏、韦偃之松[35]，而思栋梁之用？会心之处不远，鄙吝之情聿销，诚遣日之良方，亦息肩之胜地，其美二也。三代损益，文质殊尚；五方悬隔，嗜好不同。或以优美、宏壮为宗，或以古雅、简易为尚。我国绘事自为一宗：绘影绘声，则有所短；一邱一壑，则有所长。凡厥反唇，胥有韫椟[36]；今则假以印刷，广彼流传。贾舶东来[37]，慧光西被[38]，不使蜻蜓岛国独辉日出之光，罗马故国专称美术之国，其美三也。

小有搜罗，粗谙识别，睹兹盛举，颇发幽情，索我弁言，贻君小引。冀夫笔精墨妙，随江汉而长流；玉躞金题[39]，与昆仑而永固。八月。

此四年前代唐风楼主人[40]作，未及留稿，抵京都后移居之第三日稍暇，录此。此文气体弱不足以举之，且多疵句。

【注释】

[1] 汉字的最早文字是象形文字，字体模拟物象。后发展为六书：指事、象形、形声、会意、转注、假借。

[2] 五服：五等服色。作会：会盟。《礼记 · 檀弓》："殷人作誓而民始畔，周人作会而民始疑。"会盟时，天子、诸侯、卿、大夫、士有不同的五等服色。

[3] 累臣：指屈原。之问：《天问》。王逸《楚辞章句 · 天问序》："（屈原）

见楚有先王之庙及公卿祠堂，图画天地山川神灵，琦玮僪佹，及古圣贤、怪物行事，周流罢倦，休息其下，仰见图画，因书其壁，呵而问之，以渫愤懑，舒泻愁思。”

[4]《庄子·田子坊》:“宋元君将图画，众史皆至，受揖而立;舐笔和墨，在外者半。有一史后至，儃儃然不趋，受揖不立，因之舍。公使人视之，则解衣盘礴，裸。君曰:‘可矣，是真画也。’”

[5]黄门:汉代官署名。黄门设有画者,为帝王画图。《汉书·叙传上》记载，汉成帝“设宴饮之会”,“时乘舆幄坐张画屏风,画纣王醉踞妲己作长夜之乐”。成帝还与班伯讨论此画内容的真实性问题。《汉书·霍光传》:汉武帝“使黄门画者画周公负成王朝诸侯以赐光”。

[6]唐玄宗开元、天宝年间，吴道子、李思训等绘画巨匠同时并起。吴道子擅长人物，兼善山水。李思训以山水为主。明代董其昌《画禅室随笔》将山水画分为南北宗:“禅家有南北二宗，唐时始分；画之南北二宗，亦唐时分也。但其人非南北耳。北宗则李思训父子着色山水，流传而为宋之赵干、赵伯驹、伯骕，以至马、夏辈。南宗则王摩诘始用渲淡，一变勾斫之法，其传为张璪、荆、关、郭忠恕、董、巨、米家父子，以至元之四大家。”

[7]王中允：即王维（701—761），字摩诘，曾任太子中允。王维是唐代大诗人，又是山水画大家，创水墨渲淡法，其画清新秀淡，故曰“清华”。

[8]李将军：李思训（651—716），唐宗室，官至左武卫大将军。创青绿山水画法。

[9]韩，即韩干，长安人，官至左武卫大将军。善画马。戴，即戴嵩、戴峄兄弟，唐代画家，皆善画水牛。张，即张璪（zǎo），字文通，吴郡人，唐代名画家，善松石山水。薛，即薛稷，字嗣通，河东汾阴人，唐代花鸟画家，尤善画鹤。

[10]荆浩：字浩然，号洪谷子，河南沁水人，一作河内人。五代后梁山

水画家，尤善画云中山顶。著有画论《山水诀》。关仝，长安人，五代后梁山水画家。先师从荆浩，后又学毕宏、王维，人有“出蓝”之誉，后世并称“荆关”。

[11] 董源：字叔达，号北苑，江南钟陵人。宋初山水画大家。僧巨然：江南钟陵人。宋代山水画大家，得董源之真传，故后世并称“董巨”。

[12] 天水一朝：指宋朝。因宋帝郡望为天水，故称。宋代开国即设立翰林图画院，汇集天下画家，优加禄养，宋代画院画有颇高艺术成就。

[13] 元四杰：即“元四家”，黄公望、倪瓒、吴镇、王蒙。

[14]胜国兴朝：胜国即胜朝，指已被现王朝取代的前王朝钟山。此指明朝。兴朝，指清朝。钟山，即昆仑山。钟山之璧：昆仑山所产之玉。《淮南子·俶真训》：“譬若钟山之玉。”赤水之珠：即玄珠。《庄子·天地》：“黄帝游于赤水之北，登乎昆仑之丘，而南望还回，遗其玄珠。”

[15] 照乘之光：珠光。《史记·田敬仲完世家》：战国魏国国君梁惠王曾对齐威王说：“若寡人小国也，尚有径寸之珠，照车前后各十二乘者十枚。”《后汉书·李膺传》：“梁惠王玮其照乘之珠。”

[16] 冲天之气：剑气。《晋书·张华传》：“初，吴之未灭也，斗牛之间常有紫气。……及吴平，紫气愈明。”雷焕为张华解释：此乃“宝剑之精，上彻天耳”。张华即任雷焕为丰城令，“掘狱屋基，入地丈余，得一石函，光气非常，中有双剑，并刻题，一曰龙泉，一曰太阿”。

[17]南朝皇帝多喜爱并收集书画。据唐代张彦远《历代名画记》卷一记载，南齐高帝收集自陆探微至范惟贤四十二人之画三百四十八卷。梁武帝、梁元帝更扩充收集了很多名画。侯景之乱，被焚毁数百卷，乱平，所有画都载入江陵。西魏将领于谨攻陷江陵前，梁元帝命将名画法书及典籍二十四万卷遣后阁舍人高善宝焚毁。于谨等于煨烬中收集其书画四千余轴运归长安。

[18] 宋代收集历代名画极富，宋徽宗宣和年间，御府所藏名画达

六千三百九十六轴之巨。及金军攻陷汴京，徽、钦二宗被掳，名画皆被金人劫走。

[19] 昆明之劫：即昆明灰。《三辅黄图》："（汉）武帝初，穿昆明池，得黑土。帝问东方朔，朔曰：'西域胡人知之。'乃问胡人，胡人曰：'烧劫之余灰也。'"

[20] 脱坠简于秦余：秦始皇焚书后的残简。逸焦桐于爨下：蔡邕以烧焦的桐木为琴。

[21] 天吴句：杜甫《北征》诗："天吴与紫凤，颠倒在短褐。"仇兆鳌《杜诗详注》引赵注云："天吴，水神，海图所绘之物。紫凤，旧绣所刺之物。"

[22] 长康：顾恺之，字长康，小字虎头，晋陵无锡人。东晋著名画家。陆探微：吴人，南朝宋代著名画家。

[23] 东晋书法家王羲之用蚕茧纸、鼠须笔书写《兰亭序》。唐太宗酷爱王羲之书法，曾以重金购其真迹二千二百余纸，死后陪葬于其昭陵。苏轼《孙莘老求墨妙亭诗》："兰亭茧纸入昭陵。"

[24] 唐颜真卿《争坐位帖》，叙唐郭子仪事。宋时为安师文所藏。安氏曾刻帖以传世。惜安氏笔法欠精，颇失神采，后为人重刻。

[25] 中郎：蔡邕，为左中郎将。王朗：字景兴，三国魏人。

[26] 博士：指伏生，秦博士。晁生：晁错。王先谦《汉书补注》卷八十八记载，伏生于秦始皇焚书时，藏书于壁中。汉文帝时，命晁错向伏生学习《尚书》。伏生年已九十，命其女口授之。汉初音读训诂，以口相授，不得传写。

[27]《孟子·公孙丑下》："季孙曰：'异哉子叔疑！使已为政，不用，则亦已矣，又使其子弟为师。'人亦孰不欲富贵？而独于富贵之中有私龙断焉！"龙断，即垄断。

[28]《左传·定公八年》记载，阳虎劫持鲁定公与武叔，后战败，脱去皮甲，入公宫窃取宝玉、大弓而逃遁。

[29] 醰醰（tán tán）：醇浓；醇厚。《文选·王褒》："哀悁悁之可怀兮，

良醰醰而有味。”

[30] 澒（hòng）洞：绵延，弥漫，水势汹涌。

[31] 唐代画家阎立本于总章元年拜右相，《宣和画谱》卷一记载他曾在荆州见到张僧丝（南朝梁代画家）之画，“曰：‘定得虚名耳。’明日又往，曰：‘犹是近代佳手。’明日又往，曰：‘名下定无虚士。’坐卧观之，留宿其下，十日不能走。”

[32] 唐代书法家欧阳询，官至太子率更令，《宣和书谱》卷八记载，他“尝行见索靖（晋代书法家）所书碑，初唾之而去，后复来观，乃悟其妙。于是卧其下者三日，由是晚年笔力益刚劲”。

[33] 华亭，指董其昌和陈继儒创立的松江画派，他们都是华亭人。华亭即松江。

[34] 娄水：指清初王时敏创立的娄东画派。

[35] 毕宏：唐代大历年间画家，官至京兆少尹，善画松石。韦偃：唐代画家。松石画家韦銮之子，亦善画松石，兼善画马。杜甫《双松歌》：“天下几人画古松，毕宏已老韦偃少。”

[36]《论语·子罕》：“有美玉于斯，韫匵而藏诸？求善贾而沽诸？”韫匵同韫椟，谓藏于匮中。

[37] 指西洋商船东来。

[38] 指中国文化传入西方。

[39]《通雅·器用》：“《书史》：‘隋唐藏书皆玉躞金题。’按梁虞和《论书表》‘金题玉躞织布成带’，注：金题，押头也，犹今书面签题也。玉躞，言带头小楔，或以牙玉为之。”

[40] 唐风楼主人：即罗振玉。

【解读】

此文手稿藏国家图书馆，生前未曾刊行。根据王国维于文末的说明："此四年前代唐风楼主人作，未及留稿，抵京都后移居之第三日稍暇，录此。"可知此文作于1908年，抄录于1912年4月。王国维于辛亥革命后，于1911年11月随罗振玉东渡日本京都，起先与罗振玉同住，1912年4月王国维以罗振玉家人多地仄，同住不便，乃移居邻屋。

此序是王国维代罗振玉所作，平等阁主人辑编的《中国名画集》于1909年出版时，并未刊出此序。因此，此序是王国维的佚文。陈杏珍和刘煊首先发现此文，并做注释，发表于《中国文艺思想史论丛》第一辑，北京大学出版社1984年5月出版。本文的注释参考了他们的注文，谨致谢忱！

此文简要梳理了东晋至明清的中国绘画简史，表达了王国维对中国绘画的民族特色的高度肯定，认为中国绘画与西方绘画相互媲美，"不使蜻蜓岛国独辉日出之光，罗马故国专称美术之国"，即英国、北欧、意大利绘画不能独称绘画大国，我中华绘画可借印制品西传到欧洲，让他们也可领略东方绘画之美。论述了他对艺术美、艺术功能的认识，欣赏绘画乃"诚遣日之良方，亦息肩之胜地"，是打发光阴的好方法，辛苦工作之余的愉快休息之地。

他还强调指出艺术家必须才能与学问互为基础，相辅相成，艺术家必须努力提高学问，借此增强自己的才能。

《国学丛刊》序

（《观堂别集》卷四）

学之义，不明于天下久矣！今之言学者，有新旧之争，有中西之争，有有用之学与无用之学之争。余正告天下曰：学无新旧也，无中西也，无有用无用也。凡立此名者，均不学之徒，即学焉而未尝知学者也。

学之义，广矣。古人所谓“学”，兼知行言之。今专以知言，则学有三大类：曰科学也，史学也，文学也。凡记述事物而求其原因，定其理法者，谓之科学；求事物变迁之迹，而明其因果者，谓之史学；至出入二者间，而兼有玩物适情之效者，谓之文学。然各科学有各科学之沿革，而史学又有史学之科学（如刘知几《史通》[1]之类），若夫文学，则有文学之学（如《文心雕龙》[2]之类）焉，有文学之史（如各史文苑传）焉。而科学、史学之杰作，亦即文学之杰作。故三者非斠然[3]有疆界，而学术之蕃变[4]，书籍之浩瀚，得以此三者括之焉。凡事物必尽其真，而道理必求其是，此科学之所有事也；而欲求知识之真与道理之是者，不可不知事物道理之所以存在之由，与其变迁之故，此史学之所有事也。若夫知识道理之不能表以议论，而但可表以情感者，与夫不能求诸实地，而但可求诸想像者，此则文学之所有事。古今东西之为学，均不能出此三者，惟一国之民，性质有所毗[5]，境遇有所限，故或长于此学，而短于彼学；承学之子，资力有偏颇，岁月有涯涘[6]，故不能不主此学而从彼学；且于一学之中，又择其一部而从事焉。此不独治一学当如是，自学问之性质言之，亦固宜然。然为一学，无不有待于一切他学，亦无不有造于一切他学，故是丹而非素，主入而奴出，昔之学者或有之，今日之真知学、真为学者，可信其无是也。

夫然，故吾所谓学无新旧、无中西、无有用无用之说，可得而详焉。何以言学无新旧也？夫天下之事物，自科学上观之，与自史学上观之，其立论各不同。自科学上观之，则事物必尽其真，而道理必求其是，凡吾智之不能通，而吾心之所不能安者，虽圣贤言之，有所不信焉；虽圣贤行之，有所不慊[7]焉。何则？圣贤所以别真伪也，真伪非由圣贤出也；所以明是非也，是非非由圣贤立也。自史学上观之，则不独事理之真与是者，足资研究而已，即今日所视为不真之学说，不是之制度风俗，必有所以成立之由，与其所以适于一时之故。其因存于邃古，而其果及于方来，故材料之足资参考者，虽至纤悉，不敢弃焉。故物理学之历史，谬说居其半焉；哲学之历史，空想居其半焉；制度风俗之历史，弁髦[8]居其半焉，而史学家弗弃也。此二学之异也。然治科学者，必有待于史学上之材料，而治史学者，亦不可无科学上之知识。今之君子，非一切蔑古，即一切尚古。蔑古者出于科学上之见地，而不知有史学；尚古者出于史学上之见地，而不知有科学；即为调停之说者，亦未能知取舍之所以然。此所以有古今新旧之说也。

何以言学无中西也？世界学问，不出科学、史学、文学。故中国之学，西国类皆有之，西国之学，我国亦类皆有之；所异者，广狭疏密耳。即从俗说，而姑存中学西学之名，则夫虑西学之盛之妨中学，与虑中学之盛之妨西学者，均不根之说[9]也。中国今日，实无学之患，而非中学西学偏重之患。京师号学问渊薮，而通达诚笃之旧学家，屈十指以计之，不能满也；其治西学者，不过为羔雁禽犊之资，其能贯串精博，终身以之如旧学家者，更难举其一二。风会否塞[10]，习尚荒落，非一日矣。余谓中西二学，盛则俱盛，衰则俱衰，风气既开，互相推助。且居今日之世，讲今日之学，未有西学不兴，而中学能兴者；亦未有中学不兴，而西学能兴者。特余所谓中学，非世之君子所谓中学；所谓西学，非今日学校所授之西学而已。治《毛诗》[11]《尔雅》[12]者，不能不通天文、博物诸学，而治博物学者，苟质以《诗》《骚》[13]草木之名状而不知焉，则于此学固未为善。必如西人之推算日食，证梁虞邝[14]、唐一行[15]之说，以明《竹书纪年》[16]之非伪；由《大唐西域记》[17]，以发见释迦之支墓，斯为得矣。故一学既兴，他学自从之，此由学问之事，本无中西。彼鳃鳃焉[18]虑二者之不能并立者，真不知世间有学问事者矣！

顾新旧中西之争，世之通人率知其不然，惟有用无用之论，则比前二说为有力。余谓凡学皆无用也，皆有用也。欧洲近世农工商业之进步，固由于物理化学之兴，然物理化学高深普遍之部，与蒸气电信有何关系乎？动植物之学，所关于树艺畜牧者几何？天文之学，所关于航海授时者几何？心理社会之学，其得应用于政治教育者亦尠[19]。以科学而犹若是，而况于史学、文学乎？然自他而言之，则一切艺术，悉由一切学问出，古人所谓"不学无术"，非虚语也。夫天下之事物，非由全不足以知曲，非致曲不足以知全，虽一物之解释，一事之决断，非深知宇宙人生之真相者，不能为也。而欲知宇宙人生者，虽宇宙中之一现象，历史上之一事实，亦未始无所贡献。故深湛幽渺之思，学者有所不避焉；迂远繁琐之讥，学者有所不辞焉。事物无大小，无远近，苟思之得其真，纪之得其实，极其会归，皆有裨于人类之生存福祉。己不竟其绪[20]，他人当能竟之；今不获其用，后世当能用之。此非苟且玩愒[21]之徒所与知也！学问之所以为古今中西所崇敬者，实由于此。凡生民之先觉，政治教育之指导，利用厚生之渊源，胥由此出，非徒一国之名誉与光辉而已。世之君子，可谓知有用之用，而不知无用之用者矣。

以上三说，其理至浅，其事至明。此在他国所不必言，而世之君子，犹或疑之，不意至今日而犹使余为此哓哓[22]也。适同人将刊行国学杂志，敢以此言序其耑[23]，此志之刊，虽以中学为主，然不敢蹈世人之争论。此则同人所自信，而亦不能不自白于天下者也。

【注释】

[1] 刘知几（661—721）：字子玄，唐初徐州彭城（今江苏徐州市）人。年二十举进士，任史官达二十多年，著述颇多。其私撰之《史通》内外四十九篇，为史论名著，详论史籍源流、体例，史官建置，评论旧史得失，多有精辟见解。

[2]《文心雕龙》：古代文艺理论专著，刘勰写成于齐末。十卷，分上下编。书中较全面地总结了前代的文学现象，把文学理论批评推向新的阶段，成为中国文学批评史上杰出的著作。刘勰（约 465—约 532）：字彦和，南朝梁文艺理论家，原籍东莞莒县（今属山东），世居京口（时称南东莞，今江苏镇江）。梁武帝时历任奉朝请、东宫通事舍人等职，深为昭明太子萧统所重。晚年出家为僧。

[3] 斠（jiào）然：准确、明显的样子。斠：校正。

[4] 蕃变：繁荣变化。

[5] 毗（pí）：连接，接近。

[6] 涯涘（sì）：水的边际，也泛指边际或极限。韩愈《柳子厚墓志铭》："为词章，泛滥停蓄，为深博无涯涘。"

[7] 不慊（qiàn）：不满，不以为然。慊：满足，惬意。

[8] 弁（biàn）髦：弁，缁布冠，一种用黑布做的帽子。髦是童子垂于

眉际的头发。古代贵族男子行成丁的加冠礼时，就去掉黑布帽子，不再用，这些头发也被剃去了，因此比喻无用的东西。

[9] 不根之说：没有根据的言论，未能揭示本原的说法。

[10] 否（pǐ）塞：隔绝堵塞。否，不通。

[11]《毛诗》：《诗经》的古文学派，相传为秦汉间毛亨、毛苌（cháng）所传，据称其学出于孔子弟子子夏。

[12]《尔雅》：书名。古代第一部训诂（解释古书中词句的意义）专著。

[13]《诗》《骚》：《诗经》《离骚》。

[14] 梁虞邝：即虞喜（281—356），字仲宁，会稽余姚（今属浙江）人，东晋天文学家。独立发现了“岁差”。《晋书·儒林传》称其：“天挺贞素，高尚邈世，束修立德，皓首不倦；加以傍综广深，博闻强识，钻坚研微。有弗及之勤，处静味道；无风尘之志，高枕柴门，怡然自足。”

[15] 唐一行：一行（约 683—727），唐高僧、天文学家、机械家、数学家。在历法、数学、天文研究领域取得多项领先于世界的学术成果。

[16]《竹书纪年》：书名。本称《纪年》，因西晋武帝时在汲郡战国魏襄王墓中发现大批竹简书，此为其中之一种，故名。亦称《汲冢纪年》。原有十三篇，是魏国的编年体史书。记事起自黄帝（一说起自夏、殷、周），至周幽王为犬戎所灭，以晋国史事继续，三家分晋后，专述魏国史实，止于魏襄王二十年（前 299）。此书约在两宋时期亡佚，后人杂采各书，编成《今本竹书纪年》，清朱右曾广稽群籍所引之文，辑编成《汲冢纪年存真》，王国维加以补正，成《古本竹书纪年辑校》一卷，今人再做补充，成《古本竹书纪年辑校订补》。

[17]《大唐西域记》：书名，唐高僧玄奘述，弟子辩机编，十二卷，书成于贞观二十年（646）。玄奘为弘扬佛法，到印度取经，往返十七年（一说十九年），旅程五万里，“所闻所履，百有三十八国（城邦、国家和地区）”，

此书记录他在五天竺（今印度、巴基斯坦一带）游学亲历和见闻所及的历史、地理、交通、物产、风俗、宗教、文化（包括古代神话传说）、政治、经济等情况，凡十二万余言。叙述范围西抵今伊朗和地中海东岸，南达印度半岛和斯里兰卡，北至中亚南部和阿富汗北部，东迄印度支那半岛和印度尼西亚一带，为研究中亚、南亚社会、历史和中外交通的珍贵历史文献。

[18] 鳃鳃（xǐ）焉：恐惧、作难的样子。鳃鳃也作諰諰，鳃，通“諰”。

[19] 尟：“鲜（xiǎn）”的异体字，少，不多。

[20] 绪：前人未竟的功业。

[21] 玩愒（kài）：苟且偷安，蹉跎岁月，游手好闲。愒，荒废，旷废。

[22] 哓哓（xiāo）：争辩声。

[23] 耑：“端”的古体字。端，头，头绪，引申为缘由。

【解读】

1911年，为弘扬国学，罗振玉创立《国学丛刊》杂志，罗振玉与王国维各撰一序。（罗序也由王国维代撰。）王国维此序重在辨析“学”之本意，针对无谓的新旧、中西和有用无用之争，指出：学无新旧、中西、有用无用之别。“中西二学，盛则俱盛，衰则俱衰，风气既开，互相推助。且居今日之世，讲今日之学，未有西学不兴，而中学能兴者；亦未有中学不兴，而西学能兴者。”王国维此论至今仍有现实和指导意义。

《彊村[1]校词图》序

（《观堂集林》卷二十三）

古者，卿大夫老则归于乡里。大夫以上曰“父师”，士曰“少师”，皆称之曰“乡先生”。与于乡饮酒乡射之礼，则谓之“遵”。“遵”者，以言其尊也。席于宾主之间者，以言其亲也。乡之人尊而亲之，归者亦习而安之，故古者有去国，无去乡。后世士大夫退休者，乃或异于是。如白太傅[2]之居东都，欧阳永叔之居颍上，王介甫之居金陵，盖有不归其乡者矣，然犹皆其平生游宦之地，乐其山川之美，而习于其士大夫之情，非欲归老其乡而不可得也。至于近世，抑又异于是。光、宣以来，士大夫流寓之地，北则天津，南则上海，其［初］（衽）席丰厚，耽游豫者萃焉。辛亥以后，通都小邑，桴鼓[3]时鸣，恒不可以居。于是趋海滨者，如水之赴壑，而避世避地之贤，亦往往而在。然二地皆湫隘[4]卑湿，又中外互市之所，土薄而俗偷，奸商傀[5]民，鳞萃鸟集，妖言巫风，胥[6]于是乎出，士大夫寄居者，非徒不知尊亲，又加以老侮焉。夫人非桑梓之地，出非游宦之所，内则无父老子弟谈宴之乐，外则乏名山大川奇伟之观，惟友朋文字之往复，差便于居乡。然当春秋佳日，命俦啸侣，促坐分笺，壹握为笑，伤时怨生，追往悲来之意，往往见于言表。是诚无所乐于斯土，而顾沈冥而不反者，盖风俗人心之变，由都邑而乡聚，居乡者虑有所掣曳，不能安其身与心，故隐忍而出此也。归安朱古微先生，以文学官侍郎。光绪之季，奉使粤峤，遽乞病归，往来苏、沪间[7]，讫于近岁，居上海之日为多。丙辰秋日，先生出所绘《彊村校词图》，授简命序。彊村者，在苕水[8]之滨，浮玉之麓，先生之故里也。先生既以词雄海内，复汇刊宋、元人词集成数百种。铅椠[9]之役，恒在松江、歇浦[10]间，而顾以彊村名是图，图中风物，亦作苕、霅[11]间意，盖以志其故乡之思云尔。夫封嵎[12]之山，于《山经》为浮玉，上古群神之所守，五湖四水，拥抱其域，山川清美，古之词人张子同、子野、叶少蕴、姜尧章、周公谨[13]之伦，胥卜居于是，千秋万岁后，其魂魄犹若可招而复也。先生少长于是，垂老而不得归，遭遇世变，惟以填词、刊词自遣，盖不独视古之乡先生矜式[14]游燕于其乡者如天上人，即求如乐天、永叔诸先生退休之乐，亦不可复得，宜其为斯图以见意也。夫有乡而不得归者，今日士大夫之所同也，而为图以见意，自先生始，故略序此旨，且以纪世变也。

【注释】

[1] 彊村：朱孝臧（1857—1931），原名祖谋，字古微，号彊村。详见本文解读。

[2] 白太傅：白居易。

[3] 桴（fú）鼓：指战鼓或警鼓。《史记·田叔列传》："提桴鼓，立军门。"

[4] 湫（jiǎo）隘：低下狭小。湫，低。

[5] 傀（guī）：怪异。

[6] 胥（xū）：皆。

[7] 粤峤（jiào）：粤，广东省的简称。峤，尖而高的山。苏，苏州。沪，上海的别称兼简称，相传境内的吴淞江就是古代的沪渎，因而得名。

[8] 苕（tiáo）水：即苕溪，在浙江省的北部。苕溪又为浙江省吴兴县（今湖州市）的别称，因境内苕溪得名。

[9] 铅椠（qiàn）：古代用以书写的文具。铅，铅粉笔，用以写字。椠，古代用木削成以备书写的版片、木板。

[10] 松江：吴淞江，又名苏州河。为横贯上海市区的河流。歇浦：黄歇浦，流经上海的黄浦江的别称。

[11] 霅（zhà）：霅溪。浙江吴兴的别称。因境内东苕溪、西苕溪等水流至吴兴城内汇合称为霅溪而得名。

[12] 封嵎（yú）：封山和嵎山的合称。嵎，或作禺。在浙江德清西南，两山相去二里。在《山经》中，称为浮玉，相传古汪芒氏之君防风守此，所以王国维在此文中说“上古群神之所守”。

[13] 张子同：张维（956—1046），乌程（今浙江吴兴）人，张先父。子野：张先（990—1078），字子野，乌程人，天圣进士，北宋词人。叶少蕴：叶梦得（1077—1148），字少蕴，号石林居士。原籍吴县（今属江苏），居仟乌程，绍圣进士，南宋词人、文学家。姜尧章：姜夔（约 1155—约 1221），字尧章，号白石道人，鄱阳（今江西波阳）人，一生未仕，南宋词人，往来鄂、赣、皖、苏、浙各地。周公谨：周密（1232—1298），字公谨，号草窗，原籍济南，后为吴兴人，南宋词人。

[14] 矜式：敬重和取法。傅咸《邛竹杖铭》：“嘉兹奇竹，质劲体直，立比高节，示世矜式。”

【解读】

朱孝臧（1857—1931），原名祖谋，字古微，号彊村。晚仍用原名。浙江归安（今吴兴）人。光绪进士，官吏部侍郎。近代词人。光绪九年（1883）进士，选庶吉士，授编修，累擢至侍讲学士、礼部侍郎兼署吏部侍郎。三十年，出任广东学政，满二年，引疾去。久寓苏州，与郑文焯同主吴中词坛，为晚清“四大词人”之一。民国后，寓居上海，以遗老终。其词宗吴文英，后参取苏轼，近代词坛奉为宗匠。陈三立《朱公墓志铭》称誉“其词幽忧怨悱，沉抑绵邈，莫可端倪”。夏敬观《忍寒词话》赞其“蕴藉高，含味醇厚，藻采芬溢，铸字造词，莫不有来历”。总结其艺术特色和成就。叶恭绰《广箧中词》则定其在词史上的地位说：其“集清季词学之大成”，“或且为词学一大结穴，开来启后，应有继起而负其责者”。王国维《人间词话》对吴文英词的评价很低，所以他说朱词“学梦窗而情味较梦窗为胜”，但是“古人自然神妙处，尚未及见”。朱氏对辑校词籍用力甚专，汇刻唐宋金元词为《彊村丛书》。本文即歌颂朱氏的这个重大贡献。

因为朱祖谋是浙江吴兴人，所以文中特地介绍和赞颂吴兴和吴兴的历代词人，说明吴兴具有深厚的文化传统，朱祖谋是吴兴的杰出人才。但校刻词集的工作是在上海做的，所以在文章的开首即介绍遗老定居上海的原因和他们在上海所做出的杰出文化贡献。这些大学者、杰出的诗人、文学艺术家在失去官位后，不与革命势力对抗，在上海闲居，但不甘寂寞，依旧有所作为，的确为上海文化史和中国文化史做出了颇大的贡献，值得高度肯定和歌颂。

三、杂著

自序[1]

（本篇刊于1907年5月上海《教育世界》148号，收入《静安文集续编》）

岁月不居，时节如流，犬马之齿，已过三十。志学以来，十有余年，体素羸弱，不能锐进于学。进无师友之助，退有生事之累，故十年所造，遂如今日而已。然此十年间进步之迹，有可言焉。夫怀旧之感，恒笃于暮年；进取之方，不容于反顾。余年甫壮，而学未成，冀一篑[2]以为山，行百里而未半。然举前十年之进步，以为后此十年二十年进步之券，非敢自喜，抑亦自策励之一道也。余家在海宁，故中人产也，一岁所入，略足以给衣食。家有书五六箧[3]，除《十三经注疏》为儿时所不喜外，其余晚自塾归，每泛览焉。十六岁，见友人读《汉书》而悦之，乃以幼时所储蓄之岁朝钱万，购《前四史》[4]于杭州，是为平生读书之始。时方治举子业，又以其闲学骈文散文，用力不专，略能形似而已。未几而有甲午之役，始知世尚有所谓（新）学者。家贫不能以资供游学，居恒怏怏[5]，亦不能专力于是矣。二十二岁正月，始至上海，主时务报[6]馆，任书记校雠之役。二月而上虞罗君振玉[7]等私立之东文学社成，请于馆主汪君康年[8]，日以午后三小时往学焉。汪君许之，然馆事颇剧，无自习之暇，故半年中之进步，不如同学诸子远甚。夏六月，又以病足归里，数月而愈。愈而复至沪，则时务报馆已闭，罗君乃使治社之庶务，而免其学资。是时社中教师为日本文学士藤田丰八、田冈佐代治二君。二君故治哲学，余一日见田冈君之文集中，有引汗德（今译康德）、叔本华之哲学者，心甚喜之。顾文字暌隔[9]，自以为终身无读二氏之书之日矣。次年社中兼授数学、物理、化学、英文等，其时担任数学者，即藤田君。君以文学者而授数学，亦未尝不自笑也。顾君勤于教授，其时所用藤泽博士之算术、代数两教科书，问题殆以万计，同学三四人者，无一问题不解，君亦无一不校阅也。又一年，而值庚子之变，学社解散。盖余之学于东文学社也，二年有半，而其学英文亦一年有半。时方毕第三读本，乃购第四、第五读本，归里自习之。日尽一二课，必以能解为度，不解者且置之。而北乱稍定，罗君乃助以资，使游学于日本。亦从藤田君之劝，拟专修理学。故抵日本后，昼习英文，夜至物理学校习数学。留东京四五月而病作，遂以是夏归国。自是以后，遂为独学之时代矣。体素羸弱，性复忧郁，人生之问题，日往复于吾前。自是始决从事于哲学，而此时为余读书之指导者，亦即藤田君也。次岁春，始读翻尔彭之《社会学》[10]，及文[11]之《名学》、海甫定[12]《心理学》之半。而所购哲学之书亦至，于是暂辍心理学而读巴尔善之《哲学概论》[13]、文特尔朋之《哲学史》[14]。当时之读此等书，固与前日之读英文读本之道无异，幸而已得读日文，则与日文之此类书参照而观之，遂得通其大略。既卒《哲学概论》《哲学史》，次年始读汗德之《纯理批评》（今译《纯粹理性批判》）。至《先天分析论》几全不可解，更辍不读，而读叔本华之《意志及表象之世界》（今译《作为意志和表象的世界》）一书。叔氏之书，思精而笔锐。是岁前后读二过，次及于其《充足理由之原则论》《自然中之意志论》，及其文集等。尤以其《意志及表象之世界》中《汗德哲学之批评》一篇，为通汗德哲学关键。至二十九岁，更返而读汗德之书，则非复前日之窒碍矣。嗣是于汗德之《纯理批评》外，兼及其伦理学及美学。至今年从事第四次之研究，则窒碍更少，而觉其窒碍之处，大抵其说之不可持处而已。此则当日志学之初所不及料，而在今日亦得以自慰藉者也。此外如洛克[15]、休蒙[16]之书，亦时涉猎及之。近数年来为学之大略如此。顾此五六年间，亦非能终日治学问，其为生活故而治他人之事，日少则二三时，多或三四时，其所用以读书者，日多不逾四时，少不过二时。过此以往则精神涣散，非与朋友谈论，则涉猎杂书。唯此二三时间之读书，则非有大故，不稍间断而已。夫以余境之贫薄，而体之孱弱也，又每日为学时间之寡也，持之以恒，尚能小有所就，况财力精力之倍于余者，循序而进，其所造岂有量哉！故书十年间之进步，非徒以为责他日进步之券，亦将以励今之人使不自馁也。若夫余之哲学上及文学上之撰述，其见识文采亦诚有过人者，此则汪氏中[17]所谓“斯有天致，非由人力，虽情符曩哲，未足多矜”者，固不暇为世告焉。

【注释】

[1]《自序》：一作《三十自序》。序，亦作“叙”，序言。介绍评述一部著作或一篇文章的文字。后亦用作赠序体文章的名称，如柳宗元《送薛存义序》、龚自珍《送钦差大臣侯官林公序》。

[2] 蒉（kuì）：盛土的竹器。

[3] 箧（qiè）：小箱子，多为竹制。

[4]“前四史”：《史记》《汉书》《后汉书》《三国志》是“二十四史”中

最前面的四部，也是文笔最好、学术成就最高的四部，合称为“前四史”。

[5] 怏怏:亦作鞅鞅。因不平或不满而郁郁不乐。《史记·绛侯周勃世家》:“此怏怏者非少主臣也。”《后汉书·彭宠传》:“愈怏怏不得志。”

[6] 时务报:清末维新派的报刊。光绪二十二年(1896)8月在上海创刊，旬刊。主编梁启超等，经理汪康年。主张“变法图存”。1898年8月出至第六十九期后改为《昌言报》，梁鼎芬任主编。至11月共出10期后停刊。

[7] 罗振玉(1866—1940):字叔言、叔蕴，号雪堂，浙江上虞人，书法家、古文字家。曾任晚清学部二等咨议官、后补参事官。辛亥革命后以遗老自居，帮助溥仪复辟，又出任伪满洲国监察院院长等职。古文字、古器物研究的权威专家，甲骨文研究的“四堂”之一，著有《殷墟书契考释》《三代吉金文存》等。

[8] 汪康年(1860—1911):字穰卿，晚年号恢伯，浙江钱塘(今杭州)人。光绪二十年(1894)进士，官内阁中书。甲午中日战争后，主张变法图强。1895年参加上海强学会。次年与黄遵宪在上海创办《时务报》，任经理，约请梁启超为主编，主张变法维新。1907年在北京创办《京报》等报纸。著有《汪穰卿遗著》《汪穰卿笔记》。

[9] 暌(kuí)隔:分割。暌，同“睽”，违背、不合，引申作分离。

[10] 翻尔彭:今译翻朋克。《社会学》:未详待考。

[11] 及文:今译杰文斯(1835—1882)，一译耶方斯，英国逻辑学家(现代归纳逻辑的主要人物之一)、经济学家，曾任伦敦大学政治经济学教授、曼彻斯特欧文学院逻辑教授。著有《逻辑基础教程》《纯粹逻辑学》《科学原理》《政治经济学原理》等。

[12] 海甫定(1843—1931):一译霍夫丁，丹麦心理学家，哥本哈根大学哲学教授。著有《心理学大纲》《近代哲学史》《宗教哲学》等。

[13] 巴尔善:今译保尔逊或泡尔生(1846—1908)，德国“新康德主义”学派哲学家。《哲学概论》，今译《哲学导论》，英译本出版在纽约于1895年

出版：Friedrich Paulsen. Introduction to Philosophy. New York，1895.

[14] 文特尔朋之《哲学史》：今译文德尔班（1848—1915）《哲学史教程》，英译本在纽约于1895年出版：Wilhelm Windelband. A History of Philosophy. New York: The Macmillan Co.，1895. 参见《叔本华与尼采》注 [26]。

[15] 洛克：约翰·洛克（1632—1704），英国著名哲学家，主要作品有《政府论》《人类理智论》《教育漫话》和《基督教的合理性》等。罗素说："洛克是一切革命当中最温和又最成功的1688年英国革命（光荣革命）的倡导者。这个革命的目的虽然有限，可是目的都完全达到了，以后在英国至今也不感觉有任何革命的必要。洛克忠实地表达这个革命的精神。"（《西方哲学史》下卷133页）洛克在哲学上对于这个经验主义思维方式做了系统的表述，对培根的思想加以进一步的发挥。他探讨了知识的起源、可靠性和范围等问题，提出白板说，反对笛卡尔的天赋观念说。认为心灵像一张白纸，一切知识都来源于有感觉和反省所获得的经验。道德观念也来源于经验。善和恶就是快乐和痛苦，或导致快乐和痛苦的东西。由于伏尔泰的引进作用，在18世纪的法国，洛克的感召力其大无比，对德国也有颇大影响。他在美学上确定了与"新的思维方法"联系在一起的"观念的联想"概念，认为"巧智"同于想象而殊于判断力。在17世纪所有伟大哲学家中，这位对诗歌最为蔑视的洛克，竟然唤起了一个崭新的美学思潮，即这个名噪一时的"联想"（associationism）的新学说。

[16] 休蒙：今译休谟（1711—1776），参见《叔本华之哲学及其教育学说》注 [11]。

[17] 汪氏中：即汪中（1745—1794），字容甫，江苏江都人，清代哲学家、文学家、史学家。少孤贫好学，三十四岁为拔贡，后即不再应举。曾助书商贩书，因遍读经史百家之书，卓然成家。骈文取得清代第一的艺术成就。著作有《述学》内外篇等。

【解读】

本文是1907年王国维接近三十足岁时（前人都以虚龄计算，此时已算三十一岁，所以文章开头说“已过三十”）所作，总结自己前半生的学习和研究的经历，故而本文又名《三十自序》。本文比《静安文集自序》更详细地回顾了自己刻苦学习西方哲学的经历。赵万里《年谱》中说：“是岁先生（指王国维）于汗德哲学，为第四次之研究。至是，乃倦于哲学而转治文学。因草《三十自序》一文，于《教育世界》杂志刊之，历述此数年间为学之经过，及其厌于哲学之故。”因此本文是研究王国维前期思想变化的重要材料。

自序二

（本篇刊于1907年7月上海《教育世界》152号，收入《静安文集续编》）

前篇既述数年间为学之事，兹复就为学之结果述之：

余疲于哲学有日矣。哲学上之说，大都可爱者不可信，可信者不可爱。余知真理，而余又爱其谬误。伟大之形而上学，高严之伦理学，与纯粹之美学，此吾人所酷嗜也。然求其可信者，则宁在知识论上之实证论，伦理学上之快乐论，与美学上之经验论。知其可信而不能爱，觉其可爱而不能信，此近二三年中最大之烦闷，而近日之嗜好，所以渐由哲学而移于文学，而欲于其中求直接之慰藉者也。要之，余之性质，欲为哲学家则感情苦多，而智力苦寡；欲为诗人，则又苦感情寡而理性多。诗歌乎？哲学乎？他日以何者终吾身，所不敢知，抑在二者之间乎？

今日之哲学界，自赫尔德曼[1]以后，未有敢立一家系统者也。居今日而欲自立一新系统，自创一新哲学，非愚则狂也。近二十年之哲学家，如德之芬德[2]、英之斯宾塞尔[3]，但搜集科学之结果，或古人之说而综合之、修正之耳。此皆第二流之作者，又皆所谓可信而不可爱者也。此外所谓哲学家，则实哲学史家耳。以余之力，加之以学问，以研究哲学史，或可操成功之券。然为哲学家，则不能；为哲学史，则又不喜，此亦疲于哲学之一原因也。

近年嗜好之移于文学，亦有由焉，则填词之成功是也。余之于词，虽所作尚不及百阕，然自南宋以后，除一二人外，尚未有能及余者，则平日之所自信也。虽比之五代、北宋之大词人，余愧有所不如，然此等词人，亦未始无不及余之处。因词之成功，而有志于戏曲，此亦近日之奢愿也。然词之于戏曲，一抒情，一叙事，其性质既异，其难易又殊。又何敢因前者之成功，而遽冀后者乎？但余所以有志于戏曲者，又自有故。吾中国文学之最不振者，莫戏曲若。元之杂剧，明之传奇，存于今日者，尚以百数。其中之文字，虽有佳者，然其理想及结构，虽欲不谓至幼稚，至拙劣，不可得也。国朝之作者，虽略有进步，然比诸西洋之名剧，相去尚不能以道里计。此余所以自忘其不敏，而独有志乎是也。然目与手不相谋，志与力不相副，此又后人之通病。故他日能为之与否，所不敢知，至为之而能成功与否，则愈不敢知矣。

虽然，以余今日研究之日浅，而修养之力乏，而遽绝望于哲学及文学，毋乃太早计乎！苟积毕生之力，安知于哲学上不有所得，而于文学上不终有成功之一日乎？即今一无成功，而得于局促之生活中，以思索玩赏为消遣之法，以自逭于声色货利之域，其益固已多矣。诗云：“且以喜乐，且以永日。”[4] 此吾辈才弱者之所有事也。若夫深湛之思，创造之力，苟一日集于余躬，则俟诸天之所为欤！俟诸天之所为欤！

【注释】

[1] 赫尔德曼：参见《叔本华之哲学及其教育学说》注 [21]。

[2] 芬德：参见《叔本华之哲学及其教育学说》注 [20]。

[3] 斯宾塞尔：今译斯宾塞（1820—1903），英国哲学家、社会学家，实证主义的主要代表之一。他原是土木工程师，后任《经济学家》编辑。1859 年达尔文发表《物种起源》后，他决心将进化论运用于一切科学，建立一种

包罗万象的“综合哲学”的理论体系。其实证主义哲学和社会学对西方思想界学术界的影响深远。主要作品有《第一原理》《生物学原理》《心理学原理》《社会学原理》和《伦理学原理》等。

[4] 两句语出《诗经·唐风·山有枢》。

【解读】

本文在上文的基础上，分析自己在哲学研究方面不可能达到世界一流的水平，只能成为哲学史家，不可能成为一个杰出的哲学家，所以决定转向，从事文学的创作和研究。他的杰出成就使他成为中国新文学的开山之祖。王国维对于自己的人生道路和学术道路善于自我分析，自我设计，所以取得了成功。他后来听从罗振玉的提议，自 1912 年后，改为从事史学和文字学的考证和研究，成为中国新史学的开山之祖。

在本文中，王国维提出“哲学上之说，大都可爱者不可信，可信者不可爱”的著名论点。他的自我评价：“余之性质，欲为哲学家则感情苦多，而智力苦寡；欲为诗人，则又苦感情寡而理性多。”成为他选择学术、创作生涯的基础。

在本文中，他对自己的《人间词》做了极高的自我评价：“余之于词，虽所作尚不及百阕，然自南宋以后，除一二人外，尚未有能及余者，则平日之所自信也。虽比之五代、北宋之大词人，余愧有所不如，然此等词人，亦未始无不及余之处。”这个评价，研究者长期没有反响，近年已有青年学者表示赞同这个观点，并做了研究。

王国维说：“因词之成功，而有志于戏曲，此亦近日之奢愿也。”他后来没有从事戏曲的创作，而是写了一系列研究论文和专著《宋元戏曲史》。

库书楼记

（《观堂集林》卷二十三）

光、宣之间[1]，我中国新出之史料凡四：一曰殷虚之甲骨，二曰汉、晋之简牍，三曰六朝及有唐之卷轴，而内阁大库之元、明及国朝文书，实居其四。顾殷虚甲骨，当其初出世，已视为骨董之一，土人仍岁所掘，率得善价以去，幸无毁弃者。而西垂简牍、卷轴，外人至不远数万里，历寒暑、冒艰险以出之，其保藏之法尤备。独内阁文书，除宋、元刊写本书籍，入京师图书馆外，其余十三年之间，几毁者再，而卒获全者，虽曰人事，盖亦有天意焉。案内阁典籍厅大库，为大楼六间，其中书籍居十之三，案卷居十之七。其书多明文渊阁之遗，其案卷则有列朝之硃谕、敕谕，内外臣工之黄本、题本、奏本，外藩属国之表章，历科殿试之大卷；其他三百年间，档册文移，往往而在，而元、明遗物，亦间出其中。盖今之内阁，自明永乐至于国朝雍正，历两朝十有五帝，实为万几百度从出之地。雍、乾以后，政务移于军机处，而内阁尚受其成事，凡政府所奉之硃谕，臣工所缴之敕书批折，胥奉储于此，盖兼宋时宫中之龙图、天章诸阁，省中之制敕库班、簿房而一之。然三百年来，除舍人省吏循例编目外，学士大夫罕有窥其美富者。宣统元年，大库屋坏，有事缮完，乃暂移于文华殿之两庑[2]。地隘不足容，其露积库垣[3]内者尚半，外廷始稍稍知之。时南皮张文襄公[4]，方以大学士军机大臣管学部事，奏请以阁中所藏四朝书籍，设学部京师图书馆，其案卷，则阁议概以旧档无用，奏请焚毁，已得俞旨矣。适上虞罗叔言参事以学部属官，赴内阁参与交割事，见库垣中文籍山积，皆奏准焚毁之物。偶抽一束观之，则管制府干贞[5]督漕时奏折；又取观他束，则文成公阿桂[6]征金川时所奏。皆当时岁终缴进之本，排比月日，具有次第，乃亟请于文襄，罢焚毁之举，而以其物归学部，藏诸国子监之南学，其历科殿试卷，则藏诸学部大堂之后楼。辛、壬以后，学部后楼及南学之藏，又移于午门楼上，所谓历史博物馆者。越十年，馆中资费绌，无以给升斗，乃斥其所藏四分之三，以售诸故纸商，其数以麻袋计者九千，以斤计者十有五万，得银币四千圆，时辛酉冬日也。壬戌二月，参事以事至京师，于市肆见洪文襄揭帖[7]，及高丽[8]国王贡物表，识为大库物，因踪迹之，得诸某纸铺，则库藏具在，将毁之以造俗所谓还魂纸者，已载数车赴西山矣。亟三倍其直偿之，称贷京、津间，得银万三千圆，遂以易之。于是此九千袋十五万斤之文书，卒归于参事。参事将筑库书楼以储之，而属余为之记。余谓此书濒毁者再，而参事再存之，其事不可谓不偶然，固非参事能存之也，国朝祖宗圣德神功之懿[9]，典章制度声名文物之盛，先正讦谟远猷[10]之富，与夫元、明以来史事之至赜[11]至隐，固万万无亡理，天特假手于参事以存之耳！然非笃于好古如参事者，又乌足以与于斯役也。参事夙以收藏雄海内，其天津之嘉乐里第，有殷时甲骨数万枚，古器物数千品，魏、晋以降碑志数十石，金石拓本及经籍各数万种，实三古文化学术之渊薮[12]。今者又得此大库之收，宸翰[13]之楼，大云之库，与斯楼鼎峙北海滨。世有张茂先[14]，必将见有庆云休气发于汉津箕斗之间[15]，而三垣十二次[16]无不浴其光景者，何其祎[17]欤！虽然，参事固不徒以收藏名家者也。其于所得之殷虚文字，固已编之、印之、考之、释之，其他若《流水坠简》，若《鸣沙石室古佚书》等，凡数十种，先后继出。传古之功，求之古今人，未见其比。今兹所得，又将以十年之力，检校编录，而择其尤重要者，次第印行。其事诚至艰且巨，然以前事征之，余信参事之必能办此也。其诸山川重秀，天地再清，举斯楼之藏，还之天府，以备石室、金匮[18]之储，至千万世，传之无穷，余又信参事之必有乐乎此也。然则斯书之归参事，盖犹非参事之志欤？壬戌七月。

【注释】

[1] 光、宣之间：光绪（1875—1908），宣统（1909—1911），光宣之间为1908—1909年。

[2] 庑（wǔ）：堂周的廊屋。大屋。

[3] 库垣（yuán）：档案库。垣，矮墙，也泛指墙；旧时又用为城池或某些官署的代称，如省垣、谏垣。

[4] 南皮张文襄公：张之洞。

[5] 管制府干贞：即管干贞（1734—1798），字阳夫，号松崖，清江苏阳湖（今武进）人。乾隆进士，官至漕运总督。著有《明史志》。

[6] 阿桂（1717—1797）：姓章佳氏，字广庭，号云岩。清满洲正白旗人。著名将领。乾隆三年举人。历任伊犁将军，兵、吏部尚书，云贵总督，累官至武英殿大学士。曾参与平定准噶尔及霍集占叛乱，后缅甸之役、大小金川之役等，均为统帅。出将入相，深得乾隆所倚任。

[7] 洪文襄揭帖：洪文襄，即洪承畴（1593—1665），明末清初福建南安人。明万历进士，官至兵部尚书，总督河南、山西、陕西、湖广等处军务。崇祯十二年（1639）改督蓟、辽。十四年率八总兵官，步骑十三万驰援锦州，为清兵所败。次年于松山被俘，旋降清。官至经略大学士、武英殿大学士。揭帖，即揭示。

[8] 高丽：古国名，故地在今朝鲜半岛，公元 14 世纪末，李氏王朝取代后，改称朝鲜。明清时期是中国东北之邻国，与明清两朝交往密切。

[9] 懿：美。旧时多用于称美封建德行。

[10] 先正：古称前代的君长，旧称古代的贤臣。讦（xū）谟：大计，宏谋。《诗・大雅・抑》："讦谟定命。"远猷：远大的谋划。

[11] 赜（zé）：幽深难见。《易・系辞上》："探赜索隐，钩深致远。"

[12] 渊薮（sǒu）：鱼和兽类聚居的地方，比喻人或物类聚集的处所。《后汉书・梁冀传》："宛为大都，士之渊薮。"

[13] 宸：北辰所居，因以指帝王的宫殿。翰：书翰、文翰。

[14] 张茂先，即张华（232—300），字茂先，范阳方城（今河北古安）人。西晋文学家。少孤贫，牧羊为生。笃志好学，博学多闻，人品优秀。初为县吏，后官至司空，进封壮武郡公。著有《博物志》，其诗文集已佚，明人辑有《张茂先集》。

[15] 庆云休气：祥云瑞气。庆云：彩云，祥瑞之气。休（xù）气：煦气，温煦之气。休，通煦。汉津：天汉、天河。箕（jī）、斗：古星名，箕宿和斗宿，皆为二十八宿之一。

[16] 三垣十二次：指整个星空、天空，比喻古代三个星宿和三个星空区划。十二次：天球分区名。按照每年日月交会位置，沿黄道把周天分作十二部分，合称十二次。又名十二星次、十二纪等。十二次各有专名。

[17] 祎（yī）：美好。

[18] 石室、金匮：收藏图书、档案之处。《史记・太史公自序》："迁为太史令，细史记、石室金匮之书。"司马贞索隐："案石室、金匮，皆国家藏书之处。"

【解读】

本文作于1922年七月(指阴历,公历为8至9月间)。此年二月(指农历，公历为3月)，罗振玉在北京市肆偶然见到了洪承畴揭帖和高丽国国王贡物表，意识到这是内阁大库旧藏文书档案，有着不可再生的巨大文献价值。经过调查，获悉是当时的历史博物馆卖给旧纸商去做再生纸（当时称“还魂纸”）用以换粮米度日的。罗振玉锲而不舍地紧追到底，终于将这批文物全数购回。之后函告王国维，并嘱其作文以记之。此文介绍保存这批珍贵文献档案的曲折经过，赞颂罗振玉精心保护国家珍贵文物的巨大责任感和所做出的卓越贡献。

墨妙亭记

（《观堂集林》卷二十三）

昔宋孙莘老[1]守湖州，尝集郡内自汉以来古文遗刻，为墨妙亭于府第之北，而东坡先生为之记。元乐善居士顾信[2]，亦集其师松雪翁[3]之书，刻诸其亭之壁，而名之曰“墨妙”。国朝顾湘舟[4]（沅），又集明代诸贤小像墨迹，多至数百通[5]，复以“墨妙”名其亭，于是兹名凡三用矣。湖郡遗刻，今无片石存者，松雪翁之书，世多有之，而顾氏所刻者尽亡，独湘舟所集古人小像，刻于吴中沧浪亭[6]者，岿然尚存。其墨迹虽更兵燹[7]，然其中烦赫者百余通，今归于日本久野元吉君。君又益以国朝名人墨迹，为亭储之，仍从其旧主人之所以名之者，而属余为之记。昔东坡之记是亭也，假客之言，谓：“有物必归于尽”，“虽金石之坚，俄而变坏。至于功名文章，其传世垂后，犹为差久。今乃以此托于彼，是久存者反求助于速坏”。以此致疑于莘老，而自以知命者必尽人事释之。今湖州石刻，与亭俱亡，而墨妙亭之名，反藉东坡之文以传，则东坡之言信矣。夫古之有德行、政事、学问、文章者，固不藉金石翰墨以为重。苟非其人，则其金石翰墨虽存，仅足为学者考古之资，其流传之途，固已隘，而其人于人心者，固已浅矣。若是者，世固亦听其存亡，而反乐取夫德行、政事、学问、文章，其力自足以传后者之金石翰墨而宝之。何者？彼之志节度量，固与世绝殊，故其发于金石翰墨者，不因其人，亦足以自存于天壤，况其德行、政事、学问、文章，又足以垂世而行远也。久野君之所储，其人皆足以自传，其发诸翰墨者，亦皆焕乎其有文，渊乎其有味，使人得窥其树立之所以然，与夫载籍之所不能纪。虽所托者五金石之坚，吾知其精神意度，必百世不可磨灭，宜君之构斯亭以奉之也。抑乐善居士所汇刻者，松雪一人之书耳。莘老所集者稍广，亦止吴兴一郡。湘舟之藏，殆网罗有明一代之名迹，而君复以国朝人益之。以两朝人之墨迹，萃于斯亭，君之嗜古，固前无孙、顾。余也不肖，乃从东坡之后为君记斯亭，故略广东坡之意，以为君之所为，非徒尽人事而已。壬子九月。

【注释】

[1] 孙莘老：孙觉（1028—1090），字莘老，高邮（今属江苏）人，宋文学家。皇祐元年（1049）进士，历任多处地方官，多有政绩。官至御史中丞、龙图阁学士兼侍讲。因反对青苗法，出知广德军，徙湖州、庐州等地。在湖州筑松江石堤，水患得除。湖州，又称吴兴。

[2] 顾信：元代书法家，字善夫，晚号乐善居士。

[3] 松雪翁：元代著名画家、书法家、著名诗人赵孟頫（1254—1322），号松雪道人。著有《松雪斋集》。赵孟頫是书画的一代宗师，对后世的影响极大。

[4] 顾湘舟：顾沅，字湘舟，清代收藏家。

[5] 通：此处为量词，一篇。曹植《与杨德祖书》："今往仆少小所著辞赋一通。"

[6] 吴中沧浪亭：沧浪亭为中国著名园林之一，位于今江苏苏州城南三元坊附近。北宋庆历年间，著名诗人苏舜钦买地作亭，名曰"沧浪"，后几经易主，各有增损，保存至今。

[7] 兵燹（xiǎn）：因战争而遭受的焚烧和破坏。燹，野火。

【解读】

1912 年 9 月，王国维在日本为友人久野元吉的名人墨迹亭而作此文。文章叙述了宋、元、明三代“墨妙亭”的命名始末，并在苏东坡《墨妙亭记》文意的基础上有所发挥。王国维指出古之墨妙亭虽与石刻俱亡，反借东坡之文而名传后世。古代有德行、政绩、学问、文章的，并不借金石翰墨以为重，而是其本身足以垂世而行远。而久野君收集的这些墨迹，其人皆足以自传，他们将自己的精神、志节、度量发为翰墨，有文有味，使人得以窥测其“树立之所以然”，“必百世不可磨灭”，所以是十分有意义的。

此君轩记

（《观堂集林》卷二十三）

竹之为物，草木中之有特操者与？群居而不倚，虚中而多节，可折而不可曲，凌寒暑而不渝其色。至于烟晨雨夕，枝梢空而叶成滴，含风弄月，形态百变，自渭川淇澳千亩之园[1]，以至小庭幽榭，三竿两竿，皆使人观之。其胸廓然而高，渊然而深，泠然[2]而清，挹[3]之而无穷，玩之而不可亵也。其超世之致，与不可屈之节，与君子为近，是以君子取焉。古之君子，其为道也盖不同，而其所以同者，则在超世之致，与不可屈之节而已。其观物也，见夫类是者而乐焉，其创物也，达夫如是者而后慊[4]焉。如屈子之于香草，渊明之于菊，王子猷[5]之于竹，玩赏之不足而咏叹之，咏叹之不足而斯物遂若为斯人之所专有，是岂徒有托而然哉！其于此数者，必有以相契于意言之表也。善画竹者亦然。彼独有见于其原，而直以其胸中潇洒之致，劲直之气，一寄之于画，其所写者，即其所观；其所观者，即其所畜者也。物我无间，而道艺为一，与天冥合，而不知其所以然。故古之工画竹者，亦高致直节之士为多。如宋之文与可[6]、苏子瞻，元之吴仲圭[7]是已。观爱竹者之胸，可以知画竹者之胸，知画竹者之胸，则爱画竹者之胸亦可知也已。日本川口国次郎君，冲澹有识度，善绘事，尤爱墨竹。尝集元吴仲圭，明夏仲昭[8]、文徵仲[9]诸家画竹，为室以奉之，名之曰“此君轩”。其嗜之也至笃，而搜之也至专，非其志节意度符于古君子，亦安能有契于是哉！吾闻川口君之居，在备后之国，三原之城，山海环抱，松竹之所丛生。君优游其间，远眺林木，近观图画，必有有味于余之言者。

既属余为《轩记》，因书以质之，惜不获从君于其间，而日与仲圭、徵仲诸贤游，且与此君游也，壬子九月。

【注释】

[1] 渭川淇澳千亩之园：《史记·货殖列传》谓汉人以拥有渭川千亩竹等同于千户侯。后即以“渭川千亩”形容竹子之多。淇澳，淇水曲岸。

[2] 泠（líng）然：轻妙、清越、清凉。

[3] 挹（yì）：舀，汲取。

[4] 慊（qiè）：满足，惬，快意。

[5] 王子猷：王徽之，字子猷，王羲之子。酷爱竹。

[6] 文与可：文同（1018—1079），字与可，自号笑笑居士，梓州永泰（今四川盐亭东）人。北宋画家、诗人，以善画竹著称。

[7] 吴仲圭：吴镇（1280—1354），字仲圭，号梅花道人、梅沙弥。嘉兴（今属浙江）人。元代画家，工草书和诗，尤擅水墨山水，为元四家之一。

[8] 夏仲昭：即夏㫤（1388—1470），字仲昭，昆山（今属江苏）人，一作东吴（今江苏苏州）人。明代书画家。成祖永乐十三年（1415）进士，英宗时官至太常寺卿。善诗文，精绘事，尤擅墨竹，名重中外。时有“夏卿一个竹，西凉十锭金”之誉。

[9] 文徵仲：文徵明（1470—1559），字徵仲，号衡山居士，长洲（今江苏吴县）人。明代书画家，名重一时，是明代最主要的书画“明四家”之一。门生甚多，形成“吴门派”。

【解读】

1912 年 9 月,王国维应日本友人川口国次郎之请,为其“此君轩”画室而作此文。文章以竹子的不可屈的超世之节操来比喻古之君子之道,又转而赞美爱画竹者“以其胸中潇洒之致,劲直之气”都寄托于画中,“其所写者,即其所观;其所观者,即其所畜者也。物我无间,而道艺为一,与天冥合,而不知其所以然”。提出绘画的最高境界是“物我无间”“与天冥合”,达到“艺进乎道”的“道艺为一”。这是王国维提出的文学艺术的伟大作品的标准之一。

二田画庾[1]记

（《观堂集林》卷二十三）

日本备后三原城，有好古之士三：曰川口国次郎，曰久野元吉，曰隅田吉卫。三君者，相得也，余皆得与之游。川口君之所居，有此君轩，久野君有墨妙亭，余皆记之矣。既而隅田君以书来，曰："余有二田画庼者，以沈石田[2]、恽南田[3]之画名焉。君于二君之居既有文，请为我记之。"则应之曰："诺。"夫绘画之可贵者，非以其所绘之物也，必有我焉以寄于物之中。故自其外而观之，则山水、云树、竹石、花草，无往而非物也；自其内而观之，则子久[4]也，仲圭[5]也，元镇[6]也，叔明[7]也，吾见之于墙而闻其謦欬[8]矣。且子久不能为仲圭，仲圭不能为元镇，元镇、叔明不能为子久、仲圭，则以子久之我，非仲圭之我，而仲圭、元镇、叔明三人者，亦各自有其我故也。画之高下，视其我之高下。一人之画之高下，又视其一时之我之高下。隅田君之于画，其知此矣（原作"也"，据罗本改）。夫二田之画，至不相类也。石田之苍古，南田之秀润，皆其所谓我而不能相为者也。石田之画，荟蔚沈厚，得气之夏，其所写者，虽小草拳石，而有土厚水深之势。南田之画，融和骀荡[9]，得气之春，其所写者，虽枯木断流，而皆有苏生旁出之意。此其不能相为者也。其于书也亦然。石田之书，瘦硬如黄山谷[10]，南田之书，秀媚如褚登善[11]。而二田之书，又非登善、山谷之书也，彼各有所谓我者在也。不然，如石田者，生全盛之世，康宁好德，俯仰无怍，以老寿终，宜其和平简易，无奇伟之观。南田幼遭国变，至为僮仆，为浮屠，虽返初服，而枯槁以终，上有雍端[12]之亲，下有敬通之妇，宜其忧伤憔悴，无乐生之意。而其发于书画者如此，岂非所谓真我者得之于天，不以境遇易欤？二田之画，绝不相类，而君乃合而珍弆[13]之，是必有见于其我之高且大者，而不以其迹也。故书以谂君，并质之川口、久野二君，以为何如也？壬子十月。

【注释】

[1] 庼（qǐng）：小厅堂。

[2] 沈石田：沈周（1427—1509），字启南，号石田，长洲（今江苏吴县）人。明代著名书画家、诗人。擅画山水，与文徵明、唐寅、仇英合称“明四家”。

[3] 恽南田：恽寿平（1633—1690），参见《〈待时轩仿古鉨谱〉序》注 [3]。

[4] 子久：黄公望（1269—1354），平江常熟（今属江苏）人。本姓陆，名坚，后出继温州黄氏（寓居常熟小山之永嘉人黄乐）为嗣，因而姓黄，字子久，号一峰，大痴道人，晚号井西道人。稔经史，工书法，通音律，善散曲，山水最精，师法南唐名画家董源和画僧巨然，又得赵孟頫亲授，晚年卓然成家，与倪瓒、吴镇、王蒙并称“元四家”。

[5] 仲圭：吴镇（1280—1354），字仲圭，参见《此君轩记》注 [7]。

[6] 元镇：即倪瓒（1301 或 1306—1374），字元镇，号云林子。无锡（今属江苏）人，元代诗画家、诗人。著有《倪云林诗集》《清閟阁全集》等。其所画山水，逸笔草草，不求形似，为“元四家”之一。

[7] 叔明：即王蒙（？—1385），元代画家，字叔明，号黄鹤山樵，香山居士。吴兴人（今浙江湖州）。赵孟頫外孙。元末曾当过小官理问，弃官后隐居临平（今浙江余杭）黄鹤山。明初出任泰安（今属山东）知州厅事。后因受胡惟庸案牵连而瘐死在狱中。王蒙山水师法赵孟頫和董源、巨然；“写

画如同写篆书”，也有意继承赵孟頫倡导的以书入画的方法。其画元气磅礴，纵横离奇，高古清逸，无不兼之，为“元四家”之一。

[8] 謦欬（qǐng kài）：咳嗽，引申为言笑。

[9] 骀（dài）荡：同“澹荡”，舒缓荡漾。

[10] 黄山谷：黄庭坚（1045—1105），北宋著名诗人，又为宋代四大书法家之一。

[11] 褚登善：即褚遂良（596—658 或 659），字登善，钱塘（今浙江杭州）人。唐代政治家、书法家。擅楷书，书法二王（王羲之、王献之），与欧阳询、虞世南、薛稷并称为唐初四大书法家。

[12] 雍端：从容不迫、端庄祥和。

[13] 珍弆（jǔ）：珍藏。弆，收藏。

【解读】

本文乃于 1912 年 10 月应日本友人隅田吉卫之约，为其居处“二田画庼”而作。王国维在文中强调绘画和艺术创造要寄托“我”在其中，“真我”得之于天，不以境遇为易（改变）。他以“真我”说来评价沈周（石田）、恽寿平（南田）的书画，认为二人风格截然不同，但都有“真我”，隅田君合而珍藏之，乃是因为在风格之外见到了它们这个共同的地方：“其我之高且大”。

王国维最后以崇敬的笔调赞誉恽南田于明亡国破之后，历经艰难，保持气节的崇高品格。恽南田在清兵南下时父子失散，十三岁时被帅子媪收养，后以计脱归。后随其父日初（1601—1678）加入南明隆武政权的抗清武装斗争，又应抗清义军将领王祁之邀参加义军。恽家一门气节凛然，南田本人最艰苦的时候甚至做僮仆、出家为僧，虽“家酷贫，风雨常闭门饿”，仍坚决不参加清朝的科举考试，而靠卖画赡养父亲妻子儿女,“家贫赖笔砚,得饿供朝铺”。他的绘画、书法和诗词三者俱臻高境，被人誉为“南田三绝”。王翚赠诗推崇说:“墨花飞处起云烟，逸兴纵横玳瑁筵。自有雄谈倾四座，诸侯席上说南田。”华岩题其画册云:“笔尖刷却世间尘，能使江山面目新。”

在这样艰难的环境中，南田的艺术创造达到清初的高峰，他的画列入清初“四王恽吴”六大家之中，发展了没骨花卉，创立“常州画派”(又称恽派、毗陵派)。其《南田画跋》，在绘画理论方面也取得很大成就。

罗君楚传

（初刊于1922年上海《亚洲学术杂志》第四辑，后收入《观堂集林》）

君楚名福苌[1]，浙江上虞人。祖树勋，江苏候补县丞。父振玉，学部参事官。君楚幼而通敏，年十岁，能读父书。其于绝代语释，别国方言，强记县解[2]，盖天授也。年未冠，既博通远西诸国文学，于法朗西（今译法兰西）、日耳曼语，所造尤深。继乃治东方诸国古文字学。当光绪之季，我国古文字、古器物大出，其荦荦[3]大者，若安阳之甲骨，敦煌塞上之简牍，莫高窟之卷轴。参事实始为之搜集、编类、考订、流通，有功于学问甚巨。而塞内外诸古国，若西夏，若突厥，若回鹘，远之若修利，若兜佉罗[4]，若身毒[5]，其文字器物，亦多出于我西北二垂，胥与我国闻相涉，而梵天文字，则又我李唐之旧学也。我老师宿儒，以文字之不同，瞠目束手，无如之何。惟君楚实首治梵文，又创通西夏文字之读，将以次有事于突厥、回鹘、修利诸文字。故海内二三巨儒，谓他日理董绝国方言，一如参事之理董国闻者，必君楚其人也。有唐之季，拓跋氏割据夏州，及宋初而滋大，拓地数千里，传世三百年，自制文字，行于其国，迄蒙古中叶，社稷虽墟，河西陇右，尚用其文字。然近世所传，不过二三金石刻，且举世莫能名焉。光绪末，俄人某于甘州古塔中，得西夏译经数箧，中有汉夏对译字书，名《掌中珠》者，君楚得其景本[6]数叶，以读西夏石刻《感通塔记》，及法属河内所藏西夏文《法华经》残卷，旁通四达，遂通其读，成《西夏国书略说》一卷。嗣后，元初所刊《河西字藏经》，又颇出于京师，君楚治之益力，撰《华严经》释文厶[7]卷未成。由是西夏文字，所识十逾八九矣。又尝从日本榊教授亮受梵文学，二年而升其堂，凡日本所传中土古梵学书，若梁真谛[8]《翻梵语》，唐义净[9]《梵唐千字文》以下若干种，一一为之叙录，奥博精审，簿录家所未有也。君楚体素弱，重以力学，年二十二而病。疡生于胸，仍岁不瘳[10]，二十六而夭，时辛酉九月也。所著书多未就，以欧文记者，尤丛杂不可理。今可写定者，《梦轩琐录》三卷，即古梵学书序录，及攻梵语之作也；《西夏国书略说》一卷；《宋史·西夏传注》一卷；译沙畹[11]、伯希和[12]二氏所注《摩尼教经》一卷；《古外国传记辑存》一卷；《大唐西域记》所载《伽蓝名目表》一卷；《敦煌古写经原跋录存》一卷；《伦敦博物馆敦煌书目》一卷；《巴黎图书馆敦煌书目》一卷。余初见君楚时，君楚方六七岁。盖亲见其自幼而少，而长，而劬学，而著书。君楚为学，有异闻必以语余，余亦时以所得告之。余作《西胡考》，君楚为余征内典[13]中故事。君楚所释《华严经》刻本，今于其殁后数月，始得考定为元初杭州所刊河西字《大藏经》之一，恨不得以语君楚，然则余亦安得复有闻于君楚耶？将突厥、回鹘、修利诸史料，不能及今世而理董耶？即异日有继君楚之业者，如君楚之高才力学，又岂易得也！君楚没，海内知参事及君楚者，无不痛惜。嘉兴沈乙庵先生与余言君楚，辄涕泗不能禁。然则君楚之死，其为学术之不幸何如也！君楚之葬也，沈先生为铭其墓。妻汪氏割臂以疗君楚，寻以毁卒，余亦铭之。无子，有女子子一，卒之次年。弟福葆生子承祖，参事命为之后。余既哀君楚之亡，乃掇其学问之大要为之传，使后世知君楚不愧为参事子焉。

【注释】

[1] 罗福苌（1896—1921）：字君楚，罗振玉次子。

[2] 县（xuán）解：高超深入的理解。《新唐书·儒学传中·尹知章》：“于《易》《老》《庄》书，尤县解。”

[3] 荦荦（luò）：分明的样子。

[4] 修利、兜佉罗：皆古国名。

[5] 身毒：即古印度。

[6] 景（yǐng）本：影印本。景，影的本字。

[7] 厶（mǒu）：“某”的俗体字。

[8] 真谛：指真谛三藏（508—569），古西印度人。于南朝梁大同十二年来中土，汉译多部佛经，为著名译经家。

[9] 义净（635—713）：唐代僧人、旅行家、翻译家。原住京兆大荐福寺，唐高宗咸亨二年（671）由海道西行至天竺（今印度），学习佛教，寻访经文，并翻译佛经。历时十余年，游历三十余国。武则天垂拱元年（685），乘船东归，又滞留南阳十年。于征圣元年（695）归国。带回梵文佛典近四百部。武则天亲迎于洛阳上东门外。后在长安、洛阳主持译经。

[10] 瘳（chōu）：病愈。

[11] 沙畹（Ēdouard Chavannes，1865—1918）：法国汉学家，生于里昂，巴黎高等师范学校毕业。1889 年任职于法国驻中国公使馆。返国后于 1893 年任法兰西学院教授，后曾主编东方学杂志《通报》。对中国古代艺术史和去西域取经的中国僧人等均有研究。主要著译有《司马迁史记》《西突厥史料》等。

[12] 伯希和（Paul Peliot，1878—1945）：法国汉学家，曾任职于法国远东学院（河内），1906—1908 年活动于中国新疆、甘肃一带，盗窃敦煌千佛洞大量珍贵文物，运往法国。后任法兰西学院（巴黎）教授，主编东方学杂志《通报》。著有《敦煌千佛洞》《马可·波罗行纪校释》等书。

[13] 内典：佛教术语，指有关佛教经典范围内的书籍。

【解读】

本文回顾了罗君楚的治学经历，对他在青春年华即遽然辞世表示痛惜。在回顾其治学经历时，王国维介绍了光绪末年，我国古文字、古器物大发现的情况。

汗德像赞

（《静安文集续编》）

人之最灵，厥维天官[1]；外以接物，内用反观。小知闲闲，敝帚是享[2]；群言淆乱，孰正其枉。大疑潭潭，是粪是除[3]；中道而反，丧其故居。

笃[4]生哲人，凯尼之堡；息彼众喙[5]，示我大道。观外于空，观内于时；诸果粲然，厥因之随。凡此数者，知物之式；存于能知，不存于物。匪言之艰，证之维艰；云霾解驳，秋山巉巉[6]。赤日中天，烛彼穷阴；丹凤在霄，百鸟皆瘖[7]。谷可如陵，山可为薮[8]；万岁千秋，公名不朽。光绪二十九年八月。

【注释】

[1] 天官：《荀子·天论》中的用语，指耳、目、鼻、口和形体等感觉器官。

[2] 小知：小智。知，通“智”。闲闲：从容自得的样子，宽裕的样子。《庄子·齐物论》：“大知闲闲。”是，做语助，用以确指行为的对象，如“惟你是问”。

[3] 大疑潭潭：深邃的样子。韩愈《祭河南张员外文》：“云壁潭潭，穹林攸擢。”粪：扫除。是粪是除：粪除。是，参见上注。

[4] 笃：厚实、深厚、诚笃、忠实。

[5] 喙：鸟兽的嘴，借指人的嘴，如不容置喙。众喙，众口。

[6] 云霾：大气混浊，呈浅蓝色（以物体为背景）或微黄色（以天空为背景）的天气现象。这里比喻宇宙、人生、学术上的难题。解：解释。驳：辩证是非，

列举理由，否定别人错误的意见。巉（chán）巉：山势高险的样子，高峻的样子。苏轼《留题延生观后山上小堂》诗："上到巉巉第几层。"

[7] 瘖（yìn）："喑"的异体字，哑。

[8] 薮（sǒu）：湖泊和泽地。

【解读】

康德，王国维译成汗德，是根据当时日文的译法。日本接受和翻译西方人文和社会科学要比中国早，他们用汉字翻译的人名和术语，对中国的影响很大。

康德（1724—1804），德国古典哲学的创始人，西方近代最伟大的哲学家之一。康德是德国哲学革命的开创者，他的哲学体系对德国和西方哲学有深远的影响。

本文第一段 12 句，谈人的感觉、经验和人对外界的认识。

第二段前 4 句介绍哲人康德出生于哥尼斯堡，他的成就盖过众家（秋山巉巉），为我们指出了哲学的真理。接着概括康德的哲学论述了时间和空间的存在形式，这些形式是主观的，先验的"能知"，而非客观的，故而"不存于物"。康德的著作难以读懂和理解，不是他的语言艰深，而是他讲的理论，证明起来极为艰难。

最后 6 句歌颂康德像丹凤在高高的云霄歌唱一般，百鸟的鸣声都暗淡嘶哑了，在千万年的时间中，峡谷可以变成高山，群山可以变为湖泽，但您的名字将永垂不朽。

冯友兰评论此文说："从这些话看起来，王国维是懂得康德的，他抓住了康德哲学的要点，他用了极高的赞誉，但不是乱赞，他赞得中肯。"（《中国哲学史新编》第 6 册第 179 页，人民出版社 1988 年版）

康德是西方近现代哲学的祖师，王国维首先重视和刻苦学习康德，抓住了西学的关键，打下了坚实的西学基础。他在《三十自序》中回忆，他于1903年到1907年，用了四年的时间四次研读康德：虚龄27岁（1903）时开始读《纯粹理性批判》，读到《先验分析论》，几乎全看不懂，就暂停不读，改读叔本华《作为意志和表象的世界》《论充足理由律的四重根》《自然界中的意志》和他的论文集。尤其是《作为意志和表象的世界》中《康德哲学之批评》一篇更是读通康德哲学之关键。到29岁（1905）时再回过头去读康德的书，就顺畅了。于是除《纯粹理性批判》外，兼及他的伦理学和美学。到31岁（1907）读第四遍，觉得窒碍（有障碍、读不通）的地方更少了。而这些感到窒碍之处，往往是康德哲学本身有错误的地方。

王国维如此长期刻苦学习康德，他的哲学研究始于康德，终于康德，中间以叔本华为中介，为的是读懂康德，最后从叔本华再上升到康德。可见，王国维在西学中最崇敬的是康德，受康德的影响也最大。他认为自己读懂康德后，发现了康德的不足之处，冯友兰指出：这说明“王国维对于康德研究得比较透，理解得比较深。凡研究一家哲学，总要看到这一家的不到之处，才算是真懂得这一家”。（同上第180页）冯友兰通过评论王国维，指导我们研究前人包括一代宗师的著作的一条重要检验标准和评判原则。

叔本华像赞

（本篇刊于1904年6月上海《教育世界》77号）

人知如轮，大道如轨；东海西海，此心此理。在昔身毒[1]，群圣所都；《吠陀》之教，施于佛屠[2]。亦越柏氏，雅典之哲[3]；悼兹众愚，观影于穴。汗德晚出，独辟扃涂[4]；铸彼现象，出我洪炉。觥觥[5]先生，集其大成；载厚其址，以筑百城。刻桷飞甍[6]，俯视星斗。懦夫骇马，流汗却走。天眼所观，万物一身；搜源去欲，倾海量仁（但指其学说言）。嗟予冥行，百无一可[7]；欲生之戚，公既诏我[8]。公虽云亡，公书则存；愿言千复，奉以终身。

【注释】

[1] 身（yuán）毒：古印度的别译。见于《史记》《汉书》。

[2]《吠陀》：吠陀为梵文Veda的音译，意为“知识”。《吠陀》为印度最古的宗教文献和文学作品总集，约成书于公元前2000年至前1000年。施：实施，施行，给予，散布。又读yí，意为延续，蔓延。此句中用上了以上多个含义。佛屠：佛。这里也指佛教。梵文Buddha，音译为佛陀、浮陀、浮屠、浮图等，略称为佛；意译“觉者”“觉”。

[3] 柏氏：柏拉图。雅典，古希腊奴隶制城邦，现为希腊首都。

[4] 扃（jiǒng）：通“炯”，光明，明亮，明察的样子。涂：通“途”，道路。此句谓单独开辟了明亮的道路。

[5] 觥（gōng）觥：刚直的样子。《后汉书·郭宪传》：“帝曰：‘常闻关

东觥觥郭子横，竟不虚也。’”

[6] 桷（jué）：方的椽子。《春秋 · 庄公二十四年》：“刻桓宫桷。”即为刻桷的出处。甍（méng）：屋脊。

[7] 冥：冥，高远，幽深。可：许可，合宜。

[8] 戚：忧伤，悲伤。诏：告，多用于上告下。此言谓叔本华教导我们悲观主义哲学，使我们懂得人生苦恼以及苦恼的根源是无穷尽而不能满足的欲望。

【解读】

叔本华（1788—1860），德国哲学家、美学家、唯意志论代表之一。哲学上接受康德的先验唯心主义观点和柏拉图的理念论，并从古印度吠檀多派哲学和佛教中引用“摩耶”“涅槃”等说法，提出唯意志论的思想体系。

本文第一段 4 句，说东西方的人生和宇宙理论是一致的。接着 4 句说叔本华在东方接受了古印度吠檀多派和佛教的伟大理论，在西方则在学习柏拉图的基础上，继承古希腊哲学的精华。中间叙述他的学说的集大成式的巨大成就和独到的见解。最后歌颂叔本华的著作永垂不朽和自己必将永远学习的敬仰之心。

四、专著：人间词话

关于《人间词话》的编校说明

《人间词话》在作者生前即已发表，内共有 64 条，其中 63 条是由作者从 125 条手稿中摘编出来，次序另作排列，文字略有改动，并新增一条。作者逝世后，赵万里又从手稿中挑选出 49 条，称为《人间词话删稿》。赵万里发表这 49 条时，对作者的原稿做了一些删改。赵万里又从作者其他著述中摘出有关词的论述 29 条，称为《人间词话附录》一起发表。此书由徐调孚校注、王幼安校订，编入郭绍虞主编的《中国古代文学理论专著选辑》丛书中，成为海内最通行、最权威的版本。赵、徐、王先生对《人间词话》的流布和研究，做了许多重要的、卓有成效的工作。此为海内外学者之所共睹，不用赘述焉。

但是这个本子也有一些缺点。首先，赵万里未将手稿的剩下部分全部公布，还有 13 条没有发表，这样读者就无从窥见手稿的全貌。其次，赵万里将手稿的内容做了多次删改，使读者无法看到手稿的原貌。另外，赵万里在发表手稿剩下内容时，用《人间词话删稿》一名，也很有些不妥。王国维先生当年将自己的手稿挑选了一些公之于世，剩下的部分我们只能称之为“未刊稿”，而不能讲是“删稿”。手稿中有 12 条，作者自己已删去，这才是真正的“删稿”。因此，本书就根据王国维先生的原意，分成：（一）《人间词话》，（二）《人间词话未刊稿》,(三)《人间词话删稿》。另将赵万里、陈乃乾原辑的《人间词话附录》也照旧附在后面(次序略作调动)。不过，这个《附录》一方面对读者很有用，通过它，读者可一目了然地看到作者的其他论词观点，以免翻检之劳。但另一方面，这个《附录》决不可和《人间词话》混为一谈，因为其中有些论点是作者后来的思想，与《人间词话》中的观点相比，有了很大的改变。特别是作者对周邦彦的看法，《附录》中的评论和《人间词话》相比竟判若两人。《人间词话》是一部严谨的学术专著，它的观点是审慎而前后统一的。如将《附录》与它混为一谈，就等于在同一本书中出现了矛盾的观点，这会引起读者的误会。就是未刊稿和删稿也决不能与《人间词话》手定本等量齐观。

本书的《人间词话》部分，以作者手定本为底本，校以朴社本、两个《遗书》本和作者的手稿。从手稿和定本的对比中，我们可以看出作者思想发展的某些脉络，以供我们研究时参考。《未刊稿》《删稿》，为尊重原作者起见，以手稿为底本，按手稿次序排列，并补上通行本未载之 13 条；赵、徐、王的通行本影响很大，故而将其删改部分列入校记中，以供读者参阅。为了便于读者了解《人间词话》的写作和定稿的发展过程，笔者特将手稿、本书和通行本的条目次序列一对照表，附在原文之后。

人间词话

（一）

词以境界为最上。有境界，则自成高格，自有名句。五代、北宋之词所以独绝者在此。

（二）

有造境，有写境，此理想与写实二派之所由分。然二者颇难分别[1]，因大诗人所造之境必合乎自然，所写之境亦必邻于理想故也。[2]

（三）

有有我之境，有无我之境。“泪眼问花花不语，乱红飞过秋千去”“可堪孤馆闭春寒，杜鹃声里斜阳暮”，有我之境也。“采菊东篱下，悠然见南山”“寒波澹澹起，白鸟悠悠下”，无我之境也。有我之境，以我观物[3]，故物皆著我之色彩。无我之境，以物观物[4]，故不知何者为我[5]，何者为物[6]。古人为词，写有我之境者为多，然未始不能写无我之境，[7]此在豪杰之士能自树立耳。

---

[1] 手稿作“偏难区别”。

[2] 此句手稿无“亦”字。

[3] 手稿无“以我观物”四字。

[4] 手稿无“以物观物”四字。

[5] 此句和前面一句，手稿皆无“故”字。

[6] 此句后手稿尚有“此即主观诗与客观诗之所由分也”一句。

[7] “未始”，手稿作“非”。

（四）

无我之境，人惟于静中得之；有我之境，于由动之静时得之。故一优美，一宏壮也。

（五）

自然中之物，互相关系，互相限制。[1]然其写之于文学及美术中也，[2]必遗其关系、限制之处。故虽写实家，亦理想家也。又虽如何虚构之境，其材料必求之于自然，而其构造亦必从自然之法律。[3]故虽理想家亦写实家也。

（六）

境非独谓景物也，喜怒哀乐，亦人心中之一境界。[4]故能写真景物、真感情者，谓之有境界。否则谓之无境界。

（七）

"红杏枝头春意闹"，著一"闹"字而境界全出。"云破月来花弄影"，著一"弄"字而境界全出矣。

（八）

境界有大小，不以是而分优劣。"细雨鱼儿出，微风燕子斜"，

---

[1] 此句手稿作"……互相限制，故不能有完全之美"。

[2] 手稿无"及美术"三字。

[3] 手稿作"法则"。

[4] 此句手稿作："感情亦人心中之境界。"

何遽不若“落日照大旗，马鸣风萧萧”？“宝帘闲挂小银钩”，何遽不若“雾失楼台，月迷津渡”也?

（九）

严沧浪《诗话》谓[1]:“盛唐诸公[2]唯在兴趣,羚羊挂角,无迹可求。故其妙处，透澈[3]玲珑，不可凑拍[4]，如空中之音，相中之色，水中之影[5]，镜中之象，言有尽而意无穷。”余谓北宋以前之词亦复如是。然沧浪所谓兴趣，阮亭所谓神韵，犹不过道其面目，不若鄙人拈出“境界”二字为探其本也。

（一〇）

太白纯以气象胜。“西风残照，汉家陵阙”，寥寥八字，遂关千古登临之口。[6]后世唯范文正之《渔家傲》，夏英公之《喜迁莺》，差足[7]继武，然气象已不逮矣。

（一一）

张皋文谓飞卿之词“深美闳约”，余谓此四字唯冯正中足以当之。刘融斋谓飞卿“精艳[8]绝人”，差近之耳。

---

[1] “谓”，手稿作“曰”。

[2] 一作“人”。

[3] 当作“彻”。

[4] 当作“泊”。

[5] 当作“月”。

[6] 此句手稿作：“……寥寥八字，独有千古。”

[7] “足”，手稿作“堪”。

[8] 当作“妙”。

（一二）

“画屏金鹧鸪”，飞卿语也，其词品似之。“弦上黄莺语”，端己语也，其词品亦似之。正中词品，若欲于其词句中求之[1]，则“和泪试严妆”殆近之欤。

（一三）

南唐中主词“菡萏香销翠叶残，西风愁起绿波间”，大有“众芳芜秽”“美人迟暮”之感。乃古今独赏其“细雨梦回鸡塞远，小楼吹彻玉笙寒”，故知解人正不易得。

（一四）

温飞卿之词，句秀也。韦端己之词，骨秀也。李重光之词，神秀也。

（一五）

词至李后主而眼界始大，感慨遂深，遂变伶工之词而为士大夫之词。周介存置诸温、韦之下，可谓颠倒黑白矣。“自是人生长恨水长东”“流水落花春去也，天上人间！”《金荃》《浣花》能有此气象耶！[2]

（一六）

词人者，不失其赤子之心者也。故生于深宫之中，长于妇人之手，是后主为人君所短处，亦即为词人所长处。[3]

---

[1] “若”字，手稿放在句首：“若正中词品，欲于……”

[2] 手稿此句作：“能有此种气象耶！”

[3] 手稿此句后还有两句：“故后主之词，天真之词也；他人，人工之词也。”

（一七）

客观之诗人，不可不多阅世，阅世愈深则材料愈丰富、愈变化，《水浒传》《红楼梦》之作者是也。主观之诗人，不必多阅世，阅世愈浅则性情愈真，李后主是也。

（一八）

尼采谓："一切文学，余爱以血书者。"后主之词，真所谓"以血书者"也。宋道君皇帝《燕山亭》词亦略似之。然道君不过自道身世之戚[1]，后主则俨有释迦、基督担荷[2]人类罪恶之意，其大小固不同矣[3]。

（一九）

冯正中词，虽不失五代风格，而堂庑特大，开北宋一代风气。与中、后二主词皆在《花间》范围之外，宜《花间集》中不登其只字也。[4]

（二〇）

正中词，除《鹊踏枝》《菩萨蛮》十数阕最煊赫外，如《醉花间》之"高树鹊衔巢，斜月明寒草"，余谓韦苏州之"流萤度高阁"，孟襄阳之"疏雨滴梧桐"，不能过也。

---

[1] "戚"，手稿作"感"。

[2] "荷"，手稿作"负"。

[3] "矣"，手稿作"也"。

[4] 此句手稿作："中、后二主皆未逮其精诣。《花间》于南唐人词中虽录张泌作，而独不登正中只字，岂当时文采为功名所掩耶？"

（二一）

欧九《浣溪沙》词“绿杨楼外出秋千”，晁补之谓只一“出”字，便后人所不能道。余谓此本于正中《上行杯》词“柳外秋千出画墙”，但欧语尤工耳。

（二二）

梅圣俞[1]《苏幕遮》词:“落尽梨花春事[2]了,满地斜[3]阳,翠色和烟老。”刘融斋[4]谓少游一生似专学此种。余谓冯正中《玉楼春》词:“芳菲次第长相续，自是情多无处足。尊前百计得春归，莫为伤春眉黛促。”永叔一生似专学此种[5]。

（二三）

人知和靖《点绛唇》，圣俞[6]《苏幕遮》，永叔《少年游》三阕为咏春草绝调，不知先有正中“细雨湿流光”五字，皆能摄[7]春草之魂者也。

（二四）

《诗·蒹葭》一篇最得风人深致。晏同叔之“昨夜西风凋碧树，独上高楼，望尽天涯路”，意颇近之。但一洒落，一悲壮耳。

---

[1] “梅圣俞”，手稿、朴社本、通行本皆作“梅舜俞”。

[2] 当作“又”。

[3] 当作“残”。

[4] “刘融斋”，手稿作“兴化刘氏”。

[5] “永叔”，手稿作“少游”。

[6] 同 [1]。

[7] “摄”，手稿作“写”。

（二五）

"我瞻四方，蹙蹙靡所骋"，诗人之忧生也。"昨夜西风凋碧树，独上高楼，望尽天涯路"，似之。"终日驰车走，不见所问津"，诗人之忧世也。"百草千花寒食路，香车系在谁家树"，似之。

（二六）

古今之成大事业、大学问者，必[1]经过三种之境界。"昨夜西风凋碧树，独上高楼，望尽天涯路"，此第一境[2]也。"衣带渐宽终不悔，为伊消得人憔悴"，[3]此第二境也。"众里寻他千百度，回头蓦见[4]，那人正[5]在灯火阑珊处"[6]，此第三境也。此等语皆非大词人不能道。然遽以此意解释诸词，恐[7]晏、欧诸公所不许也。

（二七）

永叔"人间[8]自是有情痴，此恨不关风与月""直须看尽洛城花，始与[9]东[10]风容易别"，于豪放之中有沈著之致，所以尤高。

[1] "必"，手稿作"罔不"。

[2] "第"，朴社本作"弟"。"境"，手稿作"境界"。下同。

[3] 引语后手稿尚有"(欧阳永叔)"四字。

[4] 当作"蓦然回首"。

[5] 当作"却"。

[6] 引语后手稿尚有"(辛幼安)"三字。

[7] "恐"字后，手稿尚有"为"字。

[8] 当作"生"。

[9] 当作"共"。

[10] 当作"春"。

（二八）

冯梦华《宋六十一家词选·序例》谓:“淮海、小山,古之伤心人也,其淡语皆有味,浅语皆有致。”余谓此唯淮海足以当之。小山矜贵有余,但可方驾子野、方回，未足抗衡淮海也。[1]

（二九）

少游词境，最为凄婉，至“可堪孤馆闭春寒，杜鹃声里斜阳暮”，则变而凄厉矣。东坡赏其后二语，犹为皮相。

（三〇）

“风雨如晦，鸡鸣不已”“山峻高以蔽日兮，下幽晦以多雨。霰雪纷其无垠兮，云霏霏而承宇”“树树皆秋色，山山尽[2]落晖”“可堪孤馆闭春寒，杜鹃声里斜阳暮”，气象皆相似。

（三一）

昭明太子称陶渊明诗“跌宕昭彰，独超众类，抑扬爽朗，莫之与京”。王无功称薛收赋“韵趣高奇,词义晦远,嵯峨萧瑟,真不可言”。词中惜少此二种气象，前者唯东坡，后者唯白石，略得一二耳。

（三二）

词之雅、郑，在神不在貌。永叔、少游虽作艳语，终有品格。

[1] “小山矜贵有余”后，手稿作:“但稍胜方回耳。古人以秦七、黄九或小晏、秦郎并称，不图老子乃与韩非同传。”

[2] 当作“唯”。

方之美成，便有淑女[1]与倡伎之别。

（三三）

美成词，深远之致不及欧、秦，唯言情体物，穷极工巧，故不失为第一流之作者。但恨创调之才多，创意之才少耳。

（三四）

词最忌用替代字。美成《解语花》之“桂华流瓦”，境界极妙，惜以“桂华”二字代“月”耳。梦窗以下，则用代字更多。其所以然者，非意不足，则语不妙也。盖[2]意足则不暇代，语妙则不必代。此少游之“小楼连苑”“绣毂雕鞍”所以为东坡所讥也。

（三五）

沈伯时《乐府指迷》云：“说桃不可直说破‘桃’，[3]须用‘红雨’‘刘郎’等字；说柳不可直说破‘柳’，须用‘章台’‘灞岸’等字[4]。”若唯恐人不用替代字者。果以是为工，则古今类书具在，又安用词为耶？宜其为《提要》所讥也。

（三六）

美成《青玉案》[5]词：“叶上初阳干宿雨，水面轻圆，一一风荷举。”此真能得荷之神理者。觉白石《念奴娇》《惜红衣》二词犹有隔雾看

---

[1] “淑女”，手稿作“贵妇人”。

[2] “盖”字后两句手稿倒置。

[3] 手稿“说”字后缺一“破”字。

[4] “字”，手稿作“事”。

[5] 当作“《苏幕遮》”。

花之恨。

（三七）

东坡《水龙吟》咏杨花，和均而似元唱；章质夫词，元唱而似和均。[1] 才之不可强也如是！

（三八）

咏物之词，自以东坡《水龙吟》为最工，邦卿《双双燕》次之。白石《暗香》《疏影》，格调虽高，然无一语[2] 道著，视古人“江边一树垂垂发”[3] 等句何如耶？

（三九）

白石写景之作，如“二十四桥仍在，波心荡，冷月无声”“数峰清苦，商略黄昏雨”“高树晚蝉，说西风消息”，虽格韵高绝，然如雾里看花，终隔一层。梅溪、梦窗诸家写景之病，皆在一隔字。北宋风流，渡江[4] 遂绝，抑真有运会[5] 存乎其间耶？

---

[1] 手稿此段作：“东坡杨花词和韵而似元唱，章质夫词元唱而似和韵。”

[2] “一语”，手稿作“片语”。

[3] 此句后手稿尚有引文两句“竹外一枝斜更好”，“疏影横斜水清浅”。按：“格调虽高”后，手稿已删去一段：“而境界极浅，情味索然，乃古今均视为名作，自玉田推为绝唱，后世遂无敢议之者，不可解也。试读林君复、梅舜俞春草诸词，工拙何如耶？”

[4] “渡江”，手稿作“过江”。

[5] 一作“风”，“运会”，手稿作“风会”。

（四〇）

问“隔”与“不隔”之别，曰：陶、谢[1]之诗不隔，延年则稍隔矣；东坡之诗不隔，山谷则稍隔矣。“池塘生春草”“空梁落燕泥”等二句[2]，妙处唯在不隔。词亦如是。即以一人一词论，如欧阳公《少年游》（咏春草）上半阕云：“阑干十二独凭春，晴碧远连云。二月三月，千里万里，（此两句倒置）行色苦愁人。”语语都在目前[3]，便是不隔。至云“谢家池上，江淹浦畔”，则隔矣。白石《翠楼吟》：“此地。宜有词仙，拥素云黄鹤，与君游戏。玉梯凝望久，叹芳草、萋萋千里。”便是不隔。至“酒祓清愁，花消英气”，则隔矣。然南宋词虽不隔处，比之前人，自有浅深厚薄之别。

（四一）

“生年不满百，常怀千岁忧。昼短苦夜长，何不秉烛游？”“服食求神仙，多为药所误；不如饮美酒，被服纨与素”，写情如此，方为不隔。“采菊东篱下，悠然见南山。山气日夕佳，飞鸟相与还”“天似穹庐，笼盖四野。天苍苍，野茫茫，风吹草低见牛羊”，写景如此，方为不隔。

（四二）

古今词人格调之高，无如白石。惜不于意境上用力，故觉无言外之味，弦外之响，[4]终不能与于第一流之作者也。[5]

[1] “陶、谢”二句，手稿作：“渊明之诗不隔，韦、柳则稍隔矣。”

[2] “二句”，手稿无“二”字。

[3] “都在目前”，原作“可以直观”。

[4] 此句后手稿删去一句：“终落第二手。”

[5] 此句手稿作：“其志清峻则有之，其旨遥深则未也。”

（四三）

南宋词人，白石有格而无情，剑南有气而乏韵，其堪与北宋人颉颃者，唯一幼安耳。近人祖南宋而祧北宋，以南宋之词可学，北宋不可学也。学南宋者，不祖白石，则祖梦窗，以白石、梦窗可学，幼安不可学也。学幼安者，率祖其粗犷、滑稽，以其粗犷、滑稽处可学，佳处不可学也。[1]幼安之佳处，在有性情、有境界；即以气象论，亦有"横素波、干青云"之概，宁后世龊龊小生所可拟耶？[2]

（四四）

东坡之词旷，稼轩之词豪。无二人之胸襟而学其词，犹东施之效捧心也。

（四五）

读东坡、稼轩词，须观其雅量高致，有伯夷、柳下惠之风。白石虽似蝉蜕尘埃，然终不免局促辕下。[3]

（四六）

苏、辛词中之狂，白石犹不失为狷，若梦窗、梅溪、玉田、草窗、西麓辈，面目不同，同归于乡愿而已。[4]

---

[1] 此句后手稿尚有一句："同时白石、龙洲学幼安之作且如此，况他人乎？"

[2] "幼安之佳处"一段，手稿作："其实幼安词之佳者，如《摸鱼儿》《贺新郎》（送茂嘉）、《青玉案》（元夕）、《祝英台近》等，俊伟幽咽固独有千古，其他豪放之处亦有'横素波、干青云'之概，宁梦窗辈龌龊小生所可语耶？"

[3] 此二句手稿作："然如韦、柳之视陶公，非徒有上下床之别。"

[4] 此段手稿作："东坡、稼轩，词中之狂；白石，词中之狷也。梦窗、玉田、西麓、草窗之词，则乡愿而已。"

（四七）

稼轩《中秋饮酒达旦，用〈天问〉体作〈木兰花慢〉以送月》曰[1]："可怜今夜[2]月，向何处，去悠悠？是别有人间，那边才见，光景东头。"词人想象，直悟月轮绕地之理，与科学家[3]密合，可谓神悟。[4]

（四八）

周介存谓："梅溪词中喜用'偷'字，足以定其品格。"刘融斋谓："周旨荡而史意贪。"此二语令人解颐。

（四九）

介存谓梦窗词之佳者，如"水光云影，摇荡绿波，抚玩无极，追寻已远"。余览梦窗《甲乙丙丁稿》中，实无足当此者；有之，其"隔江人在雨声中，晚风菰叶生秋怨"二语乎。

（五〇）

梦窗之词，余得取其词中之一语以评之曰："映梦窗，凌[5]乱碧。"玉田之词，余[6]得取其词中之一语以评之曰："玉老田荒。"

---

[1] 此两句手稿作："稼轩中秋饮酒达旦，用《天问》体作送月词，调寄《木兰花慢》云。"

[2] "夜"字，手稿作"夕"。

[3] "科学家"，手稿作"科学上"。

[4] 此句后手稿还有一段说明："此词汲古阁刻《六十家词》失载。黄荛圃所藏元大德本亦阙，复属顾涧苹就汲古阁抄本中补之，今归聊城杨氏海源阁，王半塘四印斋所刻者是也。但汲古阁抄本与刻本不符，殊不可解，或子晋于刻词后始得抄本耳。"

[5] 当作"零"。

[6] "余"，手稿作"亦"。

（五一）

“明月照积雪”“大江流日夜”[1]“中天悬明月”[2]“黄河落日圆”，此种境界，可谓千古壮观[3]。求之于词，唯[4]纳兰容若塞上之作，如《长相思》之“夜深千帐灯”，《如梦令》之“万帐穹庐人醉，星影摇摇欲坠”，差近之。

（五二）

纳兰容若以自然之眼观物，以自然之舌言情。[5]此由初入中原，未染汉人风气，故能真切如此。北宋以来，一人而已。[6]

（五三）

陆放翁跋《花间集》，谓“唐季[7]、五代，诗愈卑，而倚声[8]辄简古可爱。能此不能彼，未可[9]以理推也”。《提要》驳之，谓“犹能举七十斤者，举百斤则蹶，举五十斤则运掉自如”。其言甚辨。然谓词必易[10]于诗，余未敢信。善乎陈卧子之言曰：“宋人不知诗而强作诗，故终宋之世无诗。然其欢愉愁苦[11]之致，动于中而不能抑者，类发于

[1] 此句后手稿尚有“澄江净如练”“山气日夕佳”“落日照大旗”三句。

[2] 此句后手稿尚有“大漠孤烟直”一句。

[3] “此种”，手稿作“此等”。“壮观”，手稿作“壮语”。

[4] “唯”，手稿作“则”。

[5] 手稿此句作：“以自然之笔写情。”

[6] “北宋”两句，手稿作：“同时朱、陈、王、顾诸家，便有‘文胜则史’之弊。”

[7] 朴社、中华书局本皆作“唐宋”。

[8] “倚声”，手稿作“倚声者”。

[9] 当作“易”。

[10] “易”，手稿作“卑”。

[11] 当作“怨”。

诗余，故其所造独工。”五代词之所以独胜，亦以此也。[1]

（五四）

四言敝而有楚辞，楚辞敝而有五言，五言敝而有七言，古诗敝而有律、绝，律、绝敝而有词。盖文体通行既久，染指遂多，自成习套[2]。豪杰之士，亦难于其[3]中自出新意，故[4]遁而作他体，以自解脱。[5]一切文体所以始盛中[6]衰者，皆由于此。故谓文学后不如前[7]，余未敢信；但就一体论，则此说固无以易也。

（五五）

诗之《三百篇》《十九首》，词之五代、北宋，皆无题也；非无题也，诗词中之意不能以题尽之也。自《花庵》《草堂》每调立题，并古人无题之词亦为作题[8]。如观一幅佳山水，而即曰此某山某河，可乎？[9]诗有题而诗亡，词有题而词亡。然中材之士，鲜能知此而自振拔者矣。

---

[1] “五代词”二句，手稿作：“唐季、五代之词独胜，亦由此也。”

[2] “习套”，手稿作“陈套”。

[3] 手稿无“其”字。

[4] 手稿“故”字后有“往往”二字。

[5] 此句手稿作：“以发表其思想感情。”

[6] “中”，手稿作“终”。

[7] “后不如前”，手稿作“今不如古”。

[8] “亦为作题”，手稿作“亦为之作题”。又，此句后手稿尚有一句：“其可笑孰甚。”接下又有已删去之一段：“诗词之题目本为自然及人生。自古人误以为美刺、投赠、咏史、怀古之用，题目既误，诗亦自不能佳。后人才不及古人，见古名、大家亦有此等作，遂遗其独到之处而专学此种，不复知诗词之本意。于是豪杰之士不得不变其体格，如楚辞、汉之五言诗、唐五代北宋之词皆是也。故此等文学皆无题。”

[9] 手稿无此数句。“某河”，朴社本和遗书本作“某水”。

（五六）

大家之作，其言情也必沁人心脾，其写景也必豁人耳目，其词脱口而出，无矫揉妆束之态。以其所见者真，所知者深也。诗词皆然。[1]持此以衡古今之作者，可无大误矣。[2]

（五七）

人能于诗词中不为美刺、投赠之篇，[3]不使隶事之句，不用粉饰之字，则于此道已过半矣。

（五八）

以《长恨歌》之壮采，而所隶之事，只“小玉双成”四字，才有余也。梅村歌行，则非隶事不办。白、吴优劣，即于此见，不独作诗为然，[4]填词家亦不可不知也。

（五九）

近体诗体制，以五七言绝句为最尊，律诗次之，排律最下。盖此体于寄兴言情，两无所当，殆有韵之骈体文耳。词中小令如绝句，长调似律诗，若长调之《百字令》《沁园春》等，则近于排律矣。[5]

---

[1] 此句手稿无。

[2] “可无大误矣”，手稿作“百不失一”。此句后手稿还有一句：“此余所以不免有北宋后无词之叹也。”

[3] “美刺、投赠”后，手稿尚有“怀古、咏史”四字。

[4] 此句句首手稿有“此”字。

[5] 手稿此条与通行本差别颇大，兹全录于下：“诗中体制以五言古及五、七言绝句为最尊，七古次之，五、七律又次之，五言排律为最下。盖此体于寄兴言情均不相适，殆与骈体文等耳。词中小令如五言古及绝句，长调如五、七律，若长调之《沁园春》等阕，则近于五排矣。”

（六〇）

诗人对宇宙人生[1]，须入乎其内，又须出乎其外。入乎其内，故能写之；出乎其外，故能观之。入乎其内，故有生气；出乎其外，故有高致。美成能入而不能出[2]，白石以降，于此二事皆未梦见。

（六一）

诗人必有轻视外物之意，故能以奴仆命风月。又必有重视外物之意，故能与花鸟共忧乐。[3]

（六二）

“昔为倡家女，今为荡子妇。荡子行不归，空床难独守”“何不策高足，先据要路津？无为久贫贱[4]，轗轲长苦辛”，可谓淫鄙之尤。然无视为淫词鄙词者，以其真也。五代、北宋之大词人亦然，非无淫词，读之者但觉其亲切动人；[5]非无鄙词，但觉[6]其精力弥满。可知淫词与鄙词之病，非淫与鄙之[7]病，而游词之病也。“岂不尔思，室是远而。”而子曰：“未之思也，夫何远之有？”恶其游也。

（六三）

“枯藤老树昏鸦，小桥流水平沙，古道西风瘦马。夕阳西下，断

[1] “宇宙人生”，手稿作“自然人生”。

[2] 手稿和遗书本作“不能出”，通行本作“不出”。

[3] “共”，手稿作“同”。

[4] 当作“守穷”。

[5] 此句手稿作：“然读之者但觉其沉挚动人。”

[6] 手稿“但觉”前有一“然”字。

[7] 手稿“之”字后有“为”字。下同。

肠人在天涯。”此元人马东篱《天净沙》小令也。寥寥数语，深得唐人绝句妙境。有元一代词家，皆不能办此也。[1]

（六四）

白仁甫《秋夜梧桐雨》剧，沈雄悲壮，为元曲冠冕。然所作《天籁词》，粗浅之甚，不足为稼轩奴隶。岂创者易工而因者难巧欤？抑人各有能有不能也？读者观欧、秦之诗远不如词，足透此中消息。[2]

宣统庚戌九月，脱稿于京师宣武城南寓庐。国维记。

[1] 手稿无此条。

[2] 手稿此条为："白仁甫《秋夜梧桐雨》剧，奇思壮采，为元曲冠冕。然其词干枯质实，但有稼轩之貌而神理索然。曲家不能为词，犹词家之不能为诗。读永叔、少游诗可悟。"

人间词话未刊稿

（一）

白石之词，余所最爱者亦仅二语，曰：“淮南皓月冷千山，冥冥归去无人管。”

（二）

诗至唐中叶以后，殆为羔雁之具矣。故五代、北宋之诗，佳者绝少，而词则为其极盛时代。即诗词兼擅如永叔、少游者，亦[1]词胜于诗远甚，以其写之于诗者，不若写之于词者之真也。至南宋以后，词亦为羔雁之具，而词亦替矣。此亦文学升降之一关键也。

（三）

曾纯甫中秋应制作《壶中天慢》词，自注云：“是夜西兴亦闻天乐。”谓宫中乐声闻于隔岸也。毛子晋谓：“天神亦不以人废言。”近冯梦华复辨其诬。不解“天乐”二字文义，殊笑人也！

（四）

梅溪、梦窗、中仙[2]、玉田、草窗、西麓诸家，词虽不同，然同失之肤浅。虽时代使然，亦其才分有限也。近人弃周鼎而宝康瓠，实难索解。

---

[1] 通行本无此字。

[2] “中仙”，手稿原已删去。

（五）

余填词不喜作长调，尤不喜用人韵。偶尔游戏，作《水龙吟》咏杨花，用质夫、东坡倡和韵，作《齐天乐》咏蟋蟀，用白石韵，皆有“与晋代兴”之意。余之所长殊不在是，世之君子宁以他词称我。[1]

（六）

余友沈昕伯（纮）自巴黎寄余《蝶恋花》一阕云：“帘外东风随燕到，春色东来，循我来时道。一霎围场生绿草，归迟却怨春来早。锦绣一城春水绕，庭院笙歌，行乐多年少。著意来开孤客抱，不知名字闲花鸟。”此词当在晏氏父子间，南宋人不能道也。

（七）

樊抗夫谓余词如《浣溪沙》之“天末同云”、《蝶恋花》之“昨夜梦中”“百尺高楼”“春到临春”等阕，凿空而道，开词家未有之境。余自谓才不若古人，但于力争第一义处，古人亦不如我用意耳。[2]

（八）

叔本华曰：“抒情诗，少年之作也；叙事诗及戏曲，壮年之作也。”余谓：抒情诗，国民幼稚时代之作也；叙事诗，国民盛壮时代之作也。故曲则古不如今。元曲诚多天籁，然其思想之陋劣，布置之粗笨，千篇一律，令人喷饭。至本朝之《桃花扇》《长生殿》诸传奇，则进矣。词则今不如古。盖一则以布局为主，一则须伫兴而成故也。[3]

---

[1] 此条通行本未载。

[2] 此条通行本未载。

[3] 此条通行本未载。

（九）

北宋名家以方回为最次，其词如历下、新城之诗，非不华瞻，惜少真味。[1]

（一〇）

散文易学而难工，骈文难学而易工；近体诗易学而难工，古体诗难学而易工；小令易学而难工，长调难学而易工。

（一一）

古诗云："谁能思不歌？谁能饥不食？"诗词者，物之不得其平而鸣者也。故"欢愉之辞难工，愁苦之言易巧"。

（一二）

社会上之习惯，杀许多之善人。文学上之习惯，杀许多之天才。遗书本此则后尚有"昔人论诗词，有景语情语之别，不知一切景语皆情语也"。并将二则相连。

（一三）

词之为体，"要眇宜修"，能言诗之所不能言，而不能尽言诗之所能言。诗之境阔，词之言长。

（一四）

言气质，言神韵，不如言境界。有境界，本也；气质、神韵，末

[1] 此句后手稿已删去一段："至宋末诸家，仅可譬之腐烂制艺，乃诸家之享重名者且数百年，始知世之幸人不独曹蜍、李志也。"

也；有境界而二者随之矣。

（一五）

“西[1]风吹渭水，落日[2]满长安。”美成以之入词，白仁甫以之入曲。此借古人之境界为我之境界者也。然非自有境界，古人亦不为我用。

（一六）

词家多以景寓情。其专作情语而绝妙者，如牛峤之“甘[3]作一生拚，尽君今日欢”，顾夐之“换我心，为你心，始知相忆深”，欧阳修之“衣带渐宽终不悔，为伊消得人憔悴”，美成之“许多烦恼，只为当时，一饷留情”，此等词，古今曾不多见[4]。余《乙稿》中颇于此方面有开拓之功。[5]

（一七）

长调自以周、柳、苏、辛为最工。美成《浪淘沙慢》二词，精壮顿挫，已开北曲之先声。若屯田之《八声甘州》，玉局[6]之《水调歌头》（中秋寄子由），则伫兴之作，格高千古，不能以常词[7]论也。

---

[1] 当作“秋”。

[2] 当作“叶”。

[3] 当作“须”。

[4] 遗书本“古今”为“古今人词”。。

[5] 通行本无此句。

[6] “玉局”，通行本作“东坡”。

[7] “常词”，通行本作“常调”。

（一八）

稼轩《贺新郎》词（送茂嘉十二弟）章法绝妙，且语语有境界，此能品而几于神者。然非有意为之，故后人不能学也。

（一九）

稼轩《贺新郎》词："柳暗凌波路，送春归猛风暴雨，一番新绿。"又，《定风波》词："从此酒酣明月夜，耳热。""绿""热"二字皆作上去用，与韩玉《东浦词·贺新郎》以"玉""曲"叶"注""女"，《卜算子》以"夜""谢"叶"食"[1]、"月"，已开北曲四声通押之祖。

（二〇）

谭复堂《箧中词选》谓："蒋鹿潭《水云楼词》与成容若、项莲生二百年间分鼎三足。"然《水云楼词》小令颇有境界，长调惟存气格。《忆云词》亦[2]精实有余，超逸不足，皆不足与容若比，然视皋文、止庵辈，则倜乎远矣。

（二一）

贺黄公（裳）《皱水轩词筌》云："张玉田《乐府指迷》，其调叶宫商、铺张藻绘抑亦可矣，至于风流蕴藉之事，真属茫茫，如啖官厨饭者，不知牲牢之外别有甘鲜也。"此语解颐。[3]

---

[1] 当作"节"。

[2] 通行本无"亦"字。

[3] 此条通行本未载。

（二二）

周保绪（济）《词辨》云："玉田近人所最尊奉，才情诣力亦不后诸人，终觉积谷作米、把缆放船，无开阔手段。"又云："叔夏所以不及前人处，只在字句上著功夫，不肯换意。""近人喜学玉田，亦为修饰字句易，换意难。"[1]

（二三）

词家时代之说，盛于国初。竹垞谓词至北宋而大，至南宋而深。后此词人，群奉其说，然其中亦非无具眼者。周保绪曰："南宋下不犯北宋拙率之病，高不到北宋浑涵之诣。"又曰："北宋词多就景叙情，故珠圆玉润，四照玲珑。至稼轩、白石，一变而为即事叙景，使深者反浅，曲者反直。"潘四农（德舆）曰："词滥觞于唐，畅于五代，而意格之闳深曲挚则莫盛于北宋。词之有北宋，犹诗之有盛唐；至南宋则稍衰矣。"刘融斋（熙载）曰："北宋词用密亦疏，用隐亦亮，用沉亦快，用细亦阔，用精亦浑。南宋只是掉转过来。"可知此事自有公论。虽止庵词颇浅薄，潘、刘尤甚，然其[2]推尊北宋，则与明季云间诸公同一卓识，不可废[3]也。

（二四）

唐、五代、北宋之词，所谓[4]"生香真色"。若云间诸公，则彩花[5]耳。湘真且然，况其次也者乎！

---

[1] 此条通行本未载。

[2] "其"，通行本作"甚"。

[3] 通行本无"不可废"三字。

[4] "所谓"，通行本作"可谓"。

[5] "彩花"，通行本作"綵花"，用异体字。

（二五）

《衍波词》之佳者，颇似贺方回。虽不及容若，要在锡鬯、其年[1]之上。

（二六）

近人词，如复堂词之深婉、彊村词之隐秀，皆在吾家半塘翁[2]上。彊村学梦窗而情味较梦窗反胜，盖有临川、庐陵之高华，而济之以白石之疏越者。[3]学人之词，斯为极则。然古人自然神妙处，尚未梦见。[4]

（二七）

宋直方[5]《蝶恋花》："新样罗衣浑弃却，犹寻旧日春衫著。"谭复堂《蝶恋花》："连理枝头侬与汝，千花百草从渠许。"可谓寄兴深微。

（二八）

《半塘丁稿》和冯正中《鹊踏枝》十阕，乃《鹜翁词》之最精者。"望远愁多休纵目"等阕，郁伊惝怳，令人不能为怀。《定稿》只存六阕，殊为未允也。

（二九）

固哉，皋文之为词也！飞卿《菩萨蛮》、永叔《蝶恋花》、子瞻《卜算子》，皆兴到之作，有何命意？皆被皋文深文罗织。阮亭《花草蒙拾》谓："坡公命宫磨蝎，生前为王珪、舒亶辈所苦，身后又硬受此差排。"

[1] "锡鬯、其年"，通行本作"浙中诸子"。

[2] "吾家半塘翁"，通行本作"半塘老人"。

[3] 此句中通行本无第一个"之"字。

[4] "梦见"，通行本作"见及"。又，遗书本误将此则与第二五则相连。

[5] "直方"，手稿误作"尚木"。遗书本从手稿，亦误。

由今观之，受差排者，独一坡公已耶？

（三〇）

贺黄公谓:"姜论史词,不称其'软语商量',而称[1]其'柳昏花暝',固知不免项羽学兵法之恨。"然"柳昏花暝"自是欧、秦辈句法，似属为胜。[2]吾从白石，不能附合[3]黄公矣。

（三一）

"池塘春草谢家春，万古千秋五字新。传语闭门陈正字，可怜无补费精神。"此遗山《论诗绝句》也。美成、白石、[4]梦窗、玉田辈当不乐闻此语。

（三二）

朱子《清邃阁论诗》谓:"古人有句，[5]今人诗更无句，只是一直说将去。这般[6]一日作百首也得。"余谓北宋之词有句，南宋以后便无句。如玉田、草窗之词，所谓"一日作百首也得"者也。

（三三）

朱子谓:"梅圣[7]俞诗，不是平淡，乃是枯槁。"余谓草窗、玉田

---

[1] 当作"赏"。

[2] "似"，手稿作"以"，显为笔误。又，此句通行本作:"前后有画工化工之殊。"

[3] "附合"，通行本作"附和"。

[4] "美成、白石"，手稿原已删去。

[5] 朱熹此句原文作:"古人诗中有句。"

[6] "这般"，朱熹原文作"这般诗"。

[7] 原误作"舜"。

之词亦然。

（三四）

“自怜诗酒瘦，难应接，许多春色。”“能几番游？看花又是明年。”此等语亦算警句耶？乃值如许费力[1]。

（三五）

文文山词，风骨甚高，亦有境界。远在圣与、叔夏、公谨诸公之上。亦如明初诚意伯词，非季迪、孟载诸人所敢望也。

（三六）

宋《李希声诗话》曰：“唐[2]人作诗，正以风调高古为主，虽意远语疏，皆为佳作。后人有切近的当、气格凡下者，终使人可憎。”余谓北宋词亦不妨疏远，若梅溪以降，正所谓“切近的当、气格凡下”者也。

（三七）

自竹垞痛贬《草堂诗余》而推《绝妙好词》，后人群附合[3]之。不知《草堂》虽有亵诨之作，[4]然佳词恒得十之六七。《绝妙好词》则除张、范、辛、刘诸家外，十之八九皆极无聊赖之词。甚矣，人之

[1] “费力”，通行本作“笔力”。

[2] 当作“古”。

[3] “附合”，通行本作“附和”。

[4] 通行本无“之”字。

贵耳贱目也。[1]

（三八）

《提要》载:“《古今词话》六卷,国朝沈雄纂。雄,字偶僧,吴江人。是编所述，上起于唐，下迄康熙中年。”然维见明嘉靖前合口本《笺注草堂诗余》林外《洞仙歌》下引《古今词话》云:“此词乃近时林外题于吴江垂虹亭。”[2]则《古今词话》宋时固有此书,岂雄窃此书而复益以近代事欤？又,《季沧苇书目》载《古今词话》十卷，而沈雄所纂只六卷，益证其非一书矣。[3]

（三九）

“君王枉[4]把平陈业,换得[5]雷塘数亩田。”政治家之言也。“长陵亦是闲邱陇，异日谁知与仲多？”诗人之言也。政治家之眼，域于一人一事；诗人之眼，则通古今而观之。词人观物，须用诗人之眼，不可用政治家之眼。故感事、怀古等作，当与寿词同为词家所禁也。

（四〇）

宋人小说，多不足信。如《雪舟脞语》谓：台州知府唐仲友眷官

---

[1] 手稿此句后已删去一段:“古人云:‘小好小惭，大好大惭。’洵非虚语。”遗书本无最后二句，而补上手稿删去的这一段。

[2] 明刻《类编草堂诗余》亦同。案:升庵《词品》云:“林外，字岂尘。有《洞仙歌》书于垂虹亭畔，作道装，不告姓名，饮醉而去，人疑为吕洞宾。传入宫中，孝宗笑曰:‘“云崖洞天无锁”。“锁”与“老”叶均,则“锁”音“扫”,乃闽音也。’侦问之，果闽人林外也。”《齐东野语》所载亦略同。

[3] 此条通行本未载。

[4] 当作“忍”。

[5] 当作“只换”。

妓严蕊奴,朱晦庵系治之。及晦庵移去,提刑岳霖行部至台,蕊乞自便。岳问曰:“去将安归?”蕊赋《卜算子》词云“住也如何住”云云。案:此词系仲友戚高宣教作,使蕊歌以侑觞者,见朱子《纠唐仲友奏牍》。则《齐东野语》所纪朱、唐公案,恐亦未可信也。

(四一)

唐、五代之词,有句而无篇。南宋名家之词,有篇而无句。有篇有句,唯李后主降宋后之作,及永叔、子瞻、少游、美成、稼轩数人而已。

(四二)

唐、五代、北宋之词家,倡优也;南宋后之词家,俗子也;二者其失相等。然词人之词,宁失之倡优,而不失之俗子。[1] 以俗子之可厌,较倡优为甚故也。

(四三)

《蝶恋花》(独倚危楼)一阕,见《六一词》,亦见《乐章集》。余谓:屯田,轻薄子,只能道“奶奶兰心蕙性”耳。“衣带渐宽终不悔,为伊消得人憔悴。”[2] 此等语,固非欧公不能道也。

(四四)

读《会真记》者,恶张生之薄幸而恕其奸非;读《水浒传》者,恕宋江之横暴而责其深险,此人人之所同也。故艳词可作,唯万不

[1] 通行本“然”作“但”,无“而”字。

[2] 通行本无此二句。

可作儇薄语。龚定庵诗云:“偶赋凌云偶倦飞，偶然闲慕遂初衣。偶逢锦瑟佳人问，便说寻春为汝归。”其人凉薄无行，跃然纸墨间。余辈读耆卿、伯可词，亦有此感，视永叔、希文小词何如耶?

(四五)

词人之忠实，不独对人事宜然，即对一草一木，亦须有忠实之意;否则所谓游词也。

(四六)

读《花间》《尊前集》,令人回想徐陵《玉台新咏》;读《草堂诗余》,令人回想韦縠《才调集》;读朱竹垞《词综》,张皋文、董子远[1]《词选》,令人回想沈德潜《三朝诗别裁集》。

(四七)

明季、国初诸老之论词，大似袁简斋之论诗，其失也纤小而轻薄。竹垞以降之论词者，大似沈归愚，其失也枯槁而庸陋。

(四八)

东坡之旷在神，白石之旷在貌。白石如王衍口不言阿堵物，而暗中为营三窟之计，此其所以可鄙也。

(四九)

“纷吾既有此内美兮，又重之以修能。”文学[2]之事，于此二者不

[1] “子远”，手稿误作“晋卿”。

[2] “文学”，通行本作“文字”。

可缺一。然词乃抒情之作，故尤重内美。无内美而但有修能，则白石耳。

（五〇）

诗人视一切外物，皆游戏之材料也。然其游戏，则以热心为之。故诙谐与严重二性质，亦不可缺一也。

人间词话删稿

（一）

双声、叠韵之论盛于六朝，唐人犹多用之，至宋以后则渐不讲，并不知二者为何物。乾、嘉间，吾乡周松霭先生（春）著《杜诗双声叠韵谱括略》，正千余年之误，可谓有功文苑者矣。其言曰：“两字同母，谓之双声，两字同韵，谓之叠韵。”余按：用今日各国文法通用之语表之，则两字同一子音者谓之双声【如《南史·羊［元］（玄）保传》之“官家恨狭，更广八分”，官、家、更、广四字，皆从k得声。《洛阳伽蓝记》之“狞奴慢骂”，狞、奴二字皆从n得声，慢、骂二字皆从m得声是也[1]】。两字同一母音者，谓之叠韵[2]自李淑《诗苑》伪造沈约之说，以双声叠韵为诗中八病之二，后世诗家多废而不讲，亦不复用之于词。余谓苟于词之荡漾处用[3]叠韵，促节处用双声，则其铿锵可诵必有过于前人者。惜世之专讲音律者，尚未悟此也。

（二）

昔人但知双声之不拘四声，不知叠韵亦不拘平、上、去三声。凡字之同母者，虽平仄有殊，皆叠韵也。

[1] 通行本无“是”字。

[2] 如梁武帝之“后牖有朽柳”，后、牖、有三字，双声而兼叠韵，有、朽、柳三字，其母音皆为u。刘孝绰之“梁皇长康强”，梁、长、强三字，其母音皆为ang也。

[3] “用”，通行本作“多用”。

（三）

昔人论诗词，有景语、情语之别，不知一切景语皆情语也。

（四）

“岂不尔思，室是远而。”孔子讥之。故知孔门而用词，则牛峤之“甘[1]作一生拚，尽君今日欢”等作，必不在见删之数。[2]

（五）

“暮雨潇潇郎不归”，当是古词，未必即白傅所作。故白诗云：“吴娘夜[3]雨潇潇曲，自别苏州[4]更不闻”也。

（六）

和凝《长命女》词：“天欲晓，宫漏穿花声缭绕，窗里星光少。冷霞寒侵帐额，残月光沈树杪。梦断锦闱空悄悄，强起愁眉小。”此词前半，不减夏英公《喜迁莺》也。此词见《乐府雅词》，《历代诗余》选之。[5]

（七）

《提要》：“王明清《挥麈录》载曾布《冯燕歌》，已成套数，与词律殊途。”

毛西河《词话》谓：“赵德麟令畤作《商调鼓子词》谱《西厢》传奇，

[1] 当作“须”。

[2] 此条通行本未载。

[3] 当作“暮”。

[4] 当作“江南”。

[5] “此词见……”二句通行本无。

为杂剧之祖。”然《乐府雅词》卷首所载秦少游、晁补之、郑彦能（名仅）《调笑转踏》首有“致语”，末有“放队”，每调之前有口号诗，甚似曲本体例。无名氏《九张机》亦然。至董颖《道宫薄媚》大曲咏西子事，凡十只曲，皆平仄通押，竟是套曲，此可与《弦索西厢》同为曲家之荜路。曾氏置诸《雅词》卷首，所以别之于词也。颖字仲达，绍兴初人，从汪彦章、徐师川游。彦章为作《字说》，见《书录解题》。[1]

（八）

宋人遇令节、朝贺、宴会、落成等事，有“致语”一种，亦谓之“乐语”，亦谓之“念语”。宋人如宋子京、欧阳永叔、苏子瞻、陈师道皆有之。《啸余谱》列之于词曲之间。其式：先“教坊致语”（四六文），次“口号”（诗），次“勾合曲”（四六文），次“勾小儿队”（四六文），次“队名”（诗二句），次“问小儿”“小儿致语”，次“勾杂剧”（皆四六文），次“放队”（或诗或四六文）。若有女弟子队，则勾女弟子队如前。其所歌之词曲与所演之剧，则自伶人定之。少游、补之之《调笑》乃并为之作词。元人杂剧乃以曲代之。曲中楔子、科白、上下场诗，犹是致语、口号、勾队、放队之遗也，此程明善《啸余谱》所以列“致语”于词曲之间者也。[2]

（九）

明顾梧芳刻《尊前集》二卷，自为之引，并云：“明嘉禾顾梧芳编次。”毛子晋《词苑英华》疑为梧芳所辑。朱竹垞跋称，吴下得吴宽手钞本，取顾本勘之，靡有不同，因定为宋初人编辑。《提要》两

[1] 此条通行本未载。

[2] 此条通行本已删。

存其说。案《古今词话》云："赵崇祚《花间集》载温飞卿《菩萨蛮》甚多，合之吕鹏《尊前集》，不下二十阕。"今考顾刻所载飞卿《菩萨蛮》五首，除《咏泪》一首外，皆《花间》所有，知顾刻虽非自编，亦非复吕鹏所编之旧矣。《提要》又云："张炎《乐府指迷》虽云唐人有《尊前》《花间集》，然《乐府指迷》真出张炎与否，盖未可定。陈直斋《书录解题》'歌词类'以《花间集》为首，注曰：此近世倚声填词之祖，而无《尊前集》之名。不应张炎见之，而陈振孙不见。"然《书录解题·阳春集》条下，引高邮崔公度语曰："《尊前》《花间》往往谬其姓氏。"公度，公[1]祐间人，《宋史》有传。北宋固有，则此书不过直斋未见耳。

又案：黄昇《花庵词选》李白《清平乐》下注云："翰林应制。"又云："案：唐吕鹏《遏云集》载应制词四首，以后二首无清逸气韵，疑非太白所作。"云云。今《尊前集》所载太白《清平乐》有五首，岂《尊前集》一名《遏云集》，而四首五首之不同，乃花庵所见之本略异欤？又，欧阳炯《花间集序》谓："明皇朝有李太白应制《清平乐》四首。"则唐末时只有四首，岂末一首为梧芳所羼入，非吕鹏之旧欤？[2]

（一〇）

楚辞之体，非屈子所创也，《沧浪》《凤兮》之歌已与《三百篇》异。然至屈子而最工。五七律始于齐、梁而盛于唐，词源于唐而大成于北宋。故最工之文学，非徒善创，亦且善因。[3]

---

[1] 当作"元"。

[2] 此条通行本未载。

[3] 此条通行本未载。

（一一）

《沧浪》《凤兮》二歌，已开楚辞体格。然楚词之最工者，推屈原、宋玉，而后此王褒、刘向之词不与焉。五古之最工者，实推阮嗣宗、左太冲、郭景纯、陶渊明，而前此曹、刘，后此陈子昂、李太白不与焉。词之最工者，实推后主、正中、永叔、少游、美成，而前此温、韦，后此姜、吴，皆不与焉。[1]

（一二）

金郎甫作《〈词选〉后序》，分词为淫词、鄙词、游词三种，词之弊，尽是矣。五代、北宋之词，其失也淫；辛、刘之词，其失也鄙；姜、张之词，其失也游。[2]

[1] 通行本此二句作“而后此南宋诸公不与焉”。

[2] 此条通行本未载。

人间词话附录一

（一）

蕙风词小令似叔原，长调亦在清真、梅溪间，而沈痛过之。彊村虽富丽精工，犹逊其真挚也。天以百凶成就一词人，果何为哉！

（赵万里录自《蕙风琴趣》评语）

（二）

蕙风《洞仙歌》（秋日游某氏园）及《苏武慢》（寒夜闻角）二阕，境似清真，集中他作，不能过之。

（出处同上）

（三）

彊村词，余最赏其《浣溪沙》“独鸟冲波去意闲”二阕，笔力峭拔，非他词可能过之。

（赵万里自《丙寅日记》所记先生论学语中摘出）

（四）

蕙风“听歌”诸作，自以《满路花》为最佳。至《题香南雅集图》诸词，殊觉泛泛，无一言道著。

（出处同上）

（五）

（皇甫松）词，黄叔旸称其《摘得新》，二首为有达观之见。余谓不若《忆江南》二阕，情味深长，在乐天、梦得上也。

（自此条至第十三条皆录自王国维自辑本《唐五代二十一家词辑》）

（六）

端己词情深语秀，虽规模不及后主、正中，要在飞卿之上。观昔人颜、谢优劣论可知矣。

（七）

（毛文锡）词比牛、薛诸人殊为不及。叶梦得谓："文锡词以质直为情致，殊不知流于率露。诸人评庸陋词者，必曰此仿毛文锡之《赞成功》而不及者。"其言是也。

（八）

（魏承班）词逊于薛昭蕴、牛峤，而高于毛文锡，然皆不如王衍。五代词以帝王为最工，岂不以无意于求工欤？

（九）

（顾）敻词在牛给事、毛司徒间。《浣溪沙》"春色迷人"一阕，亦见《阳春录》。与《河传》《诉衷情》数阕，当为敻最佳之作矣。

（一〇）

（毛熙震）周密《齐东野语》称其词"新警而不为儇薄"。余尤爱其《后庭花》，不独意胜，即以调论，亦有隽上清越之致，视文锡蔑如也。

（一一）

（阎选）词唯《临江仙》第二首有轩翥之意，余尚未足与作者也。

（一二）

昔沈文悫深赏（张）泌“绿杨花扑一溪烟”为晚唐名句。然其词如“露浓香泛小庭花”，较前语似更幽艳。

（一三）

（孙光宪词）昔黄玉林赏其“一庭花[1]雨湿春愁”为古今佳句。余以为不若“片帆烟际闪孤光”尤有境界也。

（一四）

（周清真）先生于诗文无所不工，然尚未尽脱古人蹊径。平生著述，自以乐府为第一。词人甲乙，宋人早有定论，惟张叔夏病其意趣不高远。然北宋人如欧、苏、秦、黄，高则高矣，至精工博大，殊不逮先生。故以宋词比唐诗，则东坡似太白，欧、秦似摩诘，耆卿似乐天，方回、叔原则大历十子之流，南宋惟一稼轩可比昌黎。而词中老杜，则非先生不可。昔人以耆卿比少陵，犹为未当也。

（录自《清真先生遗事·尚论三》）

（一五）

（清真）先生之词，陈直斋谓其多用唐人诗句隐栝入律，浑然天成。

[1] 当作“疏”。

张玉田谓其善于融化诗句。然此不过一端，不如强焕云：“模写物态，曲尽其妙。”为知言也。

（出处同上）

（一六）

山谷云：“天下清景，不择贤愚而与之，然吾特疑端为我辈设。”诚哉是言。抑岂独清景而已，一切境界，无不为诗人设，世无诗人，即无此种境界。夫境界之呈于吾心而见于外物者，皆须臾之物，惟诗人能以此须臾之物，镌诸不朽之文字，使读者自得之；遂觉诗人之言，字字为我心中所欲言，而又非我之所能自言，此大诗人之秘妙也。境界有二：有诗人之境界，有常人之境界。诗人之境界，惟诗人能感之而能写之，故读其诗者亦高举远慕，有遗世之意。而亦有得有不得，且得之者亦各有深浅焉。若夫悲欢离合、羁旅行役之感，常人皆能感之，而惟诗人能写之。故其入于人者至深，而行于世也尤广。先生（清真）之词，属于第二种为多，故宋时别本之多，他无与匹。又和者三家，注者二家。[1] 自士大夫以至妇人女子，莫不知有清真，而种种无稽之言，亦由此以起。然非入人之深，乌能如是耶？

（出处同上）

（一七）

楼忠简谓先生（清真）妙解音律，惟王晦叔《碧鸡漫志》谓：“江南某氏者，解音律，时时度曲。周美成与有瓜葛。每得一解，即为制词。故周集中多新声。”则集中新曲，非尽自度。然顾曲名堂，不能自已，固非不知音者。故先生之词，文字之外，须兼味其音律。惟词中所

[1] 强焕本亦有注，见毛跋。

注宫调，不出教坊十八调之外，则其音非大晟乐府之新声，而为隋、唐以来之燕乐，固可知也。今其声虽亡，读其词者，犹觉拗怒之中，自饶和婉。曼声促节，繁会相宣；清浊抑扬，辘轳交往。两宋之间，一人而已。

（出处同上）

（一八）

伪词最多，强焕本所增，强半皆是。如《片玉词》上《青玉案》“良夜灯光簇如豆”一阕，乃改山谷《忆帝京》词为之者，决非先生作。[1]

（出处同上）

（一九）

（《云谣集杂曲子》）《天仙子》词，特深峭隐秀，堪与飞卿、端己抗行。

（录自《观堂集林·唐写本云谣集杂曲子跋》）

（二〇）

有明一代，乐府道衰，《写情》《扣舷》，尚有宋、元遗响，仁、宣以后，兹事几绝。独文愍（夏言）以魁硕之才，起而振之，豪壮典丽，与于湖、剑南为近。

（录自《观堂外集·庚辛之间读书记·桂翁词跋》）

[1] 通行本将此条作为注文，而其正文内容系由陈乃乾录王国维旧藏《片玉词》眉间批语：“《片玉词》‘良夜灯光簇如豆’一首乃改山谷《忆帝京》词为之者，似屯田最下之作，非美成所宜有也。”

（二一）

欧公《蝶恋花》“面旋落花”云云，字字沈响，殊不可及。

（陈乃乾录自王国维旧藏《六一词》眉间批语）

（二二）

温飞卿《菩萨蛮》“雨后却斜阳，杏花零落香”，少游之“雨余芳草斜阳，杏花零落[1]燕泥香”，虽自此脱胎，而实有出蓝之妙。

（陈乃乾录自王国维旧藏《词辨》眉间批语）

（二三）

白石尚有骨，玉田则一乞人耳。

（出处同上）

（二四）

美成词多作态，故不是大家气象。若同叔、永叔，虽不作态，而“一笑百媚生”矣。此天才与人力之别也。

（出处同上）

（二五）

周介存谓：“白石以诗法入词，门径浅狭，如孙过庭书，但便后人模仿。”予谓近人所以崇拜玉田，亦由于此。

（出处同上）

[1] 当作“乱”。

（二六）

予于词，五代喜李后主、冯正中，而不喜《花间》。宋喜同叔、永叔、子瞻、少游，而不喜美成。南宋只爱稼轩一人，而最恶梦窗、玉田。介存《词辨》所选词，颇多不当人意，而其论词则多独到之语。始知天下固有具眼人，非予一人之私见也。

（出处同上）

（二七）

（朱希真）《满路花·风情》无限风情，令人玩索。

（陈鸿祥从王国维旧藏《草堂诗余》眉批录出）

（二八）

朱竹坨《蝶恋花·重游晋祠题壁》，其“天涯芳草”二句，南宋后即不多见，无论近人。

（罗振常录自王国维旧藏《箧中词》批语）

（二九）

王君静安将刊其所为《人间词》，诒书告余曰：“知我词者莫如子，叙之亦莫如子宜。”余与君处十年矣，比年以来，君颇以词自娱。余虽不能词，然喜读词，每夜漏始下，一灯荧然，玩古人之作，未尝不与君共。君成一阕，易一字，未尝不以讯余。既而暌离，苟有所作，未尝不邮以示余也。然则余于君之词，又乌可以无言乎？夫自南宋以后，斯道之不振久矣。元、明及国初诸老，非无警句也，然不免乎局促者，气困于雕琢也。嘉、道以后之词，非不谐美也，然无救于浅薄者，意竭于摹拟也。君之于词，于五代喜李后主、冯中正，于北宋喜永叔、子瞻、少游、美成，于南宋除稼轩、白石外，所嗜盖鲜矣。尤痛诋梦窗、玉田，谓梦窗砌字，玉田垒句，一雕琢，一敷衍，其病不同，而同归于浅薄。六百年来词之不振，实自此始。其持论如此。及读君自所为词，则诚往复幽咽，动摇人心，快而沈，直而能曲。不屑屑于言词之末，而名句间出，殆往往度越前人。至其言近而指远，意决而辞婉，自永叔以后，殆未有工如君者也。君始为词时，亦不自意其至此，而卒至此者，天也，非人之所能为也。若夫观物之微，托兴之深，则又君诗词之特色，求之古代作者，罕有伦比。呜乎！不胜古人，不足以与古人并，君其知之矣。世有疑余言者乎，则何不取古人之词与君词比类而观之也？光绪丙午三月，山阴樊志厚叙。

（录自《海宁王静安先生遗书·苕华词》）

（三十）

去岁夏，王君静安集其所为词，得六十余阕，名曰《人间词甲稿》，余既叙而行之矣。今冬，复汇所作词为《乙稿》，丐余为之叙。余其敢辞，乃称曰：文学之事，其内足以摅已而外足以感人者，意与境二者而已。上焉者意与境浑，其次或以境胜，或以意胜，苟缺其一，不足以言文学。原夫文学之所以有意境者，以其能观也。出于观我者，意余于境；而出于观物者，境多于意。然非物无以见我，而观我之时，又自有我在。故二者常互相错综，能有所偏重，而不能有所偏废也。文学之工不工，亦视其意境之有无与其深浅而已。自夫人不能观古人之所观，而徒学古人之所作，于是始有伪文学。学者便之，相尚以辞，相习以模拟，遂不复知意境之为何物，岂不悲哉！苟持此以观古今人之词，则其得失，可得而言焉。温、韦之精艳，所以不如正中者，意境有深浅也。珠玉所以逊六一，小山所以愧淮海者，意境异也。美成晚出，始以辞采擅长，然终不失为北宋人之词者，有意境也。南宋词人之有意境者，唯一稼轩，然亦若不欲以意境胜。白石之词，气体雅健耳，至于意境，则去北宋人远甚。及梦窗、玉田出，并不求诸气体，而惟文字之是务，于是词之道熄矣。自元迄明，益以不振。至于国朝，而纳兰侍卫以天赋之才，崛起于方兴之族，其所为词，悲凉顽艳，独有得于意境之深，可谓豪杰之士奋乎百世之下者矣。同时朱、陈，既非劲敌；后世项、蒋，尤难鼎足。至乾、嘉以降，审乎体格韵律之间者愈微，而意味之溢于字句之表者愈浅。岂非拘泥文字，而不求诸意境之失欤？抑观我观物之事自有天在，固难期诸流俗欤？余与静安，均夙持此论。静安之为词，真能以意境胜，夫古今词人以意胜者，莫若欧阳公；以境胜者，莫若秦少游；至意、境两浑，则惟太白、后主、正中数人足以当之。静安之词，大抵意深于欧，而境次于秦。至其合作，如《甲稿·浣溪沙》之"天末同云"、《蝶恋花》之"昨夜梦中"、《乙稿·蝶恋花》之"百尺朱楼"等阕，皆意境两忘，物我一体；高蹈乎八荒之表，而抗心乎千秋之间；骎骎乎两汉之疆域，广于三代、贞观之政治，隆于武德矣。方之侍卫，岂徒伯仲。此固君所得于天者独深，抑岂非致力于意境之效也。至君词之体裁，亦与五代、北宋为近，然君词之所以为五代、北宋之词者，以其有意境在。若以其体裁故，而至遽指为五代、北宋，此又君之不任受，固当与梦窗、玉田之徒，专事摹拟者，同类而笑之也。光绪三十三年十月，山阴樊志厚叙。

（出处同上）

人间词话附录二

《人间词话》手稿与本编、通行本条目次序对照表

手稿	本编	通行本
1	二四	24
2	二六	26
3	一〇	10
4	一一	11
5	一三	13
6	一九	19
7	五六	56
8	三三	33
9	三四	34
10	三五	35
11	四三	43
12	四九	49
13	未一	删 1
14	五〇	50
15	删一	删 2
16	删二	删 3
17	未二	删 4
18	二〇	20
19	二一	21
20	三六	36
21	未三	删 5
22	四二	42
23	未四	删 35
24	未五	未载
25	未六	删 36

26	未七	未载
27	三七	37
28	未八	未载
29	未九	删 6
30	未一〇	删 7
31	一	1
32	二	2
33	三	3
34	未一一	删 8
35	六	6
36	四	4
37	五	5
38	未一二	删 9
39	五五	55
40	二八	28
41	五七	57
42	五八	58
43	未一三	删 12
44	五一	51
45	未一四	删 13
46	七	7
47	未一五	删 14
48	八	8
49	删三	删 10
50	删四	未载
51	未一六	删 11
52	二二	22
53	二三	23
54	五九	59
55	未一七	删 15
56	未一八	删 16
57	一二	12
58	删五	未载
59	未一九	删 17

60	四七	47
61	未二〇	删 18
62	三一	31
63	三二	32
64	未二一	未载
65	未二二	未载
66	未二三	删 29
67	未二四	删 20
68	未二五	删 21
69	未二六	删 22
70	未二七	删 23
71	未二八	删 24
72	未二九	删 25
73	四八	48
74	未三〇	删 26
75	三八	38
76	三九	39
77	四〇	40
78	二九	29
79	九	9
80	四一	41
81	未三一	删 27
82	六四	64
83	未三二	删 28
84	未三三	删 29
85	未三四	删 30
86	未三五	删 31
87	删六	删 32
88	未三六	删 33
89	删七	未载
90	删八	未载
91	未三七	删 34
92	删九	未载
93	未三八	未载

94	五三	53
95	未三九	删 37
96	未四〇	删 38
97	未四一	删 40
98	未四二	删 41
99	四五	45
100	四六	46
101	未四三	删 42
102	未四四	删 43
103	未四五	删 44
104	一四	14
105	一五	15
106	一六	16
107	一七	17
108	一八	18
109	删一〇	未载
110	三〇	30
111	删一一	删 39
112	未四六	删 45
113	未四七	删 46
114	四四	44
115	未四八	删 47
116	二七	27
117	六〇	60
118	二五	25
119	未四九	删 48
120	六一	61
121	未五〇	删 49
122	删一二	未载
123	六二	62
124	五二	52
125	五四	54
无	六三	63

蒲菁转述王国维自论三种境界说，据靳德峻笺证、蒲菁补笺《人间词话》第二十六则“古今之成大事业大学问者,必经过三种之境界”补笺，北京文化学社 1928 年印本，四川人民出版社 1981 年重印本。

江津吴碧柳芳吉曩教于西北大学，某举此节问之，碧柳未能对。嗣入都因请于先生。先生谓第一境即所谓世无明王，栖栖皇皇者。第二境是知其不可而为之。第三境非归与归与之叹与。《湘山野录》:“李后主神骨秀异,骈齿,一目有重瞳。笃信佛法。殆国势危削,叹曰:‘天下无周公仲尼，吾道不可行。’著杂说百篇以见志。”然则具周思孔情乃为大词人。余持此说，亦恐晏、欧诸公所不许也。

《人间词话》重印序（俞平伯）

（北京朴社一九二六年印）

作文艺批评，一在能体会，二在能超脱。必须身居局中，局中人知甘苦；又须身处局外，局外人有公论。此书论诗人之素养，以为“入乎其内，故能写之；出乎其外，故能观之”。吾于论文艺批评亦云然。

自来诗话虽多，能兼此二妙者寥寥；此重刊《人间词话》之意义也。虽只薄薄的三十页，而此中所蓄几全是深辨甘苦惬心贵当之言，固非胸罗万卷者不能道。读者宜深加玩味，不以少而忽之。

其实书中所暗示的端绪，如引而申之，正可成一庞然巨帙，特其耐人寻味之力或顿减耳。明珠翠羽，俯拾即是，莫非瑰宝，装成七宝楼台，反添蛇足矣。此日记短札各体之所以为人爱重，不因世间曾有 masterpieces，而遂销声匿迹也。

作者论词标举“境界”，更辨词境有隔不隔之别；而谓南宋逊于北宋，可与颉颃者惟辛幼安一人耳……凡此等评衡论断之处，俱持平入妙，铢两悉称，良无间然。颇思得暇引申其义，却恐“佛头著粪”，遂终于不为；而缀此短序以介绍于读者。

一九二六，二，四，平伯记。

《人间词话》补笺序（戚法仁）

（北京文化学社 1928 印）

词者，曲子词之省称。其乐则燕乐二十八调，其体则肇自盛唐，初为民间歌谣，即《云谣集》杂曲子是也。中唐之世，刘、白试作，寥寥短章，体格未备。及晚唐五季，作手实繁，《握兰》《金荃》，裒然成帙。降而两宋，此体大盛，苏、辛为豪放之祖，周、秦开婉约之宗，轶先越后，蔚为绝学；而论词之书，亦推宋人最精。张玉田《词源》二卷，艺林推重，珍逾南金，其书精研律吕，剖析毫芒，后人继作，万难企及；惟论词之处，则支离殊少条贯，且门户太狭，专主清空，失之偏宕。厥后元、明二代，若陆辅《词旨》、杨升庵《词品》外，作者尚众；然皆疏略，少所发明。清人论述，《白雨斋》及《蕙风词话》，最为时人推重。然求其推究文心，尽极精微，且本末赅备，条贯厘然者，海宁王氏《人间词话》一编，尤有所长，论词主境界，不为虚无要渺之谈。其书旧有注本；然而诠释弗精，义蕴不显。于是成都蒲仲山先生为之补笺，取王氏之说而引申之，诠解详尽，妙达词心，斯实艺苑之南针，匪特有功王氏一家之书也。惟海宁治词，功力悉在小令，故《词话》之作，于南宋诸家深致诋诃。然俞仲茀云："唐诗三变愈下。"宋词殊不然，欧、苏、秦、黄，足当高、岑、王、李，南渡以后，矫矫陡健，即不得称中宋晚宋也。尝试论之：梅溪思路隽爽，用笔轻灵，快剪风樯，了无滞迹，持救平钝之病，诚为良剂。梦窗以丽赡之才，吐沉雄之思，其开阖顿挫，潜气内转，正与美成同法。草窗、玉田，功力并胜，且身茹亡国之痛，凄怆悲吟，不能自已，其词《一萼红·登蓬莱阁》《高阳台·西湖春感》，类有寄托，非同泛响。今一例抹煞，诋为乡愿，平情而论，实失之苛。至于《清真》一集，极沈郁顿挫之观，两宋之世，一人而已。王氏少之。及后更著《清真先生遗事》，乃尽反前说，殆亦悔其少作。今备论其得失如此，俾读斯编者知所去取云尔。宿迁戚法仁序。

五、论点摘录

《两周金石文韵读序》周代金石文“用韵与《三百篇》无乎不合”

自汉以后，学术之盛，莫过于近三百年。此三百年中，经学、史学，皆足以陵驾前代，然其尤卓绝者，则曰小学。小学之中，如高邮王氏、栖霞郝氏之于训故，歙县程氏之于名物，金坛段氏之于《说文》，皆足以上掩前哲。然其尤卓绝者，则为韵学。古韵之学，自昆山顾氏而婺源江氏，而休宁戴氏，而金坛段氏，而曲阜孔氏，而高邮王氏，而歙县江氏，作者不过七人，然古音廿二部之目，遂令后世无可增损。故训故、名物、文字之学，有待于将来者甚多，至古韵之学，谓之前无古人、后无来者可也。原斯学所以能完密至此者，以其材料不过群经、诸子及汉魏有韵之文，其方法则皆因乎古人用韵之自然，而不容以后说私意参乎其间，其道至简，而其事有涯，以至简人有涯，故不数传而遂臻其极也。余读诸家韵书，窃叹言韵至王、江二氏，已无遗憾。惟音分阴、阳二类，当从戴、孔。而阳类有平无上、去、入，段氏《六书音韵表》已微及之。前哲所言，既已包举靡遗，故不复有所论述。惟昔人于有周一代韵文，除群经、诸子、《楚辞》外，所见无多。余更搜其见金石刻者，得四十余篇，其时代则自宗周以讫战国之初；其国别如杞、郐、邾、娄、徐、许等，并出《国风》十五之外。然求其用韵，与《三百篇》无乎不合。故即王、江二家部目，谱而读之，非徒补诸家古韵书之所未详，亦以证国朝古韵之学之精确无以易也。丁巳八月。

前哲言韵，皆以《诗》三百五篇为主。余更蒐周世韵语见于金石文字者，得数十篇。中有杞、鄫、许、邾、徐、楚诸国之文，出商、鲁二《颂》与十五国风之外，其时亦上起宗周，下讫战国，亘五六百年，然其用韵与《三百篇》无乎不合。

《毛公鼎考释序》考释古代文字之综合的方法

三代重器存于今日者，器以盂鼎、克鼎为最巨；文以毛公鼎为最多。此三器皆出道光、咸丰间，而毛公鼎首归潍县陈氏，其打本、摹本亦最先出，一时学者竞相考订。嘉兴徐寿臧明经（同柏）、海丰吴子苾阁学（式芬）、瑞安孙仲颂比部（诒让）、吴县吴清卿中丞（大澂），先后有作。明经首释是器，有凿空之功；阁学矜慎，比部闳通，中丞于古文尤有县解，于是此器文字可读者十且八九。顾自周初讫今垂三千年，其讫秦汉亦且千年。此千年中，文字之变化脉络，不尽可寻，故古器文字有不可尽识者，势也。古代文字假借至多，自周至汉，音亦屡变，假借之字不能一一求其本字，故古器文义有不可强通者，亦势也。自来释古器者，欲求无一字之不识，无一义之不通，而穿凿附会之说以生。穿凿附会者，非也；谓其字之不可识、义之不可通而遂置之者，亦非也。文无古今，未有不文从字顺者。今日通行文字，人人能读之、能解之，《诗》《书》、彝器，亦古之通行文字，今日所以难读者，由今人之知古代，不如知现代之深故也。苟考之史事与制度文物，以知其时代之情状；本之《诗》《书》，以求其文之义例；考之古音，以通其义之假借；参之彝器，以验其文字之变化，由此而之彼，即甲以推乙，则于字之不可释、义之不可通者，必间有获焉。然后阙其不可知者，以俟后之君子，则庶乎其近之矣。孙、吴诸家之释此器，亦大都本此方法，惟用之有疏密，故得失亦准之。今为此释，于前人之是者证之，未备者补之，其有所疑，则姑阙焉。虽于诸家外所得无多，然可知古代文字，自有其可识者与可通者，亦有其不可识与不可强通者，而非如世俗之所云云也。丙辰四月。

《明堂庙寝通考》古代富室之实用与审美

其既为宫室也，必使一家之人所居之室相距至近，而后情足以相亲焉，功足以相助焉。然欲诸室相接，非四阿之室不可。四阿者，四栋也。为四栋之屋，使其堂各向东西南北于外，则四堂后之四室亦自向东西南北而凑于中庭矣。此置室最近之法，最利于用，而亦足以为观美。明堂、辟雍、宗庙大小寝之制，皆不外由此而扩大之缘饰之者也。

《说〈周颂〉》《颂》之声较《风》《雅》为缓

《毛诗序》云："颂者，美盛德之形容，以其成功告于神明者也。""盛德之形容"，以貌表之可也，以声表之亦可也。窃谓风、雅、颂之别，当于声求之。颂之所以异于风雅者，虽不可得而知，今就其著者言之，则颂之声较风雅为缓也。

《汉以后所传周乐考》周代诗乐二家分途之后的历史演变

诗乐二家，春秋之季已自分途。诗家习其义，出于古师儒。孔子所云言诗、诵诗、学诗者，皆就其义言之，其流为齐鲁韩毛四家。乐家传其声，出于古太师氏。子贡所问于师乙者。专以其声言之，其流为制氏诸家。诗家之诗，士大夫习之，故诗三百篇至秦汉具存。乐家之诗惟伶人世守之，故子贡时尚有风、雅、颂、商、齐诸声，而先秦以后仅存二十六篇，又亡其八篇，且均被以“雅”名。汉魏之际，仅存四五篇[1]，后又易其三。讫永嘉之乱，而三代之乐遂全亡矣。二家本自殊途，不能相通。世或有以此绳彼者，均未可谓为笃论也。

《“肃霜”“涤场”说》“肃霜”“涤场”：结合文字结构与实地直观以解古诗一例

《诗·豳风》：“九月肃霜，十月涤场。”《传》：“肃，缩也。霜降而收缩万物。涤，埽也，场工毕入也。”案，此二句乃与“一之日觱发，二之日栗烈”同例，而不与“七月流火，九月授衣”同例。“肃霜”“涤场”皆互为双声，乃古之联绵字，不容分别释之。“肃霜”犹言肃爽，“涤场”犹言涤荡也。……“九月肃霜”谓九月之气清高颢白而已。至十月，则万物摇落无余矣。与“觱发”“栗烈”，由风寒而进入气寒者，遣词正同。癸亥之岁，余再来京师，离南方之卑湿，乐北土之爽垲。九、十月之交，天高日晶，木叶尽脱，因会得“肃霜”“涤场”二语之妙，

[1] 王深宁《汉书艺文志考》谓：乐家雅歌诗四篇即杜夔所传四篇，是西汉末已只存四篇。

因为之说云。

《敦煌发见唐朝之通俗诗及通俗小说》[1]
《天仙子》一首“情词宛转深刻”

敦煌唐写本书籍，为英国斯坦因博士携归伦敦者，有韦庄《秦妇吟》一卷，前后残阙，尚近千字。此诗，韦庄《浣花集》十卷中不载，唐写本亦无书题及撰人姓名。然孙光宪《北梦琐言》，谓蜀相韦庄应举时，遇黄寇犯阙，著《秦妇吟》一篇，云:“内库烧为锦绣灰，天街踏尽公卿骨。”今敦煌残卷 中有此二句，其为韦诗审矣。诗为长庆体，叙述黄巢“焚掠”，借陷“贼”妇人口中述之，语极沈痛详尽，其词复明浅易解，故当时人人喜诵之，至制为障子。《北梦琐言》谓庄贵后讳此诗为己作，至撰家戒，不许垂《秦妇吟》障子，则其风行一时可知矣。其诗曰：

（上阙）南邻走入北邻藏，东邻走向西邻避。北邻诸妇咸相凑，户外奔腾如走兽。轰轰焜焜乾坤动，万马雷声从地涌。火迸金星上九天，十二官街烟烘炯。日轮西下寒光白，上帝无言空脉脉。阴云晕气若重围，□者流星如血色。紫气潜随帝座移，妖光暗射□星析。家家流血如泉沸，处处冤声声动地。舞伎歌姬尽黯然，婴儿稚女皆生弃。东邻有女眉新画，倾国倾城不知价。长戈拥得上戎车，回首香闺泪盈把。旋抽金线学缝旗，才上雕鞍教走马。有时马上见良人，不敢回眸空泪下。西邻有女真仙子，一寸横波剪秋水。妆成只对镜中春，年幼不知门外事。一夫跳跃上金阶，斜袒半臂欲相耻。牵衣不肯出朱门，红粉香脂刀下死。南邻有女不记姓，

[1] 本文刊于上海《东方杂志》1920 年第 17 卷第 8 号，《王国维遗书》未收。

昨日良媒新纳聘。琉璃阶上不闻声，翡翠帘前空见影。忽惊庭际刀刃鸣，身首分离在俄顷。仰天掩面哭一声，女弟女兄同入井。北邻少妇行相促，旋折云鬟拭眉绿。已闻击托坏高门，不觉攀缘上重屋。须臾四门火光来，欲下危梯梯又摧。烟中大声犹求救，梁上悬尸已作灰。妾身幸得全刀锯，不敢踟蹰久回顾。旋梳云鬓逐军行，强展蛾眉出门去。旧里从兹不得归，六亲自此无寻处。一从陷贼经三岁，终日忧惊心肝碎。夜卧千重剑戟围，朝餐一味人肝脍。鸳帏纵入岂成欢，宝货虽多非所爱。蓬头面垢眉犹赤，几转横波看不得。衣裳颠倒语言异，面上夸功雕作字。柏台多士尽狐精，兰省诸郎皆鬼魅。还将短发戴华簪，不脱朝衣缠绣被。翻持象笏作三公，倒佩金鱼为两制。朝闻奏对入朝堂，暮见喧呼来酒市。一声五鼓人惊起，声啸喧争如窃议。夜来探马入黄城，昨日官军收赤水。赤水去城一百里，朝若发兮暮应至。凶徒马上暗吞声，女伴闺中潜生喜。皆言冤情此日销，必谓妖徒今日死。逡巡走马传声急，又道军前全阵入。大台小台相顾忧，三郎四郎抱鞍泣。泛泛数日无消息，必谓军前已衔璧。簸旗掉剑却来归，又道官军屡败绩。四面从兹多厄束，一斗黄金一斗粟。尚让厨中食木皮，黄巢机上刲人肉。东南断绝无粮道，沟壑渐平人渐少。六军门外倚僵尸，七架营中填饿莩。长安寂寂今何有，废市荒街麦苗秀。采樵斫尽杏园花，修寨诛残御沟柳。华轩绣毂皆消散，甲第朱门无一半。含元殿上狐兔行，花萼楼前荆棘满。昔时繁盛皆埋没，举目凄凉无故物。内库烧为锦绣灰，天街踏尽公卿骨。来时晓出城东陌，城上风烟如塞色。路旁时见游奕军，坡下绝无迎送客。霸陵东望人烟绝，树锁骊山金翠灭。大道俱成棘子林，行人夜宿长□月。明朝晓至三峰路，百万人家无一户。破落田园但有蒿，摧残竹树皆无主。路旁试问金天神，金天无语愁于人。庙前古柏有残折，殿上金炉生暗尘。一从狂寇陷中国，天地晦盲风雨黑。案前神水呪不成，壁上阴兵驱不得。闲日徒歆□乡思，危时不助神通力。我今愧恧拙为神，

且向山中深壁匿。寰中箫管不曾闻，筵上牺牲无处觅。旋教魇（下阙）

此诗前后皆阙，尚存九百六十余字，当为晚唐诗中最长者。又才气俊发，自非才人不能作。惟语取易解，有类俳优，故其弟蔼编《浣花集》时，不以入集。不谓千百年后，乃于荒徼中发见之。当时敦煌写有数本，此藏于英伦者如此。巴黎国民图书馆书目有《秦妇吟》一卷，右补阙"韦庄撰"，既有书名及撰人姓名，当较此为完好，他日当访求之也。

伦敦博物馆有《季布歌》，前后皆阙，尚存三千余字，纪汉季布亡命事，以七言韵语述之，语更浅俗，似后世七字唱本。又有《孝子董永传》，亦系七言，其词略曰：

人生在世审思量，暂口□□有何妨。大众志心须静听，先须孝顺阿爷娘。好事恶事皆钞录，善恶童子每钞将。孝感先贤说董永，年登十五二亲亡。自叹福薄无兄弟，夜中流泪每千行。为缘多生口姊妹，亦无知识及亲房。家里贫穷无钱物，所买当身殡爷娘。

云云。实当时所作劝善诗之一种，江右某氏所藏敦煌书 中，有《目连救母》《李陵降虏》二种，则纯粹七字唱本云。

伦敦博物馆又藏唐人小说一种，全用俗语，为宋以后通俗小说之祖。其书亦前后皆阙，仅存中间一段云：

判官憷恶，不敢道名字。帝曰："卿近前来，轻道，姓崔名子玉，朕当识。"言讫，使人引皇帝至院门。使人奏曰："伏维陛下，且立在此，容臣入报判官速来。"言讫，使者到厅前拜了，启判官："奉大王处太宗

是生魂到领，判官推勘，见在门外，未敢引。”判官闻言，惊忙起立。（下阙）

此小说记唐太宗人冥事，今传世《西游演义》中有之。《太平广记》引唐张鷟《朝野佥载》，已有此事，但未著判官姓名云：

唐太宗极康豫，太史令李淳风见上，流泪无言。上问之。对曰：“陛下夕当晏驾。”太宗曰：“人生有命，亦何忧也。”留淳风宿，太宗至夜半奄然入定，见一人云：“陛下暂合来，还即去也。”帝问：“君是何人？”对曰：“臣是生人判冥事。”太宗入见，判官问六月四日事（即太宗杀太子建成、齐王元吉之日），即令还。向见者又迎送引导出。淳风即观乾象，不许哭泣。须臾乃寤，至曙，求昨所见者，令所司与一官，遂注蜀道一丞。

近代郑烺撰《崔府君祠录》，引《滏阳神异录》一事，与《佥载》同，且以冥判为崔府君。曰：

一日，府君忽奉东岳圣帝旨，敕断隐、巢等狱。府君令二青衣引太宗至。时魏征已卒，迎太宗，属曰：“隐、巢等冤诉，不可与辨，帝功大，但称述，神必祐也。”帝顾之，及对质，帝惟以功上陈，不与辨。府君判曰：“帝治世安民之功甚伟。”（中略）敕二青衣送帝回，隐、巢等惶恐去。帝行，复与府君别。府君曰：“毋泄也。”后帝令传府君像，与判狱神无异。

云云。今观唐人所撰小说，已云冥判姓崔名子玉。故宋仁宗景祐二年，加崔府君封号诏，有“惠存滏邑，恩结蒲人，生著令猷，没司幽府”等语。可见传世杂说，其所由来远矣。又伦敦所藏，尚有《伍员人吴》小说，亦用俗语，与太宗人冥小说同。

唐代不独有俗体诗文，即所著书籍，亦有平浅易解者，如《太公家教》是也。《太公家教》一书，见于《李习之文集》，至与文中子《中说》并称。宋王明清《玉照新志》亦称其书。顾世久无传本，近世敦煌所出凡数本，英法图书馆皆有之。上虞罗氏亦藏一本。观其书多用俗语，而文极芜杂五次序，盖唐时乡学究之所作也。其首数行，自叙作书缘起云："□□□□代长值危时，望（亡之讹）乡失土，波进流离。只欲隐山居住，不能忍冻受饥；只欲扬名后代，复无晏婴之机。才轻德薄，不堪人师，徒消人食，浪费人衣。随缘信业，且逐时之随。辄以讨其坟典，简择诗书，依经傍史，约礼时宜，为书一卷，助幼童儿"云云。则其作书之人与作书之旨，均可知矣。书全用韵语，多集当时俗谚格言，有至今尚在人口者。辄举其要者如左：

得人一牛，还人一马，往而不来，非成礼也。知恩报恩，风流儒雅。

一日为师，终身为父；一日为君，终身为主。

他篱莫越，他事莫知，他贫莫笑，他病莫欺，他财莫取，他色莫侵，他疆莫触，他弱莫欺，他弓莫挽，他马莫骑，弓折马死，偿他无疑。

罹网之鸟，悔不高飞；吞钩之鱼，悔不忍饥。

男年长大，莫听好酒；女年长大，莫听游走。

含血叹人，先污其口；十言九中，不语者胜。

款客不贫，古今实语。

近朱者赤，近墨者黑；蓬生麻中，不扶自直。

凡人不可貌相，海水不可斗量。

勤是元价之宝，学是明月之珠。积财千万，不如明解一经；良田千顷，不如薄艺随躯。

香饵之下，必有悬钩之鱼；重赏之家，必有勇夫。

以上诸条，或见古书，或尚存于今日俗语中。张淏《云谷杂记》谓杜荀鹤《唐风集》中诗极低下，如“要知前路事，不及在家时”“不觉裹头成大汉，初看骑马作儿童”，前辈方之《太公家教》。是唐人用此种文体，惟有《太公家教》一书，故独举此以比杜荀鹤诗，当时亦甚轻视之，观其所就，决不能与唐人他种文学比矣。

敦煌所出《春秋后语》，卷纸背有唐人词三首，其二为《西江月》（当为《望江南》）。其词云：

天上月，遥望似一团银；夜久更阑风渐紧；为（原作以）奴吹却月边云，照见负（原作附）心人。

（五梁）台上月，一片玉无瑕（原作暇），迤逦（原作以里）看归西海去，横云出来不敢遮，叆叇绕天涯。

又有《菩萨蛮》一首云：

自从宇内光戈戟，狼烟处处熏天黑；早晚竖金鸡，休磨战马蹄。淼淼三江水，半是离人泪；老尚逐今财，问龙门何日开。

又伦敦博物馆藏唐人书写《云谣集》杂曲子共三十首，中有《凤归云》二首。其一云：

征夫数岁，萍寄他邦。去便无消息，累换星霜。愁听砧杵，疑塞雁行。孤眠寫帐里，枉劳魂梦，夜夜飞扬。想君薄行，更不思量。谁为传书与妾表衷肠？倚牖无言垂血泪，暗祝三光。万般无那处，一炉香尽，又更添香。

其二云：

怨绿窗独坐，修得为君书。征衣裁缝了，远寄边塞；想得为君贪苦战，不惮崎岖。终朝沙里口，冯三尺勇战好愚。岂知红粉泪如珠？枉把金钗卜，卦口皆虚。魂梦天涯无暂歇，枕上虚待公卿，回日容颜樵悴，彼此何如。

《云谣集杂曲子》中又有《天仙子》一首云：

燕语莺啼三月半，烟蘸柳条金线乱。五陵原上有仙娥，携歌扇，香烂漫，留住九华云一片。犀玉满头花满面，负妾一双偷泪眼。泪珠若得似真珠，拈不散，知何限，串向红丝应百万。

此一首，情词宛转深刻，不让温飞卿、韦端己，当是文人之笔。其余诸章，语颇质俚，殆皆当时歌唱脚本也。

《宋椠大唐三藏取经诗话跋》《宋椠大唐三藏取经诗话》为后世小说分章回之祖

顷于日本内藤博士处，见巾箱本《大唐三藏取经诗话》照片，版心高三寸，宽二寸许，每页十行，每行十五字，阙卷上第一页、卷中二、三两页。卷末书题后有“中瓦子张家印”一行。旧为高山寺藏书，今在东京三浦子爵所。内藤君言东京德富苏峰藏大字本题《大唐三藏取经记》云云，不知与小字本异同何如。案：中瓦子为南宋临安府街名。瓦子者，倡优、剧场所萃之地也。《梦粱录》（十九）云：“杭之瓦舍，内外合计有十七处。如清泠桥熙春楼下谓之南瓦子，市南坊北三元楼前谓之中瓦子”云云；又卷十五（按，应为卷十三）铺席门保佑坊前张官人诸史子文籍铺，其次即为中瓦子。前诸铺，则所为[张家]（按，二字衍）张官（人）诸史子文籍铺，此书则不避宋讳，殆台犹当。此书题“中瓦子张家印”，恐即倡家说唱用本，犹为宋、元间所刊行者也。此书体例，亦与《五代平话》《宣和遗事》略同，三卷之书，共分十五节（按，另文作十七节），亦后世小说分章回之祖。其称诗话者，则非宋士大夫间所谓诗话，以其中有诗有话，故得此名。其有词有话者，则谓之词话。《也是园书目》有宋人词话十六种，其目为《灯花婆婆》《种瓜张老》《紫罗盖头》《女报怨》《风吹轿儿》《错斩崔宁》《小亭儿》《西湖三塔》《冯玉梅团圆》《简帖和尚》《李焕生王陈南》《小金钱》十二种，不著卷数。其它四种，则为《宣和遗事》四卷（实二卷）、《烟粉小说》四卷、《奇闻类记》十卷、《湖海奇闻》二卷。词话二字，非遵王所能杜撰，意原本必题《灯花婆婆词话》《种瓜张老词话》等，故遵王仍用之。若《宣和遗事》四种，亦当因其体例相似，故附于后耳。《侯鲭录》所载《商调蝶恋花》，于叙事中，间以《蝶恋花》词，乃宋人词话之尚存者。此本用诗不用词，故称诗话。皆《梦粱录》《都城纪略》所谓说话之一种也。书中玄奘取经，均出猴行者之力，实为《西游记》小说所本。又考陶南村《辍耕录》所载院本名目，实为金人之作，中有《唐三藏》一本。《录鬼簿》所载元吴昌龄杂剧亦有《唐三藏西天取经》，其书至国初尚存。钱曾《也是园书目》有吴昌龄《西游记》四卷，曹寅《栋亭书目》有《西游记》六卷，无名氏《传奇汇考》亦有《北西游记》，云“全用北曲，元人作”，盖即昌龄所拟杂剧也。今金人院本、元人杂剧皆不传，而宋元间所刊话本，尚存于日本，且有大字、小字二种，古书之出，洵有不可思议者乎。

本书编者按：此文后又收入《观堂别集》卷三，题目中的“宋刊”改为“宋椠”，全文各段的文字各有多寡和异同。其中重要的新增和改变的文字有：

①“今在东京三浦子爵所”，改为“今在三浦将军许”。

②《梦粱录》卷十三（王国维原文都误作卷十五）介绍“张官人经史子文籍铺”后，原文：此书题“中瓦子张家印”，恐即倡家说唱用本，犹为宋元间所刊行者也。改为：此云“中瓦子张家印”，盖即《梦粱录》所谓“张官人经史子文籍铺”。南宋临安书肆，若太庙前尹家、太学前陆家、鞔鼓桥陈家所刊书籍，世多知之，中瓦子张家惟此一见而已。

③《宋椠大唐三藏取经诗话跋》末段为：

今金人院本、元人杂剧皆佚，而南宋人所撰话本尚存，岂非人间希有之秘笈乎！闻日本德富苏峰尚藏一大字本，题《大唐三藏取经记》，不知与小字本异同何如也。乙卯春。

此书（按，指《宋椠大唐三藏取经诗话》）与《五代平话》《京本小说》及《宣和遗事》体例略同。三卷之书共分十七节，亦后世小说分章回之祖。其称“诗话”，非唐宋士夫所谓诗话，以其中有诗有话，故得此名。其有词有话者则谓之“词话”。《也是园书目》有宋人词话十六种，《宣和遗事》其一也。词话之名非遵王所能杜撰，必此十六种中有题词话者。此书有诗无词，故名诗话，皆《梦粱录》《都城纪胜》所谓说话之一种也。

《唐写本〈春秋后语〉背记跋》
《望江南》《菩萨蛮》二调，风行唐末

上虞罗氏藏唐写本《春秋后语》有背记凡八条，中有西番书一行，余汉字，七条皆以木笔书之，内有咸通皇帝判官王文玛语，盖唐咸通间人所书。末有词三阕，前二阕不著调名，观其句法，知为《望江南》，后一阕则《菩萨蛮》也。案段安节《乐府杂录》云："《望江南》始自朱崖李太尉镇浙西日，为亡伎谢秋娘所撰。本名《谢秋娘》，后改此名，亦曰《梦江南》。"考德裕镇浙西在长庆四年，至太和三年入朝，凡六年，嗣是白居易、刘禹锡、温庭筠、皇甫松并为此词（白词名《忆江南》，见《长庆后集》卷三，乃太和八、九年间所作。刘词有"多谢洛城人"语，必居洛阳时作，殆与白词同时作。温、皇甫二词则又在其后），前则未闻。又《菩萨蛮》，据苏鹗《杜阳杂编》，亦以为宣宗大中初制，然世所传小说《炀帝海山记》已有炀帝所作《望江南》八首。宋初所编《尊前集》及李白《古风集》（见《湘山野录》），均有白所作《菩萨蛮》词。《海山记》伪书，固不足信，白词世亦有疑之者。顾唐、宋说部所谓某调创于某时、某人者，尤多附会。崔令钦《教坊记》所载教坊曲名三百六十五中，有《望江南》《菩萨蛮》二调。令钦时代虽不可考，然《唐书·宰相世系表》有国子司业崔令钦，乃隋恒农太守宣度之五世孙。唐高祖至玄宗五世，宣度与高祖同时，则其五世孙令钦当在玄、肃二宗之世。其书记事汔于开元，亦足略推其时代。据此则《望江南》《菩萨蛮》二词，开元教坊固已有之。惟《望江南》因赞皇首填此词，刘、白诸公相继而作，《菩萨蛮》则因宣宗所喜，宰相令狐绹曾令温庭筠撰，密进之（见《唐诗纪事》），故《乐府杂录》与《杜阳杂编》遂以此二词之创作,传之德裕与宣宗。语虽失实,然其风行实始于此。此背记书于咸通间,距太和末廿余年,距大中不过数年,已有此二调,虽别字声病满纸皆是,可见沙洲一隅,自大中内属后,又颇接中原最新之文化也。至此背记中之与沙洲时事相关者,已见于罗叔言参事所补《唐书·张义潮传》,兹不赘云。癸丑五月。

《唐写本韦庄〈秦妇吟〉跋》韦庄《秦妇吟》风行一时

此诗前后残阙,无篇题及撰人姓名。亦英伦博物馆所藏,狩野博士所录。案《北梦琐言》:"蜀相韦庄应举时,遇黄寇犯阙,著《秦妇吟》一篇,云:'内库烧为锦绣灰,天街踏尽公卿骨。'"此诗中有此二语,则为韦庄《秦妇吟》审矣。《琐言》又云:"尔后公卿颇多垂讶,庄乃讳之。时人号为《秦妇吟》秀才。他日撰《家戒》,内不许垂《秦妇吟》障子,以此止锛,亦无及也。"云云。是庄贵后讳言此诗,故弟蔼编《浣花集》,不以入集,遂不传于世。然此诗当时制为障子,则风行一时可知。伯希和教授巴黎国民图书馆《敦煌书目》,亦有《秦妇吟》,下署"右补阙韦庄",彼本有前题,殆较此为完善欤?

《唐写本〈云谣集杂曲子〉跋》从《云谣集杂曲子》"见唐人词律之宽"

此卷首题《云谣集杂曲子》共三十首,其目为《凤归云》四首,《天仙子》二首,《竹枝子》《洞仙歌》《破阵子》《浣溪沙》《柳青娘》《倾杯乐》则不著首数。其词为狩野博士录出者,《凤归云》二首、《天仙子》

一首而已。案此八调名，均见崔令钦《教坊记》所载曲名中，《唐书·宰相世系表》有国子司业崔令钦，为隋宏农太守宣度之五世孙，则其人当生玄、肃二宗时。《教坊记》记事讫于开元，亦足推其时代，则此八曲固开元教坊旧物矣。郭茂倩《乐府诗集》近代曲辞中有滕潜《凤归云》二首，皆七言绝句，此则为长短句。此犹唐人乐府见于各家文集、乐府诗集者多近体诗，而同调之见于《花间》《尊前》者则多为长短句，盖诗家务尊其体，而乐家只倚其声，故不同也。《天仙子》，唐人皇甫松所作者不叠，此则有二叠，《凤归云》二首句法与用韵各自不同，然大体相似，可见唐人词律之宽。《天仙子》词特深峭隐秀，堪与飞卿、端已抗行，惜其余二十余篇不可见也。（癸亥冬，罗叔言参事寄巴黎写本至，存十八首，惟《倾杯乐》有目而佚。其词三十首中，但佚十二首耳。）

宋刊《分类集注杜工部诗》跋（壬戌）

此书所集诸家注，其名重者，率伪作也。东坡注之伪，宋洪容斋已言之。余如王原叔，仁宗时人，征引新史，犹可说也，乃引沈存中《梦溪笔谈》，岂不可笑。盖书肆中人一手所为也。观翁。

《杜诗须读编年本》《分类本》，最可恨。偶阅数篇注，文离可哂。少陵名重，身后乃遭此酷，真不幸也！

《清真先生遗事·尚论三》周邦彦《曝日》诗乃上乘之作，惜仅存四句

先生家世钱塘，自祖父以上，均不可考。有名邠者，乃先生之从父。

《咸淳志》云:“邠字开祖,嘉祐八年登进士第。熙宁间苏轼倅杭,多与酬唱,所谓周长官者是也。轼后自密州改除河中府,过潍州,邠时为乐清令,以《雁荡图》寄轼,有诗,轼和韵有‘西湖三载与君同’之句。后轼知湖州,以诗得罪,邠亦坐罚金。元祐初,邠知管城县,乞复管城为郑州,有兴废补败之力。由是通判寿春府,见苏辙所行告词。后知吉州,官至朝请大夫、上轻车都尉。其丘墓在南荡山。邠系元符末上书人,崇宁初第,为上书邪等。政和五年,又为僧怀显序《钱唐胜迹记》。盖历五朝云。侄邦彦(《咸淳临安志·人物传》以《九朝通略》《东坡年谱》及《乾道志》修)。”

案:《茅山志》载先生《芝术歌序》云:“道正卢至恭得芝一本于术间,邦彦请乞于卢持寿叔父。”中有句云:“庐陵太守蕴仙风。”邠尝知吉州,故云“庐陵太守”。然则邠乃先生叔父也。《咸淳志·人物》尚有周邦式,字南伯,著名钱唐,中元丰二年进士,官至提点江东刑狱,知宿州、滑州,皆不赴,提举南京鸿庆宫。十二年,起知处州,不行。积官中大夫。其传即在先生传后。盖先生兄弟行,而亦知处州,亦提举南京鸿庆宫,可谓盛事。

先生子姓无考。《四库全书总目》:“《清波杂志》十二卷,《别志》三卷,宋周辉撰。辉字昭礼,邦彦之子。”案:辉书中载其父事,至绍兴中尚存,又事绝不与先生类,决非一人也。

先生有孙,与岳倦翁相知。《宝真斋法书赞》云:“嘉泰甲子十二月,舟过吴门,遇公之孙某,同上兰省。”但名字官阶,均不可考。曾孙铸,则嘉泰中与楼忠简共编定先生文集者也。

案:《程史》云:“辛稼轩守南徐,予来筮仕委吏。时以乙丑南宫试,岁前莅事,仅两旬即谒告去”云云。则倦翁于甲子十二月过吴门,实应乙丑省试。时先生之孙尚赴南宫,而曾孙已与攻媿编定先生文集。

可知先生有数孙也。

先生冢墓在杭南荡山（《咸淳志》《梦粱录》均同），故后裔自明州复徙于此。《咸淳志》云：“子孙今居定山之北乡”是也。

先生卒年，《宋史》《东都事略》《咸淳志》皆云“年六十六”，而据《玉照新志》，则先生实以宣和三年辛丑卒。以此上推，则当生于仁宗嘉祐二年也。

宋太学生额，熙宁初九百人，后稍增至千人。至元丰二年，诏增太学生舍为八十斋，斋三十人，外舍生二千人，内舍生三百人，上舍生百人（《宋史·选举志》）。先生入都为太学生，当在此时。词中《西平乐序》：“元丰初，予以布衣西上，过天长道中。”亦足证也。

先生所历之官，为太学正、国子主簿、秘书省正字、校书郎、考工员外郎、卫尉少卿、宗正少卿、卫尉卿秘书监，所带之职则为直龙图阁、徽猷阁待制。所任之差遣，则在朝为议礼局检讨官，提举大晟府；在外则教授庐州、知溧水县、知河中府、知隆德府、知明州、知真定府、知顺昌府、知处州。河中真定、处州，均未之官。故楼攻媿序但云“三绾州麾”。至《挥麈余话》谓先生尝为“秘书少监”，《浩然斋雅谈》谓“尝为起居舍人”，均不足信。胡仔《渔隐丛话》、王楙《野客丛书》称先生为周侍郎，亦误也。

先生交游殊不易考，其见于遗诗者，则有蔡天启、贺公叔。《片玉词》下《鬓云松令》一阕“送傅国华奉使三韩”。案:《宋史·高丽传》：“宣和四年高丽王俣卒，诏给事中路允迪、中书舍人傅墨卿奠慰，留二年而归。”（徐兢《宣和奉使高丽国经序》同）国华当即墨卿字，时为中书舍人，故词中有“凤阁鸾坡，看即飞腾去”之句。时先生已卒，即未卒，亦不应复入京师，此词必系他人之作。又《片玉词》上有《水调歌头》一阕“中秋寄李伯纪大观文”。案：忠定初罢宣抚使，除观文殿学士，知扬州，在靖康元年九月，其罢左仆射为观文殿大学士，在建炎元年八月，十月[1]落职，至绍兴二年，复拜观文殿学士、湖广宣抚使，均在先生卒后。且忠定为观文殿大学士仅历两月，其词亦不似建炎倥偬时之作，其伪无疑。则先生与二人有交际否，殊不可考。其在议礼局，则上官同僚有郑居中等十数人。其提举大晟府，则僚属有徐伸干臣（典乐）、田为不伐（初为制撰官，后为典乐大司乐）、姚公立（协律郎）、晁冲之叔用（大晟府丞，然大晟府官制无丞，疑即是大乐令，官与太常寺丞同）、江汉朝宗，万俟咏雅言，晁端礼次膺（均制撰官，次膺后为协律郎）。其在顺昌，则与王性之相知。交游可考者，如此而已（徐伸见《挥麈余话》，田为见《宋史·乐志》《方伎·魏汉津传》），姚公立见《直斋录》，晁冲之见《独醒杂志》。江汉诸人见《铁围山丛谈》《碧鸡漫志》。唯徐伸、晁冲之官大晟府在政和初，未必与先生提举同时耳）。

先生于熙宁、元祐两党，均无依附。其于东坡，为故人子弟。哲宗初，东坡起谪籍，掌两制，时先生尚留京师，不闻有往复之迹。其赋汴都也，颇颂新法，然绍圣之中，不因是以求进。晚年稍显达，亦循资格得之。其于蔡氏，亦非绝无交际。盖文人脱略，于权势无所趋避，然终与强渊明、刘昺诸人，由蔡氏以跻要路者不同。此则强焕政事之目，或属谀词，攻媿委顺之言，殆为笃论者已。徽宗时，士人以言大乐，颂符瑞进者甚多。楼序、《潜志》，均谓先生妙解音律，其提举大晟府以此。然当大观、崇宁制作之际，先生绝不言乐。至政和末，蔡攸提举大晟府，力主田为而排任宗尧（事见《宋史·乐志》及《方伎·魏汉津传》）。先生提举，适当其后，不闻有所建议，集中又无一颂圣贡谀之作。然则弁阳翁所记颇悔少作之对，当得其实，不得以他事失实，而并疑之也。

[1] “十月”，原作“十日”，据罗本改。

先生少年，曾客荆州。《片玉词》上有《少年游》“南都石黛扫晴山”一阕注云：“荆州作。”（《片玉集》无此注）又《渡江云》词云：“晴岚低楚甸。”《风流子》词云：“楚客惨将归。均此时作也。其时当在教授庐州之后，知溧水之前。集中《齐天乐》“绿芜凋尽台城路”一首，作于金陵，当在知溧水前后，而其换头云：“荆江留滞最久，故人相望处，离思何限。”此其证也。又《琐窗寒》词云：“似楚江暝宿，风灯零乱，少年羁旅。”时先生方三十余岁，虽云“少年”可也。

先生《友议帖》（见《宝真斋法书赞》）：“罪逆不死，奄及祥除，食贫所驱，未免禄仕。此月挈家归钱唐，展省坟域，季春远当西迈。”此帖岁月虽不可考，味“西迈”一语，或即在客荆州之际。果尔，则在荆州，亦当任教授等职。

先生游踪，或至关中，故有《西河》“长安道”一阕。惟此词真伪，尚不可定，又无他词足证。至《苏幕遮》词所云：“家在吴门，久作长安旅。”则以汴都为长安也。

先生出知隆德府，当在政和二三年之交，《五礼新仪》进于政和三年四月二十九日。书中不列衔，盖已莅潞州矣。至五年，徙知明州，则在潞州盖及二年以上。

先生以直龙图阁知明州，在政和五年。其次年即以显谟阁待制毛友代之，见乾道《四明图经》，《太守题名记》（《宝庆》《延祐》，二志同）则其人为秘书监，即在次年也。

先生出知顺昌府，据《鸡肋编》，在王寀、刘昺获罪之后。而《挥麈后录》载开封尹盛章命其子并释昺《和寀诗》有“来年庚子”之语，则必在宣和己亥（元年）以前。又案：《昺传》：“昺免死，长流琼州，乃刑部尚书范致虚为请。”考致虚于重和元年九月自刑部尚书为尚书右丞，则寀、昺获罪必在重和元年九月前。先生出外，亦在是岁矣。

先生晚年，自杭徙居睦州，故《严陵集》有先生《敕赐唐二高僧师号记》。景定《严州续志》载州校书板有《清真集》《清真诗余》。以此，集中《一寸金》词恐亦在睦州时改定也。

宋时钱唐词人以先生与潘阆为最著，而二人身后毁誉，适得其反，可谓有幸有不幸矣。逍遥获罪之事，宋人所记亦不一，谓“太宗晚年烧炼丹药，潘阅尝献方书，惧诛，匿舒州潜山寺为行”者，《刘贡父诗话》之说也。谓“阆为秦王记室参军，王坐罪下狱，捕阆急，阆自髡其发，后编置信上”者，叶绍翁《四朝闻见录》之说也。谓“坐卢多逊党，追捕，变姓名，僧服人中条山”者，沈括《梦溪笔谈》之说也。谓“太宗大渐时，阆与内侍王继恩等，谋立太祖之孙惟吉，寻悉诛窜”者，《挥麈余话》之说也。《宋史·王继恩传》言阆与继恩交通状，而不及易储事。《吕端传》言继恩等谋立楚王元佐，而不及太祖孙惟吉（案：元佐亦字惟吉，疑即一事）。参考诸说，知阆曳裾王门，纳交宦侍，至以布衣与人家国事，决非高蹈之士。徒以东坡盛称其诗，陆子适跋《逍遥集》，遂以杨朴、魏野比之，殊为失实。先生立身颇有本末，而为乐府所累，遂使人间异事皆附苏秦，海内奇言尽归方朔。廓而清之，亦后人之责矣。

先生《汴都赋》变《二京》《三都》之形貌，而得其意，五十年一纪之研炼，而有其工。壮采飞腾，奇文绮错。二刘博奥，乏此波澜；两苏汪洋，逊其典则。至令同时硕学，只诵偏旁；异世通儒，或穷音释。然在先生，犹为少作已！

《重进汴都赋表》，高华古质，语重味深，极似荆公制诰表启之文。末段仿退之《潮州谢上表》，在宋四六中，颇为罕觏。进《五礼新仪札子》，语尤简古，又与《重进（汴都）赋表》同一机抒。时先生虽已在外，疑亦出其手也。

先生诗之存者，一鳞片爪，俱有足观。至如《曝日》诗云：“冬曦如村酿，微温只须臾。行行正须此，恋恋忽已无。”语极自然，而言外有北风雨雪之意，在东坡和陶诗中犹为上乘，惜仅存四句也。

陈元靓《岁时广记》有先生内制《春帖子》三断句。案：宋制，《春帖子》词，均翰林学士为之，先生未任此官，殆为人代作耶？

先生诗文之外，兼擅书法。岳倦翁《法书赞》称其“体具态全”。董史《皇宋书录》谓其“正行皆善”。又石刻铺叙《凤墅堂帖》第二十卷中刻有周清真书。古人能事之多，自不可测也。

先生于诗文，无所不工，然尚未尽脱古人蹊径。平生著述，自以乐府为第一。词人甲乙，宋人早有定论，惟张叔夏病其意趣不高远。然北宋人如欧、苏、秦、黄，高则高矣，至精工博大，殊不逮先生。故以宋词比唐诗，则东坡似太白，欧、秦似摩诘，耆卿似乐天，方回、叔原，则大历十子之流。南宋惟一稼轩，可比昌黎。而词中老杜，则非先生不可。昔人以耆卿比少陵，犹为未当也。

先生之词，陈直斋谓其“多用唐人诗句檃栝入律，浑然天成”。张玉田谓其“善于融化诗句”。然此不过一端，不如强焕云：“模写物态，曲尽其妙。”为知言也。

山谷云：“天下清景，不择贤愚而与之，然吾特疑端为我辈设。”诚哉是言，抑岂独清景而已。一切境界，无不为诗人设，世无诗人，即无此种境界。夫境界之呈于吾心，而见于外物者，皆须臾之物，惟诗人能以此须臾之物，镌诸不朽之文字，使读者自得之，遂觉诗人之言，字字为我心中所欲言，而又非我之所能自言。此大诗人之秘妙也。境界有二：有诗人之境界，有常人之境界。诗人之境界，惟诗人能感之，而能写之，故读其诗者，亦高举远慕，有遗世之意，而亦有得有不得。且得之者亦各有深浅焉。若夫悲欢离合，羁旅行役之感，常人皆能感之，而惟诗人能写之。故其人于人者至深，而行于世也尤广。先生之词，属于第二种为多。故宋时别本之多，他无与匹。又和者三家，注者二家（强焕本亦有注，见毛跋）。自士大夫以至妇人女子，莫不知有清真，而种种无稽之言，亦由此以起。然非入人之深，乌能如是耶？

楼忠简谓先生“妙解音律”，惟王晦叔《碧鸡漫志》谓：“江南某氏者，解音律，时时度曲。周美成与有瓜葛，每得一解，即为制词。故周集中多新声。”则集中新曲，非尽自度。然“顾曲”名堂，不能自已，固非不知音者。故先生之词，文字之外，须兼味其音律。惟词中所注宫调,不出“教坊十八调”之外。则其音非大晟乐府之新声，而为隋、唐以来之燕乐，固可知也。今其声虽亡，读其词者，犹觉拗怒之中，自饶和婉。曼声促节，繁会相宣；清浊抑扬，辘轳交往。两宋之间，一人而已。

先生逸词，除毛氏所录《草堂》数阕外，罕有所见。只《乐府雅词拾遗》下有《南歌子》一首,《能改斋漫录》载先生增王晋卿“烛影摇红”半阕耳。惟伪词最多,强焕本所增,强半皆是。如《片玉词》上《青玉案》“良夜灯光簇红豆”一阕,乃改山谷《忆帝京》词为之者,决非先生作，不独《送傅国华》《寄李伯纪》二首，岁月不合也。

《庚辛之间读书记·片玉词》、周邦彦《少年游》一词，仍系为李师师作

曩读周清真《片玉词》《诉衷情》一阕(《片玉集》《清真集》均不载）曰:“当时选舞万人长。玉带小排方。喧传京国声价,年少最无量。”按:排方、玉带，乃宋时乘舆之服。岳倦翁《愧郯录》（十二）:“国朝服

带之制，乘舆东宫以玉，大臣以金，勋旧间赐以玉，其次则犀则角。”此不易之制，考之典故，玉带乘舆以排方；东宫不佩鱼，亲王佩玉鱼，大臣勋旧佩金鱼。《石林燕语》七亦云：“国朝亲王皆服金带。元丰中官制行，上欲宠嘉、岐二王，乃诏赐方团玉带，著为朝仪。先是乘舆玉带皆排方，故以方团别之。二王力辞，乞宝藏于家，而不服用，不许，乃请加佩金鱼，遂诏以玉鱼赐之。亲王玉带佩玉鱼，自此始。故事，玉带皆不许施于公服，然熙宁中，收复熙河，神宗特解所系带赐王荆公，且使服以人贺。荆公力辞，久之不从，上待服而后追班，不得已受诏，次日即释去（维案：《临川集》卷十八荆公《赐玉带谢表》末云：“退藏唯谨，知燕及于云来。知“释去”之说不妄）。大观中，收复青唐，以熙河故事，复赐蔡鲁公，而用排方。时公已进太师，上以为三师礼当异，特许施于公服。辞，乃乞琢为方团，既以为未安，或诵韩退之玉带垂金鱼之礼，告以请因加佩金鱼（《铁围山丛谈》《挥麈前录》所记略同）。则排方玉带，实乘舆之制，臣下未有敢服者也。且宋时臣下受玉带之赐者，可以指数：太祖时，则有李彝兴、符彦卿、王审琦、石保吉；英宗时，则有王守约（保吉、守约均以主婿赐）。神宗时，则有王安石，嘉、岐二王；徽宗时，则有蔡京、何执中、郑居中、王黼、蔡攸、童贯、赵仲忽；钦宗时，则有李纲（上皇所赐）。南宋得赐者，文臣则有张浚、秦桧、史浩、史弥远、郑清之、贾似道；宗室则有居广士、铤枋、伯圭、师揆、师弥；勋臣则有刘光世、张俊、杨存中、吴璘；外戚则有吴益、谢渊、杨次山（何执中以下五人赐玉带事，见《石林燕语》，史弥远、赵师揆见《四朝闻见录》，贾似道、师弥，见《癸辛杂[志]（识）》，余见《宋史》本传及《玉海》卷八十六）。此外罕闻。唯《太祖纪》载建隆元年正月，以犀玉带遍赐宰相、枢密使及诸军列校，此行佐命之赏，未可据为典要。又《梦溪笔谈》（二十二）

云:“丁晋公从车驾巡幸，礼成，有诏赐辅臣玉带。时辅臣八人，行在祗候库只有七带。尚衣有带，谓之‘比玉’价直数百万。上欲以赐辅臣，以足其数。”《容斋随笔》(四)驳之曰:“景德元年，真宗巡幸西京。大中祥符元年，巡幸太山。四年，幸河中。丁谓皆为行在三司使，未登政府。七年，幸亳州，谓始以参知政事从。时辅臣六人:王旦、向敏中为宰相，王钦若、陈尧叟为枢密使，皆在谓上，谓之下尚有枢密副使马知节，即不与此说合，且既为玉带，而又名‘比玉’尤可笑。”洪氏之言如此。案:《宋史·真宗纪》:“大中祥符二年五月癸亥，以封禅庆成，赐宗室辅臣袭衣金带器币。”不云“玉带”。《旧闻证误》(四)引某书，谓“真宗尝遍以玉带赐两府大臣”，盖亦袭《笔谈》之误。夫以乘舆御服，大臣所不得赐，宰相亲王所不敢服，僭侈如蔡京，犹必琢为方团，加以金鱼而后敢用，何物倡优，乃以此自炫于万人之中，此事诚不可解，盖尝参互而得其说焉。《宋史·舆服志》:“太平兴国七年，翰林学士承旨李防奏，奉诏详定车服制度，请从三品以上服玉带。”《旧闻证误》(四)引《庆元令》云:“诸带三品以上得服玉，臣寮在京者，不得施于公服。”盖宋时便服并无禁令，故东坡曾以玉带施元长老，有诗见集中(《东坡集》十四)。其二曰:“此带阅人如传舍，流传到我亦悠哉。锦袍错落真相称，乞与佯狂老万回。”味其诗意，不独东坡可服，似了元亦可服矣，至顺《镇江志》(十九)载此事云:“公便服人方丈。”又云:“师急呼侍者收公所许玉带。”则为便服束带之证。东坡赠陈季常《临江仙》词云:“细马远驮双侍女，青巾玉带红靴。”亦其一证。陈后山《谈丛》(《后山集》十九)亦云:“都市大贾赵氏，世居货宝，言玉带有刻文者，皆有疵疾，以蔽映耳，美玉盖不琢也。比岁杭、扬二州化洛石为假带，色如瑾瑜，然可辨者，以其有光也。”

曩作《清真先生遗事》，颇辨《贵耳集》《浩然斋雅谈》记李师师事之妄。今得李师师金带一事，见于当时公牍，当为实事。案，《三朝北盟会编》（三十）：“靖康元年正月十五日圣旨：‘应有官无官诸色人，曾经赐金带，各据前项所赐条数，自陈纳官。如敢隐蔽，许人告犯，重行断遣。’后有尚书省指挥云：‘赵元奴、李师师、王仲端，曾经祗候、倡优之家，（中略）曾经赐金带者，并行陈纳。”当时名器之滥如是，则玉带排方，亦何足为怪。颇疑此词或为师师作矣。然当时制度之紊，实出意外。《老学庵笔记》（一）言：“宣和间，亲王、公主及他近属戚里入宫，辄得金带关子。得者旋填姓名卖之，价五百千，虽卒伍屠酤，自一命以上，皆可得。”方腊破钱唐时，太守客次，有服金腰带者数十人，皆朱匡家奴也。时谚曰：“金腰带，银腰带，赵家天下朱家坏。”然则徽宗南狩时，尽以太宗时紫云楼金带赐蔡攸、童贯等（见《铁围山丛谈》六），更不足道。以公服而犹若是，则便服之僭侈，更何待言。国家将亡，必有妖孽，殆谓是欤？

《沈乙庵先生绝笔楹联跋》沈乙庵绝笔楹联“奕奕有生气”

东轩先生：弥天四海之量，拨乱反正之志，四通六辟之识，深极研几之学，迈往不屑之韵，沉博绝丽之文：虽千载后犹奕奕有生气，矧在形神未离之顷耶？此书作于易箦前数小时，而气象笔力如是，先生之视躯体直是传舍耳。陟降以往，无乎不在。箕尾星耶？兜率天耶？对此遗迹，谁谓先生不在人间耶？世有唱“神灭论”者，请以此难之。

《壬子三诗》序（据手稿）《壬子三诗》创作和修改情况

壬子（1912）二月，侨居日本京都，旅食多暇，因成此词（指《颐和园词》）。罗叔言先生见而激赏之，因为手写，付诸石印，此其原本也。其后字句略有改易，如“方治楼船凿汉池”，“方治”改“因治”；“后宫并乏家人子”，“家人”改“才人”；“东南诸将翊王家”，“翊”改“奉”；“岂谓先朝营暑殿”，“暑”改“楚”。凡易四字。并将夏秋后所作《送狩野博士游欧洲》《蜀道难》附录于后。是岁所作长歌共三首，因名之曰《壬子三诗》云。岁除前十日，国维识于鸭川东畔之寓居。

《履霜词》自跋《人间词》易名《履霜词》

光宣之间为小词得六七十阕，戊午（1918）夏日小疾无聊，录存二十四阕，题曰《履霜词》。呜呼！所以有今日之坚冰者，非一朝一夕之故矣。四月晦日国维书于海上寓庐之永观堂。（据周一平《王国维的号“人间”辨析》，见《近代史研究》1985年第4期）

《论小学校唱歌之材料》美育之第一目的与第二目的

今日教育上有一可喜之现象，则音乐研究之勃兴是也。二三年来，学校唱歌集之出版者，以数十计。大都会之小学校，亦往往设唱歌一科。至夏期音乐研究会等，时有所闻焉。然就唱歌集之材料观之，则吾人不能不谓提倡音乐研究。音乐者之大半，于此科之价值，实尚未尽晓也。夫音乐之形而上学的意义（如古代希腊毕达哥拉斯及近世叔本华之音乐说)，姑不具论，但就小学校所以设此科之本意言之，则:(一)调和其感情，(二)陶冶其意志，(三)练习其聪明官及发声器是也。一与三为唱歌科自己之事业，而二则为修身科与唱歌科公共之事业。故唱歌科之目的，自以前者为重;即就后者言之，则唱歌科之补助修身科，亦在形式而不在内容(歌词)。虽有声无词之音乐，自有陶冶品性，使之高尚和平之力，固不必用修身科之材料为唱歌科之材料也。故选择歌词之标准，宁从前者而不从后者。若徒以干燥拙劣之辞，述道德上之教训，恐第二目的未达，而已失其第一之目的矣。欲达第一目的，则于声音之美外，自当益以歌词之美。而就歌词之美言之，则今日作者之自制曲，其不如古人之名作审矣。或谓古人之名作，不必合于小学教育之目的与程度，然古诗中之咏自然之美及古迹者，亦正不乏此等材料。以有具体的性质，而可以呈于儿童之直观故，故较之道德上抽象之教训，反为易解，且可与历史、地理及理科中之材料相联络。而其对修身科之联络，则宁与体操科等，盖一在养其感情，一在强其意志;其关系乃普遍关系，而不关于材质之意义也。循此标准，则唱歌科庶不致为修身科之奴隶，而得保其独立之位置欤。

《宋代之金石学》宋人诗画审美观与唐不同

宋代学术，方面最多，进步亦最著。其在哲学，始则有刘敞、欧阳修等，脱汉、唐旧注之桎梏，以新意说经，后乃有周(敦颐)、程(颢)、程(颐)、张(载)、邵(雍)、朱(熹)诸大家，蔚为有宋一代之哲学。其在科学，则有沈括、李诫等，于历数、物理、工艺，均有发明。在史学，则有司马光、洪迈、袁枢等，各有庞大之著述。

绘画则董源以降，始变唐人画工之画而为士大夫之画。在诗歌，则兼尚技术之美，与唐人尚自然之美者，蹊径迥殊。考证之学，亦至宋而大盛。故天水一朝，人智之活动，与文化之多方面，前之汉、唐，后之元、明，皆所不逮也。近世学术，多发端于宋人。如金石学亦宋人所创学术之一。宋人治此学，其于搜集、著录、考订、应用各方面，无不用力，不百年间，遂成一种之学问。今当就宋人对此学之功绩，一一述之。

（一）蒐集

宋初内府本有藏器，仁宗皇祐三年，诏以秘阁及太常所藏三代钟鼎器，付太乐所参校剂量，凡十又一器。至徽宗即位，始大事搜集。《铁围山谈丛》（四）云："太上皇帝即位，宪章古始。及大观初，及效李公麟之《考古图》，作《宣和殿博古图》，凡所藏者，为大小礼器，则已五百有几。独政和间为最盛，尚方所贮，至六千余数百器。时所重者，三代之器而已。若秦、汉间，非殊特，盖亦不收。及宣和后则咸蒙贮录，且累数至万余。若岐阳宣王之石鼓，西蜀文翁礼殿之绘象，凡所知名，罔问巨细、远近，悉索人九禁。而宣和殿后，又创立保和殿者，左右有稽古、博古、尚古等阁，咸以贮古玉玺印，诸鼎、彝、法书、图画咸在此。"说徽宗一朝蒐集古器事最为详尽，然亦有夸诞失实处，如谓《宣和博古图》之名，取诸宣和殿，又谓其成书在大观之初，而不在宣和之末。其实不然，《籀史》谓"政和癸巳秋，获兕敦于长安"，而《博古图》中已著录此敦。《金石录》谓"重和戊戌，安州孝感县民耕地，得方鼎三、圆鼎二、甗一，谓之'安州六器'"，而《博古图》已著录其五。又谓："宣和五年，青州临淄县民，于齐故城耕地，得古器物数十种。期间钟十枚，尤奇。"

而《博古图》已著录其五。然则此书之成，自在宣和五年之后，而图中所载古器，仅五百余，则政和六千余器、宣和万余器之说，殆不足信。或蔡氏并古玉、印玺、石刻计之，然第如《博古图》之所录，已为古今大观矣。其尤奇者，南渡以后，宣和殿器并为金人辇之而北，而绍兴内府藏器亦未尝不富，《博古图》著录之器，见于张抡《绍兴内府古器评》者，尚得十之一二。盖金人不重视此种物，而宋之君臣方以重值悬购古器，故北宋内府及故家遗物，往往萃于榷场。如刘敞旧藏张仲簠，刘炎于榷场得之。毕良史亦得古器十五种于盱眙榷场，其中八种，皆宣和殿旧物也。《建炎以来系年要录》云："绍兴十五年，以毕良史知盱眙军。"而《三朝北盟会编》谓："良史以买卖书画、古器，得幸于思陵。"良史之知盱眙，当由高宗使之访求榷场古器耳。当南渡之初，国势未定，而高宗孜孜蒐集古器如此，则宣和藏器之富，固自不足怪也。

然宋人搜集古器之风，实自私家开之。刘敞知永兴军，得先秦古器十有一物。李公麟博物精鉴，闻一器捐千金不少靳。而《考古图》、无名氏《续考古图》、王复斋《钟鼎款识》，以及《集古》《金石》二录跋尾，往往于各器之下，注明藏器之家，其人不下数十。虽诸家所藏不及今日私家之富，然家数之多，则反过之。观于周密《云烟过眼录》所记南方诸家藏器，知此风至宋末犹存矣。又观徽宗敕撰《宣和博古图》，实用刘敞《先秦古器图》、李公麟《考古图》体例，则徽宗之大搜古器，受私家藏器之影响，实不少也。

宋人蒐集古器，于铜器外兼收石刻。如岐阳石鼓文，及秦《告巫咸文》，徽宗并致之宣和殿。又秦《告大沈久湫文》，在南京蔡挺家，《告亚驼文》在洛阳刘忱家，齐谢朓《海陵王墓志》在沈括家。至石刻之贵重者，虽残石亦收之。如汉石经残石，黄伯思谓"张焘龙图家有十版，张氏婿家有五六版，王晋玉家有小块”。其余碑碣，则收藏者尚少。而搜集拓本之风，则自欧阳修后，若曾巩，若赵明诚，若洪适，若王厚之，成为一代风气。而金石之外，若瓦当，若木简，无不在当时好古家网罗之内，此宋人搜集之大功也。

（二）传拓及著录

宋人于金石学，不徒以蒐集为能事，其最有功于此学者，则流通是也。流通之法，分为传拓与著录二种。拓墨之法，始于六朝，始用之以拓汉魏石经，继以拓秦刻石。至于唐代，此法大行。宋初遂用之以拓古器文字。皇祐三年，诏以秘阁及太常所藏三代录鼎，付太乐所参校剂量。又诏墨器窍以赐宰执。此为传拓古器之始。刘敞在长安所得古器，悉以墨本遗欧阳修。甚至上进之器，如政和三年武昌太平湖所进古钟，及安州所进六器，皆有墨本传世。则当时传拓之盛可知。然拓本流传，自不能广，于是有刊木、刊石之法。有仅摹其文字者，如王俅《啸堂集古录》、薛尚功《钟鼎彝器款识法帖》是。有并图其形制者，自《皇祐三馆古器图》、刘敞《先秦古器图》以下，不下十余种，今惟吕大临《考古图》《宣和博古图》，及无名氏《续考古图》尚存。诸书体例，于形制、文字外，兼著其尺寸，权其轻重，乃至出土之地、藏器之家，亦复纪载。著录之法，盖已大备。至石刻一项，则欧、赵二家始作所藏石拓目录。此外，有为一地方作目录者，例如田槩《京兆金石录》；有通海内作目录者，例如陈思《宝刻丛编》，而洪适作《隶释》，则并录其文字，图其形制，又于目录之外别为一体例。而古玉、古钱、古印，又各有专书。今宋代藏器，已百不存一，石刻亦仅存十分之一，而宋人图谱、目录，尚多无恙，此其流传之功，千载不可没者也。

（三）考订及应用（略）

（四）后论

由是观之，金石之学创自宋代，不及百年已达完成之域。原其进步所以如是速者，缘宋自仁宗以后，海内无事，士大夫政事之暇，得以肆力学问。其时哲学、科学、史学、美术各有相当之进步，士大夫亦各有相当之素养，赏鉴之趣味与研究之趣味，思古之情与求新之念，互相错综。此种精神与当时之代表人物苏（轼）、沈（括）、黄（庭坚）、黄（伯思）诸人著述中，在在可以遇之。其对古金石之兴味，亦如其对书画之兴味，一面鉴赏的，一面研究的也。汉、唐、元、明时人之于古器物，绝不能有宋人之兴味，故宋人于金石书画之学，乃陵跨百代。近世金石之学复兴，然于著录、考订，皆本宋人成法，而于宋人多方面之兴味，反有所不逮。故虽谓金石学为有宋一代之学，无不可也。

绘画则董源以降，始变唐人画工之画，而为士大夫之画。在诗歌，则兼尚技术之美，与唐人尚自然之美者蹊径迥殊。

《梁虞思美造象跋》（壬戌）“南北书派”之说不尽可信

阮文达公作《南北书派论》，世人推为创见。然世所传北人书皆碑碣，南人书多简尺，北人简尺，世无一字传者。然敦煌所出萧梁草书札，与羲、献规摹，亦不甚远。南朝碑板，则如《始兴忠武王碑》之雄劲，《瘗鹤铭》之浩逸，与北碑自是一家眷属也。此造象若不著年号地名，又谁能知为梁朝物耶？不知文达见此，又将何说也。

《甘陵相碑跋》前人研精书法，往往“千载吻合”

此碑额署“甘陵相”，其人必在桓帝建和元年，改清河国为甘陵之后，而立碑又在其后，当在后汉末矣。隶法健拔恣肆，已开北碑风气，不似黄初诸碑，尚有东京承平气象也。

前人研精书法，精诚之至，乃与古人不谋而合。如完白山人篆书，一生学汉碑额，所得乃与新出之汉太仆残碑同；吴让之、赵悲庵以北朝楷法人隶，所得乃与此碑同。邓、吴、赵均未见此二碑，而千载吻合如此，所谓鬼神通之者非耶？癸亥九月，叔平先生以此属为考证，碑中姓氏不具，又鲜事实，久之无以报命，因就其书法，略记数语。甲子花朝后一日。

《周之琦鹤塔铭手迹跋》“完白山人”一派之书法

书法一道，山阴、平原，范围百化，唐、宋以后，无或逾越。完白山人夺乎千载之下，真积力久，别张一军，安吴、荆溪，此喁彼于，遂成宗派。世人争重山人篆书，不知其行楷书尤有关于百年以来风气也。山人一派，安吴书迹遍天下，而荆溪书传世甚少。今观此卷，寓骏快于顿挫，出新意于旧规，与近日所出两晋、六朝墨迹，波澜莫二。盖精诚之至，与古冥合，亦如山人篆书，与新出汉司徒袁敞碑同一机轴也。丙寅祀灶后一日。

《东山杂记》

《望江南》《菩萨蛮》风行之速

上虞罗氏藏敦煌所出唐写本《春秋后语》背记，有唐咸通间人所书《望江南》二阕、《菩萨蛮》词一阕，别字甚多，盖僧雏戏笔。此二阕，唐人最多为之。其风行实始于太和中间，不十年间，已传至边陲，可见风行之速矣。

吴梅村《清凉山赞佛诗》与董小宛无涉

吴梅村《清凉山赞佛诗》四首，咏孝献章皇后事，盖其时民间盛传世祖入五台山为僧之说。然梅村此诗第三首云："回首长安城，缁素惨不欢。房星竟未动，天降白玉棺。惜哉善财洞，未得夸迎銮。"是世祖虽有欲幸五台山之说，未果而崩也。而《读史有感》八首之一则云："弹罢警弦便薤歌，南巡翻似为湘娥。当时早命云中驾，谁哭苍梧泪点多。"其二云："重壁台前八骏蹄，歌残黄竹日轮西。君王纵有长生术，忍向瑶池不并栖。"又似真有入道之事。盖梅村时已南归，据所传闻者书之，故二诗前后异辞。即《读史有感》之第三、第八两首，亦云"九原相见尚低头"，又云"扶下君王到便房"，与前两首不合矣。

《清凉山赞佛诗》云："王母携双成，绿盖云中来。汉主坐法官，一见光徘徊。"又云："可怜千里草，数落无颜色。"诗中明寓一董字。世祖《御制孝献皇后行状》亦称董皇后。近有妄人，谓后即冒辟疆姬人董小宛白，附会梅村《题董白小像》诗有"暮门深更阻侯门"之句；又以梅村集中此诗之次，为《题董君书扇》诗两首，又其次为《古意》六首，其末章云："掌上珊瑚怜不得，却教移作上阳花。"横相牵涉，遂以《御制行状》与辟疆《影梅庵忆语》合刻一帙。近缪艺风秘监

《云自在庵笔记》中，亦载此行状，已微辨其误。按：董氏，实董鄂氏，又作栋鄂氏，为八旗著姓。世祖妃嫔中，出于董鄂氏者共四人，一即孝献皇后，内大臣郑硕之女。顺治十三年十二月己卯封皇贵妃，十七年八月王寅薨，以皇太后旨，追封为皇后。梅村《清凉山赞佛诗》，实为后而作也。世祖贞妃，亦董鄂氏，轻车都尉巴度之女，即以世祖晏驾之日自杀。顺治十八年二月壬午谕曰："皇考大行皇帝御宇时，妃董鄂氏赋性温良，恪共内职。当皇考上宾之日，感恩遇之素深，克尽哀痛，遂尔薨逝。芳烈难泯，典礼宜崇，特进封以昭淑，应追封为贞妃。钦此。"梅村《读史有感》八首及《古意》六首亦间为妃作。此外，妃嫔中尚有二董鄂氏，一封皇考宁谧妃，一封皇考端懿妃，皆见于纪载者。至世祖二后，则废后博而济锦氏，既降为静妃；后博尔济锦氏，即孝惠皇后，亦无宠。见于《御制孝献皇后行状》及屡次谕旨中。由此事实知不独董小宛之说荒谬不足辨，即梅村《读史》《古意》诸诗，自可迎刃而解。其《读史》之三云："昭阳中帐影婵娟，惭愧深思未敢前。催道汉皇天上好，从容恐杀李延年。"《古意》之四云："玉颜憔悴几经秋，薄命无言只泪流。手把定情金合子，九原相见尚低头。"此两首则为孝献作。至《读史》之八云："铜雀空施六尺床，玉鱼银海自茫茫。不如先拂西陵枕，扶下君王到便床。"《古意》之二云："豆蔻梢头二月红，十三初人万年宫。可怜同望西陵哭，不在分香买履中。"此二首则为贞妃作。若《古意》之一云："争传婺女嫁天孙，才过银河拭泪痕。但得大家千万岁，此生那得恨长门。"此首当指孝惠或静妃言之。又《读史》之七云："上林花落在芳尊，不死铅华只死恩。金屋有人空老大，任他无事拭啼痕。"则又兼写数人事，此外各首当一一有所指，然与董小宛无涉，则可断也。

吴梅村《仿唐人本事诗》为孔四贞作

梅村《仿唐人本事诗》四首，其后三首，靳氏《集览》谓为孔有德女四贞作，是也。殊不知第一首亦然。其辞曰："聘就蛾眉未入宫，待年长罢主恩空。旌旗月落楸林冷，身在昭陵宿卫中。"按：顺治十三年六月癸卯谕礼部曰："奉圣母皇太后谕，定南武北王孔氏忠勋嫡裔，淑慎端庄，堪翊壸范，宜立为东宫皇妃。尔部即照例备办仪物，候旨行册封礼"云云。是四贞立为皇妃，已有渝旨，未及册封而世庙登遐，后遂适孙延龄，故有"待年长罢"之句。然则四首，实皆为四贞作也。

季沧苇辑《全唐诗》

钦定《全唐诗》，以明海盐胡震宇之《唐音统签》为蓝本，此人人所知也。余在京师，见泰兴季沧苇侍御振宜所辑《全唐诗》清稿，计一百六十册，中缺二册，蓝格写本，卷首有"晚翠堂嘉定钟光张氏图书""听秋馆扬州季南官珍藏"印。他卷又有"大江之北，御史季振宜章""扬州季沧苇氏珍藏"诸印。前有康熙十二年沧苇《自序》，称："集唐以来二百九十二年及五代五十余年之诗，得一千八百九十五人，得诗四万二千九百三十一首。经始于康熙三年，断手讫今十二年，正十年矣。"又云："常熟钱尚书，曾以《唐诗纪事》为根据，欲集成唐人一代之诗，事未毕。予乞其稿于尚书族孙遵王，残断过半，踵事收拾而成七百余卷"云云。其标题初曰《唐诗》，后改《全唐诗》。其诗所出之书，皆以朱文印印之（如《文苑英华》之类）。卷二百九十一《张文昌集》后，卷三百四十后均有沧苇手题。此书索值甚昂，后来归谁氏。

案康熙间，《全唐诗》局开于知扬州，曹栋亭通政方为两淮盐政，实主其事。沧苇之书，近在咫尺，不容不入局中。且书成即用其名，则于胡书以外兼本季书可知。季序称其书原本出于钱东涧，涧与胡孝辕非不相知者，或闻胡氏《统签》已成，因而中止，而沧苇未见胡书，遂因而成之欤？惜胡书仅存戊、癸二签，不能一一比校，又当时书肆，索书甚急，并不及与钦定《全唐诗》一比校为憾事也。

历代官书，例多剽窃，如北齐《修文殿御览》，陈振孙疑其用梁徐僧权《编略》；宋《太平御览》，则又以《修文殿御览》《艺文类聚》《通典》《文思博要》诸书为之。敦煌新出之《修文殿御览》残卷出，而更得一确证。钦定《续通考》之稿本，前年尚在厂肆，乃据明王圻《续通考》而增删之者。《全唐诗》亦然。郭元釪之《全金诗》，幸当时自行奏进，故仍题其名，否则修书之臣，又将攘为己作矣。

小说与说书

通俗小说称若干回者，实出于古之说书。所谓回者，盖说书时之一段落也。说书不知起于何时，其见于记载者，以北宋为始。高承《事物纪原》（九）云："仁宗时市人有能谈国事者，或采其说，加缘许作影人。"《东坡志林》（六）云："王彭尝云，涂巷中小儿薄劣，为其家所厌苦，辄与钱，令聚坐听说古话。至说三国事，闻刘玄德败，频眉蹙；闻曹操败，即喜唱快。"孟元老《东京梦华录》所载：崇宁大观以来，京瓦伎艺，则讲史有李慥、杨中立、张十一、徐明、赵世亨五人；小说有王颜喜、盖中宝、刘名广三人；又有"霍四究说三分，尹常卖五代史"。则北宋之末已有讲史、小说二种。说三分与卖五代史，亦讲史之类也。南渡后，总谓之说话。宋无名氏《都城纪胜》谓说话有四种：一小说，一说经，一说参请，一说史书。周密《武林旧事》、吴自牧《梦粱录》所记略同。《纪胜》与《梦粱录》并谓"小说，人能以一朝一代故事，顷刻间提破”。则小说同说史书亦无大别，然大抵敷衍烟粉灵怪，无关史事者。说经则说佛经，说参请则说宾主参禅道等事，而以小说与说史为最著。此种小说，传于今日者，有旧本《宣和遗事》二卷，钱曾《也是园书目》列之宋人词话中。钱目作四卷，误。后归黄荛圃，刻入《士礼居丛书》。荛圃以书中避宋光宗讳，定为宋本。然书中引宋末刘克庄诗，又纪二帝幽奎辱事，往往过甚，疑非宋人所为。若避宋讳，则元明人刊书，亦沿宋末旧习，不足以是定宋本也。又曹君直舍人藏元刊《五代平话》一书，中阙一二卷，体例亦与《宣和遗事》相似，前岁董授经京卿刊之鄂中，尚未竣工。吾国古小说之存者惟此二书而已。

通俗小说源出宋代

今之通俗小说，如《水浒传》《三国演义》《西游记》《封神榜》诸书，大抵明人所润色，然其源皆出于宋代。《三国演义》与《西游记》，前条既言之矣。《水浒传》亦出《宣和遗事》。又《录鬼簿》所载元人杂剧，其咏水浒事者，多至十三本。其事与今书多不同，盖其祖本亦非一本。又元杂剧中《摘星楼比干剖腹》，乃演封神榜之事；《谢金吾诈拆清风府》及《昊天塔孟良盗骨殖》，乃演杨家将之事；他如《包待制三勘蝴蝶梦》《包待制智斩鲁斋郎》《包待制智勘后庭花》《包待制智赚灰阑记》《包待制智赚合同文字》《糊突包待制》《包待制判断烟花儿》，则《龙图公案》之祖也；《秦太师东窗事犯》，则《岳传》之祖也。《梦粱录》载南渡说史书者，或敷衍复华编中兴诸将传，则《岳传》在宋时已有小说。至戏曲小说同演一事者，孰后孰先，颇难臆断。至其文字结构，则以现存《五代平话》《宣和遗事》《大唐三藏取经诗话》观之，尚不及戏曲远甚，更无论后代小说。然则今之《水浒》《西游》

《三国演义》等，实皆明人之作。宋、元间之祖本，决不能如是进步也。

赵子昂

文人事异姓者，易代之际往往而有，然后人责备最至者，莫如赵子昂。元僧某《题赵子昂书〈归去来辞〉》云："典午山河半已墟，褰裳胄逝望吾卢。翰林学士宋公子，好事多应醉里书。"虞堪胜伯题其《苕溪图》云："吴兴公子玉堂仙，写出苕溪似纲川。回首青山红树下，那五十亩种瓜田。"周良右题其画竹则云："中原日暮龙旗远，南国春深水殿寒。留得一枝烟雨里，又随人去报平安。"沈石田题其画马则云："隅目晶荧耳竹披，江南流落乘黄姿。千金千里无人识，笑看胡儿买去骑。"王渔洋题其画羊则云："南渡铜驼犹恋洛，西来玉马已朝周。牧羝落尽苏卿节，五字河梁万古愁。"诸家攻之不遗余力，而虞胜伯一绝，温厚深婉，尤为可诵。虽然，渊渊玉俭，彼何人哉，如赵王孙者，犹其为次也。

诏书征聘处士

诏书征聘处士，后汉多有之，唐宋以后颇不多见。惟宋太祖征种放一诏，见《宋史》放本传；元太祖征丘处机一诏，见《长春真人西游记》耳。顷阅明人文集，得二诏书：一杜教《拙庵集》首，有初召敕符云："谕山西潞州壶关县儒士杜教。昔云驭宇内者，无幸位，无遗贤，致时和而世泰。盖善备耳聪目明之道。所以士仁者乐从其游，辅之以德，间有非哲者处于民上，则幸位遗贤亦备矣。今朕才疏，远圣道之良宗，是致贤隐善匿，民未康，世未泰，今尔博学君子，齿有年矣，符到若精力有余，则策杖来朝，果可作为，加以显爵，与朕同游。故兹敕谕。"下二行中间用宝。一云寅字六十四号，一云洪武十三年五月二十九日。又附载召宋讷敕符曰："朕君天下，十有三年矣。盖野无遗贤，虽夙夜孜孜以求贤贤何弗至。今四辅官杜敩，抱忠为国，举应知宋讷，才堪任用，符到之日，有司礼送赴京，以称朕意焉。"又史鉴《西村集》首，有威化十六年八月征聘诏文，曰："朕承丕绪，用人图治亦有年矣。永惟劳于求贤，然后成无为之治，乐于忘势，乃能致难进之英。闻尔处士沈周史鉴，沈酣经史，博洽古今，蕴经纬之远猷，抱君民之宏略，顾乃遁迹邱园，不求闻达。朕眷怀高谊，思访嘉谟。兹特遣使征尔赴用，际期同德，出宜汇征，以副朕翘企之意"云。则明代征聘，尚下诏书。其后鲁王监国九年，征贡生朱之瑜，亦尚用敕书，其书今载《舜水集》首。而《拙庵》《西村》二集，世所罕见，故备录之。又按石田翁与史明、古涧，征《明史》本传不纪其事，今乃得之明古集中。石翁卒于正德四年，年八十四，则是时年五十一矣。

毛西河命册

十余年前，扬州骨董铺有毛西河先生命册，乃康熙戊寅年推算者，推命人为京口印天吉。先生时年七十六，生于明天启三年癸亥十月初五日戌时，其八字为癸亥、壬戌、壬戌、庚戌，后附其姬人命册，年三十三岁，为丙午正月十六日子时生，其八字为丙午、庚寅、丁酉、庚子，其人殆即曼殊也。推命者谓先生于八十八岁当卒，过是则当至九十四，先生首书其上曰："时至即行，不须踌躇，但诸事未了，如何如何？"老年畏死，乃有甚于少壮者，殊可一哂。然先生竟以九十四岁卒，亦奇矣。

士人家蓄声伎

士人家蓄声伎，只应他人之招，其风盖始于杨铁崖。铁崖出游，以家乐自随，故时人作诗讥之曰：“如何一代杨夫子，变作江南散乐家。”明中叶后，尚有此风，如何元朗、屠长卿辈，皆有声伎，皆是也。沿及国初，此风尤盛。尤西堂《钧天乐自序》：“丁酉之秋，薄游太末，阻兵未得归。逆旅无聊，漫填词为传奇，率日一曲，阅月而竣，题曰《钧天乐》。家有梨园，归则授使演焉。适山阴姜侍御还朝，过吴门，函索予剧”云云。则此种家乐，实应外人之招。盖当时所谓名士者，其资生之道如此。此外如查伊璜等亦然。至李笠翁辈，乃更不足道矣。

《日知录》中泛论多有为而为

顾亭林先生《日知录》中泛论，亦多有为而为，如“自古以文辞欺人者莫如谢灵运”一节，为钱牧斋发也；“嵇绍不当仕晋”一则，为潘稼堂发也。

钱牧斋

冯已苍《海虞妖乱志》，写明宁王大夫之诛张贪乱，几于燃犀烛牛渚，铸鼎像魑魅。实代之奇作也。书中于钱牧斋无一恕词，且不满于瞿忠宣。已苍虽牧斋门人，然直道所见，亦不能为之讳也。顾此书，则牧斋乙末后之事，乃此固然，毫不足怪，其为众恶所归，又遭文字之禁，乃出于人心之公，非一朝之私见。尤可笑者，嘉、道间，陈云伯为常熟令，修柳夫人冢，牧斋冢在其侧，不过数十步，无过问者。时钱梅溪在云伯幕中，为集苏文忠公书五字，曰东涧老人墓，刻石立之，见者无不窃笑。又吴枚庵《国朝诗选》以明末诸人，别为二卷附录，其第一人为彭捃，字谦之，常山人。初疑无此姓名，及读其诗，皆牧斋作也。此虽缘当日有文字之禁，故出于此。然令牧斋身后，与羽素兰同科，亦谑而虐矣。

柳如是

顾云美苓自书所撰《河东君传》,前有《河东君初访半野堂小像》,作男子装束，亦云美所摹。墨迹藏唐风楼罗氏，世罕知其文者，故备录之。传云：

河东君者，柳氏也。者隐，更名是，字如是。为人短小，结束俏利，性机警，饶胆略，适云间孝廉为妾。孝廉能文章，工书法，教之作诗写字，婉媚绝伦。顾倜傥好奇，尤放诞，孝廉谢之去。游吴越间，词翰倾一时。嘉兴朱治涧为虞山钱宗伯称其才。宗伯心艳之，未见也。崇祯庚辰冬扁舟访宗伯。幅巾弓蹊，著男子服，口便给，神情洒落，有林下风。宗伯大喜，谓天下风流佳丽，独王修微、杨宛叔与君鼎足而三，何可使许霞城、茅止生专国士名姝之目。留连半野堂，文燕浃月。越舞吴歌，族举递奏。香奁玉台，更唱迭酬。既度岁，与为西湖之游。刻《东山酬唱集》,集中称河东君云。君至湖上，遂别去。过期不至，宗伯使客构之，乃出。定情之夕，在辛巳六月初七，君年二十有四矣。宗伯赋前七夕诗，要诸词人和之。为艺绛云楼于半野堂之后。房栊窈窕，绮疏青琐，旁龛古金石文字，宋刻书数万卷。列三代、秦、汉尊彝、环璧之属，晋、宋以来法书，官哥、定州、宣成之瓷，端溪、灵璧、大理之石，宣德之铜，果园厂之髹器，充轫其中。君于是乎俭梳靓妆，湘帘棐几，煮沈水，门旗枪，写青山，临妙墨，考异订讹，间以调谑，略如李易安在赵德甫家故事。然颇能制御宗伯，宗伯甚宠惮之。

乙酉五月之变，君劝宗伯死，宗伯谢不能。君奋身欲沈池水中，持之不得入。其奋身池上也，长洲明经沈明抡馆宗伯寓中见之，而劝宗伯死，则宗伯以语兵科给事中宝丰王之晋，之晋语余者也。是秋，宗伯北行，君留白下，宗伯寻谢病归。丁亥三月，捕宗伯亟，君挈一囊，从刀头剑芒中，牧圉坛橐惟谨。事解，宗伯和苏子瞻御史台寄妻韵，赋诗美之。至云"从行赴难有贤妻"，时封夫人陈氏尚无恙也。宗伯选列朝诗，君为勘定《闺秀》一集。庚寅冬，绛云楼不戒于火，延及半野堂，向之图书玩好略烬矣。宗伯失职，眷怀故旧，山川间阻，君则知子之来之，杂佩以赠之，知子之顺之，杂佩以问之。有鸡鸣之风焉。久之，不自得。生一女，既昏。癸卯秋，下发入道，宗伯赋诗云："一剪金刀绣佛前，裹将红泪洒诸天。三条裁制莲花服，数亩诛锄穲稏田，朝日瘦铅眉正妩，高楼点黛额犹鲜。横陈嚼蜡君能晓，已过三冬枯木禅。鹦武疏窗昼语长，又教双燕话雕梁。雨交沣浦何曾湿，风认巫山别有香。初著染衣身体涩，乍抛稠发顶门凉。萦烟飞絮三眠柳，飏尽春来未断肠。"明年五月二十四日宗伯薨，族孙钱曾等为君求金，要挟峰门，以六月二十八日自经死。宗伯子曰孙爱及嫌赵管为君讼冤，邑大夫谋为君治丧葬。宗伯门人顾苓曰："呜呼！今而后宗伯语工黄门之言，为信而有征也。

宗伯讳谦益，字受之。学者称牧斋先生。晚年自号东涧遗老。甲辰七月七日书于真娘墓下。

后有顾苓及顾八分二印。罗叔言参事跋其后曰："顾云美撰《柳靡传》并画象真迹，乙巳冬得之吴中。《传》载靡芜事实甚详，其劝虞山死国难，至奋身池水中以要之，凛凛有烈丈夫风，虞山竟不为感动，真所谓心死者也。吴人某所著《野语秘稿》述虞山被逮时，河东君先挈重贿入都赂当道，乃得生还，其权略尤不可及，可谓奇女子矣。《传》中记靡芜初归云间某孝廉为妾，殆先适陈卧子，为他记载所未及。其归虞山，在明亡前三年，时年二十四，至癸卯下发，年四十有六，逾年而值家难。云美此《传》，作于致命后数月，婉俪悱恻，绝似易安居士《金石录后序》，于靡芜表章甚力，而于虞山则多微词，可见公论所在，虽弟子不能讳师，深为虞山悲矣。此册传世二百余年，楮墨完好，殆靡芜之风流节概，彼苍亦不忍泯灭之耶？光绪丁未三月上虞罗振玉刖存父。”又云：“《传》载虞山言‘天下风流佳丽，独王修微、杨宛叔与君鼎足而三，何可使许霞城、茅止生专国士名姝之目’云云。考《列朝诗集》，王修微，名微，广陵人，号草衣道人，归华亭颍川君。颍川君有声谏垣，抗节罢免，修微有助焉。有《樾馆诗》数卷，又撰《名山记》数百卷，是修微才行亦靡芜之区也。颍川君即许霞城，名誉卿，东林党人，修微依之以老。杨宛叔，名宛，归茅止生而阴背之，后为盗所杀。虞山《挽茅止生》诗：‘白头寂寞父君在，泪湿芙蓉制诔词。’自注云：‘杨宛叔制《石民诔词》甚工。’又《文瑞楼书目》有杨宛《钟山献》六卷，是宛叔优于文而劣于行，有愧靡芜草衣多矣。茅止生名元仪，归安人，著书甚多，见《明史·艺文志》。负经世大略，参孙高阳军事，客死辽东。并附记于册尾。刖存又记。”癸丑秋日，于唐风楼见此册并二跋，录之。

黄道周手书诗翰

上虞罗氏藏黄石斋先生手书诗翰六种，共近体诗二十首。

其一云：

熙朝真气古洪韵，十二圣人述作同。开辟自当元始运，正酬末藉圣人功。知将弓马安天下，谬采诗书慰日中。峄泗余风看不绝，明明浮磬与孤桐。

四百陈符陋太元，嘉园准在圣人前。斋心研几宁论月，曝背暄光不计年。入纬文梭通歧女，破董逸响上朱弦。清时顺盼成无据，裹革工夫事韦编。

平成何日得樵渔，塞道横流未廓如。晓警到天真欲漏，禹功着手只荷锄。稻粱尽处消凫雁，钟鼓频年送鸡鹤。不信缺祈同沐浴，备然引涕自修书。

梦持丹漆屡南行，泮游依然滞管城。主圣岂资经史力，道荒聊倩古人耕。好锤玉失为瘢药，不比钟声自瓦鸣。莫诵权舆偷一叹，申辕个是鲁诸生。

偶对经书作，寄雪堂先生教。黄道周。

其二云：

精诚谁似尔，乾竭一身存。裹革虽吾志，还山却主恩。半弦开石虎，千万堕崖猿。君处能无恙，谈经且在门。

合体难分痛，剖肝非旧时。人当天不泰，家共友仳离。栋压青松恨，崖倾朽石知。请看匣底剑，快于担头丝。

悟道惟顽石，离群合采真。不应惭不义，无患到无身。风气疏龙血，灯华结鬼磷。相将天等事，莫断藕丝春。

心许知无怨，途穷未倒行。晴阴随小鸟，毒痛共苍生。故事经开眼，后人别点睛。江河日月计，岂有不澄清。

江上别杨玑部太史先生。七月朔日。弟道周顿首。书于仪真舟中。

其三云：

敛著惭高手，移薪惜热肠。冰蝇初割席，石燕乍摧床。我得舍生法，人赔入定方。弓刀动丝竹，合证古灵光。

忘鱼良足贵，丧狗欲依谁。有道平簪带，无家诉废废。天搜铛底饭，客寄剑头炊。醴酒传经日。行藏共此时。

瘴遁能清啸，荣途见雅春。旧冠谁得度，扁带若为客。瘽国尽元免，良师恣亦松。警心非一事，早晚又秋风。

柳下昔何愧，苏门今始悬。微飓犹偃木，涓水动滔天。鹿命推车后，蟾魂破镜前。合推煅灶火，烧却祖生鞭。

江上八诗，怀巩翁道丈，时齿痛不可忍，又当换小舟入邗沟，草草见意而已。七月朔日。弟道周顿首。

其四云：

世道依稀在，名流风教会。岑年天覆被，蒯窭鬼提携。半塘鱼虾市，微通桃李蹊。明河敛滴雨，尽洒大江西。

岂不乐兹土，已怀礼树忧。凤衰无览下，麟怪得幽求。药里惭干禄，薪担惜反裘。到头多罪过，不在此离愁。

清昼无逃雨，遁荒岂素心。似逢开阔网，亦有失□禽。警鸟虚弦落，余鱼半壑寻。悠悠看楚水，兰芷到于今。

江湖未逼促，愧仰独吾生。主意宽青史，天心急太平。避秦迷去路，报国惜孤行。所愧莼鲈福，偏归老步兵。

江上急征，别巩部老先生，并谢初士、西佩、从之、达生诸兄正。凡并前列八首。七月朔日。弟道周顿首。

其五云：

浮云日出几时无，划却华峨天外图。身自檀弓开物始，人从细节想侏儒。屠龙已尽千金枝，弹雀未轻明月珠。垂老不资朋友力，山行聊得紫藤扶。

东南在处有柑鲈，禀信莲舟百丈齐。半榻命圆供梦鹿，一经未火足醢鸡。已翻秋水帘薜路，不借春风桃李蹊。向道匡卢松子好，避人幕府又江西。

小作奉呈足庵老先生尊鉴。漳浦黄道周。

其六云：

似尔人宜邱壑间，何当缒绝又扶攀。牛轲已失东西路，鸟翮未翻大小山。不信精诚轻水火，偏从循钻觅安闲。射声诸骑休摇手，七获丈夫旧闭关。

七尺难停箭上弦，马头安得穗周旋。衔芦队里甘臣仆，破冢帆中识长年。闭户谁知龙正斗，幽人定与虎同眠。悬崖在处堪垂手，不独荒台北斗边。

砀山道中，遇诸悍子，身为探马，以先缇骑，偶作似士彦兄丈一粲。黄道周。

后有冯伯云跋曰："余在闽中，所见石斋先生真迹甚夥，未有如是卷之绝妙者。所题年月出处，按之全集并合，又何疑耶？嘉禾后学冯登府记。"

按右二十首，惟《别杨玑部诗》前八首，及《杨山道中遇诸悍子》二首见集中，余皆失载。以《明史》及先生年谱考之，当为崇祯十三年就逮时所作。玑部即杨职方廷麟，集本作杨玑部。吴梅村诗亦云杨廷麟，字伯祥，别字玑部。此手迹作玑当不误，或用字异也。按：先生年谱："崇祯十三年，江西巡抚解公学龙荐先生，而逮命遂下。先生闻报，即于五月二十三日辞幕就道，时缇骑尚在南昌。先生中夜出门，匍匐至水口，挥手以谢同人，及至南昌闻逮，诸子依依不去，欲同北上，先生毅然挥之。至砀山道中，遇警，身先缇骑得过，以七月末旬至京。"云云。此两册中《别杨玑部》十二诗，皆署七月朔日，其时正由江人邗沟，殆在就逮之时。自扬州至京二十余日，亦与旅程合也。集中《别杨玑部诗》十三首，五首与此异，《砀山道中遇警，身先缇骑得过寿张》十首，此仅书其二，皆此年作；至《浮云》《日出》二律，当在贬江西按察使照磨之后；至《偶对经书》四律，则时代无可考矣。又据年谱，则先生虽贬江西，未尝之官，而巡抚解学龙乃以所部官荐之。及永戍广西，在途中半载，及江西境而即召还。而《明史》本传乃谓戍已经年。本传记召还奉对语，而《年谱》并不记入京，颇多抵牾，疑本传误也。

内府所藏王右军《游目帖》

内府所藏王右军《游目帖》，曾刻于《三希堂法帖》卷一，后以赐恭忠亲王。庚子之乱，为日本人安达万藏所得。今岁始于东京兰亭会见之。其纸极薄，谓六朝写经用纸，与唐人所用府纸、楮纸不同。其中唐人印记，有太宗贞观小玺、钟绍京书印二字印；宋印则有太宗福化小玺、高宗寓意小玺、绍兴半玺、内府珍藏半印、御书半印、河东薛氏印、绍彭道祖二印、唐氏妙迹半印、游远卿图书印、邕里半印，然则此帖为右军真迹与否，不敢知，要为贞观内府之藏，与十七帖中《游目帖》之祖本，则可信也。卷首有高宗纯皇帝手书“得之神功”四大字，后有魏秦马记二观款，及明郑柏录方正学跋，并徐朗白一赞一跋。《三希堂帖》仅刻方跋，而徐氏一赞一跋并未刻，然徐语较方跋尤能得此帖之要领，故亟录之。其赞曰：“书法至晋，体备前规，专美大成，绝伦于义，畴能方驾，过钟迈芝，焕若神明，誉重当时。墨为世宝，并代词师，藜唐争购，博访无遗。兵火屡变，造物转移，民间剩迹，尽人宋帷。《阁帖》胪列，真伪纷披，元章刊误，始正临池。抚兹游目，别有神奇。非廓非填，枯毫脱皮，冷金古纸，松烟凤脂，行草兼挚，八法并施，龙跳虎跃，智果不欺。详考印识，薛氏长官，绍彭道祖，首尾参赞，贞观稿化，吉鉴在兹。一符半印，世远难窥，绍兴小玺，俨然四垂。宋末元初，流传阿谁？浦江陈氏，世守于斯。嗟余衰朽，何幸得窥。百计巧访，一朝得之，维彼定武，石上画锥，子固云水，性命是期。况乎真迹？出以天倪，翩翩神彩，古香盈眉，精妙既合，心乎俱夷。天下至宝，清闽首推，宝晋墨王，品定永持，神倾里鲊，气压送梨，匣逗袭灵，光怪陆离，卿云景胜，到处相随。崇祯壬午重九前，小清关主者朗白父徐守和识。”又跋云：“此《游目帖》初入夜时，霾斑烂驳，掩采埋光，虽印识累累，眯目难辨。及命工装潢，洴僻浮垢，而贞观小玺，傲然在第三行都字上间，硃晕沉著，深入纸肤，隐隐不没，直唐弘文馆褚、解二学士校定真迹也。张彦远《书要录》载：唐文皇购求大王草书三千纸，□其笔迹言语相类，缀粘成卷，缘帖首有十七字，用为帖名，以贞观两字为小印印之。今此帖具有此印，则其为十七帖中之散佚，复何疑哉。夫以岁稽之，永和至唐贞观，历三百有余年，贞观至我明崇祯，又历千一百有余岁，然而古墨未脱，古纸未磨，行间叠痕犹在，则古人珍藏衣带，死生患难与之俱，虽由人证，顾莫为莫致，岂非天哉！癸未秋分，雨窗萧瑟，闭户展观，取《笔陈图》中七条之形埶，六种之体裁，合参分究，然后知善鉴者不写，非虚语也。呜呼！鉴岂易言哉。抚兹妙迹，有不可以言语形容者焉。其体正而出之以圆机，其气雄而化之以澹韵，郁龙蛇于毫末，托泉石于远游。接武钟、张，擅一时之绝调；睥睨郗、谢，开百代之师承。遂使咄咄唐慕，瞠乎其后；规规米仿，颦尔其前。则真机气焰，固足以摄伪魄哉。载贞观小玺，重为题此。岁癸未中秋后四日录出。朗翁。”崇朗白，名守和，不知何许人，收藏甚富，《三希堂法帖》所刻书，有朗翁题跋者不少。余见唐风楼罗氏所藏黄子久《江山清兴图》，浑成淡远，为元世之冠，亦系朗翁故物。然当时及后世，罕知其名者，殊可异矣。

取《游目帖》墨本，与唐拓《十七帖》刻本校，则刻本清劲有余，而中和之气，觉墨本为胜。盖当时解元辈，皆刻石巨手，兼通书法，不无以己意参人。沈子培方伯《题崔敬邕墓志》诗云“审人墨髓石人参”，不独北朝为然，则唐初亦犹是也。南唐《澄清堂帖》所刻，由重摹本上石，故稍失之瘦弱，而于笔意所得较多。若宋以后刻本，则去之远矣。

姜西溟所藏唐拓《十七帖》

姜西溟所藏唐拓《十七帖》，有吴莲洋先生题五绝句，雍容淹雅，为自来论书者所未有者。诗云：“自信张芝雁陈齐，竭来野莺与家鸡。续得过江书十纸，神明先伏庾征西。”“裴业贞观人贡初，烟霏露洁状何如。外人千载犹珍重，不数严家饿隶书。”“日给樱桃子一囊，山川游目乐徜徉。尚平心事谁能识，折简还留种树方。”“角声洒扫已相猜，分郡行人又不材。自是将军多知足，金堂玉室待君开。”“垦灵山前采紫芝，乐道沧海去无时。仙人游戏皆龙凤，多少儿孙饮墨池。”

右军胸襟书法，为千古第一。此五诗能状其为人，其书亦冲雅有法度。此帖题识，共数十家，皆不俗恶。二百年前，士大夫文章墨翰，犹可想见。乾、嘉以后，学术虽盛，而翰墨不足观，况在今日？可以观世变矣。

日本小川简斋藏智永书真草《千字文》墨跋

日本小川简斋藏智永书真草《千字文》墨迹，盖当时所书八百本之一，行款与关中石本相同，其行笔全用右军家法，而往往有北朝写经遗意。盖南朝楷书真迹，今无一存，存者惟北朝写经本耳。一时风气如此，不分南北。若以稍带北派疑之，犹皮相之论也。

叶石林《避暑录话》多精语

叶石林《避暑录话》，中多精语，其论人才曰：“唐自懿、僖以后，人才日削，至于五代，谓之空国无人可也。然吾观浮屠中乃有云门、临济、德山、赵州数十辈人，卓然超世，是可与扶持天下，配古名臣。然后知其散而横溃者，又有在此者也”云云。此论天下人材有定量，不出于此则出于彼，学问亦然。元、明二代，于学术盖无可言，至于诗文，亦不能出唐、宋范围，然书画大家，接武而起，国朝则学盛而艺衰，物莫能两大，亦自然之势也。古代事业，代各不同，而自后世观之，则其功力、价值往往相等。质力常住，不独物理为然，人心之用，盖亦有之。然能利用一世之心，使不耗于唐牝，则其成就，必有愈于前世者矣。

国朝学术

国朝三百年学术，启于黄、王、顾、江诸先生，而开乾、嘉以后专门之风气者，则以东原戴氏为首。东原享年不永，著述亦多未就者，然其精深博大，除汉北海郑氏外，殆未有其比。一时交游门第，亦能本其方法，光大其学，非如赵商、张逸辈但知墨守师说而已。戴氏礼学，虽无成书，然曲阜孔氏、歙县金氏、绩溪胡氏之学，皆出戴氏。其于小学亦然，书虽未就，而其转注假借之说，段氏据之以注《说文》，王、郝二氏训诂音韵之学，亦由此出。戴君《考工记图》，未为精确，歙县程氏以悬解之才，兼据实物以考古籍，其《磬折古义》《考工创物小记》等书，精密远出戴氏其上，而《释虫小记》《释草小记》《九谷考》等，又于戴氏之外，自辟蹊径。程氏于东原虽称老友，然亦同东原之风而起者也。大抵国初诸老，根柢本深，规模亦大，而粗疏在所不免；乾、嘉诸儒，亦有根柢，有规模，而加之以专，行之以密，故所得独多；嘉、道以后，经则主今文，史则主辽、金、元，地理则攻西北，此数者亦学者所当有事，诸儒所攻，究不为无功，然于根柢规模，逊于前人远矣。戴氏之学，其段、王、孔、金一派，犹有继者；程氏一派，则竟绝焉。近惟吴氏大澂之学近之，然亦为官所累，不能尽其才，惟其小学，所得则又出程氏之上，亦时为之也。

兴化李审言《海上流人录》征事启

辛壬以后，天津、上海、青岛各地为士大夫流寓渊薮，兴化李审言详拟《海上流人录》，比见其征事一启，文章尔雅，录之如左。曰：

自古易姓之际，汹汹时时，久而不定，人士转徙，逃死无所。从凤之嬉，甘为邦族；秣马之歌，且恋邱墟。各有寄焉，理致非一。至于交州奔进，犹为南土之宾；辽海栖迟，不坠西山之节。抑又尚矣！若夫变起仓卒，命在飘忽，指武陵为仙源，履仇池如福地。息肩救颈，姑缓须臾，对宇连墙，相从太息。今之上海，其避世之渊薮乎！鄙意所趋，约分数类：其有金闺旧彦，草泽名儒，不赴征车，久脱朝籍。丹铅点勘，藉竹素为萱苏；金石摩沙，齐若光于崦景。伯山漆简，系肘如新；子云元经，覆瓿不恤。此其一也。亦有赐休投劾，哀郢终燕，微服轻装，近关获济，迹阔熏穴之求，智免据图之请。露车父子，恻怆横流；灵台主人，周旋洛市。又或邱壑独存，觞咏不废。泰山故守，尚事编韦；母氏家钱，日营雕造。朝夕校录，同执苦之诸生；知旧谈谐，助语林之故实。又其一也。复有幼清廉洁，探道渊元，日承长老之言，侧睹君子之论。子真岩石，隐动京师；少游款段，素高乡里。牛医马磨，自取给于姻书；禽息鸟视，迫偷生于晚岁。修龄名士之操，深拒胡奴；兴公白楼之前，能举先达。此又其一也。悬此三例，思成一书，迹彼诸贤，错如棋峙。或流冗吴会，但署侯光；或往来上党，竞传道士。东西之屋，须就访于司徒；南北之居，难遍寻于诸阮。悲夫！陈迹一移，空名遽尽，墨子不黔之突，难问比邻；宋罕箪对之墙，易迷驺卒。用是仿永嘉流人之名，录海上羁旅，略及辛、壬以还，不涉庚、己以上。谨施条目，准此缕书，异日流传，当厕乙部。不徒巷苞闬出，牵拂相招，越陌度阡，枉存至悉，取断目前，仅同耳学。其或良才不隐，改服匡时，引镜皆明，投袂而起，此自后来期会，未可预陈。须知此录，致四方廉聘之嗟，非九品论人之格也。

罗振玉《流沙坠简序》

予与罗叔言参事，考证流沙坠简，近始成书，罗君作序，其文乃类孔仲远《诸经正义序》及颜师古《汉书注序》，兹并录之。曰：

光绪戊申，予闻斯坦因博士访古于我西陲，得汉人简册，载归英伦。神物去国，恻焉疚怀。越二年，乡人有自欧归者，为言往在法都亲见沙畹博士方为考释，云且板行，则又为之色喜，企望成书有如望岁。及神州乱作，避地东土，患难余生，著书遣日，既刊定石室佚书，而两京遗文顾未寓目，爰遗书沙君求为写影。嗣得报书，谓已付手民，成有日矣。于是望之又逾年。沙君乃亟寄其手校之本以至，爰竟数夕之力，读之再周，作而叹曰：千余年来，古简策见于世，载于前籍者，凡三事焉：一曰晋之汲郡，二曰齐之襄阳，三曰宋之陕石。顾厘冢遗编，亡于今文之写定；楚邱竹简，毁于当时之炬火；天水所得，沦于金源。讨羌遗檄，仅存片羽，异世间出，渐灭随之。今则斯氏发幽潜于先，沙氏阐绝业于后，千年遗迹，顿还旧观，艺苑争传，率土咸诵。两君之功，或谓伟矣！顾以欧文撰述，东方人士不能尽窥，则犹有憾焉。因与同好王君静安分端考订，析为三类，写以邦文，校理之功，匝月而竟。乃知遗文所记，裨益至宏，如玉门之方位，烽燧之次第，西域二道之分歧，魏晋长史之治所；部尉曲侯，数有前后之殊，海头楼兰，地有东西之异；并可补职方之记载，订史氏之阙遗。若夫不觚证宣尼之叹，马夫订《墨子》之文。字体别构，拾洪丞相之遗；书迹代迁，证许祭酒之说。是亦名物艺事，考镜所资，如斯之类，偻指难罄。惟是此书之成，实赖诸贤之力，沙氏辟其蚕丛，王君通其艺术；僧雯达识，知《周官》之阙文，长睿精思，辨永初之年月。予以谫劣，滥于编摩，蠡测管窥，裨益盖鲜。尚冀博雅君子，为之绍述，补阙纠违，俾无遗憾。此固区区之望，亦两京博士及王君先后述作之初心也。

沈乙庵方伯《秋怀诗》

近时诗人如陈伯严辈，皆办香江西。然形貌虽具，而于诗人之旨，殊无所得。令人读之，索然共尽。顷读沈乙庵方伯《秋怀诗》三首，意境深邃而寥廓，虽使山谷、后山为之，亦不是过也。

其一曰：

秋叶脱且摇，秋虫吟复喑。秋宵无旦气，秋啸无还音。寸寸死月魄，分分析星心。天人目共眴，海客珠方沈。惇史执简稿，日车还泞深。寄声寂寞滨，乞我膏肓针。

其二曰：

贵已不如贱，鬼应殊胜人。搴蓬语庄叟，乘豹招灵均。荡荡广莫风，悠悠野马尘。独行靡掣曳，长往无缁磷。鬼语诗必佳，鬼道符乃神。道逢钟葵妹，窈窕千花春。绝倒吴道玄，貌彼抉目嗔。

其三曰：

君为四灵诗，坚齿漱寒石。我转西江水，不能濡涸辙。道穷诗亦尽，愿在世无绝。湛湛长江水，照我十年客。昔梦沧浪清，今情天水碧。撤视人沈冥，忘怀阅朝夕。

于第一章，见忧时之深。第二章，虽作鬼语，乃类散仙。至第三章，乃云“道穷诗亦尽，愿在世无绝”，又非孔孟、释迦一辈人不能道。以山谷、后山目之，犹皮相也。

李斯铜虎符书“为秦书之冠”

李斯书存于今者仅有泰山十字，琅琊台刻石则破碎不复能成字矣。即以拓本言之，泰山刻石亦仅存二十九字。琅琊虽有八十五字，而漫漶过半。此符（雏按，指秦铜虎符，罗振玉藏）乃秦重器，必为相斯所书，而二十四字，字字清晰，谨严，浑厚，径不过数分，而有寻丈之势，当为秦书之冠。惜系错金为之，不能拓墨耳。

“书人墨髓石人参”

取《游目帖》墨本与唐拓《十七帖》刻本较，则刻本精劲有余，而中和之气觉墨本为胜。盖当时解无畏辈皆刻石巨手，兼通书法，不无以己意参入。沈子培方伯《题崔敬邕墓志》诗云：“书人墨髓石人参。”不独北朝为然，即唐初亦犹是也。而唐《澄清堂帖》所刻，由重摹本上木，故稍失之瘦弱，而于笔意所得较多。若宋以后刻本则去之远矣。

《木兰辞》为唐太宗时作

乐府《木兰辞》，人人能诵之，然罕知其为何时之作。以余考之，则唐太宗时作也。其诗云：“策勋十二转，赏赐百千强。”按，隋以前，但有官品，未有勋级，唐始有之。《唐六典》（原误作“曲”）：司勋郎中掌邦国官文之勋级，凡十有二级。十二转为上柱国，比正二品。则此诗为太宗时所作无疑。又，诗中“可汗”与“天子”杂称，唐时唯太宗称“天可汗”，当是太宗时作。前人疑为六朝人诗，非是。

杜诗与“诗史”

杜诗云：“径须相就饮一斗，恰有三百青铜钱。”此至德初长安酒价也。“岂闻匹绢值万钱”，此广德间蜀中绢价也。“云帆转辽海，粳稻来东吴”，此天宝间渔阳海运事也。三者史所不载，而于工部诗中见之，此其所以为“诗史”欤？

杜工部诗与天宝之乱

杜工部《忆昔》诗：“忆昔开元全盛日，小邑犹藏万家室。稻米流脂粟米白，公私仓廪俱丰实。九州道路无豺虎，远行不劳吉日出。”此追怀开元末年事。《通典》载：“开元十三年封泰山，米斗至十三文，青齐谷斗至五文。自后天下无贵物，两京米斗不至二十文，麦三十五文，绢一匹二百一十文。”正此时也。仅十余年，至天宝十四载十一月，工部自京赴奉先县作咏怀诗，时渔阳反状未闻也，乃云：“朱门酒肉臭，路有冻死骨。”又云：“入门闻号眺，幼子饥已卒。所愧为人父，无食致夭折。”“生常免租税，名不隶征伐。抚迹犹酸辛，平人固骚屑。”盖此十年间，吐蕃、云南相继构兵，女谒、贵戚穷极奢侈，遂使禄山得因之而起。君子读此诗，不待渔阳鼙鼓，而早知唐之必乱矣。

殷代“雕刻之精良”

“古器文字，大抵阴文，其花纹则突起为阳文。其冶铸时，文字必先刻阴文范，乃制阳文范；花纹必先刻阳文范，乃制（原作“袭”）阴文范，然后可以铸金于其中。是古代冶铸之工，实本于雕刻之工。观其冶铸之精良，则其雕刻之精良，从可知矣。上虞罗氏藏商时雕刻牛骨断片，其精雅与鼎彝花纹无异。此物出彰德府城外，与龟板牛骨文字同时出土，为殷时遗物无疑也。”

《史记·赵世家》与后世小说之关系

《史记·赵世家》一篇多记神怪梦幻事，行文奇纵，当本于赵之国史，非后世小说所能仿佛也。

李后主“词反因书以传”

南唐二主词，南宋长沙书肆有刊本，以后五百年未见再刻，国初无锡侯文灿始重刻于名家词中。余曾将南词本校勘一过，并从总集中搜补十二阕，则近岁番禺沈氏刊于《晨风阁丛书》者是也。余跋其后云：

右南词本南唐二主词，与常熟毛氏所抄，无锡侯氏所刻，同出一源，优是南宋初辑本，殆即《直斋书录解题》所著录、长沙书肆所刊行者也。直斋云：“卷首四阕：《应天长》《望远行》各一，《浣溪沙》二，中主所作，重光尝书之，墨迹在盱江晁氏。”今此本正同。其余诸词半以真迹入录，且著其所藏之家。如《浪淘沙》下云：“传自池州夏氏。”《采桑子》下云：“二词墨迹在王季宫判院家。”《玉楼春》下云：“以后二词传自曹功显节度家，云墨迹旧在京师梁门外李王寺一老尼处，故敝难读。”《感新恩》下云：“以下六首真迹在孟郡王家。”是全书三十七首中，其十五首出自真迹。又，其所举“王季宫判院”“曹功显节度”，“孟郡王”叶（佛雏按，此字当删），皆南宋初叶闻人。“王季宫”疑“王季海”之讹，季海，王淮字也。《宋史·宰辅表》：王淮以淳熙三年七月，同知枢密院事；次年五月，除参知政事。此云“王季宫判院”，则编录此书时，季海正知枢密院事也。又，“曹功显”，曹勋字。《宋史》勋本传，则以绍兴二十九年拜昭信军节度使。又，《外戚传》：孟忠厚以绍兴七年封信安郡王。是三人皆高、孝间人。此书为孝宗淳熙中所编辑矣。

后主工书，其墨迹流传者，宋人甚珍之。故殁后百余年，后人犹得辑其词为一集，则词反因书以传矣。

徐铉挽后主诗极哀痛

王桎《默记》载李后主之死，祸由徐铉。然铉作后主挽词二篇，乃至哀痛。其一云："倏忽千龄尽，冥茫万事空。青松洛阳陌，荒草建康宫。道德遗文在，兴衰自古同。受恩无补报，反袂泣途穷。"其二日："土德承余烈，江南广旧恩。一朝人事变，千古信书存。哀挽周原道，铭旌郑国门。此身虽未死，寂寞已销魂。"字字血泪，与夫反颜若不相识者异矣。

汪水云《忆王孙》九首（集句），"天然凑合"

汪水云《湖山类稿》中，有集句《忆王孙》词九阕。其一曰："汉家宫阙动高秋，人自伤心水自流。今日晴明独上楼。恨悠悠，白尽梨园弟子头。"其二曰："吴王此地有楼台，风雨谁知长绿苔。半醉闲吟独自来。小徘徊，惟有江流去不回。"（中略）九词均天然凑合，无集句之迹，殆可与谢任伯（克家）原词相颉颃。谢词云："萋萋芳草忆王孙。柳外楼高空断魂，杜宇声声不忍闻。欲黄昏，雨打梨花深闭门。"实为徽钦北狩而作，真千古绝调也。

汪水云《莺啼序》（"重过金陵"）"远在吴梦窗之上"

词调中最长者为"莺啼序"，词人为之者甚少，亦不能工。汪水云《重过金陵》一阕，悲凉悽惋，远在吴梦窗之上。因梦窗但知堆垛，羌无意致故也。汪词云：

金陵故都最好，有朱楼迢递。嗟倦客，又此凭高，槛外已少佳致。

更落尽梨花，飞尽扬花，春也成憔悴。问青山，三国英雄，六朝奇伟。麦甸葵丘，荒台败垒。鹿豖衔枯荠。正潮打孤城，寂寞斜阳影里。听楼头，哀笳怨角，未把酒，愁心先醉。渐夜深，月满秦淮，烟笼寒水。

凄凄惨惨，冷冷清清，灯火渡头市。慨商女不知兴废。隔江犹唱《庭花》，余音亹亹。伤心千古，泪痕如洗。乌衣巷口青芜路，认依稀，王谢旧邻里。临春结绮。可怜红粉成灰，萧索白杨风起。因思畴昔，铁索千寻，谩沉江底。挥羽扇，障西尘，便好角巾私第。清谈到底成何事。回首新亭，风景今如此。楚囚对泣何时已？叹人间，今古真儿戏！东风岁岁还来，吹入钟山，几重口翠。

吴梅村、陈云伯、鲁通甫等效长庆体

宋元以来，诗人为中唐长庆体者甚少，为之亦辄不工。至国初，始得吴娄东。乾嘉以后，效吴体者渐多，大抵有肉无骨，如陈云伯辈耳。独山阳鲁通甫先生，根柢深厚，气骨高骞，乃能与娄东抗手。（下略）

鲁通甫《题顾横波小像》诗颇滑稽

（鲁）通甫《题顾横波小像》诗云："彦回须髯如有神，眉娘风貌真天人，遭时变化生风云。鱼轩彩翟江南春，江南朱楼渌水滨，清歌一曲花氤氲。云窗雾阁天黄昏，红灯促骑来逡巡。归报相公公勿嗔：丈夫能死死甲申，夫人乐矣不忧君。"滑稽之语可诵也。

鲁通甫《落叶》"极体物之工"

（鲁）通甫《落叶》一首，极体物之工，云："银屏秋冷虫声歇，空阶夜静闻落叶。骚骚屑屑三两声，帘栊不卷灯微明。初疑细雨洒秋箔，一声半声犹落索。春蚕夜食蚕爬沙，枯荷万柄风吹斜。迴廊曲涧飞更起，宿鸟投林船过苇。转空堕地轻更轻，软沙细草行人行。陇头孤客听不得，淮南思妇难为情。枯枝一夕飒萧爽，曈曈晓日当窗上。”又，其《宋书》小乐府之一曰：“江左风流相，翩翩帽帻斜。天生王仲宝，卖却妇翁家。”比古人所拟褚渊、王俭传赞云：“渊既世胄，俭亦国华，不思舅氏，遑恤妇家。”尤可笑也。

书信

《致铃木虎雄》（1912年5月31日）《颐和园词》“追步梅村”

前从《日本及日本人》中见大著《哀情（“清”？）赋》，仆本拟作《东征赋》，因之搁笔。前作《颐和园词》一首，虽不敢上希白傅，庶几追步梅村。盖白傅能不使事，梅村则专以使事为工。然梅村自有雄气骏骨，遇白描处尤有深味，非如陈云伯辈，但以秀缛见长，有肉无骨也。

《致铃木虎雄》（1912年6月23日）《颐和园词》“于觉罗氏一姓末路之事略具”

《颐和园词》称奖过实，甚愧。此词于觉罗氏一姓末路之事略具，至于全国民之运命，与其所以致病之由，及其所得之果，尚有更可悲于此者，拟为《东征赋》以发之，然手腕尚未成熟，姑俟异日。尊论梅村诗，深得中其病。至于龙跳虎卧而见起伏，鲸铿春丽而不假典故，要唯第一流之作者能之。梅村诗品自当在上中，上下间，然有清刚之气，故不致如陈云伯辈之有肉无骨也。

《致铃木虎雄》（1912年11月15日）诗歌涉日本社会政治前途，日人观之或恐不喜前日车站晤言，甚慰渴想。索送狩野教授诗稿，兹特呈上。惟诗中语意，于贵国社会政治前途颇有隐虑，与伦敦《泰姆士时报》意略相同。窃念君子居是邦，不非其大夫，况国维以亡国之民为此言乎。贵国人观之，或恐不喜，登录杂志与否，祈斟酌为幸。

《致铃木虎雄》（1912年12月19日）《蜀道难》为端方而作

前日于《艺文》中得读大著《哀将军曲》，悲壮淋漓，得古乐府妙处。虽微以直率为嫌，而真气自不可掩。贵邦汉诗中实未见此作也。近作《蜀道难》一首，乃为端午桥尚书（方）作，谨以誊写板本呈上，唯祈教之。

《致缪荃孙》（1912年7月20日）《元刊杂剧三十种》“可谓海内外秘笈”

《元刊杂剧三十种》已见过，系黄荛圃藏书。各本有“大都新刊”“古杭新刊”字样，行款、字之大小亦不一，系杂凑而成者。唯确系元刊，非明初刊本也。其中《元曲选》所有者十三种，字句亦不同，无者十七种，可谓海内外秘笈。而此十七种中有甚可贵之品，如关汉卿之《拜月亭》、杨梓之《霍光鬼谏》（见《乐郊私语》）等在内。唯刻手不佳，其式样略如今之七字唱本。此为到东以来第一眼福也。

《致缪荃孙》（1913年5月13日）《隆裕皇太后挽歌辞》“非为一时而作”

昨奉赐书并大稿《山陵挽诗》五律二首。读至“地老鹃啼血，天悲鹤语寒”，因忆去岁除夕作“可但先人知汉腊，定闻老鹤语尧年”，竟成谶语，岂不异哉！拙作排律（雒按，《隆裕皇太后挽歌辞》）用通韵，法古人，似但有一二字出入。若全首通押，现未能发见其例。惟国维平生于诗最不喜用僻韵，致使一诗中有骈枝之语、不达之意，故大胆为之。且其中“髯”“佥”二字（以今日已无闭口声，故亦放胆用之）闯入“盐”“咸”闭口韵，尤为从古所无。劳玉老曾以是相规，心知其非而不能改也。要之，此等诗非为一时而作，但使后之读此诗者惜其落韵，斯亦足矣。诗止于九十韵，亦由此故。若必敷衍成百韵，则难免无谓之语插入其问。先生以为何如？

至东以后得古今体诗二十首，中以长篇为多。现在拟以日本旧大木活字排印成册，名曰《壬癸集》。成后当呈教。

顷多阅金文，悟古代宫室之制，现草《明堂庙寝通考》一书，拟分三卷：己说为第一卷（已成），此驳古人说一卷，次图一卷。此书全根据金文、龟卜文，而以经证之无乎不合。

《致罗振玉》（1916年5月7日）赵千里雪景图与“马、夏一派”的关系

又有一卷雪景，树仿郭河阳，山石仿范中立，气象甚大，末有“千里伯驹”四字隶书款（款亦佳）。乍观之似马、夏一派，用笔甚粗而实有细处。向所传千里画皆金碧细皴，惟此独粗，盖内画近景与远景之不同，此恐千里真本。不观此画，不能知马、夏渊源（惟绢甚破碎）。乙（按指沈曾直，号乙庵）甚赏此画，又甚以鄙言为然，谓得后乞跋之。……恐北宋流别中当以此为压卷（图中人物面皆敷朱）也。《雪山朝霁图》乃画灞桥风雪（开元中人未必画孟浩然事），恐在

中唐以后，未必出杨昇手；此画实于右丞、北苑之间得一脉络。原本赋色否？

《致罗振玉》（1916年5月8、9、10日）
杨升山水画在画史上的地位

前函言杨升《雪山朝霁图》，写灞桥风雪意，此语大误。灞桥系平原大道，虽可望见南山，地势不得如此收缩。既非写孟浩然事，则疑其不出杨升者误也。僧繇、探微不可得见，观其画知唐山画法已自精能，（大小李虽不可见，当与赵千里辈不甚相远。惟树法犹存汉魏六朝遗意。）右丞独不拘于形似，而专写物意，故为南宗第一祖。杨画实为由张、陆辈至右丞之过渡，其可贵不在《江山雪霁》下也。

《致罗振玉》（1916年5月17日）《杨妃出浴图》
“笔墨极静穆”

今晨往谈，渠（按指沈曾直）出一《杨妃出浴图》见示，笔墨极静穆，无痕迹。行笔极细，稍着色，而面目已娟秀，不似唐人之丰艳。渠谓早则北宋人，迟则元明摹本（此画渠已购得）。殆近之。

《致罗振玉》（1916年8月30日）沈乙庵诗
“晦涩难解”

索乙老书扇，为书近作四律索和，三日间仅能交卷，而苦无精

思名句。即乙老诗亦晦涩难解，不如前此诸章也。

《致罗振玉》（1916 年 9 月 4 日）唐六如画卷“颇极秀逸”

景叔以五十元得一唐六如小卷（实横幅）。纸本，极干净，无款，但有“唐居士印”四字，朱字牙章。其画石学李晞古笔意，颇极秀逸，如系伪品，恐亦须石谷辈乃能为此。

《致罗振玉》（1916 年 9 月 9 日）画的新旧分界：“无笔墨可寻”与“笔意生动”

《高昌壁画》及《石鼓考释》今晨持送乙老，渠谓此事可得数旬探索，维即请其以笔记之，不知此老能细书否耳。维疑前十二图确为六朝人画，至十三图以后有回纥字者当出唐人，因前画均无笔墨可寻，而第十三图以后则笔意生动，新旧分界当在于此。

《致罗振玉》（1916 年 10 月 3 日）宋人吾竹的技法与气象

过程冰泉……出示诸画。有巨然二幅，大而短，乃元明间人所为。（并非高手。）惟竹一大幅大佳，其竹乃渲染而成，有竹处无墨，而以淡墨为地，此法极奇；当中竹三四竿气象雄伟，一竿竹旁倒书“此竹值黄金百两”篆书二行。冰泉谓人言宋人画录中记此事，此极荒唐，惟此画尚是宋人笔墨。

《致罗振玉》（1916 年 10 月 11 日）荆浩山水画“气势浑沦”

昨日赴哈园，书画展览会所陈列者，廉泉之物为多。有一山水立幅，宫子行题为荆浩，傅以赭绛，气势浑沦，略似北苑。山皴皆大披麻，悬泉两道与松树云气，画法全同北苑，唯下幅近处山石间用方折，有似荆法。此画当出董巨以后，然不失为名迹也。

《致罗振玉》（1916 年 11 月 1 日）画的真伪鉴定：“以气象、墨法二者决之”

巨师画，乙老前言前半似河阳，维已疑董、巨同出右丞，巨公当有此种笔法。……维于观明以后画无丝毫把握，唯于董、巨或能知之；且如此大卷，必有惊心动魄之处，以“气象、墨法”二者决之，可无误也。

《致罗振玉》（1916 年 11 月 6 日）巨然山水画之气魄，巨然画的“宋人摹本”

昨为看巨师画预备一切，因悟北苑《群峰霁雪》卷多作蟹爪树，乃与河阳同出右丞。巨然出北苑而变为柔细，则似河阳固其宜也。惟气魄必有异人处，如公之河阳《秋山行旅》卷气象已极不同，何况巨公？

巨然卷，末题“钟陵寺僧巨然”六字，略似明人学钟太傅书者，似系后加。卷长二丈有余，不及三丈，前云五丈者传闻之误也。全卷石法树法全从北苑出，树根用北苑法，石有作短笔麻皴者（因画江景故），虽不辟塞而丘壑特奇（宫室亦用董、巨法，前半仍是巨法，不似河阳。山石阴阳分晓，有宋人意，或当时已有此风亦未可知），温润处不如《唐人诗意》卷，气魄亦逊。窃谓此卷若以画法求之，则笔笔皆是董、巨，惟于真气惊人之处则比《秋山行旅》《群峰霁雪》《云壑飞泉》诸图皆有逊色，用墨有极黑处，当是宋人摹本，未敢遽定为真。

《致罗振玉》（1916年11月7日）巨然《江山秋霁》卷非真迹

今晨又将董、巨诸画景印本展阅一过，觉昨所观《江山秋霁》卷为宋人摹本无疑。其石法树法皆有渊源，惟于元气浑沦之点不及诸图远甚，用笔清润处亦觉不如。卷中高石皴法与《雪霁图》略同；矮石作短笔麻皴，求之董巨诸图，均所未见：似合洪谷、北苑为一家者，都不如诸立幅作大披麻皴及大雨点皴也。

《致罗振玉》（1916年11月15日）巨然《唐人诗意》立幅“温润浑厚”

黄氏巨师画卷，维前所以谓为宋摹者，即以其深厚博大之处与真迹迥异，若论画法，则笔笔是董、巨，无可訾议，与公前后各书所论略同。顾崔逸所藏即《万壑图》，得公书乃恍然。窃意北苑画法备于《溪山行旅》《群峰霁雪》二图；《万壑松风》与未见之《潇湘图》，一大一细，当另是一种笔墨，其真实本领，实于前二图见之。巨然《唐人诗意》立幅虽无确据，然非董非米，舍巨师其谁为之？其中房屋小景，用笔温润浑厚，与《溪山行旅》异曲同工。黄氏卷惟有法度尚存，气象神味皆不如诸幅远矣。海内董、巨，恐遂止此数，不知陕右一卷何如耳。

《致罗振玉》（1916年11月25日）王元章梅花画卷“有气魄而不俗”

十二件内之王元章梅花虽系乙老推荐，而实未见此画。维见此画有气魄而不俗，又题款数行小楷极似公所藏王叔明《柳桥渔艇》卷后元章跋。（俱王卷跋兼有柳法。）而此款字较小，全作小欧体，冬心平生多学此种。（画心又极干净。）此幅若真，则尚算精品，唯究不知何如？亟待公观后一印证也。

《致罗振玉》（1916年12月28日）沈乙庵诗句：“亡虏幸偷生，有言皆粪土”

为乙老（按指沈曾直）写去年诗稿共十八页，二日半而成。其中大有杰作，一为王聘三方伯作《鬻医篇》，一为《陶然亭诗》，而去年还嘉兴诸诗议论尤佳。其《卫大夫宏演墓诗》云：“亡虏幸偷生，有言皆粪土。”今日往谈，称此句，乙云：“非见今日事，不能为此语。”

《致罗振玉》（1917年1月5日）董源、巨然画“气魄雄厚，局势开张”

今日晴始出，过冰泉，已自粤归，携得北苑一卷、一幅。卷未见，立幅佳甚。幅不甚阔，系画近景，上山作粗点大笔披麻，并有矾头，下作四五枯树及泉水，并有小草，境界全在公所藏诸幅之外。幅上诗斗有香光题字，略云仿李思训者。画上又有纯皇题诗一首，乃内府流出在孔氏岳雪楼者，此可谓剧迹。（此幅绢极细而色较白。）其一卷盖已出外，索观不得。又一石谷临巨然《烟浮远岫》立幅，气魄雄厚，局势开张，用粗点大披麻皴，全得家法，尚想见原本神观。（与《唐人诗意》幅不同，而与《万壑图》相近。）

《致罗振玉》（1917 年 1 月 13 日）董源《山居图》“惊心动魄”

十七日过冰泉处，始见北苑《山居图》卷，令人惊心动魄。此卷与小幅在公藏器几可与《溪山行旅》《群峰霁雪》抗衡。因绢素干净，故精神愈觉焕发。观《山居》卷，知香光得力全在此种。

《致罗振玉》（1917 年 8 月 18 日）大家读书，眼光直透纸背

前书五声之说，实因懋堂先生《音韵表》中，自第六部至第十四部但有平声（其偶有入声者实他部字）触发。近日以汉魏音证之，尚有可相发者。可见大家读书，眼光直透纸背，此实段胜王、孔诸家处。怀祖先生最平心静气亦不之从（王、江两家是处段亦不从），何也？

《致沈曾植》旧词末章甚有“苕华”“何草”之意

病中录得旧词二十四阕，末章甚有“苕华”“何草”之意。呈请教正并加斧削之（为？）幸。（周一平《王国维的号“人间”辨析》，见《近代史研究》1985年第4期，下同）

《致顾颉刚》（1922年）不“赞同”胡适提倡白话诗文

顷阅胡君适之《水浒》《红楼》二卷，犁然然有当于心。其提倡白话诗文，则所未敢赞同也。（《王国维致顾颉刚的三封信》，《文献》第18辑，1983年12月）

《致蒋汝藻》（1923年12月6日）居简《北磵集》“文字俊逸”

昨接手书，敬审《北硐集》二册已收到。至慰。此公（按指南宋释居简）文字俊逸，在惠洪诸人之上，与参寥相俪，诚为双璧。更喜俱有宋本，可与《雪篌》《草窗》同观也。

《致蒋妆藻》（1924年5月3日）画“无士夫气息”多属伪作

叔通寄来黄晦木画幅属题。弟以其款字凡近，又墨不著绢，疑为后添；而所画亦系福禄长春寿意，绝无士夫气息：定为非真。……弟不知画，以“神气”取之，或不致误。

《致陈乃乾》（1925 年 8 月 29 日）《人间词话》的重印

《人间词话》乃弟十四五年前之作，当时曾登《国粹学报》，与邓君（按指《国粹学报》主编邓实）如何约束，弟已忘却，现在翻印，邓君想未必有他言。但此书弟亦无底稿，不知其中所言如何，请将原本寄来一阅，或者有所删定，再行付印:如何？（但不必由弟出名。）

《致陈乃乾》（1925 年 9 月 28 日）《人间词话》再版，加标点印行

前日接手书，并《人间词话》一册，敬悉一切。《词话》有讹字，已改正，兹行寄上，请督入。但发行时，请声名系弟十五年前所作，今觅得手稿，因加标点印行云云，为要。

论艺诗

《题贡王朵颜卫景卷》"玉溪诗得少陵魂"

玉溪诗得少陵魂，向晚高歌武帝孙。解道英灵殊未已，不须惆怅近黄昏。

《题敦煌所出唐人杂书六绝句》《凤归云》与《秦妇吟》

虚声乐府擅缤纷，妙悟新安迥出群。茂倩漫收双绝句，教坊原有《凤归云》。(《云谣集杂曲子》)

劫后衣冠感慨深，新词字字动人心。贵家障子僧家壁，写遍韦郎《秦妇吟》。(韦庄《秦妇吟》)

《题沈乙庵方伯所藏赵千里〈云麓早行图〉》"一种高华严冷意"

华原石法河阳树，都入王孙盘礴中。千载只传金碧画，谁知衣钵是南宗。

同时刘李并精能，马夏终嫌笔有稜。一种高华严冷意，百年嫡嗣在吴兴。

残缣风雪凌竞处，几度高斋拂拭看。至竟装潢无圣手，却将明

丽变荒寒。（重装洗涤，古意稍失，先生甚为惋惜）

《题友人三十小像》“宵深爱诵剑南诗”

（上略）论才君自轻侪辈，学道余犹半黠痴。羞喜平生同一癖，宵深爱诵剑南诗。

《蝶恋花》（窈窕燕姬年十五）“除却天然，欲赠浑无语”

窈窕燕姬年十五，惯曳长裾，不作纤纤步。众里嫣然通一顾，人间颜色如尘土。一树亭亭花乍（一作“下”）吐，除却天然，欲赠浑无语。当面吴娘夸善舞，可怜总被腰肢误。

（参考佛雏《广〈人间词话〉》作条目增删、标题和标点调整修改和重新编排）

六、诗词创作汇编

静庵诗稿

静庵诗稿赵本原附于《静安文集》后，罗本编入《观堂外集》卷二，并题“丙午以前诗”。

杂诗（戊戌四月）

飘风自北来，吹我中庭树。乌鸟[1]覆其巢，啁晦归何处？西山扬颓光，须臾复霾雾。翛翛长夜间，漫漫不知曙。旨蓄既以罄，桑土又云腐。欲从鸿鹄翔，铩羽不能遽。阴阳陶万汇，温溧固有数。亮无未雨谋，苍苍何喜怒。

美人如桃李，灼灼照我颜。贻我绝代宝，昆山青琅玕。一朝各千里，执手涕泛澜。我身局斗室，我魂驰关山。神光互离合，咫尺不得攀。惜哉此瑰宝，久弃巾箱间。日月如矢激，倏忽鬓毛斑。我诵《唐棣》诗，愧恧当奚言。

豫章生七年，此诗罗本无。荏染不成株。其上矗楩楠，郁郁干云衢。匠石忽惊视，谓与凡材殊。诘朝事斤斧，浃辰涂丹朱。明堂高且严，佚荡天人居。虹梁抗日月，菡萏纷扶敷。顾此豫章苗，谓为中欂栌。

[1] 原作“乌乌”，据罗本改。

付彼拙工辈，刻削失其初。柯干未云坚，不如栎与樗。中道失所养，幽怨当何如。

嘉兴道中（己亥）

舟入嘉兴郭，清光拂客衣。朝阳承月上，远树与星稀。岁富多新筑，潮平露旧矶。如闻迎大府，河上有旌旗。

八月十五夜月[1]

一餐灵药便长生，眼见山河几变更。留得当年好颜色，嫦娥底事太无情？

红豆词

南国秋深可奈何，手持红豆几摩挲。累累本是无情物，谁把闲愁付与他？

门外青骢郭外舟，人生无奈是离愁。不辞苦向东风祝，到处人间作石尤。

别浦盈盈水又波，凭栏渺渺思如何？纵教踏破江南种，只恐春来苗更多。

匀圆万颗争相似，暗数千回不厌痴。留取他年银烛下，拈来细与话相思。

---

[1] 此诗罗本无。

题梅花画箑

梦中恐怖诸天堕，眼底尘埃百斛强。苦忆罗浮山下住，万梅花里一胡床。

题友人三十小像

劝君惜取镜中姿，三十光阴隙里驰。四海一身原偶寄，千金三致岂前期。论才君自轻侪辈，学道余犹半黠痴。差喜平生同一癖，宵深爱诵剑南诗。

几看昆池累劫灰，俄惊沧海又楼台。早知世界由心造，无奈悲欢触绪来。翁埠潮回千顷月，超山雪尽万株梅。卜邻莫忘他年约，同醉中山酒一杯。

杂感

侧身天地苦拘挛，姑射神人未可攀。云若无心常淡淡，川如不竞岂潺潺。驰怀敷水条山里，托意开元武德间。终古诗人太无赖，苦求乐土向尘寰。

书古书中故纸（癸卯）

昨夜书中得故纸，今朝随意写新诗。长捐箧底终无恙，比入怀中便足奇。黯淡谁能知汝恨，沾涂亦自笑余痴。书成付与炉中火，了却人间是与非。

端居

端居多暇日，自与尘世疏。处处得幽赏，时时读异书。高吟惊户牖，清谈霏琼琚。有时作儿戏，距跃绕庭除。角力不耻北，说隐自忘愚。虽惭云中鹤，终胜辕下驹。如此复不乐，问君意何如？

阳春煦万物，嘉树自敷荣。枳棘茁其旁，既锄还复生。我生三十载，役役苦不平。如何万物长，自作牺与牲？安得吾丧我，表里洞澄莹。纤云归大壑，皓月行太清。不然苍苍者，褫我聪与明。冥然逐嗜欲，如蛾赴寒檠。何为方寸地，矛戟森纵横？闻道既未得，逐物又未能。衮衮百年内，持此欲何成！

孟夏天气柔，草木日夕长。远山入吾庐，顾影自骀荡。晴川带芳甸，十里平如掌。时与二三子，披草越林莽。清旷淡人虑，幽蒨遗世网。归来倚小阁，坐待新月上。渔火散微星，暮钟发疏响。高谈达夜分，往往入遐想。咏此聊自娱，亦以示吾党。

嘲杜鹃

去国千年万事非，蜀山回首梦依稀。自家惯作他乡客，犹自朝朝劝客归。

干卿何事苦依依，尘世由来爱别离。岁岁天涯啼血尽，不知催得几人归？

五月十五夜坐雨赋此

积雨经旬烟满湖，先生小疾未全苏。水声粗悍如骄将，天色凄凉似病夫。江上痴云犹易散，胸中妄念苦难除。何当直上千峰顶，看取金波涌太虚。

游通州湖心亭

扁舟出西郭,言访湖中寺。野鸟困樊笼,奋然思展翅。入门缘亭坳，尘劳始一憩。方愁亭午热，清风飒然至。新荷三两翻，葭菼去无际。湖光槛底明，山色樽前坠。人生苦局促，俯仰多悲悸。山川非吾故，纷然独相媚。嗟尔不能言，安得同把臂。

六月二十七日宿硖石

新秋一夜蚊如市，唤起劳人使自思。试问何乡堪著我，欲求大道况多歧。人生过处唯存悔，知识增时只益疑。欲语此怀谁与共，鼾声四起斗离离。

秋夜即事

萧然饭罢步鱼矶，东寺疏钟度夕霏。一百八声亲数彻，不知清露湿人衣。

偶成二首

我身即我敌,外物非所虞。人生免襁褓,役物固有余。网罟一朝作，鱼鸟失宁居。[1]矫矫骅与骝，垂耳服我车。玉女粲然笑，照我读奇书。嗟汝矜智巧，坐此还自屠。一日战百虑，兹事与生俱。膏明兰自烧，古语良非虚。

蠕蠕茧中蛹，自缚还自钻。解铃虎颔下，只待系者还。大患固在我，他求宁非谩。所以古达人，独求心所安。翩然鸿鹄举，山水恣汗漫。奇花散硐谷，喈喈鸣鹓鸾。悠然七尺外，独得我所观。至人更卓绝，古井浩无澜。中夜搏嗜欲，甲裳朱且殷。凯歌唱明发，筋力亦云单。蝉蜕人间世，兀然入泥洹。此语闻自昔，践之良独难。厥途果奚从，吾欲问瞿昙。

拚飞

拚飞懒逐九秋雕，孤耿真成八月蜩。偶作山游难尽兴，独寻僧话亦无聊。欢场只自增萧瑟，人海何由慰寂寥。不有言愁诗句在，闲愁那得暂时消。

重游狼山寺

不过招提半载余，秋高重访素师居。朅来桑下还三宿，便拟山中构一庐。此地果容成小隐，百年那厌读奇书。君看岭外嚣尘上，讵有吾侪息影区。

[1] 罗本与赵本原文“罟”“宁”两字错简，于文理不通。

尘劳

迢迢征雁过东皋，谡谡长松卷怒涛。苦觉秋风欺病骨，不堪宵梦续尘劳。至今呵壁天无语，终古埋忧地不牢。投阁沉渊争一闲，子云何事反《离骚》？

来日二首

来日滔滔来，去日滔滔去。适然百年内，与此七尺遇。尔从何处来，行将徂何处？扶服径幽谷，途远日又暮。雷然一罅开，熹微知天曙。便欲从此逝，荆棘窘余步。税驾知何所，漫漫就前路。常恐一掷中，失此黄金注。我力既云痡，哲人倘见度。瞻望弗可及，求之缣与素。

宇宙何寥廓，吾知则有涯。面墙见人影，真面固难知。简篰半在水，本末互参池。持刀剡作矢，劲直固无亏。耳目不足凭，何况胸所思？人生一大梦，未审觉何时。相逢梦中人，谁为析余疑。吾侪皆肉眼，何用试金篦？

登狼山支云塔

数峰明媚互招寻，孤塔崚嶒试一临。槛底江流仍日夜，岩间海草未销沉。蓬莱自合今时浅，哀乐偏于我辈深。局促百年何足道，沧桑回首亦骎骎。

病中即事（甲辰）

滴残春雨住无期，开尽园花卧不知。因病废书增寂寞，强颜入世苦支离。拟随桑户游方外，未免扬朱泣路歧。闻道南山薇蕨美，膏车径去莫迟疑。

暮春

晨翻书帙鸟无哗，晚步郊原草正芽。院落春深新著燕，池塘雨过乱鸣蛙。心闲差许观身世，病起粗能玩物华。但使狷狂过百岁，不嫌孤负此生涯。

冯生

众庶冯生自足悲，真人何事困饘饨。家贫且贷河侯粟，行苦终思牧女糜。溟海巨鹏将徙日，雪山大道未成时。生平不索长生药，但索丹方可忍饥。

晓步

兴来随意步南阡，夹道垂杨相带妍。万木沉酣新雨后，百昌苏醒晓风前。四时可爱唯春日，一事能狂便少年。我与野鸥申后约，不辞旦旦冒寒烟。

蚕

余家浙水滨,栽桑径百里。年年三四月,春蚕盈筐篚。蠕蠕食复息,蠢蠢眠又起。口腹虽累人,操作终自己。丝尽口卒瘏,织就鸳鸯被。一朝毛羽成,委之如敝屣。喘喘索其偶,如马遭鞭箠。呴濡视遗卵,怡然即泥滓。明年二三月,𧑼𧑼长孙子。茫茫千万载,辗转周复始。嗟汝竟何为,草草阅生死。岂伊悦此生,抑由天所畀。畀者固不仁,悦者长已矣。劝君歇少息,人生亦如此。

平生

平生苦忆挈卢敖,东过蓬莱浴海涛。何处云中闻犬吠,至今湖畔尚乌号。人间地狱真无间,死后泥洹枉自豪。终古众生无度日,世尊只合老尘嚣。

秀州

看月不知清夜长,归桡渐入秀州乡。天边远树山千叠,风里垂杨态万方。一自名园窜狐兔,至今渌水少鸳鸯。不须为唱梅村曲,芳草萋萋自断肠。

偶成

文章千古事,亦与时荣枯。并世盛作者,人握灵蛇珠。朝菌媚初日,容色非不腴。飘风夕以至,零落委泥涂。且复舍之去,周流观石渠。

蔽亏东观籍，繁会南郭竽。譬如贰负尸，桎梏南山隅。恒干块犹存，精气荡无余。小子懵无状，亦复事操觚。自忘宿瘤质，揽镜学施朱。东家与西舍，假得紫罗襦。主者虽不索，跬步终趑趄。且当养毛羽，勿作南溟图。

九日游留园

朝朝吴市踏红尘，日日萧斋兀欠伸。到眼名园初属我，出城山色便迎人。奇峰颇欲作人立，乔木居然阅世新。忍放良辰等闲过，不辞归路雨沾巾。

天寒

天寒木落冻云铺，万点城头未定乌。只分杨朱叹歧路，不应阮籍哭穷途。穷途回驾原非失，歧路亡羊信可吁。驾得灵槎三十丈，空携片石访成都。

欲觅

欲觅吾心已自难，更从何处把心安？诗缘病辍弥无赖，忧与生来讵有端。起看月中霜万瓦，卧闻风里竹千竿。沧浪亭北君迁树，何限栖雅噪暮寒。

出门

出门惘惘知奚适，白日昭昭未易昏。但解购书那计读，且消今日敢论旬。百年顿尽追怀里，一夜难为怨别人。我欲乘龙问羲叔，两般谁幻又谁真?

过石门

我行迫季冬,及此风雨夕。狂飙掠舷过,声声如裂帛。后船窘呼号，似闻楼橹折。孤怀不能寐，高枕听淅沥。须臾风雨止，微光漏舷隙。悠然发清兴，起坐岸我帻。片月挂东林，垂垂两岸白。小松如人长，离立四五尺。老桑最丑怪，亦复可怡悦。疏竹带轻，摇摇正秀绝。生平几见汝，对面若不识。今夕独何夕，著意媚孤客。非徒豁双眸，直欲奋六翮。此顷能百年，岂惜长行役。

留园玉兰花（乙巳）

庭中新种玉兰树，枝长干短花无数。灿如幼女冠六珈，踯躅墙阴不能步。今朝送客城西隅，留园名花天下无。拔地扶疏三四丈，倚天绰约百余株。我上东楼频目极，楼西花海花西日。海上银涛突兀来，日边瑶阙参差出。南圃辛夷亦已花，雪山缺处露朝霞。闲凭危槛久徙倚，眼底层层生绛纱。窈窕吴娘自矜许，却来花底羞无语。直令椒麝黯无香，坐使红颜色消沮。将归小住更凝眸，暝色催人不可留。归来径卧添愁怅，万花倒插藻井上。

坐致

坐致虞唐亦太痴，许身稷契更奚为？谁能妄把平成业，换却平生万首诗。

五月二十三夜出阊门驱车至觅渡桥

小斋竟日兀营营，忽试霜蹄四马轻。萤火时从风里堕，雉垣偏向电边明。静中观我原无碍，忙里哦诗却易成。归路不妨冒雷雨，兹游快绝冠平生。

将理归装，得马湘兰画幅，喜而赋此

旧苑风流独擅场，土苴当日睨侯王。书生归舸真奇绝，载得金陵马四娘。

小石丛兰别样清，朱丝细字亦精神。君家宰相成何事？羞杀千秋冯玉英。[1]

[1] 马士英善绘事，其遗墨流传人间者，世人丑之，往往改其名为冯玉英云。

《观堂集林》卷二十四

颐和园词（壬子）

汉家七叶钟阳九，澒洞风埃昏九有。南国潢池正弄兵，北沽门户仍飞牡。仓皇万乘向金微，一去宫车不复归。提挈嗣皇绥旧服，万几从此出宫闱。东朝渊塞曾无匹，西宫才略称第一。恩泽何曾逮外家，咨谋往往闻温室。亲王辅政最称贤，诸将专征捷奏先。迅扫欃枪回日月，八荒重睹中兴年。联翩方召升朝右，北门独付西平手。因治楼船凿汉池，别营台沼追文囿。西直门西柳色青，玉泉山下水流清。新锡山名呼万寿，旧疏湖水号昆明。昆明万寿佳山水，中间宫殿排云起。拂水回廊千步深，冠山杰阁三层峙。隥道盘纡凌紫烟，上方宝殿放祈年。更栽火树千花发，不数明珠彻夜悬。是时朝野多丰豫，年年三月迎鸾驭。长乐深严苦敝神，甘泉爽垲宜清暑。高秋风日过重阳，佳节坤成启未央。丹陛大陈三部伎，玉卮亲举万年觞。嗣皇上寿称臣子，本朝家法严无比。问膳曾无赐坐时，从游罕讲家人礼。东平小女最承恩，远嫁归来奉紫宸。卧起每偕荣寿主，丹青差喜缪夫人。尊号珠联十六字，太官加豆依前制。别启琼林贮羡余，更营玉府搜珍异。月殿云阶敞上方，宫中习静夜焚香。但祝时平边塞静，千秋万岁未渠央。五十年间天下母，后来无继前无偶。却因清暇话平生，万事何堪重回首？忆昔先皇幸朔方，属车恩幸故难量。内批教写清舒馆，小印新镌同道堂。一朝铸鼎降龙驭，后宫髯绝不能去。北渚何堪帝子愁，南衙复遘丞卿怒。手夷端肃反京师，永念冲人未有知。为简儒臣严谕教，别求名族正宫闱。可怜白日西南驶，一纪恩勤付流水。甲观曾无世嫡孙，后宫并乏才人子。提携犹子付黄图，劬苦还如同治初。又见法宫冯玉几，更劳武帐坐珠襦。国事中间几翻覆，近年最忆怀来辱。草地间关短毂车，邮亭仓卒芜蒌粥。上相留都树大牙，东南诸将奉王家。坐令佳气腾金阙，复道都人望翠华。自古忠良能活国，于今母子仍玉食。九庙重闻钟鼓声，离宫不改池台色。一自官家静摄频，含饴无冀弄诸孙。但看腰脚今犹健，莫道伤心迹已陈。两宫一旦同绵惙，天柱偏先地维折。高武子孙复几人，哀平国统仍三绝。是时长乐正弥留，茹痛还为社稷谋。已遣伯禽承大统，更扳公旦觐诸侯。别有重臣升御榻，紫枢元老开黄阁。安世忠勤自始终，本初才气尤腾踏。复数同时奉话言，诸王刘泽号亲贤。独总百官居冢宰，共扶孺子济艰难。社稷有灵邦有主，今朝地下告文祖。坐见弥天戢玉棺，独留末命书盟府。原庙丹青俨若神，镜奁遗物尚如新。那知此日新朝主，便是当年顾命臣。离宫一闭经三载，绿水青山不曾改。雨洗苍苔石兽间，风摇朱户铜蠡在。云韶散乐久无声，甲帐珠帘取次倾。岂谓先朝营楚殿，翻教今日恨尧城。宣室遗言犹在耳，山河盟誓期终始。寡妇孤儿要易欺，歌狱讼终何是。深宫母子独凄然，却似滦阳游幸年。昔去会逢天下养，今来劣受厉人怜。虎鼠龙鱼无定态，唐侯已在虞宾位。且语王孙慎勿疏，相期黄发终无艾。定陵松柏郁青青，应为兴亡一拊膺。却忆年年寒食节，朱侯亲上十三陵。

读史二绝句

楚汉龙争元自可，师昭狐媚竟如何。阮生广武原头泪，应比回车痛哭多。

当涂典午长儿孙，新室成家且自尊。只怪常山赵延寿，赭袍龙凤向中原。

送日本狩野博士游欧洲

君山博士今儒宗，亭亭崛起东海东。平生未拟媚邹鲁，肸蚃每与沂泗通。自言读书知求是，但有心印无雷同。我亦半生苦泛滥，异同坚白随所攻。多更忧患阅陵谷，始知斯道齐衡嵩。夜阑促坐闻君语，使人气结回心胸。颇忆长安昔相见，当时朝野同欢宴。百僚师师学奔走，大官诺诺竞圆转。庙堂已见纲纪弛，城阙还看士风变。食肉偏云马肝美，取鱼坐觉熊蹯贱。观书韩起宁无感，闻乐延陵应所叹。巾车相送南城隅，岁琯甫更市朝换。嬴蹶俄然似土崩，梁亡自古称鱼烂。干戈满眼西风凉，众雏得意稚且狂。人生兵死亦由命，可怜杜口心烦伤。四方蹙蹙终安骋，幡然鼓棹来扶桑。扶桑风物由来美，旧雨相逢各欢喜。卜居爱住春明坊，择邻且近鹿门子。商量旧学加邃密，倾倒新知无穷已。幸免仲叔累猪肝，颇觉幼安惭龙尾。谈深相与话兴衰，回首神州剧可哀。汉土由来贵忠节，至今文谢安在哉！履霜坚冰所由渐，麋鹿早上姑苏台。兴亡原非一姓事，可怜惵惵京与垓。此邦曈曈如晓日，国体宇内称第一。微闻近时尚功利，复云小吏乏风节。疲民往往困鲁税，学子稍稍出燕说。良医我是九折肱，忧时君为三太息。半年会合平安城，只君又作西欧行。石室细书自能事，缟带论交亦故情。离朱要能搜赤水，楚国岂但夸白珩。坐待归来振疲俗，毋令后世羞儒生。勿携此诗西渡海，此中恐有蛟龙惊。

蜀道难

对案辍食惨不欢，请为君歌《蜀道难》。蜀江委蛇几千折，峰峦十二烟云间。中有千愁与万冤，南山北山啼杜鹃。借问谁化此，幽愤古莫比。云是江南开府魂，非复当年蜀天子。开府河朔生名门，文章政事颇绝伦。早岁才名揭曼硕，中年书札赵王孙。簪笔翩翩趋郎署，绣衣一著飞腾去。十年持节偏西南，万里皇华光道路。幕府山头幕府开，黄金台畔起金台。主人朱毕多时誉，宾客孙洪尽上才。奉使山陵绝驰道，幸缘薄谴归田早。宝华庵中足百城，更将何地堪娱老。呜呼！乾嘉以还盛文物，器车争为明时出。士夫好事过欧赵，学子考文陋王薛。近来山左数吴陈，江左潘吴亦绝伦。开府好古生最后，搜罗颇出诸家右。匋斋著录苦未尽，请述一二遗八九。玉刀三尺光芒静，宝鸡铜禁尤完整。孤本精严华岳碑，千言谟训毛公鼎。河朔穹碑多辇致，中余六代朱文字。丹青一卷顾长康，唐宋纷纷等自郐。开府此外无他娱，到处琳琅载后车。颇怪长沙储木屑，不愁新息谤明珠。比来辇毂多闲暇，倦眼摩挲穷日夜。自谓青山老向禽，那知白首随王贾。铁官将作议纷纶，诏付经营起重臣。又报烽烟昏玉垒，便移旌节上荆门。玉垒荆门路几许，可怜偏地生榛莽。木落秋经滟滪堆，风高暮宿彭亡聚。提兵苦少贼苦多，纵使兵多且奈何。戏下自翻汉家帜，帐中骤听楚人歌。楚人三千公旧部，数月巴渝共辛苦。朝趋武帐呼元戎，暮扣辕门诟索虏。彻侯万户金千斤，首级还须赠故人。此意公私君莫问，此时恩怨两难论。爱弟相随同玉碎，赠官赐谥终何济。铜鼓聊当蒿里歌，铁笼便是东园器。杀胡林中作帝羓，蜀盐几斛相交加。留取使君生面在，顺流直下长风沙。南楼到日人人识，犹忆使君曾驻节。将军置卫为周防，父老遥看暗呜咽。昔闻暴抗汉与明，规摹还使后人惊。和州有庙祠余阙，西楚何亲葬谷城。即今蚤邸悬头久，枯骨犹闻老兵守。白狄谁归先轸元，朱玚空请王琳首。玉轴牙签尽作尘，兰亭殉葬更无因。颇闻纪甗归齐国，复道龙文委水滨。首在荆南身在蜀，归魂日夜西山麓。千里空驰江上心，一时己抉城门目。可怜萧瑟满江潭，无限江南与汉南。莫问翠微旧山色，西风落木归来庵。

观红叶一绝句

漫山填谷涨红霞，点缀残秋意太奢。若问蓬莱好风景，为言枫叶胜樱花。

壬子岁除即事

又向殊方阅岁阑，梦华旧事记应难。缁尘京洛浑如昨，风雪山城特地寒。

可但先人知汉腊，定谁军府问南冠。屠苏后饮吾何憾，追往伤来自寡欢。

咏史（癸丑）

六龙时御天，肇迹元黄战。牧野始开周，垓下遂造汉。洛阳缚二竖，唐鼎初云奠。赵宋号孱王，神开耀淮甸。稜威既旁薄，大号乃涣汗。六合始抟心，群丑亦革面。令行政自举，病去利乃见。游士复庠序，征夫归陇畔。百年开太平，一日资涂炭。自非舜禹功，漫侈唐虞禅。

先王号圣贤，后王称英雄。英雄与圣贤，心异术则同。非仁民弗亲，非义士莫从。智勇纵自天，饥溺思在躬。要令天下肥，始觉一身祟。百世十世量，早在缔构中。黄屋何足娱，所娱以其功。成家与仲家，奄忽随飘风。所以曹孟德，犹以汉相终。

典午师曹公，世亦师典午。赫赫荀贾辈，所计在门户。师尹既多辟，庶政乃无度。季伦名家子，文采照区宇。堂堂南州牧，乃劫西域贾。祖逖出东塘，戴渊踞淮浦。虎狼在堂室，徙戎复何补？神州遂陆沈，百年委榛莽。寄语桓元子，莫罪王夷甫。

塞北引弓士，塞南冠带民。耕牧既殊俗，言语亦异伦。三王大一统，乃以禹迹言。大幕空度汉，长城已筑秦。古来制漠北，独有唐与元。元氏储祥地，唐家累叶婚。神尧出独孤，官氏北地尊。英英文皇帝，母后黑獭孙。用兹代北武，纬以江左文。婉娈服弓马，潇洒出经纶。蕃将在阃外，公主过河源。所以天可汗，古今唯一人。

少读陶杜诗，往往说饥寒。自来夸毗子，焉知生事艰？子云美笔札，遨游五侯间。孔璋檄豫州，矢在袁氏弦。魏台一朝建，书记又翩翩。文章诚无用，用亦未为贤。青春弄鹦鹉，素秋纵鹰鹯。咄咄扬子云，今为人所怜。

昔游

端居爱山水，懒性怯游观。同游畏俗客，独游兴易阑。行役半九州，所历多名山。舟车有程期，筋力愁跻攀。穷幽岂不快，资想讵足欢。亦思追昔游，揽笔空汗颜。

我本江南人，能说江南美。家家门系船，往往阁临水。兴来即命棹，归去辄隐几。远浦见萦回，通川流浼弥。春融弄骀荡，秋爽呈清泚。微风葭菼外，明月荇藻底。波暖散凫鹥，渊深跃鰋鲤。枯槎渔网挂，别浦菱歌起。何处无此境，吴会三千里。

西湖天下胜，春日四序最。我行直暮春，山路雨初霁。言从金沙港，步至云林寺。山川气苏醒，卉木昼融泄。老干缀新绿，丛篁积深翠。林际荡湖光，石根漱寒濑。新莺破寂寥，时出高柳外。兹游犹在眼，流水十年事！

二年客吴郡，所爱郡西山。买舟出西郭，清光照我颜。东风开垂柳，一一露烟鬟。远望殊无厌，近揽信可餐。天平石尤胜。巧匠穷雕镌。想当洪濛初，此地朝群仙。尽将白玉笏，插在苍崖巅。仰跻蹬道绝，俯视邱壑妍。谷中颇夷旷，有庐有田园。玉兰数百树，烂漫向晴天。淹留逮日暮，坐见飞鸟还。题名墨尚在，试觅白云间。

大江下岷峨，直走东海畔。我行指夏口，所见多平远。振奇始豫章，往往成壮观。马当若连屏，石脚插江岸。窈窕小姑山，微茫湖口县。回首香炉峰，飞瀑挂天半。玉龙升紫霄，头角没云汉。昏旦变光景，阴晴殊隐现。几时步东林，真见庐山面。

京师厌尘土，终日常掩关。西山朝暮见，五载未一攀。却忆军都游，发兴亦偶然。我来自南口，步步增高寒。两崖积铁立，一径羊肠穿。行人入眢井，羸马蹴流泉。左转弹琴峡，流水声潺潺。夕阳在峰顶，万杏明倚天。暮宿青龙桥，关上月正圆。溶溶银海中，历历群峰巅。我欲从驼纲，北去问居延。明朝入修门，依旧尘埃间。

隆裕皇太后挽歌辞九十韵

先帝将亲政，旁求内助贤。宗臣躬奉册，天子自临轩。长女爰迎渭，元妃夙号嫄。未央新受玺，长乐故承欢。问寝趋西苑，从游在北园。太官分玉食，女史进银镮。璧月临华沼，明河界掖垣。铜龙宵咽漏，香兽晓喷烟。礼数元殊绝，恩波自不偏。螽斯宜揖揖，瓜瓞望绵绵。就馆终无日，专房抑有缘。齐纨虽暂弃，汉剑固难捐。家国频多事，君王企改弦。亲臣用安石，旧学重甘盘。调护终思皓，危疑伫得韩。东朝仍薄怒，左卫且流言。玉几陈朝右，珠襦出殿前。求医晨下诏，训政暮追班。宣室从今罢，长门自昔闲。事虽西掖秘，语已内家传。闻疾然疑作，瞻天去住难。翻因朝鹤禁，暂得对龙颜。憔悴凭谁问，忧虞只自怜。妾身甘薄命，官里愿加餐。别殿春巢燕，离宫夏听蝉。王家犹陧杌，国步遂迍邅。象魏妖氛逼，钩陈杀气躔。轻装同涕出，下殿但衣牵。豆粥芜亭畔，柴车易水边。终然随玉辇，幸免折金鞭。去国诚多感，回銮更永叹。乾坤重缔造，母子尚防闲。梦去瀛台近，愁来渤海宽。枯桐根半死，古井水长寒。掩抑长生祝，仓皇末命宣。鹤归寒有语，龙去回难攀。先后同危惙，升真各后先。委裘迎济北，负扆仗河间。孺子垂裳日，亲王摄政年。谦冲如昨日，悲感每无端。泪与湘流竭，恩唯鞠子单。起居调甲观，游幸罢甘泉。篝火俄张楚，传烽忽到燕。大臣唯束手，小吏或弹冠。阃外无卢植，山中有谢安。庙谟先立帅，廷议尽推袁。洒落捐前隙，低徊忆后艰。方令调鼎鼐，不独总师干。反旆从江浒，衔恩入上兰。君臣同涕泪，殿陛尽潺湲。礼自群僚绝，权教一相专。坐令成羽翼，不觉变寒暄。鄂渚宽穷寇，金陵撤外援。虚张江表势，都散水衡钱。国论归操纵，军心任控抟。嗣宗因劝进，祭仲自行权。大内更筹转，中宵禅草颁。琅琅宣德令，草草载书编。帝制仍平日，官僚俨备员。鹭飞今作客，龙亢昔乘乾。城阙罘罳坏，园陵草露专。黄图余禁籞，赤子剩中涓。寂寞看冲主，欷歔对讲官。哓音缘室毁，忍死为巢完。属者逢天寿，佳辰近上元。

诸王仍入内，故相愿交欢。殚赫生辰使，凄凉上寿筵。陪臣称上客，拜表易通笺。御殿心如噎，移宫议又喧。长春才受贺，宁寿遽升仙。侧听弥留耗，传从丙夜阑。嗣皇居膝下，太保到帘前。母子恩无极，君臣分俨然。指天明寄托，视日但汍澜。前殿繁霜重，西垣落月圆。寺人缠玉柙，园匠奉金棺。畴昔悲时命，中间值播迁。一身元濩落，九庙幸安全。地轴俄翻覆，天关倏转旋。腐心看夏社，张目指虞渊。此去朝先帝，相将诉昊天。秋荼知苦味，精卫晓沉冤。道路传乌喙，宫廷讳马肝。生原虚似寄，死要重于山。举世嫌濡足，何人识仔肩。补天愁石破，逐日恨泉干。心事今逾白，精诚本自丹。山河虽已异，名节固难刊。诔德词臣少，流言秽史繁。千秋彤管在，试与诵斯篇。

癸丑三月三日京都兰亭会诗

大挠以还几癸丑，纪年唯说永和九。人间上巳何岁无，独数山阴暮春初。尔来荏苒经几年，岁星百三十周天。会稽山水何岑寂，朅来异国会群贤。东邦风物留都美，延阁沉沉连云起。翻砌非无勺药花，绕门恰有流觞水。此会非将禊事修，却缘禊序催清游。信知风俗与时易，唯有翰墨足千秋。忆昔山阴典郡日，郡中流寓多簪绂。会稽山水固无双，内史风流复第一。兰亭修禊序且书，书成自谓绝代无。一朝茧纸閟幽宅，人间从此无真迹。后来并失唐人摹，近世犹传宋时石。此邦士夫多好事，古今名拓争罗致。我来所见皆瑰奇，二十八行三百字。开皇响搨殊未工，犹是当年河朔风。后代正宗推定武，同时摹本重神龙。南渡家家置一石，流传此日犹珍惜。偏旁考校徒区区，神采照人殊奕奕。行书斯帖称墨皇，况有真草相辉光。小楷几通越州帖，草书三卷澄清堂。古来书圣推内史，但有赞扬绝言议。我今重与三摩挲，请为世人阐真秘。昔人论书以势名，古文篆隶各异型。千年四体相嬗代，唯尽其势体乃成。汉魏之间变古隶，体虽解散势犹未。波磔尚存八分法，茂密依稀两京制。《墓田》数帖意独殊，流传仍出山阴摹。永和变法创新意，世间始有真行书。由体生势势生笔，书成乃觉体势一。相斯小篆中郎隶，后得右军称三绝。小楷法度尽《黄庭》，行书斯帖具典刑。草书尺牍尚百数，何曾一一学伯英。后来鲁公知此意，平生盘礴多奇气。大书往往爱摩崖，小字《麻姑》但游戏。真行巨细无间然，先后变法王与颜。坐令千载嗟神妙，当日只自全其天。我论书法重感喟，今年此地开高会。文物千秋有废兴，江河万古仍滂沛。君不见兰亭曲水埋荒烟，当年人物不复还。野人牵牛亭下过，但道今是牛儿年。

游仙（乙卯）

金册除书道赐秦，西垂伫见霸图新。已缘获石祠陈宝，更喜吹箫得上真。鹑首山河归版籍，凤台歌吹接星辰。谁知一觉钧天梦，寂寞祈年馆下人。

十赉文成九锡如，三千剑履从云车。临轩自佩黄神印，受箓教披素女书。金检赤文供劾召，云窗露（一作“雾”）阁榜清虚。诙谐叵奈东方朔，苦为虚皇注起居。

劫后穷桑号赤明，眼看天柱向西倾。经霜琪树春前槁，得水神鱼地上行。尽有三山沉北极，可无七圣厄襄城。蓬莱清浅寻常事，银汉何年风浪生。

和巽斋老人《伏日杂诗》四章[1]

春心不可掬，秋思更难量。雨蚁仍争垤，风萤倏过墙。视天殊澶漫，观化苦微茫。《演雅》谁能续，吾将起豫章。

风露危楼角，凭阑思浩然。南流河属地，西柄斗垂天。匡卫中宫斥，棓枪复道缠。为寻甘石问：失纪自何年？

平生子沈子，迟莫得情亲。冥坐皇初意，楼居定后身。精微存口说，顽献付时论。近枉秦州作，篇篇妙入神。

清浅蓬莱水，从君跂一望。无由参玉箓，尚记咏《霓裳》。度世原无术，登真或有方。近传羡门信，双鬓已秋霜。

附：静庵和诗四章，辞意深美，而格制清远，非魏晋后人语也。适会新秋，赋此以答寐叟。

木落归根水顺流，老翁无感长年秋。荣桐叶有先雕警，腐草光成即熠游。吟比鱼山闻梵入，身依鸽寺怖情收。王筠沈约今焉向，判作瑯书脉望休。

附：伏日杂诗简静安　寐叟

伏伏今年雨，湫湫后夜凉。芸生三有业，缺月一分光。象意籀重识，虫生患未央。微风苹末起，平旦更商量。

天河低案户，星气烂如云。巧拙时难定，婵媛夕有亲。福缘祈上将，绮语属词人。中夜危楼影，披云望北辰。

寂寞王居士，江乡乐(一作“寄”)考槃。论宜资圣证，道不变贞观。

[1] 一作《和子培方伯〈伏日杂诗〉四律，兼呈雪堂先生》。

鸥鸟忘机喻，鹪枝适性安。善来寻蒋径，何处有田盘？

远书兼旧事，理尽独情悲。蓍蔡言终验，筠心贯不移。药炉修病行，讲树立枯枝。万里罗含宅，弥襟太息时。

再酬巽斋老人

八月炎蒸三伏雨，今年颠倒作寒温。人喧古渡潮平岸，灯暗幽坊月到门。迥野蟪蛄多切响，高楼腐草有游魂。眼前凡楚存亡意，待与蒙庄子细论。

游仙[1]（丁巳）

如盖（一作"荡荡"）青天倚杵低，方流（一作"溶溶"）玉水旋成泥。五山峙海根无著，七圣同车路总迷。员峤自（一作"顿"）沈穷发（一作"方丈"）北，若华还在邓林西。含生总作微禽化，玄鹤飞鸮自不齐。（唐写本《修文殿御览》残卷引《纪年》："穆王南征，君子为鹤，小人为飞鸮。"）

海上送日本内藤博士[2]

安期先生来何许，赤松洪厓为伴侣。蹴踏鹿卢龙与虎，西来长揖八神主。翩然游戏始齐鲁，陟登泰山睨梁父。摩挲泰碑溯三五，

---

[1] 诗内异文据作者丁巳八月八日致罗振玉书中所附诗。

[2] 诗前作者有短序曰：湖南先生北游赤县，自齐鲁来，访余海上，出赠唐写古文《尚书》景本，赋诗志谢，并送其北行。

上有无怀所封土。七十二王文字古，横厉泗水拜尼甫。千年礼器今在不，雷洗觞觚爵鹿俎。豆笾锺磬瑟琴鼓，何所当年夔相圃。南下彭城过梁楚，飙轮直邸黄歇浦。回车陋巷叩蓬户，袖中一卷巨如股。《尚书》源出晋秘府，天宝改字笑莽卤。媵以《玉篇》廿三部，初唐书迹凤鸾翥。玉案金刀安足数，何以报之愧郑纻。送君西行极汉浒，游目洞庭见娥女。北辕易水修且阻，困民之国因殷土。商侯治河此胥宇，洒沈澹灾功微禹。王亥嗣作殷高祖，服牛千载德施普。击床何怒逢牧竖，河伯终为上甲辅。中兴大业迈乘杜，三十六叶承天序。有易不宁终安补，我读《天问》识其语。《竹书》谰言付一炬，多君前后相邪许。太丘沦鼎一朝举，君今渡河绝漳滏。眼见殷民常黼冔，归去便将阙史补。明岁寻君道山府，如瓜大枣傥乞与，我所思兮衡漳渚。

海日楼歌寿东轩先生七十（戊午）

海日高楼俯晴空，若华夜半光熊熊。九衢四照纷玲珑，下枝扶疏上枝童。阳乌爰集此其宫，扈从八神骖六龙。步自太平径太蒙，我有不见彼或逢。悲泉蒙谷次则穷，桑榆西即榑木东。斯楼突兀星座通，银涛涌见金芙蓉。谁与主者东轩翁，楼居十年朝海童。西行偶蹑夸父踪，拄杖不化邓林松。归来礼日东轩中，咸池佳气瞻郁葱。在昔庞眉汉阳公，手扶赤日升玄穹。问年九九时登庸，翁今尚弱一星终。猿鹤那必非夔龙，矧翁余事靡不综。儒林丈人诗派宗，小鸣大鸣随扣钟。九天珠玉戛枪熜，狐裘笠带都士容。永嘉末见正始风，典刑文献森在躬。德机自杜符自充，工歌南山笙邱崇，翁年会与海日同。诗家包丘伯，道家浮丘公，列仙名在儒林中。平生幸挹天衣袖，自办申辕九十翁。

戊午日短至

常雨常阴阏下都，佳辰犹自感睽孤。天行未必愆终始，云物因谁纪有无。万里玄黄龙战野，一车寇媾鬼张弧。烬灰拨尽寒无奈，愁看街头戏泼胡。

静安录示短至诗和韵奉教寐叟

月当头夕影模糊，万里云罗雁孽孤。欲叩天关藏九錐，自斟玄酒礼三无。神从箫鼓迎诸布，雨妾缠绵脱后弧。独有泽农忧岁苦，麦塍谁与鼓咙胡。

夜久朝元到紫都，钧天散后客星孤。壬辰降岁犹迟待，大乙神光乍有无。北晓暝燃龙伯烛，南星秋合老人弧。低徊五百年间事，散尽娲沙问老胡。

东轩老人两和前韵再叠一章

缁撮黄裘望彼都，报章稠叠慰羁孤。蹉跎白日看时运，骆驿升云半有无。抟土定知非妙戏，射妖何意失阴弧。国中总和元规乐，谁信文康是老胡。

哭富冈君捴

摇落孤生本易伤，穷冬急景去堂堂。亲知聚散随流水，文献凋残到异方。豪气未应浇酒去，奇书须遣凿楹藏。海西一老同垂涕，千载唐音待报章。（去岁，君游海上，东轩老人属访日本所传唐代乐谱。昨闻君讣，为之太息。）

题蕺山先生遗像（己未）

山阴别子亢姚宗，儒效分明浩气中。封事万言多慷慨，过江一死转从容。僧衹（一作“大千”）劫去留人谱，风义衰时（一作“三百年来”）拜鬼雄。我是祝（开美）陈（乾初）乡后辈，披图莫讶涕无从。

题敦煌所出唐人杂书六绝句

吏黠民冥自古然，牛毛法令弄尤便。千秋仁政君知否，不课丁男只课田。（唐沙州敦煌县大历四年户籍）

女主新符出阿师，寻寻遗法付阇黎。大云两译分明在，莫认牟尼作末尼。（《大云经疏》）

虚声乐府擅缤纷，妙悟新安迥出群。茂倩漫收双绝句，教坊原有《凤归云》。（《云谣集》杂曲子）

劫后衣冠感慨深，新词字字动人心。贵家障子僧家壁，写遍韦郎《秦妇吟》。（韦庄《秦妇吟》）

圣德神功古所难，千秋郅治想贞观。不知六月庚申事，梦里如何对判官。（《太宗入冥》小说）

赐姓当年编属蕃，圣天译语有根源。大金玉国天公主，莫作唐家支派论。（于阗国天公主李氏施画地藏菩萨像）

赠太子少保特谥文忠梁公挽歌词

海内论忠孝,无如髯绝伦。盛年忧国是,苦口出词臣。屡困屠鲸手,终休饰豸身。平生肝胆在，临老故轮囷。

汉历中衰日,昌陵覆篑余。敷天思复土,一老独驰书。奉檄豚鱼泣,程功象鸟俱。凄凉弘演意，千载为欷歔。

来从鼎胡观,入直承明宫。任重忘衰疾,恩深饰始终。赠官如故事,诔德冠群公。臣意终何慕，西京濩仲翁。

冬夜读《山海经》感赋

兵祸肇蚩尤,本出庶人雄。肆其贪饕心,造作兵与戎。帝受玄女符,始筑肩髀封。龙驾俄上仙，颛顼方童蒙。康回怒争帝，立号为共工。首触天柱折,乃与西北通。坐令赤县民,当彼不周风。尔臣何人号相繇,蛇身九首食九州。蠚草则死蠚木枯，歍尼万里成泽湖。神禹杀之,其血腥臭，不可以生五谷，湮之三仞土三菹。峨峨群帝台，南瞰昆仑虚。伟哉万世功，微禹吾其鱼。黄帝治涿鹿，共工处幽都。古来朔易地，中土同膏腴。如何君与民，仍世恣毒痡。帝降洪水一荡涤,千年刚卤地无肤。唐尧乃嗟咨，南就冀州居。所以禹任土，不及幽并区。吁嗟乎！敦薨之海涸不波,乐池灰比昆池多。高岸为谷谷为阿,将由人事匪有它。断鳌炼石今则那，奈汝共工相繇何。

小除夕东轩老人饷水仙钓钟花赋谢

逼仄复逼仄,海壖受一廛。庭除确无土,井谷深无天。觝顶眠群儿,积薪皮陈编。欹枕何所见，皑皑白盛鲜。登楼何所见，矗矗万灶烟。校雅辨艻荼，识篆得鳗鲋。兴来阅画障，却看江南山。云气荡东海，嘉树森西园。衣带绕北江，芳草被南阡。市楼一回合，苍翠空无端。峨峨故纸堆，兀兀文字禅。荒荒时运尽，迈迈我生观。幽谷掣岩电，回照群动前。短智蹑天后，深忧居人先。雨水告岁遒，檐溜鸣潺潺。穷阴增积惨，逝水悲徂年。时晏孰华余，长者忽有颁。便娟花数丛，烂漫珠一箪。儿倾储粟瓶，妇彻荐新盘。僮媪纷灌溉，新井汲寒泉。未能插晴昊，亦足媚幽闲。徙倚温雒神，杂佩来姗姗。王母下乐池，玉胜黄琅玕。何期周饶国，一昔会群仙。苏魂聚窟香，忘忧北堂萱。零陵恶可辟，合欢忿且蠲。相期游汗漫，复此得迈宽。公诗天下雄，揖让苏与韩。我惭籍湜辈，来厕晁张间。冀以寸莛细，一叩洪钟宣。诘朝唱侲子，政可殴神奸。赋诗答嘉贶，定致《风伯》篇。

张小帆中丞索咏南皮张氏二烈女诗（庚申）

中丞教作烈女歌，五年宿诺嗟蹉跎。去岁养疴北海上，督责乃枉高轩过。我生恨识前辈晚，相国精魂箕尾远。昔随书局趋东阁，顷以部民谒南阮。朱颜白发韬英姿，想见手夷徼侧时。十载江湖瞻北阙，一门忠孝数南皮。烈女同出南皮张，清门迥与高门望。孰云部娄无松柏，郁郁双干蟠穹苍。陵谷推移名节变，昔人所尊今则贱。画墁居然傲国工，戚施乍可呼邦媛。谁与赋诗陈彝伦，濡染大笔劳山人。群公题咏吾能记，若有人兮水竹村。村人皤然一诗叟，趣取大物亦何有。末流那解盗圣智，异俗何时还淳厚。吁嗟乎！箕斗之间析木津，间气终然钟妇人。两条恒卫东流去，万古巍巍二女坟。

梦得东轩老人书，醒而有作，时老人下世半岁矣（癸亥）[1]

弥天海日翁，驭气归混茫。天上信差乐，且莫睨旧乡。峨峨帝释宫，澹澹修罗场。人事日裍溃，蒿目无乃创。平生忧世泪，定溢瑶池觞。幽明绝行理，有命那得将。昨宵忽见梦，发函粲琳琅。细书知意密，一牍逾十行。古意备张索，近势杂倪黄。且喜得翁书，遑问人在亡。傥有讦谟告，不假诏巫阳。仓皇未卒读，邻鸡鸣东墙，欹枕至天曙，涕泗下沾裳。

杨留垞六十寿诗

北扉新命忝同除，南滥经年忆卜居。久叹道存温雪子，复惊文似汉相如。日躔龙尾春方永，夕课蝇头眼未疏。《诗话》《文经》无恙在，天教野史作官书。

退食东华日又斜，意园重过一咨嗟。征文访献都陈迹，昭德春明几旧家。垂老复温铜辇梦，及时且看洛阳花。与君努力崇明德，墙角西山粲晚霞。

题湲斋少保《独立苍茫自咏诗》图卷

森爽高原汉乐游，都人宴赏日无休。城南车马知多少，谁会苍茫一段愁。

许身稷契庸非拙，到眼开天感不胜。惟有司勋知此意，朅来原

[1] 以下各诗，赵本编入《观堂集林》卷二十四，而罗本编入《观堂别集》中，"癸亥"两字罗本无。

上望昭陵。

题贡王朵颜卫景卷（甲子）[1]

濡水南来千里长，卢龙东走塞云黄。豪端底怪风云满，目断黄图写故乡。

杼首终葵百仞顽，锤峰今见画图闲，郦亭石梃形容妙，未记河西双塔山。

千岩岧亭锡伯邸，万木沈酣武列源。谁分江南兵火里，赤山招得董源魂。

玉溪诗得少陵魂，向晚高歌武帝孙。解道英灵殊未已，不须惆怅近黄昏。[2]

罗雪堂参事六十寿诗（乙丑）

卅载云龙会合常，半年濡呴更难忘。昏灯履道坊中雨，羸马慈恩院外霜。事去死生无上策，智穷江汉有回肠。毗蓝风里山河碎，痛定为君举一觞。

事到艰危誓致身，云雷屯处见经纶。庭墙雀立难存楚，关塞鸡鸣已脱秦。独赞至尊成勇决，可知高庙有威神。百年知遇君无负，惭愧同为侍从臣。

[1] “甲子”两字罗本无。

[2] 罗本此诗后有“以上癸亥稿”数字。

《观堂别集》

张母桂太夫人真赞（壬戌四月）[1]

洪范九畴五皇极，曰逌好德锡之福。吾党张仲最孝友，有母八旬仁者寿。寿富康宁五福偕，芝兰玉树罗庭阶。应身解化亦偶然，归处应是兜率天。

定居京都奉答铃木豹轩枉赠之作并柬君山湖南君诸君子四首（辛亥）

海外雄都领百城，周家洛邑宋西京。龙门伊阙争奇秀，昭德春明有典刑。闾里尚存唐旧俗，桥门仍习汉遗经。故人不乏朝衡在，四海相看竟弟兄。

莽莽神州入战图，中原文献问何如。苦思十载窥三馆，且喜扁舟尚五车。烈火幸逃将尽劫，神山况有未焚书。他年第一难忘事，秘阁西头是敝庐。

平生丘壑意相关，此日尘劳暂得闲。近市一廛仍远俗，登楼四面许看山。书声只在淙潺里，病骨全苏紫翠间。赁庑佣书吾辈事，北窗聊为一开颜。

三山西去阵云稠，虎据龙争讫未休。邂逅喜来君子国，登临还望帝王州。市朝言论鸡三足，今古兴亡貉一丘。犹有故园松菊在，

[1] 以下五首诗罗本未收。

可能无赋仲宣楼。

题沈乙庵方伯所藏赵千里《云麓早行图》[1]

华原石法河阳树，都入王孙盘薄中。千载只传金碧画，谁知衣钵是南宗。

同时刘李并精能，马夏终嫌笔有棱。一种高华严冷意，百年嫡嗣在吴兴。

残缣风雪凌竞处，几度高斋拂拭看。至竟装潢无圣手，却将明丽变荒寒。（重装洗涤，古意稍失，先生甚为惋惜。）

题徐积余观察《随庵勘书图》（丁巳季冬）[2]

漫乙卢黄甲戴钱[3]，北江戏语费衡铨。世间尽有洪崖骨，不遇金丹不得仙。

朝访残碑夕[4]勘书，君家故事有新图。衣冠全盛江南日，儒吏风流总不如。

前有随轩后随庵，二徐焜耀天东南。海滨投老得至乐，石墨琅书共一龛。

---

[1] 以下各诗罗本编入《观堂外集》卷三，并总标“丙辰以后诗”。

[2] 罗本“丁巳季冬”作“戊午”。

[3] 此句罗本作“未必卢黄逊戴钱”。

[4] 罗本“夕”作“暮”。

姚子梁观察母濮太夫人九十寿诗（戊午）[1]

班家才学左家齐，白发委佗称副笄。尹吉西都君子女，苹蘩南国大夫妻。栽桑海畔都成实，蕴玉川流不受泥。说与慈颜应一笑，金堂石室在河西。

麻姑原是地行仙，东过蓬莱阅海田。襐饰母犹司服旧，斑衣儿况老莱年。相看人瑞非今世，要见河清诧后贤。我愧奚斯能颂鲁，十年伫赋《闷宫》篇。

题某君竹刻小象

铸金象范蠡，买丝绣平原。图形甘泉宫，刻石孝堂山。于事岂不伟，适性非所便。江南有君子，人在夷惠间。爱画兼爱竹，孤情与云间。自貌岩壑姿，镌之青琅玕。画理得简易，竹性同贞坚。朗朗浮玉山，娟娟下若川。高风寄简毕，永与金石传。

题况蕙风太守北齐无量佛造象画卷[2]

湖海声名四十年，词人老去例逃禅。凭君持此归何处，石榻茶烟一惘然。

不思议光无量佛，人天何处有亏成。蟪蛄十里违山耳，不听频伽只听经。

[1] “戊午”两字罗本无。

[2] 此两诗罗本无。

题刘翰怡小象（己未）

早岁除书识姓名，中间述作走寰瀛。相逢海上惊年少，亟语尊前觉道宏。汲古不嫌孤阁迥，赋诗还夺玉山清。隐湖盛业千秋在，不数前朝顾阿瑛。

题族祖母蒋夫人画兰（庚申）

鹈鴂先鸣草不春，天教翠墨与精神。且将东海栽桑手，来作幽花写照人。新坂校知邻小筑，管公楼傥梦前身。白头二老婆娑处，可许吴兴拜路尘。

高欣木舍人得明季汪然明所刊柳如是尺牍三十一通并己卯《湖上草》为题三绝句

羊公谢傅衣冠有(一作“少”),道广性峻风尘稀。纤郎名字吾能忆，合是扬州(一作“广陵”)王草衣。[1]华亭非无桑下恋,海虞初有蜡屐踪。汪伦老去风情在，出处商量最恼公。[2]幅巾道服自权奇，兄弟相呼竟

[1] 《尺牍》廿五云：承谕出处，备见剀切，特道广性峻，所志各偏。久以此事推纤郎，行自愧也。纤郎疑即王修微，字修微，一号草衣道人，广陵人。后归许霞城给事。

[2] 《草中赠陆处士》诗有“我是华亭旧时客”句。顾云美《河东君传》云“君初适云间，孝廉为妾”，故有“华亭旧客”之句。又，君初访半野堂，在庚辰之冬，《尺牍》中第三十、第三十一皆及之。

不疑。莫怪女儿太唐突，蓟门朝士几须眉。[1]

题汉人草隶砖[2]

草隶三行文廿四，谁将令适作书材。全章六十三言在，如见敦煌笔札来。[3]

不教非种生我土，要使良苗得藉根。蔡葵胜之书总逸，农家言向纺专存。

汉人草隶《急就》《稊穄》二专，其一藏吾邑邹景叔大令家，其一不知藏谁氏。雪堂以拓本见遗，装成，漫题二绝句。时辛酉季冬醉司命日，严寒，永观堂炙砚书。

梁溪高仲均兄弟以其先德古愚先生事实属题为书一绝（壬戌）

学成名母今比之，方识高家兄弟贤。珍重东林旧家世，惠山长有在山泉。

题《西泠印社图》

踏弩飞云事事新，行都社事记纷纶。如今百技都销歇，管领湖

[1] 顾云美《摹河东君初访半野堂小象》作“男子服”，此《尺牍》与汪然明者，皆自称曰“弟”。另稿诗后有注：“庚申季夏，野侯先生归自虞山，得此秘帙，假读一过，漫赋三章。观堂”，按高欣木，名时显，字野侯。

[2] 罗本下尚有“一”字。

[3] 敦煌所出汉人手书木简有《急就篇》百余字，惟首章独全。

山属印人。

把臂龙泓共入林，缶翁图像写倭金。何由更复吾邱魄？湖水西泠深复深。

题御笔《双鸲鹆》（癸亥）

百种能言数穴禽，朅来枝上语秋深。一从栖息丹山后，学得轩台鸾凤音。

题绍越千太保《先德梦迹图》

富平公子逐星槎，兰省仙郎走传车。尽历缘边知阨塞，更便剧郡理纷拏。时清右辅多殊政,事去东京感梦华。好作《雪鸿图记》看，未容佳话擅东家。

万石温温父子同，牧邱最小作三公。补天事业崎岖后，忧国情怀鬓发中。恩泽一门今自厚，承平百态昔偏丰。披图漫作华胥感，会见扶阳继祖风。

题御笔《牡丹》

大钧造物无时节，画出姚黄历岁寒。不数城南崇效寺，一年一度倚阑看。

摩罗西域竞时妆，东海樱花侈国香。阅尽大千春世界，牡丹终古是花王。

欲步元舆赋牡丹，品题国色本来难。众仙舞罢《霓裳曲》，倦倚东风白玉阑。

唐人竞买洛城闉，篱护泥封得几旬。一自天工施点染，画堂长作四时春。

扶疏碧荫护琼姿，不怕风狂雨妒时。俗谚总归天冶铸，牡丹多仗叶扶持。

红梅未吐蜡梅陈，数朵琼云点染新。天与人间真富贵，来迎甲子岁朝春。

俯者如思仰者悦，古人体物有余工。不须更诵元舆赋，尽在丹青造化中。

天香国色世无伦，富贵前人品来真。欲识和平丰乐意，玉阶看取此花身。

履端瑞雪兆丰年，甲子贞余又起元。天上偶然闲涉笔，都将康乐付垓埏。

题御笔《花卉》四幅

妙绝葩经一字秾，悬知体物古来工。倚天照海春无限，尽在丹青造化中。（碧桃）

万种秾华著意开，纷纷桃李尽舆台。俯思仰悦饶姿态，总被层霄雨露来。（牡丹）

叶密花繁意不胜，诸天缨络挂层层。可知青李来禽种，未抵天南日给藤。（藤萝）

小山丛桂东篱菊，更写幽花著海棠。天上原无秋气感，横汾词句似宣房。（桂菊海棠）

南书房太监朱义方索题所藏陈子砺学使内直时画册

《东莞五忠》书甫就，南州一老鬓成丝。干戈满眼江湖迥，应忆挥毫朵殿时。

题镇海李太夫人《八徽图》(甲子)

鸡鸣趋寝门,左箴左线纩。我诵寐叟诗,妇智敬无旷。(侍栉箴纫)
灭烛见奇谋,坠楼奋壮节。中有古兵机,实虚虚者实。(急智靖变)
徙像全宗祐,舆姑出险巇。下堂须保傅,笑杀宋共姬。(遇火整暇)
门前揭竿徒,半饱君家粟。报怨竟以德,为善日不足。(振廪捍侮)
善交存久敬,大孝在永慕。二年药炉间,夫子知吾素。(病榻服劳)
一朝卖作奴,终身为非民。伟哉李太君,独拯五百人。(手援众溺)
麻姑向东海,手种万树桑。冠带遍一郡,童童浹浦旁。(创学惠乡)
上有紫竹林,下有蛟鼍窟。波涛万艨艟,稽首定光佛。(燃灯照海)

为马叔平题三体石经墨本(乙丑)[1]

千载何人知拓墨，二经全帙溯萧梁。开元零落十三纸，皇祐丛残百数行。(《隶续》所录宋皇祐间洛阳苏望刻石，予以行款求之，得一百十二行，实止八百一十九字。)岂谓风流仍正始，直将眼福傲欧黄。尚余《君奭》篇题在，梅本渊源待细商。

[1] 此诗罗本无。

袁中舟侍讲五十生日寿诗（丙寅）[1]

螭首簪豪迹已陈，虎门端委事犹新。琼楼已自归无地，寒谷那知岁有春。不分道销同甲戌，且留身在奉君亲。酒阑误作承平看，云汉昭回在北桭。

题《澉山检书图》[2]

曙�画得南楼意，醇士图随碧血亡。若论风流略名位，秀州何必逊钱塘。

作记同时邵与钱，庚申重跋倍凄然。三家子弟都无恙，回首沧桑七十年。

题邓顽白《梅石居小像》[3]

潇洒衣冠全盛日，联翩题咏中兴时，万方鼓角穷冬夜，剪烛披图有所思。

[1] 此诗罗本编入《观堂别集》。

[2] 罗本题下有“丙寅”两字。

[3] 罗本题下有“同上”两字。

集外诗

读史二十首

一

回首西陲势渺茫，东迁种族几星霜。何当踏破双芒屐，却向昆仑望故乡。

二

两条云岭摩天出，九曲黄河绕地回。自是当年游牧地，有人曾号伏羲来。

三

憯憯生存起竞争，流传神话使人惊。铜头铁额今安在？始信轩皇苦用兵。

四

澶漫江淮万里春，九黎才格又苗民。即今魋髻穷山里，此是江南旧主人。

五

二帝精魂死不孤，嵇山陵庙似苍梧。耄年未罢征苗旅，神武如斯旷代无。

六

铜刀岁岁战东欧，石弩年年出挹娄。毕竟中原开化早，已闻镠铁贡梁州。

七

谁向钧天听乐过，秦中自古鬼神多。即今《诅楚文》犹在，才告巫咸又亚驼。

八

《春秋》谜语苦难诠，历史开山数腐迁。前后固应无此作，一书上下二千年。

九

汉作(一作“凿”)昆池始见煤，当年资力信雄哉。于今莫笑胡僧妄，本是洪荒劫后灰。

十

挥戈大启汉山河，武帝雄材世讵多。轻骑今朝绝大漠，楼船明日下牂牁。

十一

慧光东照日炎炎，河陇降王正款边。不是金人先入汉，永平谁证梦中缘？

十二

西域纵横尽百城，张陈远略逊甘英。千秋壮观君知否，黑海东头望大秦。

十三

三方并帝古未有，两贤相厄我所闻。何来洒落樽前语，天下英雄惟使君。

十四

北临洛水拜陵园，奉表迁都大义存。纵使暮年终作贼，江东那更有桓温。

十五

江南天子皆词客，河北诸王尽将才。乍歌乐府《兰陵曲》，又见湘东玉轴灰。

十六

晋阳蜿蜿起飞龙，北面倾心事犬戎。亲出渭桥擒颉利，文皇端不愧英雄！

十七

南海商船来大食，西京袄寺建波斯。远人尽有如归乐，知是唐家全盛时。

十八

五国风霜惨不支，崖山波浪浩无涯。当年国势陵迟甚，争怪诸贤唱攘夷。

十九

黑水金山启伯图，长驱远摭世间无。至今碧眼黄须客，犹自惊魂说拔都。

二十

东海人奴盖世雄，卷舒八道势如风。碧蹄倘得擒渠反，大壑何由起蛰龙。

戏效季英作口号诗

一

舟过瞿塘东复东，竹枝声里杜鹃红。白云低渡沧江去，巫峡冥冥十二峰。

二

朱楼高出五云间，落日凭栏翠袖寒。寄语塞鸿休北度，明朝飞雪满关山。

三

夜深微雨洒帘栊，惆怅西园满地红。秾李夭桃元自落，人间未免怨东风。

四

双阙凌霄不可攀，明河流向阙中间。银灯一队经驰道，道是君王夜宴还。

五

雨后山泉百道飞，冥冥江树子规啼。蜀山此去无多路，要为催人不得归。

六

十年肠断寄征衣，雪满天山未解围。却听邻娃谈故事，封侯夫婿黑头归。

题《殷虚书契考释》

不关意气尚青春，风雨相看如（一作“各”）怆神。南沈北柯俱老病，先生华发鬓边新。

咏东坡[1]

（两山、君㧑两先生招集东山左阿弥旅馆，作坡公生日，愧无佳语，因录古人成句。）

堂堂复堂堂，子瞻出峨嵋。少读范滂传，晚和渊明诗。

[1] 此诗为集句，作于1916年，收入《王忠悫公遗墨》。

苕华词

人间词甲稿

《〈人间词甲稿〉序》跋[1]

樊少泉茂才（炳清），与人间同肄业东文学校，交甚契。顾体羸多病，怠于进取，尝自憾志行薄弱，遂更名志厚，字抗甫。故序后所署如此（其后仍用原名）。时，人间在吴门师范学校授文学。先期来书谓：词稿将写定，丐樊作序。樊应之，延不属稿。一日，词稿邮至。余与樊君开缄共读，而前已有序。来书云：序未署名，试猜度为何人作，宜署何人名，则署之。樊读竟大笑，遂援笔书己名。盖知樊性懒，此序未可以岁月期，遂代为之也。前尘历历如昨，而樊君墓草亦宿，忆此为之怅然。振常附记。

时，人间方究哲学，静观人生哀乐，感慨系之。而《甲稿》词中“人间”字凡十余见，故以名其词云。又记。

---

[1] 《〈人间词甲稿〉序》跋，罗振常撰，从罗氏所辑《观堂诗词汇编》录出。此序作于王、樊相继去世以后。据樊氏后人在 20 世纪 80 年代初书告陈鸿祥先生：王氏去世（1927）二三年后，樊氏亦病故，其卒时当在 30 年代初。跋云“樊君墓草亦宿”，则罗作此跋，已及其晚年，当在 30 年代末至 40 年代初。——陈鸿祥：《人间词话人间词注评》，江苏古籍出版社 2002 年版，第 360 页。

如梦令

点滴空阶疏雨,迢递严城更鼓。睡浅梦初成,又被东风吹去。无据,无据,斜汉垂垂欲曙。

浣溪沙

路转峰回出画塘,一山枫叶背残阳,看来浑不似秋光。 隔座听歌人似玉,六街归骑月如霜,客中行乐只寻常。

临江仙

过眼韶华何处也?萧萧又是秋声!极天衰草暮云平,斜阳漏处,一塔枕孤城。 独立荒寒谁语?蓦回头宫阙峥嵘。红墙隔雾未分明,依依残照,独拥最高层。

浣溪沙

草偃云低渐合围,雕弓声急马如飞,笑呼从骑载禽归。 万事不如身手好,一生须惜少年时,那能白首下书帷。

又

霜落千林木叶丹,远山如在有无间,经秋何事亦孱颜? 且向田家拚泥饮,聊从卜肆憩征鞍,只应游戏在尘寰。

好事近

夜起倚危楼，楼角玉绳低亚。唯有月明霜冷，浸万家鸳瓦。人间何苦又悲秋，正是伤春罢。却向春风亭畔，数梧桐叶下。

又

愁展翠罗衾，半是余温半泪。不辨坠欢新恨，是人间滋味。几年相守郁金堂，草草浑闲事。独向西风林下，望红尘一骑。

采桑子

高城鼓动兰釭灺，睡也还醒，醉也还醒，忽听孤鸿三两声。　人生只似风前絮，欢也零星，悲也零星，都作连江点点萍。

西河

垂柳里，兰舟当日曾系。千帆过尽，只伊人不随书至。怪渠道著我侬心，一般思妇游子。　昨宵梦、分明记，几回飞渡烟水？西风吹断，伴灯花摇摇欲坠。宵深待到凤凰山，声声啼催起。锦书宛在怀袖底，人迢迢紫塞千里，算是不曾相忆。倘有情早合归来，休寄一纸，无聊相思字。

摸鱼儿　秋柳

问断肠、江南江北，年时如许春色。碧阑干外无边柳，舞落迟迟红日。沙岸（一作“长堤”）直，又道是、连朝寒雨送行客。烟笼数驿，剩今日天涯，衰条折尽，月落晓风急。　金城路，多少人间行役，当年风度曾识。北征司马今头白，唯有攀条霑臆。君莫折（一作“都狼藉”），君不见、舞衣寸寸填沟洫。细腰谁惜？算只有多情，昏鸦点点，攒向断枝立。

蝶恋花

谁道江南（一作“人间”）秋已尽，衰柳毵毵，尚弄鹅黄影。落日疏林光炯炯，不辞立尽西楼暝。　万点栖鸦浑未定，潋滟金波，又幂青松顶。何处江南无此景，只愁没个闲人领。

鹧鸪天

列炬归来酒未醒，六街人静马蹄轻。月中薄雾漫漫白，桥外渔灯点点青。　从醉里，忆平生，可怜心事太峥嵘。更堪此夜西楼梦，摘得星辰满袖行。

点绛唇

万顷蓬壶，梦中昨夜扁舟去。萦回岛屿，中有舟行路。　波上楼台，波底层层俯。何人住，断崖如锯，不见停桡处。

又

高峡流云，人随飞鸟穿云去。数峰著雨，相对青无语。 岭上金光，岭下苍烟沍。人间曙，疏林平楚，历历来时路。

踏莎行

绝顶无云，昨宵有雨，我来此地闻天语。疏钟暝直乱峰回，孤僧晓度寒溪去。 是处青山，前生俦侣，招邀尽入闲庭户。朝朝含笑复含颦，人间相媚争如许。

清平乐

樱桃花底，相见颓云髻。的的银缸（罗本作“釭”）无限意，消得和衣浓睡。 当时草草西窗，都成别后思量。料得（一作“遮莫”）天涯异日，应（一作“转”）思今夜凄凉。

浣溪沙

月底栖雅当叶看，推窗跕跕坠枝间，霜高风定独凭栏。 觅句心肝终复在，掩书涕泪苦无端[1]，可怜衣带为谁宽？

[1] 两句一作“为制新词髭尽断，偶听悲剧泪无端”。

青玉案

姑苏台上乌啼曙，剩霸业，今如许。醉后不堪仍吊古，月中杨柳，水边楼阁，犹自教歌舞。　野花开遍真娘墓，绝代红颜委朝露。算是人生赢得处，千秋诗料，一抔黄土，十里寒蛩语。

满庭芳

水抱孤城，雪开远戍，垂柳点点栖鸦。晚潮初落，残日漾平沙。白鸟悠悠自去，汀州外、无限蒹葭。西风起、飞花如雪，冉冉去帆斜。天涯还忆旧，香尘随马，明月窥车。渐秋风镜里，暗换年华。纵使长条无恙，重来处、攀折堪嗟。人何许，朱楼一角，寂寞倚残霞。

蝶恋花

阅尽天涯离别苦，不道归来，零落花如许。花底相看无一语，绿窗春与天俱莫。　待把相思灯下诉，一缕新欢，旧恨千千缕。最是人间留不住，朱颜辞镜花辞树。

玉楼春

今年花事垂垂过，明岁开应更弹？看花终古少年多，只恐少年非属我。　劝君莫厌尊罍大，醉倒且拚花底卧。君看今日树头花，不是去年枝上朵。

阮郎归

女贞花白草迷离，江南梅雨时，阴阴帘幙万家垂，穿帘双燕飞。朱阁外，碧窗西，行人一舸归。清溪转处柳阴底[1]，当窗人画眉。

浣溪沙

天末同云黯四垂，失行孤雁逆风飞，江湖寥落尔安归？ 陌上金丸看落羽，闺中素手试调醯，[2] 今朝（一作“宵”）欢宴胜平时。

又

山寺微茫背夕曛，鸟飞不到半山昏，上方孤磬定行云。 试上高峰窥皓月，偶开天眼觑红尘，可怜身是眼中人。

青玉案

江南秋色垂垂暮，算幽事，浑无数。日日沧浪亭畔路；西风林下，夕阳水际，独自寻诗去。 可怜愁与闲俱赴，待把尘劳截愁住。灯影幢幢天欲曙。闲中心事，忙中情味，并入西楼雨。

[1] 罗本作“低”。

[2] 两句一作“陌上挟丸公子笑，座中调醯丽人嬉”。

浣溪沙

昨夜新看北固山，今朝又上广陵船，金焦在眼苦难攀。　猛雨自随汀雁落，湿云常与暮鸦寒，人天相对作愁颜。

鹊桥仙

沉沉戍鼓，萧萧厩马，起视霜华满地。猛然记得别伊时，正今日邮亭天气。　北征车辙，南征归梦，知是调停无计。人间事事不堪凭，但除却无凭两字。

又

绣衾初展，银旋剔，不尽灯前欢语。人间岁岁似今宵，便胜却貂蝉无数。　霎时送远，经年怨别，镜里朱颜难驻。封侯觅得也寻常，何况是封侯无据！

减字木兰花

皋兰被径，月底栏干闲独凭。修竹娟娟，风里时闻响佩环。蓦然深省，起踏中庭千个影。依尽人间，一梦钧天只惘然。

鹧鸪天

阁道风飘五丈旗，层楼突兀与云齐。空余明月连钱列，不照红葩倒井披。　频摸索，且攀跻，千门万户是耶非？人间总是堪疑处，惟有兹疑不可疑。

浣溪沙

夜永衾寒梦不成，当轩减尽半天星，带霜宫阙日初升。　客里欢娱和睡减，年来哀乐与词增，更缘何物遣孤灯？

又

画舫离筵乐(一作“手”)未停，潇潇暮雨阖闾城，那堪还向曲中听。　只恨当时形影密，不关今日[1]别离轻，梦回酒醒忆平生。

又

才过苕溪又霅溪，短松疏竹媚朝辉，去年此际远人归。　烧后更无千里草，雾中不隔万家鸡，风光浑异去年时。

贺新郎

月落飞乌鹊；更声声、暗催残岁，城头寒柝。曾记年时游冶处，偏反一栏红药。和士女、盈盈欢谑。眼底春光何处也？只极天、野烧明山郭，侧身望，天地窄。　遣愁何计频商略，恨今宵、书城空拥，愁城难落。陋室风多青灯灺，中有千秋魂魄。似诉尽人间纷浊，七

[1]　原本作“朝”，据罗本改。

尺微躯百年里，那能消、今古闲哀乐，与蝴蝶，遽然觉。

人月圆 梅

天公应自嫌寥落，随意著幽花。月中霜里，数枝临水，水底横斜。　萧然四顾，疏林远（一作“绕”）渚，寂寞天涯。一声鹤唳，殷勤唤起，大地清华。

卜算子 水仙

罗袜悄无尘，金屋浑难贮。月底溪边一晌看，便恐凌波去。　独自惜幽芳，不敢矜迟莫。却笑孤山万树梅，狼藉花如许。

八声甘州

直青山缺处是孤城（一作“倚东南”），倒悬（一作“万堞”）浸明湖。森千帆影里（一作“看片帆指处”），参差宫阙，风展旌旗。向晚棹声渐急（一作“向晚橹声渐数”），萧瑟杂菰蒲。列炬（一作“一骑”）严城去，灯火千衢。不道繁华如许，又万家爆竹，隔院笙竽。叹沉沉人海，不与慰羁孤！剩终朝襟裾相对，纵委蛇、人已厌狂疏。呼灯且觅朱家去，痛饮屠苏。

浣溪沙

曾识卢家玳瑁梁，觅巢新燕屡回翔，不堪重问郁金堂。　今雨相看非旧雨，故乡罕乐况他乡，人间何地着疏狂。

踏莎行 元夕

绰约衣裳，凄迷香麝，华灯素面光交射。天公倍放月婵娟，人间解与春游冶。　乌鹊无声，鱼龙不夜，九衢忙杀闲车马。归来落月挂西窗，邻鸡四起兰釭灺。

蝶恋花

急景流年真一箭，残雪声中，省识东风面。风里垂杨千万线，昨宵染就鹅黄浅。　又是廉纤春雨暗，倚遍危楼，高处人难见。已恨平芜随雁远，暝烟更界平芜断。

又

窣地重帘围画省，帘外红墙，高与银河（一作“青天”）并。开尽隔墙桃与杏，人间望眼何由骋。　举首忽惊明月冷，月里依稀，认得山河影。问取常娥[1]浑未肯，相携素手层城（一作“阆风”）顶。

又

独向沧浪亭外路，六曲栏干，曲曲垂杨树。展尽鹅黄千万缕，月中并作濛濛雾。　一片流云无觅处，云里疏星，不共云流去。闭

[1] 常娥，《甲稿》作“嫦娥”。

置小窗真自误，人间夜色还如许。

浣溪沙

舟逐清溪弯复弯，垂杨开处见青山，毵毵绿发覆烟鬟。　夹岸莺花迟日里，归船箫鼓夕阳间，一生难得是春闲。

临江仙

闻说金微郎戍处，昨宵梦向金微。不知今又过辽西，千屯沙上暗，万骑月中嘶。　郎似梅花侬似叶，朅来手抚空枝。可怜开谢不同时，漫言花落早，只是叶生迟。

南歌子

又是乌西匿，初看雁北翔。好与报檀郎：春来宵渐短，莫思量！

荷叶杯　戏效花间体

手把金尊酒满，相劝。情极不能羞，乍调筝处又回眸。留摩留，留摩留。

又

矮纸数行草草，书到。总道苦相思，朱颜今日未应非。归摩归，归摩归。

又

无赖灯花又结，照别。休作一生拚，明朝此际客舟寒。欢摩欢，欢摩欢。

又

谁道闲愁如海，零碎。雨过一池沤，时时飞絮上帘钩。愁摩愁，愁摩愁。

又

昨夜绣衾孤拥，幽梦。一霎钿车尘，道旁依约见天人。真摩真，真摩真。

又

隐隐轻雷何处？将曙。隔牖见疏星，一庭芳树乱啼莺。醒摩醒，醒摩醒。

蝶恋花

窈窕燕姬年十五，惯曳长裾，不作纤纤步。众里嫣然通一顾，人间颜色如尘土。　一树亭亭花乍（一作“下”）吐，除却天然，欲赠浑无语。当面吴娘夸善舞，可怜总被腰肢误。

玉楼春

西园花落深堪扫，过眼韶华真草草。开时寂寂尚无人，今日偏嗔摇落早。昨朝却走西山道，花事山中浑未了，数峰和雨对斜阳，十里杜鹃红似烧。

蝶恋花

辛苦钱塘江上水，日日西流，日日东趋海。两岸（一作“终古”）越山澒洞里，可能销得英雄气。　说与江潮应不至，潮落潮生，几换人间世。千载荒台麋鹿死，灵胥抱愤终何是。

又

谁道江南春事了，废苑朱藤，开尽无人到。高柳数行临古道，一藤红遍千枝杪。　冉冉赤云将绿绕，回首林间，无限斜阳好。若是春归归合早，余春只搅人怀抱。

水龙吟　杨花，用章质夫、苏子瞻唱和均

开时不与人看，如何一霎濛濛坠。日长无绪，回廊小立，迷离情思。细雨池塘，斜阳院落，重门深闭。正参差欲住，轻衫掠处，又特地、

因风起。　花事阑珊到汝，更休寻、满枝琼缀。算来只合，人间哀乐，者般零碎。一样飘零，宁为尘土，勿随流水。怕盈盈一片春江，都贮得离人泪。

点绛唇

暗里追凉，扁舟径掠垂杨过。湿萤火大，一一风前堕。　坐觉西南，紫电排云破。严城锁，高歌无和，万舫沉沉卧。

蝶恋花

莫斗婵娟弓样月，只坐蛾眉，消得千谣诼。臂上宫砂那不灭，古来积毁能销骨。　手把齐纨相诀绝，懒祝西（一作“秋”）风，再使人间热。镜里朱颜犹未歇，不辞自媚朝和夕（一作“月”）。

人间词乙稿

浣溪沙

七月西风动地吹，黄埃和叶满城飞，征人一日换缁衣。　金马岂真堪避世？海鸥应是未忘机？故人今有问归期。

又

城郭秋生一夜凉，独骑瘦马傍宫墙，参差霜阙带朝阳。　旋解冻痕生绿雾，倒涵高树作金光，人间夜色尚苍苍。

扫花游

疏林挂日，正雾淡烟收，苍然平楚。绕林细路，听沉沉落叶，玉骢踏去。背日丹枫，到眼秋光如许。正延伫，便一片飞来，说与迟暮。　欢事难再溯！是载酒携柑，旧曾游处。清歌未住，又黄鹂趁拍，飞花入俎。今日重来，除是斜晖如故。隐高树，有寒鸦相呼俦侣。

祝英台近

月初残，门小掩，看上大堤去。徒御喧阗，行子黯无语。为谁收拾离颜？一腔红泪，待留向孤衾偷注。 马蹄驻，但觉怨慕悲凉，条风过平楚。树上啼鹃，又诉岁华暮。思量只有，人间年年征路，纵有恨，都无蹄处。

浣溪沙

乍向西邻斗草过，药栏红日尚婆娑，一春只遣睡消磨。 发为沈酣从委枕，脸缘微笑暂生涡，这回好梦莫惊他。

虞美人

犀比六博消长昼，五白惊呼骤，不须辛苦问亏成，一霎尊前了了见浮生。 笙歌散后人微倦，归路风吹面。西窗落月荡花枝，又是人间酒醒梦回时。

减字木兰花

乱山四倚，人马崎岖行井底。路逐峰旋，斜日杏花明一山。 销沉就里，终古兴亡离别意。依旧年年，迤逦骡纲（一作“网”）度上关。

蝶恋花

连岭去天知几尺？岭上秦关，关上元时阙。谁信京华尘里客，独来绝塞看明月。 如此高寒真欲绝，眼底千山，一半溶溶白。小立西风吹索帻，人间几度生华发。

又

帘幙深深香雾重，四照朱颜，银烛光浮动。一霎新欢千万种，人间今夜浑如梦。　小语灯前和目送，密意芳心，不放罗帏空。看取博山闲袅凤，濛濛一气双烟共。

又

手剔银灯惊炷短，拥髻无言，脉脉生清怨。此恨今宵争得浅？思量旧日深恩遍！　月影移帘风过院，待到归来，传尽中宫箭。[1] 故拥绣衾遮素面，赚他醉里频频唤。

浣溪沙

似水轻纱不隔香，金波初转小回廊，离离丛菊已深黄。　尽撤华灯招素月，更缘人面发花光，人间何处有严霜？

蝶恋花

落日千山啼杜宇，送得归人，不遣居人住。三句一作“冉冉蘅皋春又暮，千里生还，一诀成终古！”自是精魂先魄去，凄凉病榻

[1] 此三句一作“花影一帘和月转，直恁凄凉，此境何曾惯？”

无多语。　往事悠悠容细数，见说他生，又恐他生误。[1] 纵使兹盟终不负，那时能记今生否？

菩萨蛮

高楼直挽银河住，当时曾笑牵牛处。今夕渡河津，牵牛应笑人。　桐梢垂露脚，梢上惊乌掠。灯焰不成青，绿窗纱半明。

应天长

紫骝却照春波绿，波上荡舟人似玉。似相知，羞相逐，一晌低头犹送目。　鬓云欹，眉黛蹙，应恨这番匆促。恼（乱）一时心曲，[2] 手中双桨速。

菩萨蛮

红楼遥隔廉纤雨，沉沉暝色笼高树。树影到依窗，君家灯火光。　风枝和影弄，似妾西窗梦。梦醒即天涯，打窗闻落花。

又

玉盘寸断葱芽嫩，鸾刀细割羊肩进。不敢厌腥臊，缘君亲手调。　红炉素面，醉把貂裘缓。归路有余狂，天街宵踏霜。

[1] 两句一作“见说来生，只恐来生误”。

[2] 诸本皆无“乱”字，此句缺一字便不合词律，今据陈乃文辑本《静安词》补。

鹧鸪天

楼外秋千索尚悬，霜高素月慢（一作“正”）流天。倾残玉椀（一作“碗”）难成醉，滴尽铜壶不解眠。 人寂寂，夜厌厌，北窗情味似枯禅。不缘此夜金闺梦，那信人间尚少年。

浣溪沙

花影闲窗压几重，连环新解玉玲珑，日长无事等匆匆 （一作“悤悤”）。 静听斑骓深巷里，坐看飞鸟镜屏中，乍梳云髻那时松。

又

爱棹（一作“櫂”）扁舟傍岸行，红妆素菡斗轻盈，脸边舷外晚霞明。 为惜花香停短棹，戏窥鬓影拨流萍，玉钗斜立小蜻蜓。

蝶恋花

忆挂孤帆东海畔，咫尺神山，海上年年见。几度天风吹棹转，望中楼阁阴晴变。 金阙荒凉瑶草短，到得蓬莱，又值蓬莱浅。只恐飞尘（一作“尘扬”）。沧海满（一作“遍”），人间精卫知何限?

喜迁莺

秋雨霁，晚烟拖，宫阙与云摩。片云流月入明河，鳷鹊散金波。

宜春院，披香殿，雾里梧桐一片，华灯簇处动笙歌，复道属车过。

蝶恋花

翠幙轻寒无著处，好梦初回（一作“还”），枕上惺忪语。残夜小楼浑欲曙，四山积雪明如许。　莫遣良辰闲过去，起瀹龙团，对雪烹肥羜。此景人间殊不负，檐前冻雀还知否？

虞美人

金鞭珠弹嬉春日[1]，门户初相识。未能羞涩但娇痴，却立风前散发衬凝脂。　近来瞥见都无语，但觉双眉聚。不知何日始工愁，记取那回花下一低头。

齐天乐　蟋蟀，用姜石帚原韵

天涯已自悲秋极（一作“愁”），何须更闻虫语，乍响瑶阶，旋穿绣闼，更入画屏深处。喁喁似诉，有几许哀丝，佐伊机杼。一夜东堂，暗抽离恨万千绪。　空庭相（一作“桐”）和秋雨，又南城罢柝，西院停杵。试问王孙，苍茫岁晚，那有闲愁无（一作“此”）数？宵深谩与，怕梦隐春酣，万家儿女。不识孤吟，劳人床下苦。

---

[1] 此句一作“弄梅骑竹嬉游日”。

点绛唇

波逐流云，棹（一作“櫂”）歌袅袅[1]凌波去。数声和橹，远入蒹葭浦。　落日中流，几点闲鸥鹭。低飞处，菰蒲无数，瑟瑟风前语。

蝶恋花

春到临春花正妩，迟日阑干，蜂蝶飞无数。谁遣一春抛却去？马蹄日日章台路。　几度寻春春不遇，不见春来，那识春归处？斜日晚风杨柳渚，马头何处无飞絮。

[1] “袅袅”一作“缓缓”。

集外词

菩萨蛮

西风水上摇征梦，舟轻不碍孤帆重。江阔树冥冥，荒鸡叫雾醒。舟穿妆阁底，楼上佳人起。蓦入欲通辞，数声柔舻枝。

蝶恋花

落落盘根真得地，涧畔双松，相背呈奇态。势欲拚飞终复坠，苍龙下饮东溪水。　溪上平岗千叠翠，万树亭亭，争作拏云势。总为自家生意遂，人间爱道为渠媚。

醉落魄

柳烟淡薄，月中闲杀秋千索。踏青挑菜都过却，陡忆今朝，又失湔裙约。　落红一阵飘帘幙，隔帘错怨东风恶。披衣小立阑干角，摇荡花枝，哑哑南飞鹊。

虞美人

杜鹃千里啼春晚，故国春心断。海门空阔月皑皑，依旧素车白马夜潮来。　山川城郭都非故，恩怨须臾误。人间孤愤最难平，消得几回潮落又潮生。

鹧鸪天　庚申除夕和吴伯宛舍人

绛蜡红梅竞作花，客中惊又度年华。离离长柄垂天斗，隐隐轻雷隔巷车。　斟醁醑，和尖叉，新词飞寄舍人家。可将平日丝纶手，系取今宵赴壑蛇。

百字令　题孙隘庵《南窗寄傲图》（戊午）

楚灵均后数柴桑，第一伤心人物。招屈亭前千古水，流向浔阳百折。夷叔西陵，山阳下国，此恨那堪说。寂寥千载，有人同此伊郁。　堪叹招隐图成，赤明龙汉，小劫须臾阅。试与披图寻甲子，尚记义熙年月，归鸟心期，孤云身世，容易成华发，乔松无恙，素心还问霜杰。

霜花腴　用梦窗韵，补寿彊村侍郎（己未）

海澨倦客，是赤明延康，旧日衣冠，坡老黎村，冬郎闽峤，中年陶写应难。醉乡尽宽，更紫萸，黄菊尊前。剩沧江、梦绕觚棱，斗边槎外恨高寒。　回首凤城花事，便玉河烟柳，总带栖蝉。写艳霜边，疏芳篱下，消磨十样蛮笺。载将画船，荡素波，凉月娟娟。倩郦泉、与驻秋容，重来扶醉看。

清平乐　况夔笙太守索题《香南雅集图》（庚申）

蕙兰同畹，著意风光转。劫后芳华仍畹转，得似凤城初见。　旧人惟有何戡，玉宸宫调曾谙。肠断杜陵诗句，落花时节江南。

长短句（乙巳至己酉）

少年游

垂杨门外，疏灯影里，上马帽檐斜。紫陌霜浓，青松月冷，炬火散林鸦。　酒醒起看[1]西窗上，翠竹影交加。跌宕歌词，纵横书卷，不与遣年华。

阮郎归

美人消息隔重关，川途弯复弯。沈沈空翠压征鞍，马前山复山。　浓泼黛、缓拖鬟，当年看复看。只余眉样在人间，相逢艰复艰。

蝶恋花

昨夜梦中多少恨，细马香车，两两行相近。对面似怜人瘦损，众中不惜搴帷问。　陌上轻雷听隐辚[2]，梦里难从，觉后那堪讯。蜡泪窗前堆一寸，人间只有相思分！

---

[1] 四字一作“归来惊看”。

[2] “隐辚”一作“渐稳”。

虞美人

碧苔深锁长门路，[1] 总为蛾眉误。自来积毁骨能销，何况真红一点臂砂娇。[2] 妾身但使分明在，肯把朱颜悔。从今不复梦承恩，且自簪花（一作“开奁”）坐赏镜中人。

浣溪沙

六郡良家最少年，戎装骏马照山川，闲抛金弹落飞鸢。何处高楼无可醉？谁家红袖不相怜？人间那信有华颠。

点绛唇

厚地高天，侧身颇觉平生左。小斋如舸，自许回旋可。聊复浮生，得此须臾我。乾坤大，霜林独坐，红叶纷纷堕。

蝶恋花

满地霜华浓似雪，人语西风，瘦马嘶残月。一曲《阳关》浑未彻，车声渐共歌声咽。换尽天涯芳草色，陌上深深，依旧年时辙。自是浮生无可说，人间第一耽离别。

---

[1] 此句一作“纷纷谣诼何须数？”

[2] 两句一作“世间白骨尚能销，何况玉肌一点守宫娇！”

又

斗（一作“陡”）觉宵来情绪恶，新月生时，黯黯伤离索。此夜清光浑似昨，不辞自下深深幕。　何物尊前哀与乐？已坠前欢，无据他年约！几度烛花开又落，人间须信思量错。

又

百尺朱楼临大道，楼外轻雷，不间昏和晓。独倚阑干人窈窕，闲中数尽行人小。　一霎车尘生树杪，陌上楼头，都向尘中老。薄晚西风吹雨到，明朝又是伤流潦。

又

黯淡灯花开又落，此夜云踪，知向谁边著？频弄玉钗思旧约，知君未忍浑抛却。　妾意苦专君苦博，君似朝阳，妾似倾阳藿。但与百花相斗作，君恩妾命原非薄。

浣溪沙

掩卷平生有百端，饱更忧患转冥顽，偶听啼鴂怨春残。　坐觉无（一作“亡”）何消白日，更缘随例弄丹铅，闲愁无分况清欢。

清平乐

垂杨深（一作“小”）院，院落双飞（一作“归”）燕。翠幕（一作“幞”）银灯春不浅，记得那时初见。　眼波靥（一作“脸”）晕微流，尊前却按《凉州[1]》。拚取一生肠断，消他几度回眸。

浣溪沙

漫作年时别泪看，西窗蜡炬尚汍澜，不堪重梦十年间。　斗柄又垂天直北，官书坐会（一作“客愁坐逼”）岁将阑，更无人解忆长安。

谒金门

孤檠（一作“灯”）侧，诉尽十年踪迹。残夜银缸无气力，绿窗寒恻恻。

落叶瑶阶狼籍，高树露华凝碧。露点声疏人语密，旧欢无处觅。

苏幕遮

倦凭阑，低拥髻，丰颊秀（一作“修”）眉，犹是年时意。昨夜西窗残梦里，一霎幽欢，不似人间世。　恨来迟，防醒易，梦里惊疑，何况醒时际？凉月满窗人不寐，香印成灰，总作回肠字。

[1] “凉州”一作“梁州”。

浣溪沙

本事新词定有无，斜行小草字模糊[1]，灯前肠断为谁书？　隐几窥君新制作，背灯数妾旧欢娱，区区情事总难符。

蝶恋花

袅袅鞭丝冲落絮，归去临春，试问春何许？小阁重帘天易暮（一作“暑”），隔帘阵阵飞红雨。　刻意伤春谁与诉[2]，闷拥罗衾，动作经旬度（一作“卧”）。已恨年华留不住，争（一作“那”）知恨里年华去！

又

窗外绿阴添几许，剩有朱樱，尚系残红住。老尽莺雏无一语，飞来衔得樱桃去。　坐看画梁双燕乳，燕语呢喃，似惜人迟暮。自是思量渠不与，人间总被思量误。

点绛唇

屏却相思，近来知道都无益。不成抛掷，梦里终相觅。　醒后楼台，与梦俱明灭。西窗白，纷纷凉月，一院丁香雪。

---

[1] 此句一作“这般绮语太胡卢”。

[2] “谁与诉”一作“无说处”。

清平乐

斜行淡墨，袖得伊书迹。满纸相思容易说，只爱年年离别。罗衾独拥黄昏，春来几点啼痕？厚薄不（一作“只”）关妾命，浅深只问君恩！

浣溪沙

已落芙蓉并叶凋，半枯萧艾过墙高，日斜孤馆易魂销。 坐觉清秋归荡荡，眼看白日去昭昭，人间争度渐长宵。

蝶恋花

月到东南秋正半，双阙中间，浩荡流银汉。谁起水精帘下看，风前隐隐闻箫管。 凉露湿衣风拂面，坐爱清光，分照恩和怨。苑柳宫槐浑一片，长门西去昭阳殿。

菩萨蛮

回廊小立秋将半，婆娑树影当阶乱。高树是东家，月华笼露华。碧阑干十二，都作回肠字。独有倚阑人，断肠君不闻。

（原载《观堂集林》卷二十四）

七、附录

《王静安先生遗书》序

陈寅恪

王静安先生既殁，罗雪堂先生刊其遗书四集。后五年，先生之门人赵斐云教授，复采辑编校其前后已刊未刊之作，共为若干卷，刊行于世。先生之弟哲安教授，命寅恪为之序。寅恪虽不足以知先生之学，亦尝读先生之书，故受命不辞，谨以所见，质正于天下后世之同读先生之书者。自昔大师巨子，其关系于民族盛衰、学术兴废者，不仅在能承续先哲将坠之业，为其托命之人，而尤在能开拓学术之区宇，补前修所未逮。故其著作，可以转移一时之风气，而示来者以轨则也。先生之学，博矣精矣，几若无涯岸之可望，辙迹之可寻。然详绎遗书，其学术内容及治学方法，殆可举三目以概括之者：一曰取地下之实物与纸上之遗文互相释证。凡属于考古学及上古史之作，如《殷卜辞中所见先公先王考》，及《鬼方昆吾[1]猃狁考》等是也。二曰取异族之故书与吾国之旧籍互相补正。凡属于辽、金、元史事及边疆地理之作，如《萌古考》及《元朝秘史之主因亦儿坚考》等是也。三曰取外来之观念与固有之材料互相参证。凡属于文艺批评及小说戏曲之作，如《红楼梦评论》及《宋元戏曲考》等是也。

[1] 《观堂集林》本，“吾”字作“夷”。

此三类之著作，其学术性质固有异同，所用方法亦不尽符会，要皆足以转移一时之风气，而示来者以轨则。吾国他日文史考据之学，范围纵广，途径纵多，恐亦无以远出三类之外。此先生之遗书所以为吾国近代学术界最重要之产物也。今先生之书，流布于世，世之人大抵能称道其学，独于其平生之志事颇多不能解，因而有是非之论。寅恪以为，古今中外志士仁人，往往憔悴忧伤，继之以死。其所伤之事、所死之故，不止局于一时间一地域而已，盖别有超越时间地域之理性存焉。而此超越时间地域之理性，必非其同时间地域之众人所能共喻，然则先生之志事，多为世人所不解，因而有是非之论者，又何足怪耶？尝综揽吾国三十年来人世之剧变至异，等量而齐观之，诚庄生所谓“彼亦一是非，此亦一是非”者。若就彼此所是非者言之，则彼此终古末由共喻，以其互局于一时间一地域故也。呜呼！神州之外，更有九州，今世之后，更有来世。其间倘亦有能读先生之书者乎？如果有之，则其人于先生之书，钻味既深，神理相接，不但能想见先生之人，想见先生之世，或者更能心喻先生之奇哀遗恨于一时一地，彼此是非之表欤？

一千九百三十四年六月三日，陈寅恪谨序。

《王国维文学美术论著》序

罗继祖

锡山同志编王国维文学论著竟，谬以予为识途，既以稿嘱雠正且索为序。予幼时及见观堂先生，及先生殁，先祖为编刊遗集，复忝预校字，然于王先生学术未能窥其万一也，何敢为序。惟自先生殁后，卮言日出，嗣后《历史人物》《我的前半生》等书复鼓其澜，甚尘上矣。予去年辑《永丰乡人行年录》，据事实辟之而折衷于陈寅恪先生之言，陈先生于罗、王无偏袒者，故能独见其大。嗣予又作王先生的政治思想一文，据先生遗札语，更畅言之。罗、王晚年之隙出于家庭细故，本不足计，而激于一时意气不相下，又无人焉出为转圜，事竟不解迄于先生之殁，致启人疑。实则先生心系故君行朝，惧甲子逼宫之再演，而见行朝泄沓莫为之备者，窃效古人尸谏，此所以有"经此世变，义无再辱"之遗言也。

大抵先生之学屡变，光绪辛丑（一九〇一）、壬寅（一九〇二）之间，始研究西洋哲学，醉心于尼采、叔本华之学说，一变也；先生初好为诗，至乙巳（一九〇五）至丁未（一九〇七）之间，弃哲学而转入文学，喜填词，二变也；是年入都，鉴于中国文学最不振者莫如戏曲，于是专攻戏曲，三变也；辛亥（一九一一）革命，避地日本京都，于是悉摒弃以前所学改而治古史、古文字及训诂音韵，四变也；乙丑（一九二五）就职清华，课余兼治西北地理及辽金元史，五变也。先生存诗始戊戌（一八九八）至己巳（一九〇五）八年间仅得四十八首，壬子（一九一二）、癸丑（一九一三）两年独多，著《壬癸集》一卷。

先祖尝劝先生作诗，先生答云："公前劝永（先生以永观名堂，故简称永）作诗，但作诗易费时日，一诗之成，动笔后，迟则三五日无不成者，惟以前实须酝酿，其期长短不定。壬癸间所以多作者，实缘此年与公整理书籍，其暇辄寄之空想……癸丑以后便自不同，故今年本极拟作数诗，而兴会不属，亦未敢动笔……"（见拙辑《观堂书札》）故此后先生作诗甚少，词则尤少。

锡山此集录先生诗词，间收寻常酬应之作。予谓可汰，锡山以篇什无多仍存之，以见先生虽寻常酬应亦精审不苟作如此也。锡山渴欲从予求先生遗著中涉及文艺若《人间词话》比者，予无以应。予谓《人间词话》问世以来，其"境界""隔与不隔"诸说，学人倾倒之至矣，视为王先生文艺观之总代表奚不可，何必更求？锡山于文艺研几有年，其亦肯吾言否耶？

一九八二年岁次壬戌一月二十二日罗继祖谨序于长春吉林大学之后书抄阁

图书在版编目（CIP）数据

王国维文学美学论著集 / 王国维著；周锡山评校．
—上海：上海三联书店，2018.10
ISBN 978-7-5426-6508-9
Ⅰ．①王… Ⅱ．①王… ②周… Ⅲ．①文艺美学－文
集 Ⅳ．①I01-53

中国版本图书馆 CIP 数据核字（2018）第 225976 号

王国维文学美学论著集

著　　者 / 王国维
评　　校 / 周锡山
责任编辑 / 程　力
特约编辑 / 赵　瑜　肖　瑶
装帧设计 / Metis 灵动视线
监　　制 / 姚　军
出版发行 / 上海三联书店
（200030）中国上海市漕溪北路 331 号 A 座 6 楼
印　　刷 / 三河市华润印刷有限公司
版　　次 / 2018 年 10 月第 1 版
印　　次 / 2018 年 10 月第 1 次印刷
开　　本 / 640×960　1/16
字　　数 / 360 千字
印　　张 / 31.5

ISBN 978-7-5426-6508-9/I·1460

定　价：45.00元